在阅读中展开，人生的可能

CONTENT
肯特文化

大智门车站

姜燕鸣·著

江苏凤凰文艺出版社
JIANGSU PHOENIX LITERATURE AND
ART PUBLISHING, LTD

图书在版编目（CIP）数据

大智门车站 / 姜燕鸣著. -- 南京：江苏凤凰文艺出版社, 2017.6
ISBN 978-7-5594-0505-0
Ⅰ. ①大… Ⅱ. ①姜… Ⅲ. ①长篇小说—中国—现代 Ⅳ. ①I247.5

中国版本图书馆CIP数据核字（2017）第118373号

书　　名　大智门车站

著　　者　姜燕鸣　　　　选题策划　盛世肯特
出 版 人　黄小初　　　　出版统筹　柯利明　林苑中
特约监制　伊　然　　　　责任编辑　李　黎
特约编辑　孙　开　　　　营销推广　姜　涛　刘　源
装帧设计　吴　倩　翟程程　　责任印制　张军伟　付媛媛
出版发行　凤凰出版传媒股份有限公司　江苏凤凰文艺出版社
出版社地址　南京市中央路165号，邮编：210009
出版社网址　http://www.jswenyi.com
印　　刷　北京市平谷县早立印刷厂　　开　　本　787mm×1092mm　1/16
印　　张　21　　　　字　　数　324千
版　　次　2017年8月第1版　2017年8月第1次印刷
标准书号　ISBN 978-7-5594-0505-0
定　　价　45.00元

目 录
contents

与故人相逢

（自序）

黄昏，风雪，站台，驶过的列车，忧伤的女人……这是李健演唱的《车站》，也似小说里的某个场景，沉郁的基调，像灰色站楼上漫洒的雪花。

老旧的窗棂、墙壁是时代的象征，印证着历史的年轮。大智门是汉口旧城垣的名字，1906年，京汉铁路最南端的汉口火车站在此建成，为当时亚洲首屈一指的现代化车站。

京汉铁路贯通南北，不仅促进了沿线经济发展，也改变了武汉在近代中国经济布局中的格局。武汉不再是长江流域中仅充当横向传导的角色，纵向的铁路线在缩短了时间和距离的前提下，成百上千的运载力也有力地推动了汉口商业贸易的发展。“楚中第一繁盛处”的汉口，因水运和铁路一双翅膀开始腾飞，从此有了“东方芝加哥”的美誉。

写小说的动机却是偶然。长篇小说《倾城》完成之后，本打算写点别的，也想到一个题目，收集了一些资料，但临到下笔的时候，却没有一股力推动着往前走。还是素材单薄了些，没有激起强烈的创作欲望，或者说，还没到非写不可的地步。

这时，写汉口的心思又冒了出来。《倾城》写的是1938年抗战时期的汉口，写得波澜壮阔，浪漫和激情似也用尽了，还有什么可写的？但心里又在较劲，因对汉口没有距离感。不过要找到一个切入点，以充分展示那些遗忘的历史，又避免重复以前的内容和套路，不让读者产生疲惫感，实在有点难。

这番寻觅间，不想查阅资料时，扫到一张大智门车站的老照片上，顿觉一亮，仿佛遇见久别的故人，那些封存的往事，便细流一般汩汩往外冒。

儿时，常常随大人来大智门车站迎送亲人，印象中的车站路热闹而繁华，有一年国庆随祖母去京，便从大智门车站上车，灯火迷离的夜晚，川流不息的人，百货公司，副食店，穿白大褂的营业员在花花绿绿糖果堆里忙个不停，站台上簇簇的人影，火车启动了，车窗外风吹麦浪般的挥手……一幕幕，像老旧的电影画面浮现着。

历史的火车穿过了一百年，经历无数风雨的老车站终于到 1991 年光荣退休。当年的铁轨已改成了马路，那座显赫的法式风格站楼作为全国重点保护文物，依然孑立在日渐冷清的京汉街上，曾经的辉煌，美丽的风景，都已沧海桑田。

情感是彼此相连的线，写小说便有了激情，思绪在往事中游移，进入到时间深处，白烟漫开，那些久远的人和事，渐渐有了轮廓。

火车带来了迁徙和改变，或是逃避饥荒和战争，或是为了寻找偶像和力量，或是为了挣钱养家，或是为了亲人和爱情……这些逃避或追寻有主动也有被动，最终，它们都或多或少影响人生的方向，尤其是，当你生活在战争或者内心狂热的年代里。

由此将小说设定在起伏动荡的上世纪二三十年代，从大智门车站建成初期至日寇侵占一段历史为时代背景，谢承远、徐奕宏、刘黑生三个男人所经历的成长与挫折、友谊与背叛、爱情与伤痛，最终他们规避个人的恩怨走到一起，共同完成了一次复仇行动。小说以谢承远、徐奕宏与宋珠喜之间的情感纠葛为主线，渐次展开故事情节，大智门车站犹如大舞台，各样人物在此粉墨登场，以表现铁路开通对社会经济产生的巨大效应，而时代的风云变幻又影响和改变这座车站及每个人的命运。

写作过程的艰难却始料未及。因年代久远，相关资料匮乏，铁路专业书籍甚少，可参阅的内容十分有限，又因铁路方面熟知那段历史者寥寥，羚羊挂角，无迹可寻。唯多次寻访旧租界，从细微末节中寻找一些蛛丝马迹，再动用逻辑和想象力进行创作。一年多的日子沉潜其中，回想那个艰难的过程，不堪回首，也难免在字里行间流露出某种心绪。小说写的是老汉口故事，人物的情感命运也与现实相关联。火车站仿佛是一个时间的具象，迎来送往，悲欢离合，尽数沧桑，也备感苍凉。那些过往，如见朝霞升起，亦看夕阳西下，遇见或别离，幸福或忧伤，是别人的，也是自己的。

小说在创作中，得到湖北省作协及朋友们的关注、支持和帮助，那些温暖的片段，如春风化雨滋养这部作品，也让我相信，只要努力向着心中的目标前行，无论路途如何难行，上天总会在恰当的时候给你一份抚慰。

小说出版亦是一项繁冗的工程。作品最终呈现怎样的面貌，面临怎样的命运，是作者无法把控的。唯一能做的，是竭尽所能写好每一段文字，不辜负读者的期望。为少点遗憾，每一个抉择，每一个取舍，皆出于对作品的尊重。时间会抹去记忆，唯文字能够长存。

车站有抵达，便有开启。一部小说完成了，故事还在继续，酸甜苦辣，总是人生的常态，岁月流转，但愿心有所归依，不失生活的希望，便是幸福的抵达。

谢谢。

2016 年 10 月 19 日

于沌口

序章

时间往回溯七十年，是个阴冷的初冬，薄如清纱的晨雾弥浮在汉口的大街小巷里，平时热闹的玛领事街[1]似乎没有苏醒，正前方巍峨的大智门车站还沉浸在迷蒙的梦中。但时间不长，雾就散开了，青淡的日光露了出来，在那四堡形的塔顶上逗留，折射出冷峻的底色，连同绿瓦灰墙，森然显现出庞大的轮廓。

车站内相对空旷，电线杆突兀地立着，隔几十米竖一根，铁轨上的枕木蜈蚣似的向前爬去，长长地看不到尽头，天际寥廓邃远，周边除了一些房舍，几乎没有遮挡。月台上百米长的风雨棚被揭去了遮盖，仅剩下方块架空洞地撑着，残存的瓦楞铁被寒风刮得哗哗作响，铁轨边的杂草被吹得东倒西歪。两个持枪佩刀的日本宪兵木桩似的站着。一些乘客怕冷，寥寥几位等在背风处，其他都待在候车室里，耐不住的，便抻着脖子往格子玻璃门外张望。

有个穿黑色斗篷的女人出现在空旷的月台上，她立在风雨棚的残架旁，藏在斗篷里的脸露出秀气的轮廓，风把斗篷下摆时而掀起，修长的曲线隐隐约约。

火车迟迟没有到站。女人一动不动地立在风中，像一面舞荡的旗子。

这时，前方的铁轨上，出现一个移动的人影，那是巡道工刘黑生，他正朝火车站慢慢走过来，黑衣女人已收进了他的视线。每隔几天，她就会出现在月台上，或早或晚，成为一道熟悉的风景。等黑生离得近了，女人忽地像受惊的母鹿，匆

1　玛领事街：1945 年以前叫克勒满沙街，更为早些的年代，叫玛领事街，属法租界。

匆离去。黑生扫了眼站楼，又望见二楼那扇窗户晃过站长伊藤的身影。

铁轨画着弧线，在灰白的天空下无限延展。如果有双千里眼，就能看到，有列火车即将从信阳启程，往汉口而来。

彼时，狭长的站台上，涌动着一波一波的人流，匆忙上车的旅客，送行的亲友，忙碌的车站司事，围着车窗叫卖食物的小贩……一个个面孔晃来晃去，车厢很快就装满了，没座位的，便在过道里站着。

车厢里错动忙乱了一阵，不等安定下去，火车便吐着白烟缓缓地开动了，光秃秃的杨树一棵棵地后退，随即眨眼而过。谢承远靠在窗口，注视着那条长龙似的弧线一直往前延伸，倏而张着嘴吼叫一声，一团黑烟飘来，冷不丁钻进车窗，鼻腔涩涩地难受，他不由侧了下脸。

车厢里的喧嚷稍有平息，火车的震荡倒是清晰了，谢承远观察一下四周，里面的人各式各样，除了中国人，日本人，也有几位从鸡公山别墅返汉的法国人。两个生意人在对过的座位上小酌，鸡肉的香味夹杂着酒气，在嘈杂的车厢里弥浮。谢承远的目光逗留片刻，一下触到斜对面那女人的背影，不由一怔，好像珠喜，他惊得几乎要站起，等扭过一张陌生的面孔，又怅然若失。

往事被挑开一角，像细线一样牵了出来。五年了，他一直断不了思念，一切都是他的错，他对珠喜只有歉疚。他不忍再看那个背影，又把脸转向窗外，一团团阴惨惨的乌云在天空中徐徐移动，呼啸的寒风吹着干枯的杨树枝，茫茫无际的田野，破败的茅舍，牵羊的孩子……一片一片地闪过，伴着火车轰隆轰隆的响声，仿佛把人带入时间深处。又一团黑烟飘来，他的眼里全是雾，雾中依稀见有迷幻的戏台，台上的人来来去去，一场一场地演绎着，像火车车厢一节一节地延伸……

第一章 初识

白色的烟气中，承远看到圆桶似的火车头在嘶叫着，长串的大轮子在铁轨上剧烈地震动，样子十分凶猛。很长时间，他都惧怕那庞然大物。

他正值幼学之年，长得精瘦，像细麻秆似的，却像鱼一样好动。父亲带着一家人在月台上等火车。承远还是第一次看见这大家伙，听父亲多次提及，是新出现的洋玩意儿，比马快，比汽车快，会载着他们到汉口去。此时，见那家伙像头发怒的狮子，凶悍地呼啸而来，他一时紧张得要命，不由抓紧了父亲的手。

不仅是他，母亲也怕，她唠叨火车把耳膜都震破了，她正怀着孕，可受不了这般刺激。

火车逶逶驶进了保定车站，大轮子吐出团团的蒸气，月台就像浮在云水间，人在雾中影影绰绰的，有几分虚幻。

车门打开了，人流蜂拥往各个车厢拥去。父亲在火车上做车首，将他们母子带进车厢里安排定当，就忙去了。承远见父亲顾不了自己，母亲也有气无力，他便乐得自在逍遥，时而在车厢过道跑来跑去，时而趴在座椅上望车窗外的风景。

深秋的阳光暖暖地照着大地，树木，村庄，田间劳作的农人，都收进一幅金色的油画里。有一缕光线透进了车窗，处在窗边的承远，小脸照得红润光亮，充溢着鲜活的气息，就像躺在母亲的怀里。可此时的母亲正孕育着另一个生命，还顾及不到他。

承远看了会儿风景，有些倦怠，又寻思别的乐子。他找不到玩伴，就跟头等车厢的车童混熟了。车童小铁长承远几岁，个子也高他一个头。他提着茶壶去餐车厢对水，承远就屁颠屁颠地跟在后面，往车厢里穿行，顺便去别的车厢逛逛。

“你怎来火车上呀？”承远问。

“家里吃不饱，这里有吃的呢。”小铁答。

“车上好玩吧？”

“没工夫玩啊。”

……

司乘走过来，见承远跟着车童，怕人多不安全，便把他拉回到座位上。

几小时后，火车到达下一站点。小小的月台涌来不少吆喝的小贩，有的在叫卖当地的土特产，那些刚采摘的水果，五颜六色，鲜润诱人。女人们拎着篮子凑到车窗前，篮子里装着馒头、包子、煎饼、煮熟的玉米之类，用土布搭着，一掀开，还冒着丝丝热气。有旅客抻着脖子在车窗边与小贩讨价，再拎些进来，津津有味地吃着。火车上还附挂着伙食公司的餐车，有些体面的旅客就会到餐车厢里用餐，不少人舍不得享用，跟那些闷罐厢里的人一样自带干粮，或沿路买点小吃对付。有的就饿着，只等到站下车解决。

水鹤在往火车里注水，停靠的时间稍长一些。见父亲在火车头那跟车站长说话，承远便趁机溜了下去。

“你倒是会瞅机会。”父亲见他奔过来，一时惊愕，倒没责怪。

承远瞧着火车头，便起了兴致，只管扯着父亲问这问那。

“爸爸，火车怎么冒气呀？”

“火车就靠蒸气推动，”父亲指着那些机械说，“锅炉里装有一个平放的汽缸，通过煤的燃烧使锅炉里的水变成高温蒸气，喷到汽缸里推动活塞，再带动车轮行进。”

“怎又叫火车呢？”

“发明火车的是英国人史蒂芬孙，他制作的第一台机车叫布鲁号，因运行时从烟囱里突突冒出火苗，人们便叫它火车。”

承远瞅着火车头，喃喃道：“你说过中国也造得出火车？”

“是啊，”父亲饶有兴致地说，“当年修筑唐胥铁路时，工人们就凭借总工程师金达绘的图纸，利用起重机锅炉和竖井架的槽铁等旧材料，制造了我国第一台蒸气火车，取名龙号……”

承远听得起劲，忍不住蹬上踏板瞅了瞅。

狭小的驾驶室里，司炉正拿着铁锹往煤堆铲煤，准备添到火红的炉膛里。司机端坐在驾驶座上，眼望前方。副司机倚靠在窗口，在与车站站长交接路签，准备开车。

等承远回到后面的车厢，就响起当当的铃声。他看到站长举着小旗子在做通行指示，就听火车一声嘶吼，缓缓地启动了。

“妈的，人真多。” 王运福一边嘟囔着，把行李撂在支架上，肥屁股重重地落下来，拿手巾擦了下额头沁出的油汗，歇了口气，才掏出烟嘴点火。

对面坐着穿灰布长衫的宋书成，他约莫三十岁，面容清癯，正拿着一本《汉口竹枝词》在看，身旁坐着一个十来岁的女孩。

王运福打量了一下对方，搭讪道：“先生也是刚上车的吧？”

“是。”宋书成应道。

“去汉口？”

宋书成点头道：“是啊。”

王运福一听对方同行，便热络开来：“汉口好哟，做生意容易发财，这火车一通，就方便多了……”他吧嗒着烟嘴说，团团的烟雾向四周飘散。

女孩闻不得烟味，便侧过身去，从布包里掏出个印有美人图的万花筒，对着窗外看。

承远母亲坐在斜对面的位置，她也闻不得烟味，就与窗口的承远调换了一下。承远正无聊，见小姑娘目不转睛地瞅那玩意儿，便觉新奇，不由凑上前去。

“能给我看看吗？”他忍不住问。

那桃花面转过来，一双清水眼打量了一下承远，仿佛对方从天而降似的，略略一顿，似乎不愿被打扰，又回过头去，自顾玩着。

女孩的冷淡让承远气馁，又不愿舍弃，正进退两难，被一旁的宋书成注意到了，叫了声：“珠喜……”

女孩迟疑了一下，便把万花筒递给了承远：“你看吧。”

“好的。”

承远拿起万花筒，眼瞅着那五彩缤纷的图案在他手上不停地变幻着，就像不可预知的梦境，奇妙无比，他一时忘记了车厢里的沉闷与单调。

龟裂的土地，干枯的作物，步履蹒跚的人……火车驶入河南境内，沿途是这般情景，旱灾还在蔓延，苦等老天爷降下甘霖已没了指望，只得逃离，往南方的汉口去。那里长江汉水交汇，湖泊纵横，物产丰美，经济繁荣，是无数人向往的地方，而此时干渴的灾民，更多是想到那里的水，水是他们心中最直接的诱惑。

火车皮上巴附着不少人，像壁虎似的贴着，时间一长，耐受不住奔驰的惯性，手稍微松点劲儿，就会掉落下去。

那时，车首谢绍祖正往一节节车厢里察看，他中等个子，细目疏眉，一张平淡无奇的脸，但穿着深蓝铁路制服，戴上宽檐帽，便有了几分威严。

这是他例行要做的事，每天来回十几趟，尤其是旅客多的时候，车厢的司乘忙不过来，他就成了救火队长，哪里有难，就出现在哪里。

车厢里乱哄哄的，挤满了人，连车厢衔接处都三三两两地歪着，堵着道，空气里混杂着汗馊尿臊的臭味。谢绍祖的脚在人堆的空隙中一点点挪步，在京汉线上工作，已习惯了这份拥挤。

谢绍祖从路矿学堂毕业后，分配到唐胥铁路工作了一段时间。京汉铁路建成时，他有幸出席了通车典礼。京汉一线历经河北、河南、湖北数省，相距3000多里，中间还有黄河、大别山系阻隔。以前要经过三十多个驿站，鞍马劳顿，耗时巨大。铁路通车后，北京至汉口普通车只需六十小时，快车又少一半。谢绍祖自从走了一趟京汉线，就对贯穿南北的这条干线心生向往，希望有一天也能来京汉铁路，在古老京城与繁华汉口之间穿梭，领略南北各地的风土人情，眼界会更开阔。

因工作勤勉，他一步步地得以晋升，愿望也终于实现，不仅调来京汉线北段，还当上了车首，两年过去，又将调往汉口火车站任职。汉口是四大名镇之一，号称“东方芝加哥”，尤其是京汉线开通后，日夜奔驰的车轮源源不断地输送着铁路沿线的物产，还将山西、陕西、安徽等省的货物和客流吸引到汉口，一些外国洋行也纷至沓来，中外商贾，咸集于此，已成为中国第二大国际商埠，经纬纵横，各省旁通，四达不悖。汉口火车站是京汉铁路南端的终点站，也是头等大站，铁路局委派他前去赴任，诚惶诚恐中，也深感任重道远。此次举家南迁，也是他最后一次行使车首之职，想到在火车上度过的日子，夜以继日地辛苦工作，无论酸甜苦辣，都是珍贵的记忆。也难免不舍，以后上火车的机会可能不多了，对他来说，也像是一场告别。

谢绍祖走过几节车厢，不时有旅客把他绊住，逃票的，换票的，或是行李放置不到位，要帮着挪挪，还有发生争执的，他又上前调解……火车上就这么繁杂琐碎，事无巨细，已成了习惯。

他照例要走到车尾，不时有人巴附在那里，司乘一时不在，就趁机溜进了车厢。

谢绍祖从后门玻璃窗往外一瞧，见一蓬头垢面的女人抱着个女娃萎缩在车尾，另一个男孩没位置了，就窝在踏板下，两脚悬空，他紧紧抓着栏杆，女人不住地叮咛："别松手啊……"

车门一响，女人本能地往后一缩，那双眼睛惊恐地望着穿蓝制服的人，她知道厄运将至，来人肯定不会让他们留在车上，一到站，就把他们当垃圾似的扔出去。这一来，他们只能沿着铁路线慢慢地走。本已饥寒交迫的她，哪还有气力走下去？运气好一点，会扒上下一趟车，可也得冒险，现在儿子已快挺不住了，他们还能坚持多久？

女人转头看了一眼筋疲力尽的儿子，可怜巴巴地向谢绍祖乞求道："大人，行行好，放过我们吧。"

谢绍祖确实想把他们赶下车去，这样的人太多了，上来的不仅有逃票的，还有飞贼，趁人不注意，就顺手牵羊偷东西，大人倒容易注意，那些小孩子就疏忽了，人小鬼大，常常做贼的也是他们。每趟车都会发生一些事情，不仅给他们增加负担，旅客也怨声载道。但女人这般乞求他，他倒是踌躇了，目光落到她怀里的幼女上，黄白的小脸，黑玛瑙似的眼睛因瘦弱显得过大，正愣愣地盯着他，小手紧紧地攥着母亲，生怕对方要抱走她。或许是被女孩怯弱的目光触动了，也不过一闪的念头，他走了过去，把手伸向了那男孩。

午餐的时间到了，一些旅客陆续往餐车厢走去。谢太太妊娠反应强烈，不想吃东西，就要承远自己去餐车，承远跟珠喜熟了些，便自告奋勇带她去。

餐车里已坐了些人，弥漫着诱人的香味。饭菜不算丰盛，有五六样，荤的少，素的多，都用瓦罐装着，外用草篓子护着保温，要吃就舀一勺子。

承远眼尖，一下瞥见父亲也在里面。

谢绍祖身后跟着刚才搭救的男孩黑生，他拿着个缺了口的瓦钵，怯生生地东张西望，见承远走上前来，本能地往后缩了缩。

“爸爸——”承远大声叫着。

谢绍祖答应一声，只管叫黑生上前来，要伙夫拿了几个馒头，往他瓦钵里舀了些稀粥，又捻了些咸菜里面。

“去吧，给你娘和妹妹也吃点。”谢绍祖吩咐黑生。

男孩头像鸡子啄米点着头，端着稀粥馒头快步离开了。

“馒头做得好泡松，你也吃个吧？”父亲这才问起承远。

“我不吃馒头。”承远有些赌气，父亲尽为别人张罗。

“怕是没饿吧，看看人家，吃得有多香。”谢绍祖扫了下旅客，转身便走了。他就是这样，眼里只有工作，家人倒是次要的。承远对他不满，也因跟父亲有些疏离，不亲近。

好在一刻就忘了，他还顾不得想那些不快。初识珠喜，两人相处甚欢，旁人也看在眼里，王运福有意要请宋书成喝一杯，连同承远和珠喜也带上。

两个孩子对着餐桌坐着，只听王运福在叽里呱啦讲故事。说他给村里的财主当长工时，偷偷跟财主的闺女好上了，财主把他狠狠打了一顿，撵走了他。那姑娘却受不了，自顾跑了出来，跟他一起去私奔。后来，他将财主姑娘的首饰换了些钱，在驻马店开了间杂货铺，做起了小本生意。那财主打听到姑娘跟他在一起，气得捶胸顿足，但生米已做成熟饭，无奈之下，只得由着去了。时间一长，老财主思女心切，又怕姑娘跟着他受苦，就时常拿些财物接济他们。他就借此把小杂货铺扩大，将岳父家地里长出的粮食、棉花运到驻马店经销，后来又联系上汉口的商户，渐渐就做大了。

承远和珠喜第一次来餐车吃饭，新鲜又兴奋，只因彼此在一起是愉悦的。像他们这般年龄的孩子，已有不少定了娃娃亲，确定婚约是常事，有穷人家的姑娘还早早去婆家做了童养媳。谢绍祖现顾不上这事，或是还嫌早，而宋书成也因妻子去世，生活无着，一时顾不得考虑。

大人没在意，孩子的心却在长。对男孩承远可能早了点，他似乎还混沌未开，但对早慧的珠喜，听王运福讲那些情爱故事，仿佛点开了一道穴，何况彼此挨得那么近，也似在催化。目光再一触及，珠喜不免心生悸动，莫名的情愫也似一道流泉潺潺而出。

宋书成是个斯文人，为人正派，也并不傻。他是个落第秀才，承祖上一点薄产过日，好在他还算勤勉，精打细算，收入日增，筑屋添地，日子不算富足，也有盈余。无奈妻子羸弱，久病不愈，又遇庸医误诊，徒花钱，费气力，终因不治，撒手而去。宋书成跟妻子感情甚笃，丧妻之痛一时不得缓解，又遇灾年兵歹，收获尽失。无奈之下，只得另谋生路。好在有一亲戚在汉口租界做事，那里经济繁荣，机会肯定多些，就想来此投奔。与王运福在火车上相识，也是幸事，对方在汉口有业务往来，碰巧还与他们要去的徐府有联系，不由窃喜。但对王运福，他只是试探性地打听，不敢露底。

“那徐老板在汉口租界可名气不小，以前做票号，后来又做洋行的买办，出口桐油，还兼做房产，不得了啊。”王运福咂嘴道。

“王老板跟徐家蛮熟吧？”宋书成试探道。

“我岳父大人跟徐老爷一起当过兵，”王运福叹口气道，“老丈人胆子小，脑子也旧，没徐老爷敢做，要不也发了……”

“现来汉口总要拜访一下吧？”宋书成搭腔。

“那当然嘛，徐老爷对我们也不见外啊。”王运福炫耀道。

承远对大人的事不太懂，也没兴趣，听到旁桌的人在聊汉口火车站什么的，原是比利时人管着，后来张之洞收回路权，才是华人自主……承远半懂不懂，不由问王运福：“汉口火车站很大吧？”

“汉口火车站好大呢，比北京火车站还要洋气……”王运福也就概括两句，至于往开处说，他肚子里的存货也有限。

这方面，宋书成毕竟书读多得一点，他没去过汉口，却对那“人烟数十里，贾户数十家”的“楚中第一繁盛处”早有耳闻，尤其是京汉铁路开通后，汉口空前繁荣，四海趋之若鹜，也令他神往。看了一些书，他对这座城市的前世今生，不说了解得很透，起码也有个大概。此时见王运福提起，便说：“这还不是最初的火车站呢。”

“为何呢？”不光是两孩子，连王运福也诧异。

宋书成借着酒兴，话匣子也打开了：“辛亥那年，民军攻下了武昌总督府，衙门官员就从大智门车站仓皇逃离，往京城去的……”

“怎又叫大智门车站？”承远不由问。

“湖广总督张之洞主持修建卢汉铁路时，同时修建汉口火车站。因是在汉口城垣原址大智门这地方建的，因而得其名。”

“那后来呢？”

“民军攻占汉口，在大智门车站设立指挥部，进军刘家庙车站，驱逐残余清军……”

王运福跟他碰杯道：“当时民军要打胜了，就直捣北京城去了。”

宋书成说：“清廷自然慌了呐，很快派冯国璋率部南下增援，在刘家庙车站与民军展开激战，后击退民军，冯国璋就在大智门车站设司令部，指挥清军攻击循礼门车站的民军。久攻不下，冯国璋就令士兵焚烧汉口街道，繁华市面成了一片火海，烧了几天几夜，致使大智门车站、循礼门车站均遭兵燹……”

“冯国璋狠毒呐，要不是这一劫，汉口就不是小上海，而是要跟上海齐名了。”王运福忍不住惋惜。

“也多亏这地方的人顽强，又恢复如初了。”旁桌吃饭的老先生插话道，“汉口本有长江大码头通商，现在又通了京汉铁路，真是如虎添翼啊。”

“可不是，火车一响，黄金万两呐。”王运福倒不忘这一句。

“《汉口竹枝词》上这么写道：京汉迢迢鸟道通，骤于奔电疾于风。羡渠历尽山川险，都在南柯一梦中……”宋书成正在看此书，借着酒劲一字一句地念道。

王运福听了便有些不爽，他不懂诗，但那四字究竟不是个好词。

承远平时听父亲说过一些，却没这么丰富。谢绍祖常年在外跑车，聚少离多，承远从别处听来的东西，倒比父亲告诉他的要多。

“爸爸，快吃吧，菜都凉了。”珠喜见王运福脸色不对，便催促父亲。

“吃，吃，再过几小时就到大智门车站了，一起去看大汉口！”宋书成端起酒杯，跟王运福碰了碰。

火车往前行进，时间也在光影的移动中，一点点地消磨。因人多嘈杂，行动有限，加之母亲的妊娠反应在持续，折磨着她自己，也折磨着身边的人，承远只巴望着火车跑得更快些。

从餐车回来后，珠喜就忙着给父亲倒茶水，让他醒酒。等她端着茶杯回来时，父亲已靠着椅背睡觉了。王运福一脸酡红，还在跟刚才说话的旅客闲聊。珠喜看座位被一抱孩子的女人坐上了，知道她是扒车上来那黑生的妈，先在过道上歪着，可能受不住了，见到空位就坐，也不管人家的脸色。女人瞄见珠喜的座位，看她文静温和，时而就坐一坐。现在珠喜过来了，她也不起身，只是讨好地笑了笑。

黑生坐在车厢过道里，见珠喜在一旁站着，便喊他妈过去，女人却像没听见似的。黑生难为情地望着珠喜，珠喜只好说：“让她坐吧。”

谢承远正感到憋闷，看到斜对面的动静，不由起身，把珠喜拉到他母亲身旁坐着。他怕珠喜坐着不自在，就干脆走开了，想去餐车前面寻他父亲，不见人影，便要去别的车厢走走，却见珠喜跟了上来。

“你妈要你别到处乱跑。”

“是你不想在那坐吧？”承远到底机灵。

珠喜扑哧一笑说：“看你妈难受的样子，我也受不了。”

两人往回走，就在车厢衔接处站住了，隔着车窗看外面一闪而过的风景，彤红的夕阳在跟着火车奔跑，一会儿闪进云层里，一会儿躲进树林中。跑过的田野和池塘都染上了片片金色。一束光冷不丁射进来，承远眨了眨眼，见珠喜的翘鼻子上虚浮着一层光影，愈显得小巧玲珑，不觉一呆。

珠喜见他瞧着自己，娇羞一笑，低下头，长睫毛似两瓣弯弯的花影，承远一时痴着，喃喃地说：“你以后也会像我妈这样的。”

珠喜打了他一下，承远笑着躲闪。无形之间，彼此又拉近了距离，像很久就认识似的。

“去照顾你妈吧？”珠喜说。

“我也不会照顾，只是帮她端水，拿一下东西。”承远一时不想走，只想在此待着。

“有你爸爸也行。”

“我爸爸忙呢。”承远说。

珠喜笑道：“也怪不得你妈难受呀。”

承远不知其意，瞅着珠喜芙蓉初开的笑靥，不由凑近说：“以后你也给我生孩子好吗？”

珠喜听了，小脸顿时红得连腮带耳，一时娇羞难耐，便弃了承远，自顾往车厢去了。

留着承远一个人愣在那里，也不知珠喜为何那般生气。此时他还不知生孩子意味着什么，只道是女人的事，就像他母亲那样。他对珠喜的感觉还是朦胧的，只是喜欢。喜欢她的模样，她的一颦一笑，都有说不出的喜欢。

有时缘分不经意地来了，牵起了两颗心，只是当事人还浑然不觉。

承远又去找他父亲，他在车厢无法待了，只能跟着父亲。可父亲在忙，哪容他在旁边添乱。谢绍祖向来公私公明，不想为家人搞特殊，后来见妻子处在那般嘈杂的环境，困苦不堪，经不住旁人劝说，谢绍祖就破例将他们母子转至头等车厢里。头等车厢以侧面为通道，一室内相对置有四人坐的长椅，门一关，自成空间，少了人干扰，确实安静不少。承远虽不太情愿，无奈母亲难受，也只得跟随。

承远百无聊赖，又耐不住找车童小铁，小铁却顾不上跟他玩耍，要忙着端茶递水，打扫清洁。谢太太怕承远打扰人家做事，喊他回座位上待着：“好好坐一会吧，就要到站了。”

承远被母亲管着，倒是老老实实坐了会儿，后来便躺在长椅上睡着了。

火车又到达一个车站，他看到父亲在站台忙着，也跟着下了车，来来往往的人，他瞄见了珠喜，便跑向她，可珠喜一闪身不见了，他在人群中寻找，她时隐时现，跟他捉着迷藏，他急不可待，东奔西走，一瞧见她的身影，还没到近前，珠喜又上了火车，他奔过去，火车却开了，把他一人丢下……

“汉口到了！”他似乎听到有人在叫，睁开惺忪的睡眼，原来做了个梦，一时惊魂未定，再一看，火车果真停下了。

他望着窗外偌大的月台，似曾相识，像梦里见到的样子：“这是大智门车站吗？”

“是啊，终于到了。”疲惫不堪的谢太太吁了口气。

旅客们从摞物架上拿起行李，陆陆续续地下车。承远和母亲还坐在车厢里，等着父亲来接他们。

白色的蒸气还未散去，月台上的人影像处在虚幻里。他瞄见珠喜和她父亲随人流而去，想到梦里的情景，倏地有些不舍，便朝她喊了一声。珠喜回头看他在车窗招手，笑了一下，忽地奔了过来，掏出随身带的那个万花筒，递到窗口说：“这个给你。”

承远接过来，也顾不得道声谢，只是呆望着珠喜蝴蝶似的飞到她父亲身边，随如潮的人流往出站口去了。他握着万花筒，感觉上面还留有珠喜的体温，他端详那泛着光亮的凸面镜，一时觉得圆柱体装饰画上微笑的姑娘好像珠喜，他又拿起万花筒对着光线看，那变幻无穷的世界，希望里面藏着一个微笑的姑娘。

第二章 车站

月台上走了一波人，白色蒸气散开了去，只有火车静卧在铁轨上，呈现短暂的空寂。

旧城垣上建起的这座车站，长长的铁轨便是分界线，眺望铁路之外，原是城郊，大片的湖塘和菜地，也零星建起了一些简陋的棚子屋，多是外来人口聚集于此。城内却是车水马龙，熙来攘往，一派烟柳繁华地。

谢绍祖带着家人下了火车，抬眼就见那灰色法式风格的主站楼，巍巍屹立着，整座站楼呈山字形对称，典雅庄穆，气势恢宏。两翼楼设着警务所、邮运室、行包房等，忙碌的人在进进出出，在墙院植有香樟、玉兰树的甬道间穿行。月台中央还建有一方鱼池，假山玲珑，游鱼嬉戏，让繁忙的站台多了些闲适和生趣。

从出站口往外走，抬头望去，楼顶四角的哥特式尖塔高耸，犹入云端，配以覆斗式屋面、绿色铁皮瓦、栏杆式女儿墙，愈显得峥嵘轩峻，富丽堂皇。主楼中部设为巨大的半圆玻璃拱窗，状如车轮，沿边缘又镶有五个小车轮造型，内书“大智门车站”几个楷体字，赫然醒目，与上方带翅膀的飞轮雕塑相映成趣。

谢绍祖立在车站门前，眼前又浮现十几年前出席京汉铁路通车典礼的情景，那个鸟语花香的四月天，新建的大智门车站热闹非凡，站楼上彩旗飘扬，站台上锣鼓喧天，聚集了铁路方面及湖北各界人士，欢声笑语，盛况空前。铁轨上，一列披红挂绿的火车整装待发，人们争相目睹那个庞然大物的风采。在鞭炮鸣放中，白发苍苍的湖广总督张之洞慢慢登上火车，向欢呼的人们挥手致意。只听一声震耳欲聋的嘶吼，火车在长长的白烟中驶出了大智门车站，汉口又开启新的一页……

“爸爸，”承远把他从回忆中拉回来，“我想进去看看。”

前来迎接的站务司事小赵见此，便领着一家人往三扇玻璃门里走去。

进门便是高旷的候车大厅，前后墙面的半圆拱窗映着天光，通透明亮。两排竖着方形的廊柱，使大厅显得疏密有致，高雅华贵。楼宇上还饰有西洋风格的壁柱拱券，造型各异的壁浮窗雕，配以高高垂挂的精美大吊灯，将法式的古典风格浸透到每个角落。

“现在这座站楼是民国四年重修的，两侧翼楼也是后来增设的，由法国工程师设计，造型和规模在亚洲都首屈一指……”小赵介绍说。

谢绍祖默默欣赏着，心里又有些不平衡。中国铁路有些是詹天佑工程师设计的，但沿途火车站多是大同小异的欧式风格，少有本国设计师的作品，车站成了西化的象征，对他这种讲究传统的人，不免感到遗憾。

厅里坐满了人，有的等待火车，有的排队买票，肩挑背扛，扶老携幼，聚集着旺盛的人气。眼见车站内外繁忙的景象，谢绍祖兴奋之时，也感到沉甸甸的压力，不知自己能否胜任将要接手的工作。那日翻阅《菜根谭》，里面有些句子已熟稔于心，譬如“真诚为人，圆转涉世”“修身种德，事业之基”，也有“事上敬谨，待下宽仁”，还有“大处着眼，小处着手”，等等，想以此做事为人，总不会错到哪里吧，不觉释然放怀了些。

小赵已叫了黄包车，说谢首的新居都安置好了，让谢太太和承远先回去休息。谢绍祖送走了家人，正要进车站报到，却碰到黑生和他母亲。女人指着后面拖板车的男人，说是她丈夫刘福根，便拉着男人过来给谢绍祖作揖，多谢搭救了他们母子。刘福根有些干瘦，脸上满是皱纹，三十来岁的人倒像四十好几的样子。寒暄几句，便向谢首告别。刘福根推起板车，小闺女坐在车上，清澈无邪的大眼睛直瞅着谢绍祖，感觉他眼熟，便甜甜一笑。

“可怜见的。”谢绍祖心里一热，等那一家子往铁路外方向去了，才随小赵进了站内候车大厅，一侧的过道直通二层翼楼，办公就在楼上。

余俊发副站长正从楼上下来，见到小赵引着谢绍祖过来，不由站住了。

“这是……”余站长一脸狐疑地看着小赵。

“这是北段的车首谢绍祖，刚调来车站，老站长要我接待一下。”小赵答道。

一个铁路线上的，余副站长对谢绍祖这个名字并不陌生，此前在机务段待了一段时间，做车首时间并不长，怎就来汉口站了？正揣度着，谢绍祖已微笑着伸出手来，他也勉强挤出一丝笑容，彼此稍稍一握，便分开了。

熙攘的人流中，宋家父女缓慢地走着，是踏入异乡最初的不适，也不乏对汉口心存的敬畏。

珠喜适才将万花筒送给承远，是本能的驱使，好让离别的空落缓解一下。行程是枯燥的，因认识了承远，就多了一份快乐，好比荒芜里的绿树，深山里的泉眼，有了灵动，有了暖意。在分别的时刻，蓦然有些不舍，她就毫不犹豫把心爱的万花筒拿了出来，知道承远也喜欢，就做个留念吧。

她望见那座洋气的四堡形站楼，就惊叹不已。她一直在驻马店乡镇里长大，以前没坐过火车，也没见过城市，不知道汉口有多么繁华，但火车站是她对城市的第一印象，她被如此壮观的建筑震撼了，以她的年龄，她的思维，还想不到踏入这座城市对她意味着什么，但父亲向往汉口，还有那么多人拥向这里，总是鼓动人心的事。

从车站出来，正前方便是繁华热闹的玛领事街，也是通往法租界的必经之路，马路两边店铺毗连，车来人往，已现闹市区的雏形。

父女俩走在街上，一时目不暇接。在火车上，宋书成没向王运福露一句口风，临到出站分别时，跟对方互道珍重，望着王运福坐上黄包车一溜烟不见影了，一时又有些后悔。徐家尚是个未知数，若不愿接纳他们父女，也该留下王运福的地址。对方在汉口做了几年生意，已有了一些人脉，要他帮助引荐一下，岂不踏实些？可他到底磨不开面子，不想让对方以为他投靠无门，由此看低了自己。现在倒好，就一条路走了。

他要往法租界的徐府去，因表亲在那当管家，前年回老家见过一次面，说汉口怎么繁华，徐府如何气派，老板生意做得很大，他在那府上如何吃香喝辣，等等，说得天花乱坠，惹人羡慕。后来表亲趁着酒兴拍胸脯，要书成去汉口只管找他，徐老板为人不错，太太也好，他在那府上说话算数。

宋书成一时没当真，后来逢灾遭劫，到了山穷水尽的地步，不免勾起心思，何况对汉口早有神往。可他又怕表亲到时不认账，就没打招呼，想来个先斩后奏。即便如此，还是犹豫再三，直到买好火车票，也就顾不得了。

此时到了汉口，往陌生的街道走了一段，不免有点七上八下，不知那亲戚能否接纳他们。忐忐忑忑又走了一段路，问了几个人，才找到位于巴黎街的徐府。

梧桐掩映中的一幢红色小洋楼，院门正对着街面，百叶窗多半关闭着，看不到房内的动静，枯黄的叶子在红色的墙壁上印着稀疏的斑影，风一吹，便沙沙作响。

宋书成立在院门前，定了定神，才揿响了门铃。

院门“哗啦”一声，露出门房老头漠然的脸。

“找谁？”

“请问刘先生在这里吧？”

“这里是徐府，你找错人了吧？” 对方就要关门。

宋书城赶紧问：“你们这里管家姓刘吧？”

“管家是汪妈，不姓刘。”

“刘旺才在这里吧？”

“哦，你是找他呀？”对方的嘴角歪了一下，不知是笑还是嘲讽，“哗啦”打开门，把父女俩让进院子里，转头对着后院喊，“老刘，你家亲戚来了。”

后门晃出个圆圆的脑袋来，身上罩着围裙，眼睛眯成一条缝，看清是宋书成，脸一下僵住了：“是你呀，几时来的？”

“刚到。”宋书成见他的表情有些失措，心不觉一沉，便要珠喜喊一声舅伯。

“先去坐坐吧，我正忙着晚饭呢。”他把父女俩往里领，显得有些勉强。

后院几间平房作厨房和下人居住，有个女人在门口拣菜，脚下黄黄绿绿的菜叶子，刘旺才对女人介绍道：“这是老家的亲戚。”女人瞧了一眼父女俩，指了下旁边的板凳说：“哦，坐一下吧。”等父女俩坐下了，刘旺才自顾进去忙碌，那女人依旧低头拣菜，没理会他们。

宋书成坐在那里，口干舌燥，腹中空空，看表亲也不出来递杯茶，心里不觉懊悔，想刘旺才来汉口做学徒多年，现在大户人家做伙夫，并不丢人，为何要瞎吹呢？

一时冷落在那，珠喜坐不住，便站起身往外走。

“你去哪？”父亲在背后喊。

“想出去走走。”珠喜背着身子说。

“坐下吧，别到处乱跑。”

珠喜在梧桐树那站着不动。

这时，楼梯“咚咚”一阵响，走下一个十五六岁的少年，他瞧见立在梧桐树下的珠喜，不觉一呆，便快步下了台阶，走到树前站住了。珠喜见少年打量着她，脸一红，便往厨房走去。少年似乎不甘心，随后跟了过来，对厨房外坐着的女人问道：“哪来的客人呀？”

女人忙堆起笑脸说“是老刘的亲戚”，又扯起喉咙往里喊：“老刘，奕宏少爷来了。”

刘旺才搓着手跑出来，躬身道：“少爷来了。”

奕宏说：“刘师傅，是你亲戚呀？”

“少爷，怪我没事先打招呼，惊扰您了。”刘旺才腆着脸说，“……这是我表侄，带着闺女从驻马店过来。”

徐奕宏也不看宋书成，只是盯着一边玉人似的宋珠喜，刘旺才忙叫珠喜给他请安，珠喜叫了声少爷。徐奕宏绽开笑脸道：“好呀，就在这住些时日吧，我出去一会儿就回，刘师傅叫汪妈给他们安置一下。”

“多谢少爷。”刘旺才答应着，眼见他出了院门，便带着父女俩去找汪妈，一边说，“这少爷平时就迷恋兵器，书读不进去，倒总往军营里跑，也不爱搭理谁，今天可是太阳从西边出呢。”

“看他敦敦实实的模样，倒不似一般大户人家的公子生得单薄。”宋书成附和道。

“徐老爷以前在军队里待过，有时讲些打仗的故事，少爷也受了影响……唉，只叹他母亲去世得早，老爷未免娇惯了些，也赖他不活。”

珠喜从进徐府门那一刻，心情就一落千丈。原以为刘旺才有点面子，哪晓得是这般光景。暗下也怪父亲头脑发热，太相信刘旺才的话，贸然来此，还不知能否在此落脚。幸亏刚才碰上徐家少爷，答应让他们住下，适才的失落不觉消去了些。

又听说少爷跟她一样没了母亲，同命相怜，无形中对奕宏少爷有了一份亲近感。暗自思量，徐少爷喜欢她总不是件坏事。父女俩人生地不熟，投奔到此，如果徐府肯收留他们父女俩，就是最好的结果。她也不敢奢望，连少爷的模样都没正眼瞧一下，只觉得住进这富裕之家就是幸运。

贸兴澄油厂就处在大智门铁路边的荒地上，从厂门口往里一溜，全是码成山的木桶，浓腻的桐油味弥漫在四周。一些货车、板车在进进出出，拉车的将油桶用麻绳固定好，再鼓足气力往外拉。有些是杂货铺购去零售的，更多的油桶则是运到铁路货场，往火车上装运，再销往全国各地。而销售给洋商的批量用油，则囤于专门的集油柜内，以待出售，或是运到专用码头，直接走船出口。

王运福此次来汉口，到俄商新泰茶厂又购进一批茶叶，准备运往京汉沿线经销，也想找徐老板做做桐油生意。

“早在光绪帝时，汉口就是最大的桐油集散地。从安徽等地运到汉口的桐油，在此经过精炼，再被美国、英国、德国、日本等国收购，一直供不应求……”

当初徐金穗建澄油厂时对他极力煽动，想拉他入资，他刚做起茶叶，资金尚不足，就含混着不敢应承。也不过两年工夫，徐家就把澄油厂建成如今的规模。

王运福观看了厂里的炼油池，刚刚购置的水汀机、炼净机，还有向洋行租来的储油柜等，不免啧啧赞叹。

王运福溜达了半天，见场地上堆着一些腾空的木桶和篓子，两个工人正在清理那些沉淀于桶和篓底的油脚。

徐老板忙完了，见他在一旁蹲着看，走过来道：“别小看这些油脚，收集起来另制成色油，一些船户都抢着要，油漆船身最好了。”

“可是物尽其用啊。”王运福说。

“色油每担也值银五元呐。”徐老板随口道。

王运福一听桐油利润这么大，便盘算起来，如何把桐油销往河南当地，铁路开通，只要运出去就是钱。徐家开有澄油厂，近水楼台，他也不须另找下家，多费周折。赚钱不说，也拉近了彼此的关系。

王运福提出要购买桐油，徐金穗却没马上应允。他的桐油不愁销路，甚至供不应求，只是批价低了他赚不到钱；批价高了，加上火车运费等开支，王运福也赚不到钱。当初要王运福入伙是资金不够，如今他不愁资金，也就不在意对方是否做他的客户。如今成群结队的人找他，随便答应哪家，就会引起另一家的不满。他得看看再说。

徐金穗心里掂量的，还有另外一层，那就是儿子奕宏的婚姻大事。起初跟王运福岳丈家定了娃娃亲，彼此在军队里待过，后又结成把兄弟，感情自不一般。那时徐金穗在洋行跑街，后又被派到驻马店坐庄，收购农作物。幸好把兄弟在当地给他牵线搭桥，帮衬不少。有次他去看望兄弟，两人述旧谈今，一时都喝高了，徐金穗抱起一岁大的婉珍说，这闺女以后就做我的儿媳妇。兄弟说，那你儿子就做我的女婿。这一来二去，便口头约立了一桩亲事。

如今儿子已长到16岁，因自小听他讲些三国、水浒，耳濡目染，也爱弄刀使枪，跟他当初一样。等去看了几次军营，便嚷着要当兵。徐金穗收不住儿子的心，忧虑之时，便想让他早日成亲，把那小子拴一拴。此时，已有汉口的商户有意与他结亲，门当户对，出于生意上的长远考虑，也不失一桩美事。但有那娃娃亲在前，总不好无故悔约。徐金穗考虑再三，还是决定先看看婉珍的照片再说，便给河南的老兄写了封信，言语之中稍有流露，也不好说得太明。他想对方是揣摩到意思的。此时老兄的女婿王运福前来拜见，想是有所吩咐，以此探探口气，也好早拿主意。

返回的车上，徐老板和王运福坐在一起，自然聊起了家常。

“岳父身体还好吧？”

“还好，就是有时犯心口痛。”

“年纪一大，病就来了，可得注意啊。”徐金穗知道当初大女儿私奔之事，老兄为此伤心，身体大不如前。

“有时劝他，过了身又忘记了。”王运福抱怨。

“自上次驻马店一见，一别十多年了。”

“是啊，他总念叨您呢。”

“婉珍也有15了吧？”

“是啊，我正准备给您看看她的照片呢。”他从口袋里掏出皮夹子，取出一张照片。

徐金穗接过一看，是个端坐的少女，穿着直筒的斜襟褂子，留着长长的发辫，圆脸，淡眉，细长眼，似有似无地微笑……徐金穗看得眼热，不是姑娘长得漂亮，而是那恬静的笑容，有这般笑容的女子多是贤淑的。他这样认为。也就是那张照片，他打消了另定姻亲的想法，就认定她了。

从大智门车站出来，沿玛领事街往左拐，转入玛尔纳街，再走十几米就到了海寿里。

承远站在那石库门的天井里，百无聊赖地玩着珠喜给他的万花筒。他一时还习惯不了里份[2]这种地方，天井太小，出门就是百米长的通道，两边房屋相距不过三四米，地上铺着石砖，倒也干净整洁。其实在汉口，住在里份的人家，都是有些身份的。他父亲租了楼下两间房，大房足有二十几平米，一扇窗户朝南，一扇窗户正对着天井，宽敞明亮，冬暖夏凉。但承远一时不习惯，他喜欢北方的四合院，里面种着枣树、柿子树，还有梨树。夏天，在葡萄架下乘凉，躺着数夜空里的星星。秋天，果实都熟了，他爬上树摘果子，有时就用竹竿子敲打，一个个往下掉，吃起来又脆又甜。他还喜欢屋里的热炕，又平展又温暖。不像汉口睡的是绷子床，麻绳织的，要铺几层棉絮才不冷。

但四合院的一切只能成为记忆。

母亲的肚子渐渐隆起，她还拖着笨重的身子忙着家务。母亲是个节俭的人，上次生承远时，她临到生产还在灶房里烧火，后来羊水破了，她倒不急，窝着身子，扶着墙往屋里去，邻居婶子看她裤子湿了，骇得大叫，赶来帮忙，所幸安然无恙。

这一切也是父亲造就了她。谢绍祖的心都放在工作上，总是早出晚归，如今又调到大智门车站，更为忙碌，对家里越发顾及不上。在谢绍祖心里，就觉得家里没多大的事，不过是烧火做饭，洗洗涮涮。女人生孩子是天经地义的，就像地里的庄稼一样，自会瓜熟蒂落。

但谢太太自生承远时受了罪，身体一直没复原，倒有几年不敢生。这次好不

2　里份：武汉独特的民居形式，是最具代表性的建筑群落。武汉市近代最早的里份，起源于汉口开埠后的19世纪末。

容易怀上了，谢绍祖也在意，要请个人照料。但谢太太不愿意，才四个月，还早着呢，过段时间再说吧。

现在承远在新家待着不习惯，里份也不好玩，房前屋后连棵树都没有。他觉得无聊，就玩那只万花筒解一会儿闷儿。父亲别的地方马虎，对他的学业倒是一刻也不放松。安置好家，就打听附近有哪些小学堂。租界里设有几个教会学堂，收的多是外籍子弟，还是外语教学。父亲怕他遭洋人冷眼，考虑再三，还是把他送进附近私塾小学堂里，先适应一下。

承远新来乍到，跟周围孩子不熟悉，语言也不通，跟别人玩不上，未免有些落落寡欢。偏偏那教书先生操着一口黄陂腔，承远一时听不懂，加上那些《三字经》《弟子规》之类也蛮枯燥，便学不进去，人在课堂上，心却在外游荡，挨先生的戒尺多了，表面上虽有所规正，心里已产生了抵触。

承远不喜欢小学堂，也不喜欢居住的海寿里，只想着在外面玩。每到放学，他总要经过大智门闹市区，就免不了左顾右盼，随意游荡一番。

大智门周边是华界与租界接壤区域，从这里往东一转是法租界，往北走，又到了德租界。上行几公里是江岸货场，沿玛领事街直走，过克勒满沙街、威尔逊路，就到达江边诸多船舶码头。由此，上至达官显贵，下至打工混饭的平头百姓，都时不时光顾于此，为人流聚集的闹市区，周围的商业也渐成规模，尤其是直通火车站的玛领事街，沿街是一崭齐的两层楼房，各式各样的招牌醒目地挂着，广货行，土产日杂店、旅馆、客栈、酒肆、烟馆……鳞次栉比，五花八门。马路上车水马龙，穿梭繁忙，时而一些杂耍艺人在车站前表演，引得人喝彩不断。

承远沿着街边溜达，东瞅瞅，西瞧瞧，只见店牌张扬，广告纷繁，也有不少临时摆摊的小贩，拖着板车，挑着担子，装着红红绿绿的干鲜果品，不停地吆喝。也有卖日用杂货的，把小玩意儿摆在地摊上，来来往往的人，有的也会驻足光顾，买些应急的用品。还有不少小吃的摊点，蒸发糕、烤红薯、汤圆、水饺……花色各样，不一而足。

承远见几个孩子在摊子前围着，也凑上去看，小贩用脚一踩，转盘就嗖嗖转出白色蓬松的糖丝子，挽在竹签上圈着，越变越大，渐渐成了丝球，俗称棉花糖，用口一咬便化了。也有卖糯米形糖的，褐色的糖稀子盛在钵里，有人出一文钱，小贩就用两根竹签挑一坨出来，人接住了，就拿着竹签来回地扯，嘴里还叨念着："糯米形糖，越拉越长……"一直扯到褐色的糖稀子变得雪白。还有的喜欢转糖，圆盘上标有各种动物，指针轻轻一拨，停在哪个动物上，小贩就用糖稀在竹签上倒出那动物，有大，有小，有复杂的，也有简单的，就看运气了。

承远瞧了一会儿转糖，又继续往前走。火车站周边街市繁荣，稀奇事总不少，承远好奇心强，却不敢久待，怕碰见父亲。父亲说是顾不上，但要知道他下了学就四处野，少不得回去挨一顿痛骂。

大智门车站两边围着一溜的木栅栏，从栅栏外可见长长的铁轨伸向远处，碰巧有火车经过，轰鸣声震动着耳膜，脚下的地也似在战抖中。

有个男孩在栅栏边卖茶水，他穿着一件破了袖口的补丁衣服，黑瘦的腮帮现着扎眼的白虫斑，他手上拿着硬纸壳拍打小方桌上的苍蝇。承远觉得男孩的面孔有几分熟，一时想起了，便快步上前。

"黑生……"

男孩抬眼一看是他，显出几分惊喜，忙问："是你，怎么到这里来了？"

"放学了，出来玩玩"，他晃晃脑袋，朝四周看了看，又问他，"你怎么在这里卖水？"

"火车站前不让摆摊子，对面住家的也不让摆，赶过几次，只能来这里。"黑生无奈地说。

"你在火车站附近住？"

"我住在铁路外那边呢。"黑生用手往开处指了指。

承远顺着他手指的方向望了望，远处是一片菜地，依稀有一些棚子屋散落着。

"有点远呢，是自己搭的？"

"是我爸爸搭的。"

承远又望了一眼，对那片棚屋来了兴趣。

"去看看就好。"他说。

"可以呀。"

"你带我去？"

"行，现在就去。"黑生立马收拾摊子。

“你不卖水了？”

“卖得差不多了，”黑生丧气道，“这里过路的少，待着也是白待。”

那小方桌下面安了铁轮子，其实是个拖车，他把小炉子、烧水壶、茶碗都放在桌面下的隔板上，推起就走。

一路吱啦吱啦地响，遇到不平的地方，就有些费力，承远便帮他推。

“这车上的木板、铁轮子都是附近工厂丢弃的，我爸爸捡了来，就做了推车。”黑生似乎很自豪，他一路说着父亲来汉口后自制的家当，除了推车，还有棚子屋、木床、桌子、椅子，都是用废弃物改制的。

过了铁路，便是些湖塘子和菜地，两人边走边玩，说说笑笑，不知不觉就到了黑生家居住的棚户区。

大多是用木板和江边的芦苇搭建的，有的倚靠人家的一边墙壁，叫偏厦，或半边厦，沿着铁路，三三两两，星罗棋布。

黑生家处在棚户区的边缘，是后来搭建的板壁屋。黑生把推车放进去，承远在外面站着，他挑起布帘朝里瞧了瞧，仅四张席子的大小，摆下一张床，一个桌子，几把椅子，角落还堆放些杂物，黑生睡在搭起的阁楼上，炉灶就撂在外面，扯了张帆布挡雨。

刘王氏抱着黑生的妹妹从邻居家出来，孩子眼睛大，脸蛋小，依旧很瘦弱。

“这么早就回来了？没看你妹妹病着呢，你爸爸那点钱全都买药了。”刘王氏埋怨道。

黑生掏出一些碎角子给她，只说喝水的人少，明天再换个地方看看。

刘王氏接了钱，表情稍舒展了些，才打量起承远，问了句：“这孩子有些面熟呢，在哪见过？”

黑生说：“火车上遇到过的，他是车首的儿子。”

“哦，怪不得呢，”女人露出讨好的笑容，“屋里小，也没吃的招待你。”

承远抿了下嘴，勉强叫了声阿姨。

刘王氏似乎没在意，只管叫黑生去捡些煤渣回来，家里没烧火的了。

黑生闷头进了棚屋，从里边拿了个藤条筐子出来，把承远一拉：“铁路边有好东西，跟我走。”

棚户的一边就是铁轨，枕木下面铺着拳头大小的石块，火车开过，总会撒下些煤屑，或是别的什么物品，运气好时，还能捡到钱。黑生倒是愿意去捡煤渣。走几步，从石头缝间扒拉一下，就扔进筐子里，不一会儿就有小半筐了。

黑生捡着煤渣，承远就在铁轨上一上一下地跳着，或者颠着走一字步，时而蹲下听铁轨的声音，看有没火车过来。

空地上，几个孩子在玩垒滚子。一个个用右手搬起左脚，膝盖对着前面，一路蹦着用膝盖头进攻对方，直到把对方击倒为止。

承远喜欢这种游戏，不觉凑到近前。

他长得瘦削，那些孩子都风里来，雨里去，练得身手敏捷，也有劲，不几下，就把承远垒趴下了。他一时不服气，又争着要起来。

正碰上刘福根拖着板车经过，看到一群孩子在蹦来蹦去，有孩子招架不住倒在地上，他儿子把煤筐扔在一旁，也在其中，便喊黑生过来。黑生看到父亲，顿时一骇，也顾不得地上的承远，拎起煤筐就过来了。

“你不卖茶水，跑这里疯什么？”刘福根生气道。

“我捡了煤的，”他把筐里的煤撂到板车上说，“刚玩一会儿。”

刘福根拉下脸说：“回去吧，照看一下妹妹，你妈也累一天了。”

黑生“嗯”了一声，等他爸爸走远，才回头叫场地上的承远：“我回家去了。”

承远拍了拍屁股上的尘土，跑了过来：“你爸爸不让你玩了？“

黑生噘嘴道：“他拖板车赚不到多少钱，就指望我。”

承远说：“他个大男人指望你什么，我爸爸从没指望我。”

“你爸爸有好差事呀，哪像我爸爸……”

“他就没找个差事？”

“哪好找呀。”

承远不吭声了。

夕阳不知不觉躲到树影的背后，云霞渐渐地散开了，天色已变得晦暗。承远一时惊觉，便说：“哎，时候不早了，我得回家去，明天再玩吧。”

“你明天还在老地方找我吧？”黑生说。

承远答应一声，朝他挥了下手，彼此便分开了。

第三章 周边

每到晚上，徐府的小红楼就像块出笼的蒸糕，腾腾冒着热气，百叶窗半掩着，缝隙间透出熠熠的光亮，吸人眼球，时而还能闻到咿咿呀呀的胡琴声和高高低低的京腔汉调，那是徐老板的姨太太凤芝约来票友们在唱堂会，门前簇簇的轿马，大门也不断地开开合合。

小楼主人徐金穗却没得闲，他正在书房里写信，问候留在鄂城乡下的老母亲。老人家一直不肯来汉口，主要是看不惯凤芝，也习惯不了城里的生活。徐金穗的原配夫人一直照料着老母亲，他没有休妻，也是出于这个原因。徐金穗自小丧父，是寡母含辛茹苦把他拉扯大。18岁那年，遇到荒灾，没得吃的，听说军队里不饿肚子，他就偷偷跑去当了兵。凭着初生牛犊不怕虎，他奋勇当先，一次次躲过了枪子，死里逃生。辛亥年，他们部队被派往汉口协助冯大帅部攻打民军。焚烧汉口街道时，他从倒塌的房屋里救出一位孤寡老人。老人被压断了脊椎，已奄奄一息，弥留之际，老人感谢他的舍身相救，透露出自家院落里还埋着银两，要悉数送给他。老人去世后，他与把兄弟去了那院子，果然从树下挖出一坛元宝，两人埋葬了老人，便揣着元宝各自回家。

徐金穗发了一笔小财，开始筑屋添地，不久又依母亲的意愿结了婚。当初母亲看那女子温顺敦厚，答应结亲，岂料入门后，儿子不大喜欢，夫妻间总是温温吞吞的，那媳妇的肚子也一直不见动静，想早抱孙子的老母亲急不可待，跑到庙里去烧香，又每日吃斋念佛，还苦口婆心地规劝儿子，不孝有三，无后为大。这成了儿子的一个紧箍咒。不久，媳妇的肚子果然起来了，老太太心里一块石头落了地，直叹她的诚心感动了菩萨，送子观音显灵了。老太太每天数着日子，企盼着孙儿呱呱落地的那一天。哪想到，生产时出了问题，羊水哗哗直落，媳妇痛得呼天喊地，婴儿憋在肚子里就是出不来，助产婆也急得手忙脚乱，最后总算弄出来了，却是小脸乌紫，没了气息。老太婆没能看上一眼，就被助产婆裹着布拿走了。那婆媳俩自然伤心不已。而媳妇经了这一劫，也落下了病，久不怀胎，以致夫妻感情又落到冰点。徐金穗心烦意乱，母亲又时不时地催促，像条绳索勒着，忍耐不住时，就萌发了去汉口谋生的念头。

徐金穗来汉口后，因人生地不熟，又不懂经营，开了家小店就造成亏损，不久被迫关门。所幸结识了一两个朋友，介绍他进洋行做事，慢慢学会了生意之道，他脑子灵活，又肯吃苦，从跑街，到副买办，再到买办，然后又自主经营，渐渐把生意做大了。其间，他结识了一个女人，便是奕宏的生母，只可惜女人生奕宏时又遇到难产，大出血，儿子好歹保住了，但孩子娘却没能缓过气来。徐金穗抱着襁褓中的奕宏，哀伤不已。也因奕宏自小没娘，他不免娇宠过了点，但两次都在临产时发生意外，他心里也留下一道阴影，怕人家说他克妻，以致好长时间不近女色。

遇见凤芝，是来汉口的第五个年头。

他并非京剧票友，平时也没时间看戏，有时生意上的往来，朋友间的相聚，也不过茶园酒馆里小聚，联络感情。

那日，他去后湖给朋友的老母亲贺寿。

酒席上，一时喝得高兴，就少不了来点节目助兴，便把那戏班子的旦角叫了来，让她在一旁清唱。徐金穗当时也喝高了，瞧那姑娘长得俊俏，便叫她在身边坐着，昏着头乱点一通，赏钱自然给了不少，惹得旁人戏谑一番。等到席散，客人们便陆续来院子里纳凉看戏。

那时还未开场，徐金穗喝得面红耳赤，就想去水榭边吹吹风，静一静。不想碰到刚才唱戏的凤芝姑娘。

“你在这啊。”他笑着招呼。

“我来润润气，马上要上台了，先生不想去看戏吗？”姑娘嫣然一笑。

他听得骨头酥软，刚才凤芝坐在他身边，就犹如一团火，把他孤寂的心渐渐焐热了。独自出来散步，也是心潮难平。此时两人又在此碰见，让他惊喜不已，便情不自禁道："想每天听呢……"

凤芝笑道："那好啊，我也想先生常来捧场。"便翩然而去了。

那一晚，徐金穗仿佛着了魔，一直目不转睛地盯着台上。连旁人都瞧出来了，戏谑凤芝姑娘是徐老板的一块磁石。

此后，徐金穗就三天两头去戏院，给凤芝捧场，时不时请她吃饭，送礼物，一步步打动对方的心，到两情相悦、难舍难分之时，便不顾老母亲的反对，硬把凤芝娶进了家门。虽名分不到，却有夫妻之实，乡下的妻子倒成了虚名。

后来凤芝生了个女儿，老太太重男轻女，本嫌凤芝是戏子出身，又长得狐狸精似的，一定是儿子招架不住，被媚惑住了，便一直不接纳她，连汉口也不愿来。对此徐金穗也无可奈何。

此时徐金穗写信，就是给母亲报喜，奕宏的亲事说定了，女方是驻马店人，他把兄弟的姑娘，温良贤淑，只是远了点，不过火车一通也不是问题。徐金穗想借此让老太太来汉口，看在孙子的份上，老人家可能会答应。快十年了，凤芝也熬成了婆，一些成见都会淡散，隔阂总会消除的。

他正埋头写信，奕宏急匆匆地走了进来。

"爸爸！"

"有什么事？"他抬眼问道。

"宋家父女已在家待了几天，怎么安置他们？"

"不是来找老刘的吗？"徐金穗至今没跟那父女俩打照面，也是太忙，没印象。

"他有什么办法呀，"奕宏轻轻一哼，"人家等您的示下呢。"

"他们想留在汉口？"

"肯定呐。"

徐金穗思忖片刻，还是不松口："等会儿我下楼看看再说。"

奕宏知道他父亲的脾气，越是催促，越不肯答应。你不在意，他倒要爽快些。也就不再吭声，自顾下楼去找珠喜聊天。

宋珠喜正忙着楼上楼下端茶递水。客厅里坐了不少人，有的在玩麻将，有的在唱戏，还有的在阳台上看夜景。两个女用人，一个帮着厨房刘师傅洗菜，一个负责清扫，总有照顾不到的时候。珠喜是看事的，在徐府住了几天，好吃好喝，主人虽没答应他们父女留下，但总不能真把自己当客。她年纪虽小，懂事却早，母亲一过世，她就不再是孩子，早早地做起家务活，也会看人眼色。人家忙不过来，自然不会袖手旁观。

珠喜忙出忙进的身影，逃不出奕宏的视线，也让小楼的女主人凤芝看在眼里。要说徐金穗是何等精明的人，家里多了两个外人，怎会不在意？迟迟没有安置宋家父女，在奕宏面前态度含糊，也是凤芝的缘故。凤芝第一眼看到珠喜，就暗暗吃惊，十足的美人坯子呀，瞧那迷离含春的眉眼，已显窈窕的身段，由不得男人想入非非。如果留在徐家，以后怕是个麻烦。凤芝已看出奕宏喜欢珠喜，有空就找那姑娘说这说那，这可不是个好兆头。

凤芝是戏子出身，在江湖中闯荡数载，阅人无数，尝过世间的寒凉与辛酸，能降服徐金穗，有如此好的归宿，也不是一般的角色。经她的眼判断，大多毫厘不差。因此，虽说徐家时常高朋满座，门庭若市，用人忙得脚不沾地，但还是不打算把宋家父女留下来。

她的想法肯定会透露给徐金穗，徐金穗对小他十岁的夫人凤芝很依从，他在外忙，家就让凤芝操持。但有些事情还得由他拍板，这是徐家的规矩，他也多半会考虑凤芝的意见。只是这次涉及两方面的问题，徐金穗含含糊糊，也是因奕宏极力要留下宋家父女。

徐金穗知道儿子一直对凤芝有抵触。虽然表面上奕宏对凤芝不敢冒犯，但两人很少说话，总像隔着一堵墙。凤芝照说不是小心眼的人，对奕宏也不像一些继母那么刻毒，面子上还算过得去，尤其在众人面前，也会表现出母亲的姿态，对他嘘寒问暖，这也是凤芝的聪明之处。只是奕宏自小丧母，幼时曾接回老家，由大妈带大，也以为大妈就是他的亲妈，到 10 岁那年来到汉口，看到父亲身边有那么个狐媚的女人，想到大妈的孤苦伶仃，从心里是排斥的，自然不喜欢凤芝，再怎么对他好，都打动不了他的心。凤芝见奕宏一直不亲近她，心里就有些恼火，今非昔比，她现在是女主人，掌管着家，尤其是出身卑微的人，对人家的态度就格外在意，不恭敬，就是瞧不起她，按捺不住性子时，少不得叨嚼奕宏孤僻乖戾，都是鄂城的女人教成这样的。

这一切，徐金穗都看在眼里，也觉得为难。因对儿子怀有歉疚，也未免娇纵些。奕宏处在这样的家庭环境，骄傲又孤独，对人对事也就不按常规，由着性子。他想扳正，却不是那么容易的，弄不好，奕宏对他就更加疏远。而凤芝也被他宠惯了，受不得委屈，哪容得儿女对她不孝敬?

徐金穗只能和稀泥，对两边都安抚，唯恐间隙弄大，闹得鸡犬不宁。现在遇到宋家父女的事，两人的态度相左，偏向谁都不好。徐金穗前几日一直忙，早出晚归，也没顾得上这件事，现在奕宏要留下他们，他也得观察一番，表明一下态度了。

宋家父女暂住在楼下的一间客房里。这些凤芝倒是处理得当，给足刘旺才面子，让他不为亲戚的日常起居发愁，省去了不少花费。当然凤芝不会因一个刘旺才而为，而是摸透了少爷的心思。

客厅里坐满了人，靠阳台的地方有人在拉着二胡，咿咿呀呀的，和着那婉转凄切的唱段，仿佛在低泣。徐金穗皱了下眉头，走到楼下，正碰上珠喜拎着水壶进来，准备给客人们续水，见了他，叫了声老爷。徐金穗瞧那娇花照水的模样，心里一跳，那眉眼，让他想起一个人来。一时恍惚着，不觉踱到角落边的一间客房门口。

宋书成正在灯下写着什么，听到门响，便起身相迎，躬身叫了一声“徐老爷”。

“住着还习惯吧？”他问道。

“承蒙老爷太太关怀，住得蛮舒适。”宋书成谢道。

“写什么呢？”徐金穗看了一眼那俊朗的毛笔字说。

“在给堂兄写信。盘桓多日，给家里报个平安。”

“哦，有何打算呢？”

“家乡遭灾，又加苛捐杂税，难以为继，就想在汉口谋点事做。”

徐金穗听了没吱声，踱了几步，转过头问，“听刘旺才说，你帮人坐过庄？”

“是，年景不好就没做了。”

徐金穗一时不语，末了才说：“珠喜那姑娘蛮灵光的。”

宋书成说：“她妈走得早，孩子跟着我，吃了不少苦。”

“以后就会好的。”

“谢老爷的吉言。”

徐金穗沉吟了一下说：“我在大智门附近有块地，正在建房，需要人手，你要没谋到差事，就暂且帮忙料理一下吧。”

“谢谢老爷。”宋书成躬身答道。

徐金穗随后就出来了。他想了一个左右逢源的办法，让宋书成有一个差事先忙着，也想看看他的能耐，做得好，就留下，做得不好，对奕宏就不用含糊了。这样，宋家父女就不在凤芝的眼皮底下晃着，她也不会有怨言。当然，他这一决定，也不全是在凤芝和奕宏之间找平衡，而是突然有的。确切地说，是刚才看到珠喜的一瞬，发现她有几分像奕宏的生母。那个女人，是他最初的爱恋。

同样的夜晚，刘福根正在万国医院里为女儿的病焦虑。大夫诊断是扁桃体炎，要做手术，晚了怕有危险。虽然教会医院带着慈善性质，帮助减免了一些费用，但以他目前拖板车的微薄收入，勉强糊口都难，哪还有钱为孩子治病？但他已顾不得了，救孩子性命要紧。

他让孩子娘留在医院里，自己回来筹钱。他知道家里没钱，黑生卖茶水没几天，地段不好，十分有限。把两人挣来的钱加在一起也只是杯水车薪。

刘福根在夜色里忧愁地往家走。玛领事街两旁的店铺透着魅惑的灯光，酒馆门口进出着衣冠楚楚的男人，花枝招展的女人，那门一开一合，也把诱人的香味抛洒了出来。对于饥肠辘辘的他，眼睛和鼻子都是一种刺激，殃及到胃，便是一种煎熬。

他其实经常光顾那些酒馆、烟馆、客栈，还有妓院，不是享受，而是帮那些店铺拖货物。他认识里面不少人，有的很有钱，随便拔根毛便可救他一家于水火。情急之中，刘福根想向他们开口，没办法了，只得卖张老脸去碰运气。

他硬着头皮走进了好客来酒馆。里面的食客不少，酒和菜香搅和着人的胃。胖老板正在柜台边跟人说话，看他进门，便叫：“老刘，怎么现在才来，要你送来的酒呢？”

刘福根一听，顿时慌了，忙说：“抱歉呀，孩子病了，我去了医院。”

“客人吵着没酒呢，你这不误了我的生意吗？”胖老板蹙着眉头，似乎没听见他的话。

“好，好，明天我一定送。”

“还等明天呢，我另叫人了。你这样不按时间送货，谁还敢再派你的活？”对方不耐烦道。

还能开口吗？刘福根憋在喉咙口的话又咽回去了。人家都不给活你干了，你还想向他借钱，不是自找没趣？

刘福根怏怏往外走，他只能另寻别处。

前面走几十步就是烟馆，他为那馆里拉过煤。此时门里透出幽微的灯光，一些人影在进进出出。他走到门口定了定神，想着怎么跟那经理开口，一个彪悍的门守把他挡住了。

“我找余经理。”他谦卑地笑了笑。

守门人冷冷地打量着他，想是没什么好事，依旧挡着不理。这时，里面一个瘦瘦的老头出来了，刘福根认识他，知道是帮忙照场子的师爷。

“这么晚了，找老板有什么事？”老头问。

“有点小事。”他尽量显得平和一些。

“他现在陪着客人呢。”

“我孩子病了，急等用钱，上次拉煤的工钱还没付呢。”他到底还是忍不住。

老头犹豫了一下说：“那走后门吧，前面是客人待的地方。”

他正要往后门走，却听老头在背后丢了句：“你要去讨工钱，最好换个时辰，别惹得老板不高兴。”

刘福根愣了一下，还是继续往后门走。他实在是逼急了，谁愿意这时候去求人呢？

后门在巷子里，一条小小的过道进去，里面黑咕隆咚，墙头的灯烛飘飘忽忽，虽然隔着门帘，烟味还是流窜了出来。他耸了下鼻子，摸摸索索地找到角落的一个门，那是余经理平时待的地方。

里面有动静，是床板在响，夹杂着女人的娇喘声。听到敲门，声音戛然而止，停顿了片刻，一个混浊的男音在问：“是谁？”

“余经理，我是拉煤的老刘。”

约莫过了几秒钟，里面才有趿鞋的声响，门“吱啦”一下开了。

余经理看了一眼黑暗中的刘福根，没好气道：“有事吗？”

“余经理，我闺女病得很重，没钱医治，看能不能……”

“就你那几块钱撒，明天我要账房支给你。”说完“啪”的一下，门已经关上了。

刘福根在黑暗中呆立了片刻，只得拖着脚步往回走。

还能去哪呢？连碰了两次壁，他虽不顾羞耻，但到底经不起。还有两家老板，做事的回数相对少些，比不上这两家，恐怕借钱就更难。他在饥寒交迫中慢慢地走着，想到天下乌鸦一般黑那句话，更觉得凄凉。

夜色之中，大智门车站的拱窗像悬挂的半边月亮，黄色的光影从窗里透出来，溶溶曳曳，辉映一片，四处的灯火，犹如繁星拱月。

处在寒冷的冬天，火车站逗留的不单是旅客，还有无家可归的乞丐，有的在墙根下歪着，有的在门前乞讨。刘福根想自己跟他们差不多，从河南来到汉口，拼命挣扎，还是摆脱不了苦日子，就差要饭了。此时，他停在马路边，愁苦之极，不知再往哪里去，来来往往的人，有钱的，没钱的，谁都不搭理他。没人知道他的愁苦，他的女儿命在旦夕。他像个木头似的立在寒风中，望着半边月亮的拱窗，四肢已冷得麻木，依然想不起谁能帮他，简直绝望了。

不知站了多长时间，车站二楼窗户的灯光熄灭了，他也没在意。

“老刘。”一道光线映着谢站长的身影，朝这边走了过来。

刘福根眼前一亮，仿佛那月亮跟着人似的。谢首搭救过黑生和孩子他娘，后来他拖板车经过火车站碰见谢首，才知他调到大智门车站做了副站长。

“老刘，在这站着干吗？”谢绍祖关切地问。

他望着谢站长微笑的脸，心顿时一暖，鼓足勇气说：“谢站长，我遇到点难事……”

“什么事情？”

“我闺女现在医院里，急等用钱做手术……”

“哦，你有困难呐。”谢绍祖一下明白了。

“嗯……如果您有……”他嗫嚅道，“看能不能借点钱，过后一定还您……”

谢绍祖听了，不声不响地掏起口袋，摸出几张零碎的票子，就往刘福根手上一塞："我现在身上没带多少，怕是不够，要不明天我再帮你凑点吧，不敢保证能不能凑齐，只能尽力而为。"

"多谢站长，您真是我一家的大恩人啊！"刘福根感动得眼泪都快出来了。

"你明天过来吧。"谢站长嘱咐了一声，便遁入夜色中。

刘福根揣着几张火炭一般的票子，急急忙忙地往家赶。依然是寒夜，他竟然不感到冷了，也不觉得饿了，那票子在温暖着他。

巷子口飘来一阵香味，炉膛里映出红红的火光，有小贩在那卖烧饼。他咽了下口水，还是凑上前买了一个，撕了小半个大口嚼着，另半个裹着包起来，黑生可能还没吃呢。

第四章 悲喜

棚户区一到晚上便漆黑一片，几点微弱的灯光，像昏睡人的眼。有月亮的时候，才能看见曲折的小路。唯有狗的叫声，丈量着家的远近。

刘福根摸黑走到自家棚屋，门上一把锁。他打开门，里面黑黢黢的，好歹摸到油灯，擦了根火柴，点亮了灯芯。拿着灯走到床边，弯腰从床下拖出一口木箱子，从里面找出一个紧紧裹缠的小布包，往桌上一倒，散出几张黄绿的纸钞，还有几枚硬币，他又把刚才谢站长给他的钱掏了出来，加在一起，数了数，都装进了口袋。

布帘忽地被撩开，是黑生回来了。

"你妹妹现在怎样？"他急着问。

"爸爸，妹妹呼气好重，像有东西堵着出不来，看得好难受啊……"黑生急得要哭。

"大夫怎么说？"

"大夫说是扁桃腺炎引发白喉，要给她做开气管手术……"

"开气管？"刘福根听得冒惊，便说，"我这就去医院。"

"爸爸，你还没吃饭吧，我熬了点清粥送到医院，妈只吃了一口，又让我端回来了。"黑生捧着瓦钵要递给他。

"我吃了，你吃吧。"刘福根从内衣口袋里掏出那半张烧饼，"还有点热，快吃了。"

"你给妈吃吧，我有这粥就够了。"黑生说。

刘福根犹豫了一下，把半张烧饼又放进了口袋："我去了，明天要是没回，你就替我去拉一趟烟馆的差，拉不动就回了人家算了，免得误事。"

"晓得。"黑生答应着。

刘福根又没入了夜色中，几乎是连走带跑。他对白喉并不陌生，此前见过有孩子的夭折，多是救不活。黑生的弟弟得痢疾死了，后来生了这女儿，他倍加疼爱，无奈还是染了病。为了救女儿，他不惜送到医疗昂贵的教会医院，也不顾脸面四处求人，只要能挽回女儿的性命，他做什么都不在乎。却没想到，女儿会染上致命的白喉。

万国医院就处在俄租界的夷玛街，由几国租界工部局及一些人士捐助而成。医院设有内科、外科、妇科以及传染病房。因医务人员大都是天主教的修女，分别来自二十多个国家，故称万国医院。

刘福根赶到医院时，一位修女正在给呼吸急促的女儿量体温。"已接近四十度了……"她皱着眉头低语。

一旁的刘王氏急不可待地问："怎么办呀，大夫你要救活我闺女啊，我们看了郎中，治不了，才跑到医院来的啊。"

看修女不说话，刘王氏以为没指望了，急着直哭，也不管修女能否听懂她的话，只顾哀求："是不是嫌药费不够呀，一会儿她爸爸来了，就给补齐，不会赖账的……"

修女只能用手势安慰她，夹杂着半通不通的中文："不急，不急，就为她施手术，就要好的……"

刘福根奔了进来："她这么小，手术能做吗？"

"只能用手术，没别的办法。"修女耸耸肩膀，做出无可奈何的样子，"你要施手术，还有百分之五十的希望，要不施手术，病菌侵入到肺部，就没命了。"

刘福根看了一下小脸烧得通红的女儿，瘦弱的胸脯随着粗重的呼吸急促地起伏着，叫人心痛得受不了。"好吧，我这就去缴费，不够明天一定补齐。"他艰难地说。

修女点头答应。

那晚，谢绍祖过了七点才进家门。妻子正挺着大肚子在堂屋里腌咸菜，一看他回来，便要去厨房给他热饭。

“彭妈呢，要她去热一下。”

“几点了，人家不回家？”谢太太说。

谢绍祖不吭声了，喝了几口水，才觉得少了个人，便朝外叫了声承远。

妻子在厨房回道：“到同学家玩去了。”

“又在玩，功课做了没有？”

“他说做了，我又不认字，谁知道他？”

谢绍祖不吭声了，兀自拿起一份报纸去屋后方便。一会儿进来，妻子已将热饭热菜端到桌上。他在铜盆里洗了手，抹干，才坐下吃饭。

谢太太还在忙活，正将瓦盆里的雪里蕻撒上粗盐，再放入腌菜坛中压紧。

“歇会儿吧。”他忍不住说。

“一会儿就好。”谢太太说。

她虽说身体笨重，手上还是麻利，几下就把东西收拾干净了。一时闲不住，又拿起放在床头的小孩衣服缝着。

一会儿谢绍祖吃完了饭，端起茶杯慢慢地喝水，视线落在妻子手中的婴儿服上，不觉说了句：“你还记得来汉口的火车上，那扒车的母子吧？”

“哦，就是抱孩子那位吧。”妻子想起了。

“那小闺女现在医院里，没钱做手术，恐怕不行了。”

“唉，小闺女蛮遭人疼爱的。”妻子叹了句。

沉默了片刻，谢绍祖说：“还是去帮帮人家吧？”

妻子抬眼问：“怎么帮？”

“家里有多少钱？借点他们，总有为难的时候。”

“哪有钱呀？”谢太太勤俭持家，对自己也节俭，钱一分一厘地攒着，也分外敏感。看丈夫瞪圆眼对着她，以为自己小气，又说，“你做车首时，薪水也勉强。现在虽说做了副站长，可迁居花费了不少，承远进学也用了些，马上又要添口了，不也要预备点？我都省吃俭用没向你开口，你倒是一点不知家里的难处。”

谢绍祖看到妻子粗红的手指，他想拿家里钱给刘家救急，一时还不好开口。

“我知道你为难，”妻子看了他一眼，“平时你就是爱管闲事的人，或许你已答应了人家，此时我要不答应你，你可能真要怪我不贤惠了。可我又没钱给你，实在要的话，就把前日王老板送来的二十块大洋先拿去吧，你怪我不该收的，我也不敢用，正好就急。”

那是王运福送的乔迁贺礼，谢绍祖当时没收，后来王运福打听到他的住址，就找上门来，送到夫人手中。谢绍祖知道后，自然埋怨了一番。谢太太倒觉得没什么，礼尚往来，相互关照总是有的。女人到底眼皮子浅，见不得钱。

谢绍祖听了，便活动了心思。他也在考虑，如果家里拿不出钱，就找车站附近的一些商家资助点，以他副站长的身份，找个下家是不成问题的。问题是他开了口，总得要还，人家自然是有求于他才愿意做。所以他就不想开口，一开口就不好收场了。这一来，他就可以不用找人了。那钱给人家救急，也让他心安。

正说话间，就听到门外响起拖拉的脚步声。

“承远——”谢绍祖叫了声。

承远答应了一声，却没进来，那边门“吱啦”一响，“哎哟。”他小声叫唤了一声。

“怎么啦？”谢绍祖不觉起身，往隔壁小房来。见承远黑乎乎地倒在床上，他忙拉亮了电灯，再看承远头发、脸上血迹斑斑，不由惊呼起来：“怎么搞的？”

谢太太闻声一吓，也慌得往这边来。

她一把将承远拉了起来，对着灯光一瞧，那头皮破了寸长的口子，瘀血糊住了半边脸。

“哎呀，小祖宗，这是在哪惹祸了，怎弄成这样？”

承远也不吭声，一扳胳膊，又要躺下。谢太太只得打来热水为他清洗，又抹了些万应百宝丹敷在伤口上，把身上沾了血的褂子也扒了下来，换上一身干净的。一会儿又去厨房，为承远下了碗荷包蛋面条，热气腾腾地端过来：“快吃，流了血的，得补补，要不身子就亏了。”

承远身体疼痛，肚子倒是饿坏了，端起碗，大口呼呼地吃起来。

谢太太望着狼吞虎咽的儿子，想埋怨几句，到底又被心疼占住了。

谢承远今天在铁路外挨打，实在是件羞辱的事，这也是他不愿跟父母提起的原因。

下午放了学，他照例不回家，想去车站边找黑生玩。走到上次去的地方，却没见到黑生的茶水摊子。原是他妹妹病了，人家没工夫出来呢。

下午四点钟的样子，阳光像冲淡的茶水，散散漫漫的，枯黄的杨树叶子在风中摇头摆尾。巷道里坐着些晒太阳的老人，那些脸清瘦而苍老，神态倒安详自在。有女人坐在门口纳鞋底，也有的嗑着瓜子聊天，撒了一地的白壳。小贩挑着担子穿街走巷，在吆喝卖天津大麻花。时而飘过炒栗子的香味，丝丝缕缕的，走到巷口，见炉子上置着一口铁锅，里面放了些黑乎乎的沙石，用大铲子一掀一掀地炒着，裹挟着烟气一点点散发出来。

承远不好吃，但他爱玩，尤其喜欢在野地里玩，铁路外的棚户区就正对他的路子。承远不甘心，就想去找黑生，上次还没玩尽兴呢，心里勾着，便顺着那条羊肠小道往铁路外走去。

周围很空旷，除了小块的菜地，便是大片的池塘，鸡鸭猪狗在四处撒欢，是城内看不到的田园风光。尤其是那些简陋的棚子屋，他也觉得蛮新鲜，想象在那空旷的地方住着是多么好玩，整天还伴着火车的轰鸣震荡，是多么有趣。他一点不觉得那里杂乱喧嚣，总比他待在单调安静的里份里有趣。一路悠悠荡荡地穿街走巷，七拐八绕，便望见了铁轨外的一蓬蓬板壁芦苇棚，星星点点地散落着。

他在棚户中穿行，一时竟找不到黑生的家。也难怪，棚屋都搭得差不多，就像是一母所生的兄弟姐妹，眼生的实在不容易辨认。他正愁找不到人呢，晃眼见道口黑影一闪，一条狗朝他直冲了过来。他顿时惊得一跳，一看周围没处躲藏，便抄起人家门口的一根扁担，朝狗打将下去。

那狗其实并非想咬他，只是来了个生人，觉得新奇。哪晓得刚一过来，来人就朝它劈头盖脸地打来，狗一受惊，便跳起来，向他扑上来。承远一下着了慌，那扁担也不管轻重，照着狗头狠狠一劈，虽然年纪尚小，气力不够，但毕竟是对准了要害部位，只听那狗一声惨叫，一只眼睛顿时迸出了血，歪倒在地。承远一看狗不行了，知道惹了祸，便撒开腿往外跑。

但他到底跑不过人家，周围都是通的，他一打狗，马上就能闻见，有人抄起家伙就往这边来了。领头的一位拿着个大扫帚，后面跟着的也没空手，砖块、石头、板凳，见什么抓什么。

承远没命地跑着，却抵不过后面石头的速度，“呼”的一下，一颗石头击中了脑门，顿时金光一闪，鲜血直流。

“小狗养的，跑到老子地盘上撒野来了！”

后面的人叫骂着，眼看就要追上他了，隐约听到黑生的声音：“不要追了，不要追了，他是我朋友，劳驾大家帮帮忙……”

他踉踉跄跄地跑着，不知跑了多久，感觉背后的叫喊声已缥缈远去，便一下坐到马路边上，大口地喘着气。

马路上来来往往的人，看到坐在马路边的孩子，不由停下脚步，问长问短，有的急得要给他包扎。承远才觉出了疼痛，一摸头皮，手指便红了，血还在一滴一滴地往外流。可他一见人围上来，觉得蛮丢脸的，便起身往前走。

“喂，小子，在哪打架了？”

身着黑学生装的徐奕宏从对面走来，见此情形，便到承远面前站住了。

“是谁欺负你了，我替你去收拾他。”奕宏看不得人家可怜，好打抱不平的性子又冒了出来。

承远抬眼看了下矮墩墩的徐奕宏，那双小眼睛正俯视着他，傲慢里透着一丝怜悯，承远感觉自己失了面子，便直了下身子说：“没有谁欺负我。”

“嘴还蛮硬呢，头都打破了，还说没欺负？”奕宏露出鄙夷，还有这种愿吃哑巴亏的人。

“是我自己不小心撞的。”承远依旧不肯承认。

“呵，还有自己撞墙的呢，”奕宏咧嘴一笑，他觉得不可思议，“没事闲得慌啊。”

“是的。”承远翻眼回敬道。他可不想让面前的小子笑话他。

“那好，再撞一下我看看。”奕宏不是个省油的灯，他正闲着没事，就想找个人要要。

“我凭什么撞给你看？”

“不撞就说明你扯淡。”

“这跟你有什么相干？”

“嘿嘿，还是第一次遇到这种呆若，明明被人打了，还不敢承认。”

承远不想跟他再纠缠下去，站起身拍了拍屁股就走。

“受了欺负还像个哑巴，谁会瞧得起你？”

承远听了奕宏背后的嘀咕，他觉得戳心，但到底记下了。

第二天清早，谢绍祖照例上班去。儿子受点小伤，并无大碍，有妻子在家照看就行。想那小子吃点亏也是好事，免得在外野岔了。他记挂着刘福根的女儿，那小闺女蛮招人疼的，便让妻子把二十块大洋拿出来，放进手提包里出了门，准备刘福根来时交给他。

火车站早早地苏醒了，他穿过候车室的人流，进了办公室，做好行车记录，便拿着长柄圆形路牌去了月台。有列火车即将始发，谢绍祖径直走到火车头，将钢质行车凭证交给车首，路牌交给司机，便指示站在列车前方的司旗，一会儿开车铃响，只见司旗打起三角旗，示意司机开车。

火车嘶吼着离去，铁轨一下子空了，谢绍祖又前往货场作业线，货运仓库有堆成山的货物，进出频繁，人流不断，忙乱不堪。老站长生病住院后，就由他负责货运事务，时常要去现场处理一些应急事情。

第一站台中段为客货共用，从大智门车站北头三阳路处出岔，铺设有一条长达八百多米的货物专用线，直通长江边的专用码头，从货物作业线尽头处的铁丝栅栏围成一百多平米的露天货场，里面囤满了要中转的茶砖、盐、面粉、煤油、药材、糖盐、棉纱、染料等物资，有的经京汉铁路运往各地，有的则从货物专用线运往江边码头出口。从长江、汉水下放木排上的圆木，也在此集散。而每趟火车抵达汉口，又有装成箱的粮食作物，以及鸡蛋、食油、棉布、生猪、棉花、烟叶、煤等物资，扛包的长夫们川流不息。如今火车站的包裹运输已成了重头戏，尤其是中日联运业务开辟后，每列披挂的货运车厢总是满载。

货运仓库门前，磅务司事正在验货，旁边站着位穿西服的客商，那人背对着，谢绍祖也没在意，擦身而过时，背后便响起一个尖细的声音：“谢站长来啦。”

谢绍祖回头一看，是个二十来岁的青年，中等个子，偏平脸，眉毛短而粗硬。一时记起是不久前找他商谈运输业务的伊藤正野。

“伊藤先生来运货吧？”他回头招呼。

“是，承蒙关照了。”伊藤微眯着，眼珠子像蝌蚪一样游动。

这伊藤正野毕业于东京路矿学堂，在铁路上待了一段时间，便进了日清汽船株式会社，在日清上海分公司做写字，现又来到汉口。

谢绍祖说：“你这铁路科班出身，可是跑了和尚跑不了庙。又跟铁路打起交道了。”

伊藤笑道：“是啊，知道我是铁路学堂出来的，中国联运一开始，公司就让我跑这一摊子事。”他在中国待长了，汉语也说得顺溜。

“那好啊，人尽其才。”谢绍祖附和道。他对目的性强的日本男人有些戒备，对方又跟余副站长热络，便不想多说，正好有司事来找他，便离开了。

一时忙到下班，他才想起有件事没办。问起站务司事小赵，有没一个姓刘的找他。小赵摇头不知。不觉感到奇怪，不是说好来借钱的吗，难道是筹到了，或是不好意思再来？他当时也没细问孩子的病情，但老刘那般焦急，想是很危险，不免担忧。

走出车站，他没像往常那样往东走，而是沿玛领事街，转到亚历山大街，走了百米远，就到了夷玛街。

万国医院就处在街口，很洋气的几幢楼房，还算好找，问走过的修女，儿科在哪医治，修女就往二楼指。

走进楼里，就听见了哭声。心里一紧，不由加快了脚步。

走廊的长椅上歪着一个女人，谢绍祖走近一瞧，却不是刘妻。女人一看来人，越发哭得伤心：“伢的爸，你就丢下我走了呀……”

谢绍祖不忍看下去，心里莫名地乱跳起来，径直往二楼病房里去。到几间病房走了一遍，没见刘福根的身影，也没看到他的妻子和女儿，便问病房里的人，人家一听姓刘的女孩，就摇了下头：“回去了。”

“怎么回事？”他急着问。

对方叹口气道：“手术没做好啊，一直高烧，大夫也无能为力，那夫妻俩又没钱付药费，就偷偷把伢抱回去……恐怕现在已死在路上了。”

谢绍祖的心被刺了一下，眼前晃着那双黑玛瑙似的圆眼睛，渐渐地变暗了，他不敢相信她已去了天堂。

慢慢走回家里，谢太太看他脸色不好，不免问了句：“钱都送出去了吧？”

他没吭声。

“孩子怎么样？”

他只得把医院看到的情况说了一遍。

谢太太叹了口气，半晌，才问一句：“后来你就把欠费还了？”

谢绍祖没吭声。

谢太太瞥了一下他，哼了一声。

“用在正路上，也心安。”他低声说。

“以后我不会管你的闲事。”谢太太嘟了下嘴。

“最好不管。”

那一晚，谢绍祖辗转反侧。小女孩的脸一直在眼前晃着，赶不走。那么让人怜爱的孩子，她还没来得及看看这个世界呢，就一下没了。实在是可怜啊，谢绍祖想着心疼，一时难以入眠。

一星期后，从办公室的窗口，谢绍祖终于望见马路上拖着板车的刘福根，那愁苦的脸上印着伤悲，背也显得更佝了，他看着不忍，便让人把他叫到办公室里来。

谢绍祖听说小闺女已经埋葬了，半晌不语。刘福根悲伤之余，得知谢站长帮他垫付了医药费，又连连道谢，说借的钱他会慢慢还的。谢绍祖摆了下手，踱了几步，一时回转身子，打量了一下对方，忽地问一句：“你会认字吗？”

刘福根蒙了一下，回道：“以前在老家私塾里学了几个字。”

谢绍祖点了下头说：“那好，来火车站试试吧，行就留下。”

第五章 徐府

刘家处在铁路外，越过铁路就算是进了城。平时刘王氏是很少过铁路的，除了女儿生病去医院，她来火车站这边可是屈指可数。

看到玛领事街两边的招牌就已眼花缭乱了，还有来来往往的车马，悠闲逛街的摩登男女……刘王氏跟随着介绍人一路走着，脚下轻飘飘的，眼睛也有些招架不住，都是些新奇的东西。她跟时尚不搭界，也不知道有这个词，只看得眼热，令人羡慕。刘王氏虽一直生活在底层，但她的心并不安分，羡慕有钱人，也向往这样的生活。只是出身低微，命里福浅，让她嫁给刘福根，做贫贱夫妻。刘王氏以前没见过这些繁华景象，她一直在河南乡村里生活，之后扒上了来汉口的火车，看到了富丽堂皇的火车站，眼前的世界一下子变大了，马路上车来人往，还有不曾见过的医院，虽是痛苦的经历，却让她开了眼界。人的命运也是不可预料的，她哪会想到，某一天遇上贵人，让她有机会进入繁华租界里做事。谢站长不仅给她丈夫谋了差事，还把她介绍到徐府帮佣。欣喜之中，又不免诚惶诚恐，不知徐府会不会要她，她又怎样让人家满意。

玛领事街走到头，便拐进巴黎街，百米长的街道，居住在此的多是外国人，或是有身份的华人。街道规整干净，店铺不多，刘王氏见一幢幢的洋楼上挂着法国三色旗，街上走着遛狗的洋贵妇，还有鸠形鹄面的安南巡捕，就像进入了另一个世界。介绍人在路上也叮嘱她，要她少说多做，对主人家要有礼貌，不要随便把外人带进来，包括自己家里的人。她都诺诺答应。

到了徐府门前，介绍人也没敲门，而是往侧边的小巷进去，走到后门，才向里面喊话："汪妈，您要的人我带来了。"

汪妈是凤芝的表姐，经常走动，彼此亲近，已胜似亲姊妹。自汪妈丈夫去世，儿女都长大成人，凤芝怕她寂寞，就接她到徐府里来，说是陪伴她，实则是安插亲信，现已到管家的位置。

汪妈房里的窗户正对着后院，一般从后门找她倒是方便些。听到喊声，汪妈便从房里走出来。她穿着讲究，皮肤白嫩，身材略丰，显有几分富态。她打量了一下脸色黄黑的刘王氏，问她有没病。介绍人忙说："没有病，就是瘦点，吃不好呀，又刚丢了闺女……"

汪妈也听说了，现看刘王氏红了眼圈，又像要掉泪的样子，似有些不忍，便应允下来，要她帮着洗衣服，给太太收拾屋子。

刘王氏随汪妈上楼去见太太，正碰到宋珠喜下楼。珠喜也刚去了太太那里。珠喜虽小，也听得懂太太的话，似乎是不想要她留下来，心里就有些难过。此时，凤芝已打好了主意另请用人，刘王氏一到，珠喜就更不可能留下了。即便徐老板想留下她，也抵不过太太的嘴，小孩子能做多少事，年长的肯定要妥当些。

珠喜看到刘王氏，顿时一惊，马上记起是在来汉口的火车上遇见过的，她抱着小闺女扒上火车，后来被谢首带到车厢里，还占了她的座位。珠喜对这女人的印象不太好，看起来低眉顺眼的，一副谄媚的笑脸，却透着贼心，看她那双滴溜溜的小眼睛就知道，见缝就钻，可是领教了。

刘王氏也认出了珠喜，一时又惊又窘，转而浮出笑脸，也不好当着汪妈的面打招呼，就匆匆与珠喜擦身而过了。

宋珠喜回到楼下居住的房间，想到刚才那一幕，似乎一下明白了，徐太太是有意让她离开。刚才她去找太太，也是想求求对方，能留在徐府里做事。她要留下来，完全取决于太太。因此在太太面前小心翼翼，说话做事都谦恭有加，唯恐有一点差错。太太对她还算和蔼，有时也关心她，问她房间里缺什么，住得习惯不习惯。她以为太太对她的印象不错，她留在徐府应该没多大问题。想想徐老爷已发了话，让父亲去营造厂做事情，她还小，不可能跟着去，何况是女孩，那里也没有她的事做，在徐府当丫头该是最好的安置。

但事情并没她想的那么简单。她去跟太太请安，太太脸上依然挂着笑，含蓄地道出，她还小，长得又娇嫩，就在父亲身边待着吧。这家里人多事杂，那些繁杂的粗活不好让她做，也做不了。在府里待着恐怕也不方便，少爷大了，进进出出的人又多，保不定哪天看护不好，一时没了方寸，欺负到姑娘，就麻烦了。

珠喜有些话听得不太明白，但有一点是明白的，就是太太不肯留下她。珠喜心里难过，想求一下太太，又张不开嘴。她自小就要强，不喜欢做勉强的事，这点倒是跟她那安分守己的父亲不太一样。她没多说什么，就从那房里退了出来。碰到刘王氏，心里便明白了，幸亏没乞求太太，人家早就不想要你了，不是自找没趣?

她回到楼下居住的房间枯坐了一会儿，便起身收拾东西。父亲已去了营造厂，白天黑夜都在那里待着，已有一个星期没过来看她。想是太忙，也可能以为她就留在徐府了，倒是放心。现在她要去父亲那里，多有不便，无疑又拖累了他，可也没办法。好在父亲找到了事，父女俩暂且在汉口落了脚。

此时，珠喜的眼前又闪出徐家少爷的身影。她要是离开徐府，徐少爷肯定会难过。徐少爷喜欢舞枪弄棒，对书本不感兴趣，上学总是三天打鱼两天晒网，时常被先生责骂，徐老爷见儿子不是读书的料，性格又急躁孤僻，就让他进了陆军预备学堂，以此磨炼性情，锻炼体魄也好。反正读不进书，总比在外面鬼混要强。

珠喜想跟徐少爷辞行，却又不在家。她心里烦闷，想留下再待两天，汪妈来告诉她，仁静里有间空房，里面家具物件俱备，原是一对夫妻租住过的，太太看她是个姑娘，跟那些工地上的劳工待在一起多有不便，再说离他父亲做事的地方也不远，就让她在那住下。珠喜看汪妈似乎一刻也不想她多待，心里不痛快，就当着对方的面收拾起东西，说她一会儿就走。弄得汪妈的脸有些挂不住，心想这小丫头倒有点个性，也难怪太太所虑极是。

徐太太凤芝是闲不住的人，她管不着那些生意，心思也不在家务琐事上，交朋结友便是她生活的主要内容。而这些朋友中，有的是以前的老相识，也有新近认识的，通过穿针引线，或是慕名而来。凤芝不单在家里接待这些客人，有时也到外面会客，茶园、戏院、酒馆都是常去的地方，礼尚往来，联络感情。

此时，却有一个人让她心存不满，便是她的同族堂弟，刚调到大智门车站做副站长的谢绍祖。知道这位堂弟一直瞧不起做过戏子的她，虽说她如今攀上了汉口富商徐金穗，做了徐太太，但究竟不是正儿八经的太太。在满脑子传统观念的谢绍祖眼里，她总归不是个正经女人。所以一直没有来往。现在都到了汉口，离得又这么近，照说谢绍祖该登个门，不看僧面看佛面，以徐金穗在大智门一带的名望，也该来拜访一下。可谢绍祖一直没有动静，或许因凤芝的缘故，他不愿来，来了就是向瞧不起的凤芝低头，他不肯认输，也是固守着他的尊严。

凤芝知道谢绍祖的个性，虽说恨，到底硬不过气来，也不敢跟堂弟翻脸。再怎么有钱有势，失去了根基，总是漂浮的。久等谢绍祖不来，她不免惶惑，也不好去请，怕遭人冷淡，更为难堪，就想瞅个机会去大智门车站见见面，彼此都自然随意，慢慢拉近距离。

机会果然就来了。

这天，她听说京城一戏班子往京汉铁路做巡回表演，沿途反应火爆，盛况空前。那班主是她当年学艺的师兄尚小芳，前日收到尚小芳的电报，说戏班子已搭乘火车来汉，今日就要到达汉口，凤芝便想亲自去大智门车站迎接，也借此会一会她的堂弟谢绍祖。

凤芝精心打扮了一番，就坐上自家的黄包车出了门，叫个下人拎着两盒龙井茶一路跟着。从巴黎街拐过亚里山大街，进入繁华的玛领事街，对街而立的大智门车站，已遥遥可见。

街道上车水马龙，店铺里川流不息，拎包的绅士，逛街的洋女郎，挑担子的小贩，也不时有手持警棍的法国巡捕走来走去。凤芝的车穿行在熙攘的人流中，一会儿就到了火车站门口。她下了车，款款往里走。虽说距离不远，来火车站却少之又少，没有要接送的亲戚朋友，即便有，也用不着她亲自来。她没坐过火车，当初辗转来到汉口，是倚靠在一辆颠簸的马车上，那种困苦不堪的经历至今记忆犹新。

进站上车的旅客在大门外就排起了长队，逶逶迤迤往候车室里移动着，里面的长椅上坐满了旅客，一些人在排队买车票，凤芝环顾四周，不见谢绍祖的身影，就上二楼办公室找，见几个门关闭着，站了一会儿，又回到候车室里坐着。

她坐在长椅上等了一会儿，不免胡思乱想，想谢绍祖是不是看她来了，而避而不见？这一来，连迎接尚小芳的心思都没有了，几乎想打道回府。她平时的虚张声势，在谢绍祖面前可是不堪一击。

这份自卑感由来已久。她母亲20岁做了填房，生下她不久，父亲就病死了。她母亲本就柔弱，又不善理家，难免被族人鄙薄和欺负。后来养不活了，就把她送到戏班子，历尽磨难，后来成为戏班里的台柱子，却还是被人看不起。好歹她命里有贵人，遇上了徐老板，才有了今天。原以为老家人会对她刮目相看，却依旧不来往。而谢绍祖，无疑是宗族里举足轻重的人，他的态度代表着谢家人的态度。如果谢绍祖一直不待见她，就意味着她还是过去的她。已存的印象根深蒂固，她想抖抖威风，却没有底气。

但凤芝到底不是爱忧郁的人，过了一会儿，又想起她要接的人来。尚小芳，听这个名字，以为是女的，其实是个男人，长得眉清目秀，当年与凤芝在戏班子里一起当学徒，很能吃苦，也是唱戏的材料，改唱青衣也因那几分女儿相。跟学花旦的凤芝处长了，彼此就像兄妹似的，再大一些，便滋生出那种朦胧的情愫，两人待在一起很快活，甚而形影不离了。但戏班子四处颠簸，朝不保夕，动荡不安，彼此想得更多的还是生计，也比一般人要早熟。饱受艰辛的凤芝，遇上徐老板这棵大树，自然不会放弃。那尚小芳见她只想着攀高枝，也就赌气不理睬。后来尚小芳在京城演唱时被剧院老板看中，离开了戏班子，凤芝也跟了徐老板，两人关系就此断了。然而在徐府过了几年养尊处优的生活，凤芝对京剧依然怀着眷念，跟以前的戏迷票友也渐渐联系上了。后来听说尚小芳在京城做得风生水起，经朋友牵线搭桥，便接上了关系。彼此年岁渐长，在江湖闯荡一番，尝多了世态炎凉，也开始念旧，以往的那些怨怼便随着岁月的消磨冲淡了，剩下的只有旧日的情分，也由不得怀想。

忽地传来当当的铃声，凤芝一时惊起，仿佛从梦中回到现实。

月台前方响起火车的嘶鸣，轰隆轰隆的响声由远而近，脚下已在震荡。长长的白烟之中，那个威猛的圆头赫然出现了，像一个白发冲冠的怪兽从另一个世界呼啸而来。凤芝不免有些紧张，想尚小芳多年不见，他会变得怎样，不会认不出来了吧？

司旗在打着进站的信号，火车缓缓开进了月台，在司旗不远处，站着个穿铁路制服的人，正接过火车司机递出的圆形路签，那是她熟悉的身影，即便多年未见，彼此的亲缘就像看不见的线，丝丝缕缕地感应着，再远也能嗅出相近的气息。一股白色的蒸气喷薄而出，瞬间将对方湮没了，但她知道，那人就是谢绍祖，她的堂弟。

凤芝呆在那里，思绪一下遁入了往事，所有的记忆都鼓泡似的往外冒，幼时母亲牵着她去叔叔家借粮时第一次见到胖乎乎的小绍祖，娘改嫁时族里那些鄙夷的脸，她随戏班子经过村里，堂弟对她不理不睬……她似乎一直站在低处，对堂弟总得仰视。此时，她就想走过去见他，却挪不开步子。看到谢绍祖那张严肃的脸就有些气短，怕走到面前，对方不搭理她。受过磨难的人，外表坚强，内心多是脆弱的。

有个清亮的嗓音在叫凤芝。她不看来人，就知道是谁，一晃眼，对方已满面春风地走到近前。

他还是那个清秀略带腼腆的师兄吗？似乎能捕捉到一点影子。多年不见，他已是名角了，模样也更有韵味，男人的成熟，女人的俊秀，那么恰到好处地集于一身。他的风采，他的步态，都在显示名角的派头。凤芝一时呆在那里，脸颊不由得绯红了。

“凤芝，不认识我了？”尚小芳笑吟吟地打着招呼。

“哟，小芳，多年不见，真是你呀！”她几分恍惚道。

尚小芳遂向身边的人介绍：“这是徐夫人，我师妹。”几位便朝凤芝作揖，问夫人好。凤芝忙给几位还礼，招呼道：“一路劳顿，辛苦了，就请师兄带弟子们随去一江春酒馆稍歇，略置薄宴，为大伙接风洗尘。”

尚小芳忙说：“凤芝不用客气，天星茶园的老板早安排了。”

正说着，果见天星茶园的老板领着几个人前来迎接。

走出站外，尚小芳便请上了黄包车，临别时，凤芝又对他说：“改天请师兄来敝舍做客。”

尚小芳笑道：“时间太紧了，过两天就要开演，先请师妹看看戏吧，贵府总要拜访的。”便朝凤芝挥了下手。

凤芝目送他们离去，随后也上了黄包车，沿着马路往回返，已忘了周围的喧嚷，脑子里尽想着尚小芳，久违的激情像开闸的流水涌动着。等进了巴黎街，看到随行的下人手上还拎着茶叶盒，才想起忘了送给谢绍祖，叹了口气，究竟往家去了。

第六章 珠喜

宋书成在徐金穗名下的营造厂做监事。说是监事，实际上是跑腿。初来乍到，他对营造厂还是生疏的，不懂建筑，就想着那些农家建屋的形制，把地整平，再找几个泥瓦匠、木匠，照着画好的图样建造就行了。但城里建房铺陈大，征得地皮后，要看地形设计图纸，再按房屋结构大小做出材料预算，而这个预算就比一座农屋的建造要复杂得多。

宋书成所在的工地就在大智门附近，毗邻尚德里的一片空地，在建一批石库门式的里份房屋。京汉铁路通车后，汉口形势一年一变，环镇寸土寸金，尤其是大智门车站周边，面临租界，地价更是水涨船高。徐金穗当初给俄商做买办，发了些洋财。十月革命后，俄租界收回，俄国佬要离开汉口，将地皮低价出卖，徐金穗趁机抢得两块地，建起房屋，上市不久就告罄。尝到甜头后，又建了营造厂，陆续征得一些基建项目。因业务扩展太快，厂里施工人员有时首尾不得相顾，只得去请外面的班子来做。由于发生了两次偷工减料，以次充好的事，徐金穗就留了心，再请外面班子施工，他就派个监理盯着，免得到时出纰漏。对宋书成，他第一感觉是此人实在，虽说还看不出有多大的能耐，但起码不是那种胆大妄为的人。当然他也得看看，若宋书成如他想的那样，再熟悉一段时间的业务，说不定会成为他的得力臂膀。

宋书成因业务不熟，来到工地现场，并没有人把他放在眼里，说什么也没人听。那个班子的工匠，利害得失都绑在一起，虽说他们内部分配不均时有扯皮打架，但总归是一条船上的人。雇他们做事的营造厂老板，是直接给银子的主，他们自然要合起力来对付。

宋书成是徐老板派来的监事，工匠们自然明白，这是徐老板的一双眼睛，他们的一举一动，都会被这双眼睛收进去。一般人倒还无所谓，反正打他的桩子，和他的泥，有时磨磨洋工也在所难免，只要不被人看到就行。只是施工头佬感到别扭，因整个工程进展，宋监事都得参与，包括人员数量，薪水，购买材料多少，价格，找哪家买，都得由他向徐老板打报告，再做施行。这种做法也是徐老板经历教训后得来的。施工班子不舒服也得照办，端人家的饭碗，就得服人家的管。

宋书成现跟珠喜暂住在仁静里，他是个做事认真的人，每天早出晚归，泡在工地，跟工人一起干活，在劳动中与那些工匠增进感情，也渐渐弄清各道工序的流程和要点。

父亲在工地里，只有珠喜独自在家，收拾房屋，买菜做饭，这是每天要做的家务事。以前父亲觉得她还小，身子骨儿娇弱，总是他亲力亲为。但珠喜是个早慧的姑娘，平时看大人做时，她就留心，有时也问问，后来父亲忙事没空做，她赶鸭子上架，有过两次，把饭做煳了，菜也咸得不能进口，父亲倒没说她，只教掌握火候，慢慢便学会了。

她对女红不太在意，没事就打打算盘，哼几句喜欢的京剧唱段，她没正经念过书，但父亲给了她启蒙，不仅会认字，家里那把算盘，她背着口诀“一上一，二上二，三下五去二，四去六进一……”地练习，已拨得飞快。

父亲有时回来稍早一点，和她一起吃饭，那是父女俩最快乐的时光。

宋书成很疲惫，看到珠喜把热腾腾的饭菜端上桌，他就闷声不响地大口吃着，饭菜也简单，菜包子，白米粥，就着咸菜，一般如此。偶尔也买点肉回来打打牙祭，这时宋书成就想喝点酒。他不善饮，一喝就上脸，然后话就多了。

“珠喜，你又记账了？”宋书成翻了下桌边的小记事本。

“嗯，把这几天用的钱记下。”珠喜答应着。

“不就给你一元钱嘛，都是柴米油盐的去处，没丢了钱就行。”

“爸爸赚钱那么辛苦，我哪敢瞎用啊。”

宋书成听得慰藉，不吱声了。

一会儿父亲又说起徐府的事，少爷从陆军预备学堂毕业了，要升入保定军校读书。徐老板却不想让少爷离开汉口，但少爷一听说你走了，就找徐老板闹，也不理太太了。见徐老板装聋作哑，少爷一气之下，就去了火车站。”

“他已走了？”珠喜惊问。

“徐老板派人追到火车站，火车已开走了。”

珠喜听到徐少爷为了她跟太太闹翻，现在又离家出走，才觉得事情大了，有些惶恐不安，不知怎么办才好。

“徐老板已经让人来说了，要你回到徐府去。”

珠喜感到意外，她是想留在徐府的，现在少爷一走，她勉强进了徐府，想必太太更不会待见她，到时有什么差池，太太更有话说了。

“我不去。”她摇头道。

“你不去怎么行？总一人在家里，不放心啊。”宋书成忧愁地望着她，在父亲眼里，她总是个孩子。

“我在家里蛮好的，”她挨着父亲坐下，“爸要是实在不放心，我就跟你去工地吧？”

“你去工地干什么？”

“想看你们做事呀。”

“那有什么看的，又脏又乱。”

“我喜欢，就想看你忙些什么。” 珠喜歪着头撒娇道。

宋书成叹口气说：“你要是男孩，可以带你去，可你是闺女呀。”

“闺女又怎样？”珠喜不服气道。

“那里全是男人……”父亲不好往下说。

“那又怎样？”

“不好。”对闺女，他不好明说男人肚子里的坏水。

“不是有您吗？”珠喜睁圆眼睛，那意思已经明了，有你在，谁还敢把我怎么样。

父亲还是没答应。虽说把她一个人丢在家不放心，徐府也来催过，但珠喜不愿意，他就不好随便答应。

此后，倒是把珠喜的心思勾了起来，想去父亲做事的地方看看。那天，她买了菜，看时间还早，就顺便去了一趟工地。也不远，离仁静里不过几百米。

远远地，就看到一大片红砖垒起的半截墙头，像活字印刷的格子，三三两两的人在其间忙碌着。

宋书成正在跟施工头佬说事。原来这头佬又私下接了活，把原班人马一分为二，一半在这里做，一半在那里做，头佬也得两头跑。那些工匠便巴不得早点完工，就慌中求快，这一来，不仅工程的时间拖长了，质量也出现了问题。

“泥瓦匠少了两个，木工少了一个，杂工也有两个不见了，一下少了四五个，是怎么回事？”宋书成瞪着眼问头佬。

“哦，他们跟我说过的，去给一户人家帮个忙。”头佬若无其事道。

“帮什么忙？”

“还不是整修房子。”

“要多长时间？”

“一个月吧。”

“可这边的工程也是有期限的啊。”宋书成着急了。

“不会耽误的，肯定会按时做完。”头佬拍着胸脯道。

这十几个人已走了一小半，本来工期就紧，前几天因地基不深还返过工，又拖了些时日……宋书成皱着眉头想着，他知道这样下去交不了差。徐老板恼起火，不仅会扣施工班的薪水，也要拿他是问。第一项工程就办不好，下回还能交给他吗？

“做不完的。”宋书成摇头，他知道接下来只有赶工，质量肯定不能保证，他与对方的摩擦就会越来越多。

头佬有些不耐烦了，他其实早就不耐烦了。本想从材料中赚点小钱，这姓宋的一来，先不动声色地跟着工匠们当下手，看样子还随和，头佬就没在意，以为他好打发。哪晓得那次购买材料，他把清单翻来覆去地看几遍，又到工地走了一圈，再拿起算盘一拨，就说多报了两项。班头好不容易搪塞过去，才知道他是个算账的能手。以后，再要购材料，宋书成就跟随着，唯恐头佬与商家有瓜葛。头佬从此慎手慎脚，不敢轻易动心思，但心里烦得很，他娘的，要堵老子的财路啊，老子就让你钳制了不成？

“你怎么知道做不完？”头佬忍耐不下去了，瞪起了眼珠子，“老子做房子不是一天两天的，那竖起的房子不都是靠老子们一块块砖垒上来的？”

“我是怕误了工期。”宋书成是个老实人，只会实话实说。

“你怕什么？你又不会做房子，你才来几天？”头佬的气上来了，就管不住嘴，“妈的，在哪混饭吃不好，跑到老子们面前指手画脚，不懂装懂……”

宋书成一听这话，便气红了脸：“我是不会做房子，但老板派我来监事，我得负责。”

“你负责？你个外行懂个屁！”头佬嗤道。

这一说，就有工匠停下手，也跟着帮腔：“我们做房子也不是一天两天了，就你一来，这不好那不好，名堂真多。”

宋书成气白了脸，一时无言以对。

“爸爸——”

宋书成一回头，见珠喜拎着菜篮子过来了。

“你怎么来了？”宋书成有些懊恼，让闺女看到这一切，实在不好。

“来看看您啊。”她走到父亲身边站住。

气氛一时凝固了，那些人没有料到，其貌不扬的宋书成，会有一位如花似玉的女儿，就像一颗明珠，顿时把他映亮了。他再不孤单，不势弱，有宝物在身呢。旁边的人不觉自显形秽，几分气短，为刚才让她看到那一幕难为情，便各自埋头干起活来。有不过意的，便堆起笑脸打招呼：“宋监事有这么大的姑娘呀。”

宋书成没想到珠喜有这么大的魔力，顿时把场面的气氛改变了，他暗自慰藉，仿佛也有了底气。

“来这干什么，爸爸忙呢。”他拍拍闺女的肩膀。

“想看您忙些什么。”

宋书成扫了下四周，小声说：“这里脏得很，不是姑娘家待的地方。回去告诉你。”

“好的。”

珠喜爽快地答应着，仿佛没看到刚才争吵的一幕。但一走出工地，她的脸上又浮起了忧愁，为父亲的处境担心。

珠喜没有马上回家，她在街上慢慢地荡着，阳光懒洋洋地照着四周，一排排屋面，全是新做的房子，火车站把周边都搅热了，街道成了闹市区，那些店铺的招牌有中文，也有洋文，五花八门。珠喜沿着一家家店铺慢慢地走着，瞧着琳琅满目的商品，感到新奇，又有些羡慕，她买不起那些东西，爸爸刚出来做事，还没有领到薪水，就用带来的盘缠勉强维持着，等父亲拿到月薪就好了。父亲出来做事太不容易，他一般不会对珠喜说什么，但珠喜从他每天疲惫的神态，可以感知他做得并非顺心。今天去工地，也是有意去看看，却没料到父亲受这么多冤枉气。

珠喜在一家杂货铺门前停住了，她一时想起要买些针线，父亲蓝大褂有个口袋脱了线，得赶紧缝上。以前这事是母亲做，母亲去世后，家里没人操持，想着珠喜还小，做不了这事，父亲只得笨着笨脚地自己缝补，实在不行，就请亲戚代劳。现在父女俩来到汉口谋生，珠喜仿佛就长大了，她要照顾好自己，还得照顾好父亲。

她走近柜台，见里面摆放着各种颜色的细线，就要店家拿给她一支黑线，一支白线。那老板娘正忙着卸货，从板车上一件件地往下搬，胖胖的身子本就笨拙，再搬起货物就显得吃力。珠喜见此，就过去帮着她抬。

“哟嗬，这小丫头蛮勤快呢。”老板娘抹了下脸上的汗珠子。

“没什么，看您一人搬得累呀。”珠喜说。

“是啊，整天就我一个人，也没个帮手，累死了。”

“怎没人帮您呢？”

“我那当家的卧病在床，就我一人忙里忙外。”

“没请伙计呀？”

“雇不起哟。”

珠喜听了，不觉同病相怜，原来人家也一样过得艰难，不由说：“我来帮您吧，不要您的工钱。”

老板娘听得哈哈一笑：“小丫头能做什么，文不能识字，武不能挑水。”

“我能识字，还会打算盘。”珠喜道。

“真的？这倒是稀奇。”

"不信我打给您看。"她把东西搬进来，就拿起柜台上的算盘噼里啪啦地打起来。

"哟，还真能干呢，可我也不能雇你呀。"老板娘叹气道。

"我不要钱。"珠喜还是那句话。

"不要钱哪行？"

"真不要钱，反正待在家里也没事，就来这跟您做伴。"

"哟，好孩子，我当然求之不得呢。"老板娘答应了。

等东西都搬进来了，老板娘歇了口气，才想起要给珠喜拿线。

"给你，不要钱。"老板娘把两股线递给珠喜。

珠喜揣着线，心里美滋滋的，小小的两股线，可是劳动报酬，这让她感到特别的满足。没想到第一次上街，就有收获。她得回去告诉父亲，想父亲肯定高兴，也会答应她来杂货铺帮忙的。

谢承远自从火车站分别后，一直没再见过宋珠喜。来汉口时间不长，对环境还不太适应，加之功课压迫着他，稍有懈怠，老师就责罚。何况此时的他，情窦未开，对女孩子只是朦胧的向往，还未有深切的依恋感。渐渐地，那个初遇的美好记忆也随着时间的推移淡忘了。

宋珠喜处在火车站的西边，谢承远居住的海寿里却在东边，虽相距不算远，但路径不相交，碰见也不太容易。

但机缘总是意想不到的。

承远母亲的肚子渐长，行动越来越吃力，家里请了个老妈子帮着烧菜做饭。老妈子是黄陂过来的，一口的方言，听得不太懂，做事也马马虎虎，烧的菜不是咸了就是淡了。谢太太不太满意，一时又找不到合适的，只能将就着。行动不便，她又闲不住，就做些针凿之活，小伢的衣服、包被、斗篷，都得一件件地准备着。

这天，彭妈家里有事，下午就提前回去了。晚饭只得谢太太亲自来做，正要炒菜呢，发现酱油没了，就叫承远去杂货铺打些回来。承远正在写字，一听要他出去，倒是乐意，正好借故玩玩。自那次在铁路外被打后，家里对他也管紧了，放学再不许闲逛，老老实实回来做功课。

承远拿着空瓶子往外走，一出海寿里，到玛尔纳街口拐角的地方就有家杂货铺，平时日用品多在那买。承远走到店门口，偏巧老板家里有事，提前关了门。他只得拎着空瓶子再寻别家。在街上悠悠荡荡，左顾右盼，不知不觉，就拐到玛领事街上，街上店铺云集，杂货铺自然是少不了的，他准备沿路逛一圈，再从亚里山大街拐进居住的新街。

街边有不少小摊小贩，在兜售担子里的红菜薹、白萝卜、黄玉米，也有核桃、红枣、桂圆、咸鱼、肉干之类。有卖蒸米糕的，小圆木钵子里突突地冒着白气，香味诱人。有人要买，摊主就打开小木盖子，把抹了黄糖的米糕从钵子里倒出来，再夹到对方手上。看人家美滋滋地吃着，承远的口水都快流出来了，却没敢买一个吃，买了打酱油的钱就没了，妈妈还等着他呢。虽诱惑难耐，只得挪动步子继续往前走。

他又走进一家杂货铺，刚要张嘴说话，发现柜台里站着个女孩。

“珠喜……”

“承远……”

两人都被这意外的相逢惊呆了。问起彼此的近况，承远才知珠喜就住在附近，时常来杂货铺站柜台。

“好啊，再买东西就来这里。”承远兴奋道。

珠喜接过他递的空瓶子，往瓶口撂了个漏斗，再用竹勺子从缸里舀了一大瓢酱油出来，收了一文钱。

“多舀了吧，老板娘要怪你的。”承远小声道。

“这次多舀了一丁点，下次按规矩来。” 珠喜轻轻一笑。

两人聊了片刻，承远便要走：“我妈还等着呢。有空过来找你玩。”

正好老板娘从后门进来，看到承远出门依依不舍的样子，忍不住问起，珠喜说了来由，老板娘便捂着嘴笑，只道缘分天注定啊。珠喜听得一窘，脸颊顿时绯红了。

承远回到家，天已擦黑，母亲正站在后门往外望呢。

“现在才回来，又野到哪去了？ ”谢太太老远就喊。

承远不敢吭气，只把酱油瓶子往灶台上一放，就溜进了屋。

“锅里快烧干了……”谢太太还在背后叨嚼。

他在堂屋里坐了一会儿，才想着温习功课。一会儿父亲回来，说不定要抽查的，父亲时常把课本中的某段古文念出来，要他说出意思，答不出，就要他背诵，直到学通为止。

脑子有些发飘，静不下心来，写了几个字，眼前又浮现珠喜的小脸，也真是巧啊，怎就碰上她了呢？一时兴奋不已，晃眼瞧见桌上的万花筒，那圆筒上的姑娘正对着他笑呢，不觉拿到手里端详着，又仰脸对着光线看起来。

母亲腆着肚子进来了，一手端着个菜碗，他倒是快，忙接过碗放在桌上，又拈起一块肉在嘴里嚼着。

“就慌着吃，快把桌子收拾一下。”母亲催着。

他把桌上乱七八糟的课本摞在一堆，母亲看在眼里，又免不了唠叨：“功课没做完吧，看你爸爸回来怎么交差？”

正说着，外面门一响，天井里现出一个人影，谢太太便对着外面喊：“回来了。”谢绍祖答应一声，人已进了屋。

“今天倒回来得早点。”谢太太说。

谢绍祖换上家常衣服，走出来说：“刚走了一趟车。”

“快吃饭吧。”谢太太要去端饭碗，谢绍祖示意承远去拿。

一家三口坐下吃饭。他们本是北方人，爱吃面食，老妈子来了后，做的多是湖北菜。他们只得入乡随俗，吃起了米饭。一碗千张烧肉，一碗白菜，一碗鸡蛋冬菇汤，腾腾冒着热气，三个人吃得呼呼作响，一时无话。

吃到半途，谢太太才想起什么：“哎，今天徐府叫人送来些东西，你看，就摆在那呢。”她指了指写字台上花花绿绿的纸包。

“这怎么好。”谢绍祖有点为难。

“人家惦念你呢，”谢太太瞥了他一眼，“凤芝到车站去找过你……”

“她来家了？”

“没有，叫汪妈来的，说是来看看我，提了下凤芝去车站的事。”

“汪妈在徐府？”谢绍祖对汪妈也有所知。

“已来两年了。”

谢绍祖没接下句，只是埋头吃饭。

“要说凤芝也不容易，当初学戏由不得她，后来也是迫不得已……”谢太太为人厚道，总想去除那一团死结，“都在异乡，亲戚又少，缺不得感情联络，俗话道，日亲日近，日远日疏……”

谢绍祖埋头不应声。

“要请我们过去玩呢。”谢太太还在说。

“你这副样子能玩什么？”谢绍祖扫一眼她的肚子，倒不似往日态度那么生硬。

“还有呢，”谢太太见他和缓了，趁机说，“要生时，凤芝会叫人来照护。”

谢绍祖默默吃完了，他坐在一边喝茶，突然来一句：“今天在火车站见过她当家的。”

“你是说徐老板？”谢太太忙问。

谢绍祖点了下头。

“是为凤芝？”

“生意上的事。”

“火车站也有他的生意？”

“铁路运输繁忙，他开了一家转运公司。”

“转运什么？”

“就是揽来货物交由铁路运输，外地运来的货物也由他们分运到各地，从中赚取佣金。”

“他倒是会想。”

“火车运输比航运发展更快，铁路一开通，汉口有了铁路与航运两只翅膀，更要突飞猛进。”谢绍祖说起铁路上的事，就滔滔不绝，“大智门车站已设立中日联运站，现又增加中日包裹联运、铁路与轮船联运业务。汉口的日本汽船会社、怡和轮船公司、太古轮船公司都已申请加入联运……”

“哟，东洋人就是手脚快呀。”谢太太经常听丈夫谈及工作上的事，倒不感到生疏，时而还插上一句，“老徐要跟他们竞争，还真不容易。”

“是啊，华商公司起步晚，跟洋人抗衡还得合力对付，能帮就帮一把……”谢绍祖平时不表示什么，但涉及华人与洋人之间的竞争，他就显露出一种家国意识。

承远在一边听着，父亲不会讲些大道理，却在有意无意间灌输这种思想。此时的他，就像一棵尚未定型的树苗，在接纳各方的雨露，一切对他都是新鲜的，富有诱惑力，至于以后是否成才，在机缘，也在自身的造化。他不会想未来的路，父亲也看不到那么远。

第七章 伏倚

玛领事街两边的店铺招牌白天亮得晃眼，夜里，迷离的灯火，袅袅的香气，都在诱惑人流连忘返，那些旅差在此的人便恋上了汉口，本地的人则迷上了大智门。

宋书成走在玛领事街媚惑的夜色里，闻到楼房里飘出京剧《痴梦》的唱段，不觉触动，可有好长时间没看戏了，以前在驻马店时，倒时常带珠喜去戏场，把闺女也带成了戏迷。来汉口这么长时间，忙得晕头转向，几乎快忘了。此时，他也顾不得沉湎其中，徐老板要他来一趟烟馆，也不知为何事。他在工地上做得不开心，那头佬用走人挟制他，以致拖延工期，目的是想把他赶走。现在被老板突然传唤，就有些忐忑不安。

烟馆不难找，走到那门口，看到有人守着，他报了一下徐老爷，守门的点个头，要他直接往里走，到顶头一间房就是。

过道幽暗，壁上有盏纸灯笼照着，两旁是烟室，虽隔着布帘，烟味还是窜到过道里。走到那扇门前，他敲了两下，里面问了他的姓名，门便开了。

房里幽暗，一只油灯点着，晃晃悠悠的，杂物似鬼影一般。徐金穗半躺在烟榻上，见他进来，指着旁边的一把椅子说："老宋这边坐。"

他坐下，定了定神，便听徐老板在问："房子建一半了吧？"

"是。"

"我等着完工交货呢，一半房子都订了。"

"如果不出意外，应该可按期完工。"宋书成答道。

“什么意外？”

宋书成见徐金穗盯着，便把工匠另揽活的事说了。

徐金穗一时不语，末了道一句：“可工头说，是你过于计较，把人家气走的。”

宋书成一听，顿时气红了脸，申辩道：“没这回事。您要我去那看着点，有些口子开不得，我当然得按您的吩咐办。这样做，难免会得罪人。”

“好，好，我没说你，”徐金穗用手按了按，“就看你做事负责，才要你去，也是试试身手。管是应该管的，但也不能把关系搞得太僵了，弄得都气鼓冒烟的。既然做工的有怨气，不管对错，暂且都忍一忍吧……”

这时，门外进来一个瘦高个子，见了徐老板，点了下头，就在一边榻上坐下了。

徐金穗便向宋书成介绍说：“这是烟馆的余经理。”

宋书成躬身叫了声余经理。

余经理盯着他看了两下，点了个头。

徐金穗吸了两口烟，喷出一团烟雾，转头对余经理说：“老宋做事勤恳踏实，就是性子直点，看放在你那不错。你看怎样？”

余经理笑了一下说：“徐老板定了的事，还问我干吗？”

徐金穗点头说：“那就这样了。”

吸了口烟，徐老板又朝宋书成笑道：“你那丫头不错啊。”

宋书成听得一愣，好像话里有话。

“她跟奕宏说，你在营造厂受人欺负。”

“她去府上了？”宋书成惊问。

“找我不在，碰巧奕宏在家。”

“唉，这孩子……”宋书成不由暗暗叫苦，珠喜真像她去世的妈一样执拗。

“我倒喜欢这姑娘。”徐金穗又吸了一口烟，等烟雾散尽，方道，“你做事负责，我都看在眼里，这也是我留你的原因。以后你就在余经理手下干吧。”

宋书成一头雾水，不知如何回答。

徐金穗说：“我的转运公司要在大智门车站里设个代办处，因事务繁忙，就委托余经理代管。余经理要操心烟馆，不可能事事亲为，就准备调你过来料理日常事务，具体要求听余经理吩咐就是了。”

宋书成点头称是。转头看余经理在冷眼打量着他，陡地一阵寒意侵来，感觉不太好。但此时的他，不过是徐老板手上的一枚棋子，安放在哪，由不得他。就走一步看一步吧，他只能这样想。

薄雾缭绕的清晨，透过大智门车站的栅栏，可以望见一片繁忙的景象。作为一等大站，随着运输量日增，各种硬件设施也在更新换代：新建的水鹤在徐徐给火车输水，七条股道像开闸的流水一样往前延伸，至岔道口，又见钢轨架的塞马佛式号志高高地耸立着，犹如孤独的稻草人守卫在田塍。月台一边，司事们在来来去去地准备出车，司机在等着行车指令。货场作业线上，蚁阵一样搬运货物的长夫，一趟一趟地移动着。

彼时，王运福从贸兴澄油厂拉来的桐油正等着装运，王运福将河南当地的土产运到汉口交易，再把这里的桐油和茶叶拉到北方等地经销。王运福进贸兴厂的桐油，也是肥水自留，他的小姨子就要成为徐金穗的儿媳妇，此等的便利岂不利用？不仅拉近彼此的关系，又可获得额外的收益。谈到价格时，也就不那么计较。对于王运福来说，能拿到货就是钱，而徐金穗肯给他，也就没把他当外人，他自然明白。

徐老爷开了转运行后，营造厂那些建筑材料，贸兴澄油厂的桐油，出了单子，都直接让转运行处理，不经外人手，又省下一笔运输开支。转运行除了负责自家的货物运输，还承接其他，揽货起票，囤发运送，从中获得佣金栈费。以前王运福的货物得自己筹车马运到火车站，现在全不用他管了，徐金穗让自家转运行给他拉来，直接装车，全不用他操心。想不到的是，在火车站具体经办货运的师爷也是熟人，竟是在火车上认识的宋书成。

转运行租用了火车站售票室旁的一间房，王运福和宋书成在火车站别后重逢，现在又有了生意上的联系，也就格外亲热。

“听说你去了营造厂，怎么来这里了？”王运福不由问。

“营造厂的工头在徐老板面前尽说我的坏话，”宋书成苦笑道，“幸亏老板明察秋毫，体谅我的难处，又碰着这里差人，就过来了。”

“也好。以后我的货物就仰仗你老兄帮忙了。”王运福说。

“没问题，也烦你帮着拉些客户进来。”宋书成道。

“那是自然。”

闲聊了几句，又提起珠喜，王运福说：“你那闺女懂事，以后要靠他享福的。”

宋书成听得受用，道一句：“没妈的孩子，跟着我受苦。”

“受过苦的孩子懂事得早。”王运福安慰道。

一时又提到他小姨子的亲事，宋书成也听说了，徐家少爷想去当兵，徐老板为了拴住他，想早点把喜事办了。此次王运福来汉口，便是确定婚礼的吉日。宋书成恭喜两句，心里不免疑虑，这急来的事妥当吗？他多少知道一点少爷匆忙离开的缘由，人家闺女千里迢迢嫁过来，可就一生守着他了，万一过得不好，到时连个娘家人都顾不上呢。

两人核对好货单，便一同来到站台上。一列客车即将出发，另一列货车正在装厢。宋书成将货单递给货运司事，等司事查验货物无误后签字。

有个报童奔过来：“宋师爷，给你报纸。”

王运福瞅了下那报童黝黑的脸，觉得几分面熟，不由问道：“这孩子好像在哪见过？”

“他就是扒火车来汉口的黑生呀，”宋书成答一句，又对黑生说，“这是王老板。”

黑生叫了声王老板发财。

“哟，这孩子，”王运福摸了下他的头，“长高了些。”

宋书成接过货运司事的签单，回头说起谢站长让他父亲来火车站做了扳道工，还介绍他母亲去徐府帮佣的事。又因黑生的茶水摊子卖不了几个钱，他爸爸跟谢站长说，谢站长就让他在这里卖报纸。

“谢站长可是你家的大恩人呐。”王运福不由道。

黑生眨巴着眼，也不知恩人是什么。

宋书成来到火车站后，与黑生接触多了，彼此日渐亲近，有时他卖完了报，遇到转运行搬运货物，他也过去帮帮忙，从中赚点小费。

王运福一边听说，便给了黑生几个赏钱，黑生谢了一声，又卖报去了。

王运福说：“这小子是个做事的材料，以后就帮我押车算了。”

“他老子怕不肯答应，卖报纸可比那长途押车舒服，钱也少不了几个。”宋书成忙打破口。

说话间，谢站长拿着路签走了过来，对王运福喊道："王老板，客车要开了啊。"

王运福"哎哟"一声，叫道："老宋，我要上车了，下次再聊吧。"

"一路顺风！"宋书成向他挥手道。

候车室那边响起了"当当当"的铜铃声，车站司票在喊："还有五分钟要开车了！"

车厢门逐一关闭，火车"呜"的一声嘶鸣，喷出一团白气，缓缓开动了。

宋书成跟谢站长一前一后地走着。来火车站有两个礼拜了，两人只是碰面打个招呼，未及交谈过。那日珠喜说起徐老板开转运行的事，才知是承远去杂货铺买东西告诉她的。

宋书成对承远的印象一般。那小子长得白皮细肉，一副文弱公子样，精力倒蛮旺盛，在火车上时不时地东窜窜，西溜溜，见什么都新鲜，没几下安静过。俗话说，三岁看大，七岁看老。宋书成观察承远，长大或是个美男子，只是眉眼间笼着一丝优柔之态，恐怕是前世未了的孽缘，由此风流情性妨碍他，就断定以后不会让老子娘省心，比黑生要劳神。虽说聪明一时，也难有大的作为。当时他跟珠喜在火车上玩耍，旅途单调无聊，有个玩伴在一起打发时光也好，宋书成也没觉得不妥。但近来珠喜时常提及承远，宋书成见女儿眉目闪烁，心里似有了萌动，回想火车上两人形影不离，到分别时还依依不舍的情景，不免有所警觉。闺女已到金钗之年，不再是小孩子了，跟男孩子说说话可以，就怕时间一长，分解不开，到时后悔莫及。宋书成不想让珠喜跟承远走得太近，这是从女儿的长远考虑，但硬要珠喜不跟那小子来往，似乎也不太好，让珠喜觉出异样，反而更会往那方面想了。

也多亏承远告诉珠喜一些信息，要不，他哪有机会来大智门车站里坐着？他对这座亚洲一流的火车站早心存向往，能在此当差是莫大的荣幸，也暗下鼓劲，要干出点名堂，不负老板的栽培。他为人正直，看不惯蝇营狗苟的事，说话做事也不会拐弯抹角，有时让人家接受不了，在营造厂搞得关系紧张，也是这个原因。现来到火车站，接触的人更多，每天要跟站长司事们打交道，稍处理不好，就会引来麻烦，他也试着改改性子，尽量不跟人发生矛盾，彼此和睦相处。但孩子的事，关系着她一生的幸福，非同小可，弄不好就会后患无穷。因了这一层，与谢站长碰面反而有些不自在，也尽量回避对方。

他这么思前想后，后面的谢绍祖却一点没察觉。他是不在意小节的人，看到宋书成在前，便招呼了一声。

“哎，站长。”宋书成回转身，几分拘谨地笑着。

“这趟披挂的货厢，有两成的货是你们转运行的吧？”

“是啊，商户运量每天都在增长。”宋书成答道。

“初见成效，以后你可要更忙了。”

“也仰仗站长的支持啊。”

“互相配合，你们也在帮火车站出力，增加运量啊。” 谢绍祖客气道。

两人正寒暄着，站务小赵匆匆走过来，报告刚建好的栅栏又被损坏。谢绍祖眉头一皱，便随小赵往站外去了。

候车室里，座椅上七零八落，人流排成几条龙，一些在站队买票，一些准备着进站，喧嚷声此起彼伏。宋书成从售票室经过，见窗口露着梨花的脸，对方瞥见了他，便荡起笑靥，心不由一阵颤动。梨花也是刚来的，比他早几天。两房门挨着，低头不见抬头见，碰上了，对方就主动跟他打招呼。宋书成自妻子去世后，一直没有再娶，也是忘怀不了，何况生活无着落，又带着女儿，也没有能力续弦。现遇见梨花，让他久闭的心门悄然开启，却不敢有非分之想，自己是三十好几的鳏夫，人家却是不到二十的未婚姑娘呢，再说又是余经理介绍来的。虽这般想，见到梨花，还是不免激动，便成了他无法宣泄的秘密。

回到办公室里忙了一会儿，余经理板着脸踱了进来，身后跟着一个随从，宋书成起身招呼，给他倒茶。余经理也不吱声，上上下下扫了一圈，随从把宋书成坐的靠背椅拖到他面前，他往下一坐，顿时像只瘪气球一样塌了下去，随后掏出烟来，点上，吸了一口，才问一句：“刚走了一趟货吧？”

宋书成嗯了一声。

“近几日有新增的大户没有？”他又问。

“有两家公司是徐府的老关系，已委托代办货运，还有两家正在商谈。”宋书成答道，便把委托书递给他看。

余经理看了一眼问：“昌裕货栈不是往中日联运站走吗？”

“余经理好记性，”宋书成笑着解释，“昌裕货栈的老板是个京剧票友，跟徐太太蛮熟，得知他家新开了转运行，想照顾生意，让徐太太高兴……”

余经理歪了下嘴角，似笑非笑的样子。然后把委托书一扔，朝宋书成打量了一下，阴阳怪气道：“在这揽收，结算，又兼报账，一人做几项事，徐老板蛮看中你啊。”

“承蒙老板厚爱，唯有精心竭虑，效犬马之劳。”宋书成表白道。

“徐老板把这一摊子事交给我，现在你是我的手下，得服我管，明白吧？”余经理眯着眼吸烟，观察着他的反应。

宋书成低下头答：“明白。”

“明白就好。”余经理咳嗽了两声，清了清喉咙说，“账务上的事，得听我的安排。徐家的关系，从码头转运过来的，就入账，如果是车站直接揽收的，多数入这里面，两本账分开做。”他让随从递过来一个本子。

宋书成接过账本，手直发沉。

“如果你按我的来，不会亏待你的，起码在徐老板给你的薪水上加个两成，但要听我吩咐。要是不听话，就别怪我不客气。”

“晓得。”宋书成答应。

“那就这样，我现有事，你忙吧。”余经理起身往外走。

售票窗口前人头攒动，余经理往里凑了一下，瞄见梨花的脸，朝她递了个眼神，梨花却装作没看见。余经理呆了呆，阴着脸走了。

谢绍祖到站外察看了一会儿被撞坏的栅栏，像是人蓄意所为，心里不免有些烦乱。大智门商贸辐辏，车次渐多，客流稠密，给车站安全带来一定的隐患。老站长病体未愈，上面指示他代行站长之责，事无巨细，唯恐有疏漏之处。他曾向京汉铁路车务段报请在车站周围设立栅栏，得到批复后，立马动工。不想栅栏刚建不过几日，就被撞开了一个豁口，一些人便趁机翻越，逃过司票的检查，偷偷攀上火车。而这番越轨而行，匆忙之中，最易肇祸。修缮说来事小，却不太容易。因车站还没设立财务室，得报请上级批准，不是一天两天能解决的。那些在位的官只当是鸡毛蒜皮，会一拖再拖，除非出了问题，捅了娄子，他们才会当个事做。但火车站又等不得，不出事是小，一旦出了事，上司就会怨他办事不力。

谢绍祖适才问在场的几位，都摇头不知，只有卖报的黑生悄悄告诉他，是烟馆余经理手下的人干的。谢绍祖觉得蹊跷，前不久余站长还把梨花弄到车站售票室来。他才知道余站长和余经理是堂兄弟，余经理是洪帮里的头目，现又管着转运代办处，跟车站总碍着情面，却想不到他的人会来搞破坏。谢绍祖百思不得其解时，还是刘福根告诉了答案。

刘福根曾帮那烟馆运过烟土，多少知道一点里面的勾当。原来烟馆是洋行走私烟土的销点。因法租界码头有条万佛号的轮船，定期往返于汉渝之间，从云、贵、川购买烟土，再运到汉口。有几次烟馆派刘福根深夜去拉货，经他们转手，再运往外地。过不了火车站检查这一关，就直接跟火车司乘私下交易，将烟土从火车站外偷偷运上火车。现设置了栅栏，就给私运烟土设置了阻碍。谢绍祖得知其中的关节，便觉得棘手。原以为是一般人为越栏撞坏的，找个人修修就完事。原来却没这么简单，不是一个小的漏洞，而是里面有一个大的黑洞。以他个人的能力，怕是一时难以解决。但不管又不行，不论是车站制度，还是站长职责，都不允许他对此事置若罔闻，得考虑一个万全之策才行。

他站在那里，望着熙攘的街道出神。一个瘦削的背影进入视线，他认清是余经理，正是这起麻烦的制造者，此时正大摇大摆往烟馆而去。他来火车站不长时间，已耳闻余经理手段毒辣，是大智门一带的地头蛇，在火车站周边发生的几起血案，都是他指使人干的。连法租界的巡捕都要让他三分。徐金穗是个精明人，派此人负责转运行的事务，正是利用对方在洪门的势力，好让他一家独揽火车站周边的货运。余经理得了徐金穗的丰厚佣金，还不知足，又背着人挖墙脚，搞走私，可见人心不足蛇吞象啊。

想到徐金穗，谢绍祖心里一动，倒是有了主意，如果让徐金穗帮他摆平这件事，恐怕是最合适的人选。徐金穗有营造厂，栅栏就让他找人来修，可保证完好无损，对他也是小事一桩，这叫肉烂在锅里。也是敲山震虎，给对方一点提醒。谢绍祖不会说什么，但徐金穗也不是睁眼瞎，彼此心知肚明，就让他去摆平吧。徐金穗在火车站有货运业务，而谢绍祖要在火车站得心应手地做事，也要仰仗徐家的支持，彼此因了凤芝这层关系，也容易拉近距离，甚而结成同盟。

第八章 迎往

临到过年，火车站总是最繁忙的，来来往往的旅客较平常增加了几番。刘福根和黑生都在火车站里，吃喝也在一起，让刘王氏省了不少事。刘王氏在徐府帮工，做事虽说一般，人还灵便，嘴巴也甜，把徐家太太“呵”得很好。凤芝一时高兴，就让她在身边做服侍，不再干些粗活，倒是轻松了不少。

徐太太前段时间经常外出看戏，回到家也像有了心思，以前跟刘王氏还聊几句，现在总是闷闷地发呆。吃东西也少了，只有汪妈进了她的房间，才会说上几句话。那日刘王氏在阳台晒被褥，隐隐约约飘进几句耳朵里，似乎是小芳什么的，刘王氏想是哪个女孩，也就没往心里去。

等到过完年，刘王氏回家的次数也少了，就整天在徐府里忙碌。徐家少爷的婚期一天天临近，刘王氏却没等到徐家少爷成亲，就被太太凤芝派到谢家帮忙。谢太太要生产，家里没人侍候，徐太太觉得这是与娘家人和好的机会，自然要有所表现。也就不顾自家事务冗杂，执意要把身边的用人调出来，侍候堂弟媳妇。

刘王氏与谢太太算是熟人了，两人在火车站碰过面，彼此之间容易拉近，且谢太太本是个勤快人，不娇气，已有六个月的身孕，还不肯歇着。虽说刘王氏是来帮忙，到底不是自家请来的，总不好啥都推给人家，到时让人抱怨。能做的，她依然自己动手，刘王氏自然喜欢这样的东家，落得清闲。

这一日，刘王氏正在后面厨房里杀鸡，几刀下去，鸡还在乱叫，谢太太听见动静，腆着肚子过来，看地下洒了一些血迹，鸡在地上扑腾。就把刀接过来，提起鸡，拎起脖子划了一刀，快速逼出鸡血，又把鸡放在热水里烟毛。

刘王氏一时不好意思，只得又接过来：“太太真行，一下就解决了。我可干得少，没钱买鸡吃，偶尔有过，也是孩子他爸做，我怕见血的事。”

“一刀要使上劲，一时死不了，也让它受罪呀。多做几次就会了。”谢太太说了两句，便进屋去了。

刘王氏就待在厨房里烟鸡毛，这活计说不难，也是个磨性子的事。一会儿刘王氏的腰就酸了，刚伸了伸筋骨，忽而后门一响，黑生的头探了探。

“妈，”他笑嘻嘻地闪了进来，“报纸卖完了，过来看看你。”

“还没吃吧？”刘王氏忙问。

“嗯，肚子早饿了。”

刘王氏转过身，揭开蒸笼，从里面拿了两个包子：“快趁热吃了。”

看到儿子大口吞咽着，她找了一个布包，又从蒸笼里拿出五六个包子，放在布包里：“等下你带回去，给你爸爸吃。”

黑生鼓着腮帮子咕哝道：“这是承远家的呢。”

“没事，我做了不少，太太不会说的。”刘王氏努了下嘴。

等黑生吃完了包子，刘王氏又舀了碗排骨汤给他喝。

“承远还没放学吧？”黑生问。

“总是很晚，天不擦黑不落屋，跟你一样。”

“我是帮家里挣钱呢。”黑生分辩道。

刘王氏不作声了。

“妈，今天我看到徐少爷的新娘子了。”

“你去徐府了？”刘王氏问。

“没有，”黑生摇了下头，“我在火车站看到的。”

经不得他妈好奇，就把王运福带着披红挂绿的小姨子坐火车来汉口，徐家的车马早早在车站迎候的事描述了一遍。

“新娘子好看吗？”刘王氏不禁问。

“蒙着头，没看见，一会儿就上轿了。”

“哟，徐少爷这下跑不了了。”她知道徐少爷想去当兵。

黑生坐了一会儿，想等着承远回来，刘王氏却催着他快回去，“一会你爸爸下班了。”便把布包往他怀里塞。

等黑生走了，刘王氏才松了口气。她是怕谢太太看见黑生来了，连吃带拿，叫谁家主人都不会高兴的。可一旦动了念头，就难以收手，时不时会裹挟些东西带回家，见谢太太没在意，她的胆子也渐渐大了。

谢承远放了学，又拐到玛领事街上，他想去杂货铺看一下珠喜。虽然近，也不是总能见到。一是功课重，先生放学晚些，就不敢耽搁，只能回家。再者，珠喜也不是从早到晚在杂货铺待着，她只是闲着没事过来帮帮忙。有时承远下了学往杂货铺经过，她已回家去了，要给爸爸做饭吃。

承远走到杂货铺门口，没看到珠喜，想是又回去了。他直接拐进巷子里，往海寿里走去。到了弄堂口，正碰上出门的黑生。

“哎，黑生，你来了。”承远高兴地招呼。

“嗯，我来找你玩，你又不在。”黑生应道。

“那跟我回去吧，我今天功课少，玩一会儿。”他把黑生一拉。

“不去了，”黑生往后一缩，“我要回家。”

“今天没碰上珠喜，现在你也不跟我玩。”承远有些怨气，又要拉黑生，哪晓得对方腋下揣着个布包，被他一拉，包子便散落开来，滚了一地。

“哎，怎么搞的？”黑生又气又恼，慌得往地上捡包子，可一想到那东西本是承远家的，他又像个小偷似的，不觉涨红了脸。

“这是从我家拿的吧？”承远看到黑生脸上的难堪，不由问。

“不是你家的。”黑生抵赖着，把包子往袋里直塞，一溜烟跑了。

承远气呼呼地走进家门，碰到刘王氏跟他打招呼也不理。进了堂屋，把书本一放，就噘着嘴坐着。谢太太正在床边坐着纳鞋底，看他气呼呼的样子，不由问，是不是又挨先生的骂了。

“没有。”承远扭了一下头。

“为何又不高兴呢？”

承远瞥了一下，见刘王氏去了厨房，便指了下外面说：“妈，我们家有贼！”

“一惊一乍的，谁是贼呀？”

承远凑近他妈的耳边，叽里咕噜地说了一通。

谢太太听了，一时没有言语，末了跟承远摆了摆手：“这个我知道，是我让她拿的，你小孩子不要管大人的事，做好你的功课是正经。”

承远见母亲如此，也不敢再言语，但对刘王氏这个人，从此就有了不好的印象。

一会儿谢绍祖下班回来，谢太太也没提这事，只顾说着徐家的喜事，明天奕宏少爷就要大婚，请柬早送到家里。谢绍祖为去不去上门贺喜踌躇，有点裁夺不下。去了，就承认以前低看了凤芝，让她在自己面前显示如今的风光，以证明以前他们是错的。这不仅是对他，对家族，都是打脸的事。谢绍祖对外人谦恭有礼，但对自家人，却囿于封建礼教，恪守传统，对凤芝靠那种手段获得一切，总觉得名不正，言不顺。虽说两家相距较近，也不想跟凤芝来往，但又不能绕开徐金穗，徐金穗在大智门一带可是响当当的人物，他曾在洋行做过买办，与洋人关系密切，与洪帮一些头佬也有关系。大智门车站是外地进入汉口的桥头堡，周边租界华界交错，洋行商铺云集，三教九流，鱼龙混杂，险象环生，徐金穗能在此处玩得风生水起，左右逢源，成为炙手可热的人物，没有两下子，哪能站稳脚跟？而他如今在大智门车站行站长之职，少不了跟各样人物打交道，也知道强龙压不过地头蛇，总得有所依靠。几个月来，他在火车站做得还算顺手，让车务段对他还比较满意，也就有了代理站长的委任。但心里明白，这不是他的能耐，而是有人在暗暗帮衬着他，没有徐金穗的抬桩，他可能就会出大的娄子。当然，徐金穗也不见得是因凤芝这层关系，只是以此为纽带，拉拢一下他，获得双方的利益。而他，也要心中有数，知道来龙去脉，别不识好歹。

但表面上，他与徐金穗只是点头之交，至于那层亲戚关系，彼此都没说破。他觉得这番前去贺喜，多少有点屈尊，他不想让人以为自己是歆羡门楣，有巴结对方的意思。

“去吧，总是你的堂姐啊。”谢太太在一旁劝说。

“你带着承远去吧，我就不去了。”他对谢太太说。

“我身怀大肚的，怎么能去？”谢太太白了他一眼。

谢绍祖看了一下她，只得苦笑。

承远一听让他去玩，高兴不已。如果父亲去，可能不会带他，只有母亲去才有可能。因此他极力劝说母亲：“妈，你去吧，大肚子不要紧，我搀扶着您。”

谢太太说：“你别瞎掺和，妈这副样子出门，当现世宝啊。”

“这有什么，谁家都有生孩子的时候。”承远说。

谢太太还在劝说丈夫：“你就去吧。人家凤芝虽没上门，也叫汪妈来过两次，关照不少，又让刘嫂子来服侍我，不看僧面看佛面，总得要回一下礼，要不人家会说我们不通人情……”

谢绍祖按住了她：“别说了，我知道。”

承远见他爸爸这般固执，心里便失落，知道自己是去不成了。

婚礼当日，徐府一派热闹的景象。门前的大红灯笼高高悬挂，簇簇的车马，轿子排满了行道，楼里的说笑声阵阵飘送出来，不绝于耳。

承远终归被父亲带出了门，这确是意外的惊喜。其实谢绍祖带上他，也是给自己一个缓冲，一个人去，好像正式了点。收到请柬时，他就考虑到了贺礼，送物品不好掂量，送钱也不好掌握，多了他吃力，少了又显得寒碜，也似乎太俗，何况徐府也不在意这个。想来想去，就摆开笔墨，写就了几个龙飞凤舞的大字：百年好合。他的一手柳体还是拿得出手的，一些铁路官员曾向他讨字。他写好，又让人拿去装裱，马配上鞍，才显出身价，却不能自己提着去贺喜，只好带上儿子。初次登门，也不太习惯在生疏的场合与人寒暄，有承远在，可以舒缓一下紧张和不适。

承远走近那幢小楼，但见张灯结彩，人来人往。里面笙歌悠扬，骨牌喧喧，一派喜气洋洋。他们被请到客厅，徐老爷见到父子俩，十分欢喜，摸着承远的头说：“贤侄眉清目秀，以后雏凤清于老凤声，未可量也。”徐太太一见谢绍祖登门，喜出望外，叫一声四弟，眼眶就红了。谢绍祖不免触动，要承远喊她二姑。

宾客中有几位是大智门车站的常客，像王运福这样的商家已是老熟人了，谢绍祖一到，就被几位拉到身边坐着，有人就趁机找他谈事。承远是坐不住的，便溜出来玩耍，刚走到楼梯口，迎面看到珠喜端着一个托盘下楼来，不觉愣住了。

珠喜也感到意外，笑道：“你来做客呀。”

“是呀，又碰上你了。”他欣喜道。

珠喜边走边说：“本没想到要来，是徐老爷跟我爸爸说了，要他带上我。”

“徐老爷蛮喜欢你呢。”

“喜欢什么，不过是想把喜事办好……”

“你来了，喜事就能办好？”承远觉得诧异。

珠喜看看四周，欲言又止。

承远觉得奇怪，凑近问道：“到底为什么呀？”

珠喜咬了下嘴唇，勉强道：“还不是因为少爷。”

“是徐少爷让你来的？”

珠喜犹豫了一下说：“他跟新娘子已拜过天地，却不愿去新房，就待在书房里与人下棋，让我在一旁侍候。”

承远想起来，刘王氏跟母亲闲聊过，少爷想把珠喜留下来，但徐太太不肯，有意拆散他们。徐老爷为了让儿子安心，就让珠喜回到府里做丫头。只是几经折腾，珠喜没有去成。

“怪不得几天没见你，原到这里来了。”承远有些失落，好像别人抢走他的宝贝似的。

珠喜说：“我在杂货铺蛮好的，算盘熟练了，还学会了打账，老板娘对我也蛮好。”

“你不会在这待长吧？”承远有些着急。

“谁知道呢？”珠喜觉得有些话不好对承远说，徐家少爷是因她才回来的，徐老爷想稳住儿子，不让他分心，就要她留在这里。

“我爸爸非让我来，说徐老板家的大事，不能不去。”她只能这样做。

“帮完了再回去吧？”

“嗯。”

正说着，就听楼上在叫珠喜，珠喜给他使了个眼色说：“我离开一会儿就要喊。”便拎着茶壶上楼去了。

新房里，一些女眷正簇拥着新娘子婉珍说笑，大家都是看眼色的，知道新郎官对新娘子不太满意，心在别处，徐老爷不好当着众人的面教训儿子，又怕来宾看出端倪，就叫汪妈带几个女眷陪着新娘子。

婉珍端坐在床边，已揭了大红盖头，华丽的装扮显示着大户人家的尊贵和排场，但见云髻插花胜，拢鬓缀步摇，着一身大红锦缎绣花袄裙，真是花团锦簇，彩绣辉煌。

徐家住在租界，被洋风浸染，就不像一般家庭那样沿袭传统，婚礼也办得中西合璧。

自新娘子下了火车，徐府的八抬大轿就在车站候着了，本就人来人往，看到两面大锣在前开道，浩浩荡荡跟着一队迎娶人马，抬箱笼的，举旗的，遮阳的，当吹鼓手的，还有拿着金瓜、钺斧、朝天镫之类仪仗，赫赫可观。看热闹的人越集越多，徐府的汪妈也是会做事的，喜糖撒了一地，争抢不到的，就跟在迎亲队伍后面撵，一直跟到徐府门前，到新娘子进门，又放起一阵鞭炮，自然引来更多的围观者，喜糖又抛得满天飞。

婉珍从河南远道而来，对汉口还一无所知。只是在火车上，听姐夫王运福大致说了一些，汉口比驻马店大得多，有租界洋楼，你的婆家就处在租界里，一幢大房子，以后就是你的新家，你就是那房子里的主人，要好好孝敬公婆，侍候丈夫，你丈夫可是独苗，你能嫁到这样的人家，是祖上积德，要好好惜福……说了一大堆，婉珍听得木木的，早前她听爹说不远，一会儿就到了，想家了就随时回来。可是火车坐了好几个时辰，还在田野里跑着，根本看不到高楼大厦，她才知道汉口好远，像天的尽头似的，眼泪止不住地滚将下来，一路哭着，也听不进姐夫的话，哭得筋疲力尽，人就木了，由着人摆布。

婉珍不知少爷的模样，她进门时，少爷也没出来迎接一下，只是听姐夫在外面嚷嚷，喊着奕宏，后来倒是下楼来了，也没看她，就在台阶上站着，等着众人把新娘子引到他面前，只是淡淡一笑，朝众人拱了下手，又上楼去了。

王运福是新娘家的人，看到这副洋乎样子，自然窝气，却不敢太声张，毕竟是徐府，他们又是外乡人，势单力薄，想他少爷习气要惯了，只能忍着。

第二天的婚礼定在法租界天主堂举行，离巴黎街仅几十米远，是座呈三角棱形的哥特式建筑，小尖塔上覆有铁瓦顶屋面，垂直线条的华盖，墙垣，轻灵地展现了一种向上的动态。

新郎官一直心不在焉，等到神父问他愿不愿娶新娘子为妻，他竟半天开不了口，教父问到第三遍，他才勉强答应一声，引得来宾叽叽嗡嗡了一阵。

还不算完，回到家里，又面对父母大人，行中式拜天地，新郎官依旧心不在焉，勉强做完仪式，他就扔了胸前的红花，钻到书房里下棋去了。

好在珠喜在此，他才有个笑脸，当然只对珠喜，旁人是看不到的。

婉珍还是木的，她不知其中的缘故，以为新郎与她只是不熟悉，一时无话可说，或许是害羞呢，婉珍只能往好处想。大喜的日子，她不想让自己触了霉头。

徐府大院热闹了几天，人人脸上都沾着喜气，笑脸盈盈，除了府上几位，似乎都在明里暗里地看这场热闹。徐家喜事办得讲究，气氛却有些怪异，新郎官与新娘子不对眼，公公婆婆似乎也各怀心事，尤其是徐老爷，一直强作欢笑，婚礼上儿子这番任性，他能高兴得起来？

徐金穗选定这桩婚事，是为了当初的承诺，出生入死的兄弟，感情自不一般。其间虽有过犹豫，但看了婉珍的照片，就认定她是儿媳妇的合适人选，把照片给凤芝看，她也觉得姑娘老实，让人放心。却没想到奕宏一看到婉珍的照片，就直摇头，不愿娶。还说喜欢宋书成的女儿珠喜，要父亲答应他俩成婚，但徐金穗没有理会，婚姻不是儿戏，哪能随便毁约？他一改往常对儿子的迁就，执意要定下这门亲事。凤芝也看出眉目，让珠喜搬走了，以为分开了就会让奕宏忘记，不想却非如此，奕宏不仅跟凤芝的关系更加冷淡，对父亲也疏远了，竟不辞而别去保定读军校。徐金穗眼看事情严重，便决定提早成亲，免得节外生枝。对奕宏，还得恩威并施，答应把珠喜接来，言下之意是先娶了婉珍，以后再将珠喜收房。安抚了儿子，还要显示出徐家的尊荣和气势，便请来众多亲朋好友，将婚礼大操大办，亦中亦西，成了大智门一带轰动一时的新闻。却没想到儿子依然跟他唱对台戏，在婚礼上故意出洋相，让旁人笑话，丢尽了他的脸面。

徐金穗心里痛恨，又不好发作，只能暗下训斥。奕宏虽然赌气，却非蛮横无理，只是有些少爷习气。好在没出大的乱子，勉强把婚礼进行下去了。儿子还是不敢公然与他对抗，不过要点小性子。既然如此，就暂且维持现状，不让奕宏惹出事情就行。但他心里清楚，一时稳定儿子的，并不是他，而是那个小妖精宋珠喜。

看明白了，他就决定留下珠喜，至于凤芝那边，他再去谈谈，不让彼此有抵触就行。

第九章 离去

晨光熹微，冰冷的铁轨上浮着淡淡的乳雾，一列火车卧龙似的，仿佛还在酣睡。

晃动的人影似墨汁洇染的宣纸，在月台一点点增多，拿着大包小包行李的旅客，还有车站忙碌的司事。

黑生抱着报纸在人堆里叫卖着，等待的时刻总是难熬，他的报纸不愁卖不出去，每趟火车开行之前，沿着月台走一趟，便有不少人从窗口递出钱购买。他父亲做了扳道工，每天在岔道的闸房守着，离车站这边有些远，闲来无事，黑生就爱找宋书成，两人倒接触多些。

宋书成在货运车厢前跟司乘办理完交接，正往回走，黑生跟了上来。

“这么快卖完了，”宋书成接过他递的报纸问，“还没过早吧，到我那去，昨天珠喜做了些包子，给你带了几个来。”

“珠喜不是在徐老板家帮忙吗？”黑皮问。

“回来了。”

“怎回了呢？”

“不愿去呢。”宋书成叹气道。

“回来好，叔叔这么忙，也要她照顾。”黑生知道一些内情。

“徐老板又要怪我了，本来差事就做得伤神，那丫头又不听话。”

“那余经理是个流氓，你可要小心啊。”黑生在大智门车站待长了，耳闻目睹一些事情，比宋书成还要灵通，少不得提醒一句。

两人边说边往候车室这边来，旅客都上了火车，月台上还站着一些不肯离去的亲友。

“当——当——当——”铜铃声敲响了，火车就要启动，车窗内的人在向送行的亲友挥手告别。

这时，宋书成眼睛一晃，有个矮墩墩的青年与他擦肩而过，不及看清，对方已挤过车门前的人，快步跨上了火车。

“像是徐家少爷呢。” 宋书成叫了一声。

“不会吧？”黑生不肯相信，“他是新郎官呀，哪会一个人上火车？”

宋书成被这话一点醒，不由奔到车窗前，朝里张望，可人太多，一时没看见，他又奔到另一个窗口往里瞅。

火车一声嘶吼，喷出一团白烟，将月台上的一切湮没了。等烟气散尽，火车已驰出好远，两人对着空荡荡的股道站了片刻，才闷闷地往回走。

到了代办处，黑生囫囵吃完两个包子，宋书成就催他去一趟徐府，证实一下徐少爷是否出走了。

宋珠喜又回到杂货铺里站柜台。

老板娘以为她要去徐府帮忙一段时间，不想三天就回来了，问起来，只道婚礼办完了呐。老板娘听说了徐家婚礼的排场，就想问问那盛况，珠喜也就三言两语，一问一答，不像一般姑娘那么心驰神往。老板娘见她不想说，也就没再问。

珠喜知道徐少爷会走。此前，徐少爷要她待在徐府，她也想留下来，可是徐太太凤芝那双眼睛太毒，看出珠喜是男人眼中的尤物，不仅会迷惑少爷，也会迷惑老爷，自然要打发她走。珠喜感觉太太不待见她，知道求也没用，也就断了这念头。与父亲在一起，虽说居住简陋，粗茶淡饭，父女俩在一起相依为命，也自在快乐，她倒庆幸自己没留在徐府。后来在杂货铺帮忙，也是她愿意做的事，跟顾客说说笑笑，总比整天端茶倒水看人脸色要好。

想留的时候赶她走，不想留了又要她回去，珠喜不答应，不单是回敬太太当初的轻慢，也是因为少爷。婚礼中，徐奕宏对新娘子不感兴趣，一直不搭理，只让珠喜待在身边，叫她也感到难堪。如果就此留下，到时少爷与少奶奶不和睦，不是正好给人口实，说她是扰乱两人婚姻的罪魁祸首？

徐奕宏当时就透露，答应结婚就是为了能带她一起走。珠喜虽说年少，没经多少世面，也想不到这么做的后果，只是不敢轻举妄动，她哪能离开父亲跟他私奔呢？何况她对徐少爷并没产生爱恋。后来徐少爷退而求其次，要她留在徐府，说她在这里，他就待在家里。这越发给她压力，不等向徐少爷告辞，就偷偷离开了。

没想到她前脚一走，徐少爷后脚就离开了家，珠喜想避开与徐家的纠葛，还是不免要惹些火星子。徐少爷在婚礼上的举动，连老爷太太都看出问题的症结在哪，更不用说旁人捕风捉影了。

珠喜猜测没错，此时徐府已炸开了锅，新娘子婉珍哭哭啼啼，徐老爷气得脸色铁青，只拿下人出气，怪没看住少爷。太太凤芝便说是珠喜不懂事，把奕宏气走的。这下就有了替罪羊，其他人都把责任往珠喜身上推，说她迷惑少爷，害得少爷几天不亲近新娘子。

珠喜无端被徐府的人冤枉，成了众矢之的，虽然人不在那里，但闲言碎语已散布开了，说宋珠喜是小狐狸精，把好端端的徐府闹得鸡犬不宁。这样的鄙薄，也殃及他的父亲。

宋书成在火车站本受着余经理的挟制，现又因这事得罪了徐府，徐老爷再去火车站，对宋书成就有些冷淡。旁边的人都是看眼色的，加上一些传言，对宋书成就多了些轻慢。那余经理就更明目张胆，要宋书成在账目上做手脚，宋书成本是个规矩人，见不得这般挖墙脚的事，心里有抵触，多少有所显露，余经理看他不太叫得动，自然恼火，便想寻机给他点颜色看。

珠喜每晚见父亲疲惫不堪地回来，以为只是累的缘故，不知他在火车站忍受多大的委屈。父亲自己也不会说，怕她担心。其实珠喜也不快活，杂货铺处在闹市区，人来人往，八卦新闻少不了传进老板娘的耳朵里。当时珠喜被徐府请去，她也眼睛放亮，想这姑娘以后留在徐府，或许能沾点光。但没过几天，珠喜又回来了，老板娘就有些可惜，说她有福不享。现听说珠喜遭徐府人鄙薄，她对这姑娘也有了嫌弃，不想惹麻烦，怕珠喜留在这里，日后难说徐府会来寻事。那天，她就对珠喜说亲戚要来店铺帮忙，地方小，容不下太多人，就叫她不用再来了。

珠喜闷闷不乐地出了杂货铺，却不想回家，就在街上慢慢地游荡。天阴着，布满厚厚的铅云，像是要下雨了。她想不到老板娘会变脸这么快，做得这么绝情。她并非想在杂货铺里待长，只是一个人在家里孤单，有个地方打发时间，也好让父亲放心。

雨点落下来了，一滴又一滴，落在脸颊上、衣服上，渐渐把洋灰路面浸湿了，她没带伞，便往火车站那边跑，想去避一避。

背后有人在叫，一回头，是承远。

他追上她，两人在一处屋檐下站着。他去杂货铺，看珠喜不在，问老板娘，说刚走不远。珠喜看他背着书包，头发已淋湿了，知道是刚下学。

“你怎么走了呢？”承远问。

“再不来了。”珠喜赌气道。

承远看了下她，不觉提起那天的事：“黑生他妈听徐府人说，你把徐少爷气走了。”

“他们要这样说也没法。”珠喜苦笑。

“回来好。”承远说。

“好什么？”

“好一起玩啊。”承远咂咂嘴，“去徐家找你就难了。”

珠喜朝他睇了一下，承远嘻嘻一笑。

雨还没停，屋檐下的凹坑积了一汪水，马路上的行人匆匆走着，有的撑着油纸伞，有的穿着帆布雨衣，四处闪着白亮亮的水光。斜对面就是火车站，大门口的人流进进出出，一些人挤在门檐下避雨，台阶上留下一道道稀湿杂乱的黑脚印。

珠喜望着雨雾中的火车站，就想到在里面忙碌的父亲，她还没去过父亲的公事房，就想进去看看。承远却不敢去，怕碰到他父亲，就劝阻珠喜别进去。他们站的地方是家米粉馆，牛肉的香味一阵阵袭来，灌进鼻腔里，诱惑人的肠胃。下午四点钟的样子，肚子已空了，承远想留住珠喜，要请她吃面，他口袋里有两角钱，正好一人一碗。

珠喜摇了下头，没答应。如果不是避雨，她跟承远这样站着，进出的人就会当稀奇看，少男少女这么亲近，会让人说闲话的。四下都是眼睛，难免会遇到熟人，她也怕闲言碎语。

“我先走了。”她说。

“你去哪？”承远问。

她没吱声。

“雨下着呢，”承远一时想起什么，“你等一下，我去杂货铺买张牛皮纸，可以挡挡雨。”

不等珠喜作答，他猫着身子钻进了人流中。

珠喜只得等他，她低头看着落下的雨滴，犹豫着是去火车站看父亲，还是先回家。又怕承远跟着，就打算还是回家做饭去。

这当口，余经理带着两个随从怒气冲冲地从她身边走过，便往火车站去了。珠喜没见过余经理，但听父亲提起过，车站边那家烟馆的老板管着他，很跋扈。此时看到一脸凶相的人，就猜测会不会是余经理。

片刻，承远拿着一大张油皮纸过来了，说是掌柜没要钱，正好在拆封装的物品，就取下给了他。

“你拿去吧。”

“我用不了这么多。”珠喜要撕下一半给承远，却撕不掉。

承远要她披上：“我家近些，一会儿就到了。”怕珠喜还讲客气话，他说了声再会，就闪进了雨雾中。

珠喜披着油皮纸走在淅淅沥沥的雨中，承远给了她片刻的温暖，但转眼就让雨水淋得没了踪影。忧伤伴随着她，想着刚才进火车站的那两人，陡地有种不好的预感，父亲可能又要遇到什么麻烦，她的心情便如这雨天一样阴郁不开。

承远与珠喜分别后，各自回到家里，两人面对的景况却是天壤之别。

还没走到石库门，承远便闻到婴儿的啼哭声。刘王氏端着一木桶血水出来，正往天井水池里倒，看他进来，便叫：“承远，你妈生了。”

母亲的房门还关着，听得见里面接生婆在说：“太太，你倒是没使劲，生得顺溜。”

承远不知道生产是怎么回事，觉得好奇，想进去看毛毛，被刘王氏拦住了，要他隔会儿进去。承远以为刘王氏有意阻拦他，非要进去看，刘王氏说你妈刚生，身子弱，怕招风呢。承远这才回自己房里去了。

他的房间与母亲的房隔壁，那壁厢的动静多少会传到这边来。他趴在桌上，心被勾着，便不想做那些功课，一时无聊，又拿起桌上的万花筒玩着。

那屋里忙乱了一阵，一时接生婆得了赏钱走了，便听到刘王氏在门外喊，要承远过来看毛毛。

母亲的脸有些苍白，头上系着绣花的抹额，一直要等出月子才解开，怕风侵了头痛。她正吃着刘王氏刚煮的红糖鸡蛋，见承远进来，便笑道："你有弟弟了。"

承远瞧着襁褓里红红的小脸蛋，眼还没睁开呢，肉肉的一团，怎就那么丑呢。但到底是欢喜的。母亲说有个弟弟就有个伴，他就不再孤单了。想象这个小毛毛以后长大，跟在他后面屁颠屁颠的，多有意思啊。

母亲又把毛毛抱在自己怀里，像离不得似的。见母亲一脸慈爱地望着弟弟，承远倏地有些失落。他本是家里唯一的孩子，习惯了独享父母的爱，他说不出父母有多么爱他，但总归是他一个人的父母，即便母亲怀了弟弟，他也没想过自己会与别人共享父母。现看到母亲喜欢另一个孩子，这个刚从她肚子里出生的婴儿，是他的亲弟弟，他的父母不再是他一个人的父母，也是弟弟的。承远一时不习惯，更不情愿，但事情由不得他，不愿意也不能阻止母亲不爱弟弟，还会爱得比他更多一些。这一来，承远对弟弟无形中就有了一丝嫉妒，因嫉妒而生出排斥。

刘王氏一边说："谢站长倒稳得住，打电话也不回。幸好徐府叫了接生婆过来，要不我哪招架得了？"

"他肯定忙呀。"谢太太这时还护着丈夫。

"等会儿回来看到小毛头，不知有多高兴哟。"刘王氏说。

"是呀，三年前那一胎要不掉，已有三岁了。"谢太太一触及，便有些伤感。

承远模糊地想起，母亲曾因小产躺在床上一个月，那段日子一直很悲伤，他以为小产是什么病，却不知是孩子掉了。

"总有这些事，我还不是掉过两胎。"刘王氏倒显得不在意，或许是安慰对方。

承远没兴趣听，只叫着："饭好了没，我饿了。"

刘王氏才想起似的，说："哟，顾着你妈，倒忘了小少爷呢。"

"刘嫂，你把中午煨的鸡汤热点吧。"谢太太想刘王氏可能忘了做饭。

片刻，刘王氏端着一碗热好的鸡汤过来，递给谢太太："先喝点压饿，一会儿谢站长回来，再吃饭。”谢太太刚吃了鸡蛋，不觉饿，叫给承远喝。

谢太太要等着丈夫回来吃饭，这是规矩。等到天黑了，还不见谢绍祖回来，谢太太便有些着急，便要承远去火车站看看。承远刚走出石库门，就见两辆黄包车停在了门口，徐家太太凤芝款款下了车，后面是提着礼盒的汪妈。

“二姑好！”承远招呼道。

“承远，你妈生了吧？”凤芝笑吟吟地问。

不等承远回答，凤芝已进了石库门，对着谢太太的房间喊：“弟妹，恭喜呀……”

雨后的夜色尤其清亮，玛领事街更显得迷幻诱人，街上人流穿梭，多是提着行李的旅行者，匆匆地赶往火车站，或一脸疲惫地从火车站走出来。也不乏享受夜生活的人们，在街上徜徉，金发碧眼的白人，穿和服的东洋女人，还有身着旗袍的中国女人，三三两两结伴，或跟着男人，出入烟馆、酒吧、波罗馆，消磨在灯红酒绿之中。

承远走在玛领事街上，被街道两旁的店铺所吸引，免不了东张西望，正是贪玩的年龄，对一切都充满了好奇。忽而一阵香味扑入鼻腔，一看又走到那个面馆门口，便想起白天与珠喜在一起的情景，当时她有些不高兴，承远也不知为什么，受不了珠喜忧愁的样子，迷蒙的雨，把两人短暂在一起的快乐都浇灭了。他感到珠喜有些孤单，母亲又不在，只有父亲与之相依相伴。也难怪她不愿在家待着，要在杂货铺里做事，现杂货铺也去不成了，她还能去哪呢？

火车站就要到了，老远就看到半边拱窗映出的灯光，候车大厅的六扇格子玻璃门前，总有源源不断的人进出。

承远很少来车站，父亲也不让他来，虽然离得近，对车站竟是生疏的。他在门口问了车站当值的司事，人家朝楼梯指了指。

从候车大厅往翼楼去，要经过售票室和转运代办处，他看到宋书成正在锁房门，不由招呼：“宋叔叔下班了。”

宋书成一看是他，便说：“承远，找你爸爸吧，他在楼上。”

承远走到楼梯口，回头见宋书成正佝着身子往外走，那孤寂单薄的背影，看着有些可怜。

上到楼梯转弯的地方，正碰到父亲拎着包下来。

“爸——”

谢绍祖一看到他，便问：“你妈生了没？”

“生了个弟弟。”

谢绍祖喜得一下把他抱起：“好啊，你有弟弟了。”

“爸爸，你也这么喜欢弟弟啊。”承远又冒出酸水。

“弟弟给你做伴呀。”

承远听了，不觉触动了什么：“可珠喜就没有伴。”

“珠喜……”谢绍祖愣了一下。

“就是宋叔叔的女儿呀，”他以为父亲还不知道，直顾着说，“她只有爸爸，怪可怜的。”

“嗯，我知道。”

“刚才遇到宋叔叔了，看他有些不高兴呢。”

“老宋是个正派人，现在烟馆余经理手下做事，不会轻松……老徐怎么安排的呀。”谢绍祖叹息道。

“余经理欺负他了？”谢承远不禁问。

“唉，老徐是个聪明人，以为交给余经理，转运公司就会少一些麻烦，可顾了这头顾不了那头……”

谢绍祖有感而发，承远却听得云里雾里，不知父亲指的是什么。但他也没在意，只因宋叔叔的处境，记挂着珠喜。

“爸爸，”承远咬了下嘴唇，鼓足勇气说，“能不能帮帮珠喜，她从杂货铺回家了。”

“回家不更好吗？女孩子少在外面野。”谢绍祖当时耳闻珠喜在杂货铺站柜台就有些反感，他脑子里的传统思想根深蒂固，对凤芝的态度就是例子。

“可她一个人在家里，蛮孤单呢。”

承远这一说，倒提醒了谢绍祖。他想宋书成一天到晚在火车站忙碌，对女儿无暇顾及，让她一人待在家里确实不安全，便打算跟太太说说，或者问问凤芝也好。

第十章 祸起

每个早上，火车站候车大厅里人头攒动，要数售票室前的人最多。每趟火车开动前两小时开始售票，旅客进门，先到售票室那排队，买了票再到一边候车。售票窗口就梨花一人，忙到下午，才换上别人顶替。

梨花手脚不算快，平时就是个闲散人，舒服惯了，现忙得脚不沾地，排队的人还时有抱怨，灌到耳朵里，就不免烦躁，有时就不想做了，可好不容易从余经理的烟馆出来，如今自食其力，若再回去，又不甘心。她不过是对方用过的旧物，早一天离开早一天安生。只怪她当初轻贱无知，等到后悔，已摆脱不掉，即便来火车站里待着，还是跑了和尚跑不了庙。好在有一个人给她慰藉，烦恼之时，一看到宋书成默默凝望的眼神，就好比冬夜里的暖炉，旱地里的雨霖，有了温暖和生机。

两人各自忙碌着，到中午空闲，梨花便来隔壁的货运代办室，跟宋书成聊上几句。

“怎没吃完就干活呢？”梨花看到桌上放着咬了一截的馒头。

“刚接一批货，得把清单理好，”宋书成拨着算盘，埋头问道，“你吃了没有？”

“老余叫人送来了。”她答一句。

宋书成不吭声。他正对余经理有怨气，对方叫他将揽收的货物做虚账，宋书成违心做了两次，余经理见他顺从，就得寸进尺，几乎要将一半揽收货物的佣金掠为己有。宋书成担心被徐老板发现，吃不了兜着走。知道梨花是余经理介绍过来的，他对梨花虽有好感，碍着这一层，也不敢有所流露。

梨花见宋书成不搭腔，感觉到对方在意，转而问道："珠喜在家吧？"

"不在呢，去徐府了。"

"不是不愿去呢？"

"谢站长跟徐家太太说了，太太后来遣人来找珠喜，要她去陪少奶奶说说话……"

"这你就放心了。"

宋书成笑着点头，工作繁乱，唯有提起女儿让他心安，梨花也乐于跟他分享。

两人正说着，宋书成瞄见门口人影一晃，他出来一看，对方很快往车站大门蹿出去了。梨花见此，便撒气道："不过聊几句，又怕什么，让他知道好了。无事就派个人来打探，把我当什么人啊！"

宋书成坐下来，叹了口气道："还是过去吧，到处都是眼睛，你能担保他不害你几下？"

梨花怔了怔，郁怨道："连个说话的人都没有了吗？来这里透口气，把你当个大哥，也不敢拢身啊。"说完一扭头，赌气出去了。

风言风语是最易长脚的。过了不久，有关宋书成跟梨花相好的事，就在火车站传开了。谢绍祖是最后一个知道，却不是车站里的同事告诉他的，而是自家太太。谢太太也是听刘王氏说的，刘王氏是车站职工家属，车站里的新鲜事，刘福根不告诉她，儿子黑生也会告诉她。黑生在候车大厅卖报呢，眼观四路，耳听八方，没有什么不知道的。何况他跟宋叔叔关系亲近，有些事情甚至比一般人知道得还多。

黑生告诉他母亲，不过出于好奇，他还小，不太清楚男女之间的事，耳闻一些车站司事在说宋书成和梨花两人在房间里怎么怎么了，他听得懵懵懂懂，就问刘王氏。刘王氏是个爱打听的，对于男女之间的风流韵事，就仿佛看到和尚与尼姑偷腥，只觉得恶心，由不得添油加醋地说给谢太太听。

谢绍祖不太相信刘王氏的话，听她时常给太太道些东家长西家短，就有些反感，但或多或少也给他提了个醒，无风不起浪，宋书成的货运代办处与售票室挨得那么近，彼此相熟，在一起说些话总是有的，以宋书成的为人，想他不会对梨花有什么过分之举，就怕人家起疑心。那个余经理，他虽接触不多，但听闻此人手段毒辣，大智门一带的人都招惹不起。他感到老宋前景有点不妙，有时想提醒两句，又感到不好开口，彼此还没到那个份上，但不说又七上八下，暗暗为他担心。

犹豫不决中，一个星期又过去了。

那天清晨起了大雾，谢绍祖早早出了家门，这样的天气火车容易出事，临行的列车可能要停开或延迟，他得赶紧去处理应急情况。

街道浓雾沉沉，十步之内不见人影。拐入玛领事街，两旁的门面还关闭着，火车站的四堡形站楼时隐时现，栅栏内的铁轨、火车、号志架皆湮没在雾气中，像浸泡在乳白色的幻梦里。

车站门前人影憧憧，迷雾中似有哭声，他的心一提，赶紧走到近前，见是黑生坐在台阶上号着。

“出了什么事？”他忙问道。

“谢叔，”黑生哽咽道，“宋叔叔和梨花……被火车碾了……”

“什么？”谢绍祖的脑门轰地一炸，木木地听着黑生断断续续的哭诉，他和父亲一早沿着铁轨来火车站，因有大雾，看不清前面的路，走在半路时，发现铁轨上有血迹，再往前，就看到铁轨边歪着两个血肉模糊的人，那衣服是他熟悉的……

浓雾笼罩在月台上，只有零星的旅客，一些警察在站岗，有的在轨道上察看，再远处，便一片迷茫。

谢绍祖在浓雾弥漫的铁轨上头重脚轻地走着，心里十分懊悔，没有及时提醒宋书成，以致酿成惨祸。黑生尾随在身后，两人都没有说话，沉痛压抑着，彼此已无力言语。走到扳道房，见刘福根哭丧着脸坐着，问及，跟黑生说得大同小异。谢绍祖顾不得再问，让黑生陪着他父亲，自顾往前走。

离出事点十几米远的地方，有一些人围着，隐约见铁轨边裹着两团芦席，一股血腥飘来，谢绍祖本能地抖了一下，不由停住了脚步。

车站警务所的土巡官看见他，便走过来。

“怎么回事？”

“接到巡道工举报，就过来了，”王巡官黑着脸说，“发现时两人距离不过两米，头部被碾压得看不出，像是殉情而死……”

“周围还有没人看见过？”

王巡官说：“有人看见一辆牛车曾停在铁路边，隐约闻到血腥气，有雾又看不分明，等过了一列货车，就不见了。”

“里面有问题，怕是有人想毁尸灭迹。”谢绍祖皱起眉头。

“正调查呢。”王巡官答道。

谢绍祖不吭声，两人遂一同往前走去。

那几日，徐府表面还算平静，徐金穗照例外出忙他的事，太太凤芝也没请票友来拉琴唱戏，只是时常去海寿里的谢家看毛毛。下人们对宋书成的死私下议论了一阵，想一直规矩正派的宋书成怎会出那样的事。活生生的一个人，就这么突然没了，且死得那么惨，提起来就瘆得慌。当然，几位也在冷眼旁观，徐老爷怎样对待这件事，毕竟，宋书成在他手下做事，出事当天还在工作现场，怎会突然卧轨，总让人疑窦重重。尤其是伙夫刘旺才，跟宋书成是亲戚，人家千里迢迢来投奔他，没过一年就丢了命，难免有一份歉疚，好像自己做错了事。悲戚之状令他无精打采，也影响着其他人，都有些沉闷。但毕竟跟徐府有牵连，他们也不敢过多议论，到时让老爷太太怪罪。

徐金穗不会在下人面前显露他的情绪，依旧沉默寡言，面无表情，但宋书成的丧事是他让属下一手操持的，从入殓到下葬，都尽量让亲属满意，谈不上特别风光，也让周围人无话可说。

等这件事告一段落，对宋书成死因的疑惑渐渐淡去，徐金穗便让人把珠喜接过来。对此夫人倒没异议，也因她父亲惨死，怀有一份怜悯之意。

只是挨了近半月，珠喜才来徐府露面。大伙瞧那花容失色的可怜样，免不了唏嘘一番。珠喜也是感动汪妈一次次探望，加上刘旺才等亲戚的劝说，她一个尚未成年的少女，无依无靠，总得找个地方安身。徐府总归不是虎狼之窝，太太虽不待见她，但也不曾虐待她，何况徐家少爷不在家，夫人的态度也有缓解，她在那老老实实做事，只求一份安稳而已。

珠喜被安排在少奶奶婉珍跟前服侍，婉珍自奕宏少爷走后，一直郁郁寡欢。她初来乍到，人生地不熟，本就怯懦木讷，对徐府感到生疏，唯指望丈夫能够爱她，呵护她，谁想结婚三天，奕宏只是与人喝酒、下棋，跟她没说两句话，后来又不辞而别。婉珍受此冷遇，心里的苦无处诉说，就只有暗自神伤，怪她姐夫王运福谄媚徐家，不说实话，也怨父母糊涂，应了这门亲，让她远嫁到此，孤苦伶仃。徐金穗自然看在眼里，就让珠喜与婉珍做伴，以此消散一下彼此的孤寂。

珠喜还是住楼下那间房里，早上，她侍候少奶奶洗漱更衣，端茶递水，除此之外，就在婉珍房里坐着绣花，或是陪她下下围棋。婉珍早知珠喜会下棋，婚礼那两天，奕宏就一直让珠喜陪他，又见珠喜生得姣花软玉一般，由不得吃醋。但她到底是心善之人，想到珠喜父亲的惨死，可怜人家姑娘孤苦，一些芥蒂也就消去了。又因两人都来自河南，遇见同乡，无形中又亲近些。况且，她也不会端架子，讲究尊卑之分，平时在一起，两人就不像主仆，倒像是姊妹。

夏天的傍晚，婉珍吃完饭，就到阳台的藤椅上坐着乘凉，珠喜给她端上一杯乌龙茶，她慢慢地呷着，一边欣赏街景，一边与珠喜聊天。那时，夕阳缓缓地坠落到黑色的屋瓦背后，灰白的云朵镶嵌着片片绯红，铺陈在天际，似仙子飘散的羽衣。那些屋瓦、墙面都虚浮着一层金色，从玻璃窗映射出苍黄的色调，就像一段过旧的时光。珠喜目光触及，倏然想起乡里的老屋，曾经无忧无虑的日子，不觉又勾起悲伤。真不该来汉口的，父亲那么憧憬这座城市，以为这繁华世界能让他施展才能，多赚点钱，父女俩能过上更好的生活。哪想到这里充满凶险，稍有不慎就遭来横祸，命丧黄泉。

要说珠喜肯来徐府，还有一个深层原因，就是想弄清父亲惨死的真相。当时汪妈说得含含糊糊，似乎不好透露具体细节，父亲与梨花在一起被发现了，两人感到无地自容，就一同卧了轨。珠喜想起出事前两天，父亲显得很焦躁，要找徐老板谈谈，怕成替罪羊。珠喜问他也不说。后来又要她把包子多做点，明天带给黑生和梨花尝尝。父亲的语气很随意，珠喜并没感到异样。父亲为人正派，做事谨慎，哪会不顾廉耻，干那种苟且之事？她不会相信。尤其是周围人都回避这件事时，她越是感到里面有问题。束手无策时，就希望有人帮她。可谁能帮她呢？

婉珍没有在意到珠喜的忧伤，此时，晚霞之中，有成阵的大雁刚刚飞过，似曾相识，这是在老家时常看到的风景，一些往事又渐次勾起，小溪似的淙淙流出。

“我在家还要纺线呢，一团团棉花牵出来，另一只手摇呀摇，摇出长长的棉线……家常衣裳都是我娘用自家土布做的，我娘舍不得去镇上买，都是自己做……”

她饶有兴致地说着，珠喜似乎在倾听，时而点头应和一下。她难过，还得压抑自己的哀伤，寄人篱下的滋味，让她过早地学会隐忍，所有的苦难只能自己承受，谁也分担不了。这种深重的伤痛无处释放，也慢慢造成了她敏感忧郁的性格。

珠喜不知道，有两个人一直在关心她，一个是承远，一个是黑生。他们不好来徐府看望她，只能暗暗为她担心。

要说起来，黑生受的刺激也不小，他几乎每天都见到宋书成，宋书成也把他当儿子似的疼爱。黑生自小受了不少苦，后来全家辗转来到汉口，处在繁华的大智门，仍生活在最底层。这时候，对同是异乡人的宋叔叔，便觉得亲切，两人也很投缘。黑生接近宋书成，亦因是珠喜的父亲，他喜欢珠喜，爱屋及乌，对她父亲自然不同一般。在火车站待长了，宋叔叔便成了父亲之外最亲近的人。

但是宋叔叔死了，他目睹那惨状，当时就吓傻了。此后几天，他也不去卖报了，就在家痴呆着，也不知想些啥。

他父亲刘福根现在闸房里，一天白班，一天夜班，颠来倒去。刘王氏在谢家帮工，晚上有时也不回，就在谢家将就一夜。黑生一人守在铁路外的棚屋里，早已习惯了轰隆轰隆的火车声，本不觉得吵。可那几夜，他一听火车过来了，就吓得直抖，仿佛那巨大的车轮正朝着自己碾过来。

黑生有了心理阴影，便不想去火车站，闲得发慌，就去海寿里谢家，看刘王氏在厨房里做饭，他就在一边待着。刘王氏见他不去卖报纸，免不了叨嚼，黑生也蛮犟，她越是说，他越不去，刘王氏也无可奈何。有时承远在家，两人就在里份里玩耍，或是在大智门一带穿街走巷地瞎逛，看到好吃的，好玩的，就逗留一会儿。有一次两人逛到巴黎街，走到徐府门口，承远大着胆子说要找珠喜，守门的见两半茬子男伢，也不问问，就“哐”地一下把门关严实了。两人只得怏怏而返。

只是刘王氏改不了那毛病，弄了些好吃的，就偷偷塞给黑生带回家去。谢太太有时见刘王氏拎回的菜篮子，买一斤排骨，端到桌上就只有半斤，包子做了一大笼，当天吃了几个，下次就没有了。谢太太不是爱计较的人，上次承远说刘王氏偷拿东西，她虽没说什么，心里总存下个印象。刘王氏见谢太太马虎，胆子越发大了，每天就带个布包来，回去时那包里总是鼓鼓囊囊的，以为谢家人不知道。走在路上，有时让左邻右舍瞧见了，就跟谢太太说："刘嫂回家可没见空过手啊。"人家说了几次，谢太太再好的性子，也受不得这种挖墙脚的蛀虫，但她依旧没当面戳穿。等到谢站长下班回来，就一股脑地说给丈夫听，看他怎么处置。谢绍祖听了，也很生气。其实他一直不喜欢刘王氏，只因工作忙，没工夫管家里的事，就让她勉强做着。暗下也怪太太小气，一看刘王氏过来，就急着把彭妈辞了。现见刘王氏这般人品，实在不能让她久待。但对太太，还是要她莫急，毕竟刘王氏是徐府派来的，刘福根又在车站做事。等他另找一个用人来了再说。

转眼过了夏天，就到了秋天，承远的弟弟满了百日，谢家在酒馆办了两桌酒，请了亲朋好友，以表答谢之意。席间，谢绍祖私下对凤芝说，这段时间亏了徐府派人照料，现太太身体已复原，就不用再劳烦了，请将刘王氏归还原主。凤芝说这哪能行，弟妹还在奶孩子，哪离得了人照顾？但谢绍祖执意如此，说自家现有一做粗活的用人，还对付得过去。凤芝也是个明白人，听他这般坚持，想是不太满意刘王氏，只得答应让她回去。

谢家走了个用人，对承远没觉得有什么变化，他也不太喜欢刘王氏，只因是黑生的妈，他才勉强搭理。现在离开了，他家里倒是清静不少，免得一些乱七八糟的事灌进耳朵里。

只是黑生因他妈被辞，对谢家存下怨怼，不愿再来，跟承远的关系也疏远了。好在他不是爱忧郁的人，那次惊吓过后，时间一长，也淡忘了些，依旧又回到火车站去卖报，这也是刘王氏逼的。凤芝后来听说刘王氏在谢家不干净，也产生厌恶，借故把她给打发了。刘王氏被辞回家，心里烦闷，看什么都有气，也容不得黑生在家闲着，骂他只顾玩，不给家里挣钱。黑生也不愿看他妈那张苦瓜脸，出外受累，总比在家受气要强。

第十一章 归家

火车站进出着一列列火车，犹如人体的心脏起搏跳动，纵横交错的铁路网就是经脉血管，有条不紊地运行流动，一时不畅通，出现堵塞，就会疼痛生病。

谢绍祖接到停车的指令之前，北边过来的火车迟迟没有驶达，传来的消息说，奉系的张大帅沿津浦、京汉铁路东西两路攻打直系的吴大帅，铁路运营一度中断。几列火车麻木不仁地停在那里，像僵死的大虫，苦的是急待进出的旅客和货物。王运福准备运往河南一车皮的桐油，现都搁置在大智门货场，他的脸被太阳晒得流油，急不可待，便去找谢站长叫苦。

二楼走道站了不少人，站长办公室都关闭着，站务司事小赵在进进出出，问起来，只说站长到铁路局开会去了。

“大家只能等等。”小赵负责电报房一摊事，形势的动向他比较清楚，“火车站要等上面的命令才能发车。北边在打仗，恐怕一时半刻恢复不了，实在耽搁不得的，就转汽车走吧……”

王运福听了，知道希望渺茫，找谁都没用，只得打回转。他有的是去处，不等出车站，余经理就叫人来请他去烟馆里消遣。

他知道那地方好玩，人躺在榻上，咕哝咕哝地吸着长烟杆，就像在云里雾里，飘飘欲仙。可他不能去，不是享受不得，是他对余经理有些发怵。得知宋书成死了，且跟个女人死在一起，让周围议论纷纷，王运福虽说不在汉口居住，消息却灵通，灌进耳朵里只觉得刺心，也疑窦重重，想到上次与老宋在车站分别，才多久呀，一下子人就没了。如今徐老板又换了一位在车站坐镇，人家也再三推脱不愿来，知道里面水深，让余经理挟制的滋味不好受。

宋书成的死因至今没有结果。警察局也查不出，大雾天气，谁也看不清当时铁轨上发生了什么。没有真凭实据，人却可以推断，都知道宋书成的为人，也不会跟谁结下冤仇，他死得蹊跷，顺着蛛丝马迹一想，就不寒而栗。

这事堵在心口难受，王运福就想问问谢站长，不光是货物的运输问题，还想探听一下宋书成案子的进展，谢站长可能清楚这其中的关节。但站长忙得很，他又不想去烟馆，便绕个弯子往徐府去，在澄油厂没见到徐老板，现在没事，正好去拜访，顺便看望一下多日不见的婉珍。

大智门车站滞留的人从里头挤到了门外，在站前马路上堆得横七竖八。黑生抱着一摞报纸穿行在人堆里，吆喝着最新直奉战局，那些等待的人怨声载道，骂累了，就蹲在马路边看起报纸。

他沿着一家家店铺吆喝着，有的掌柜闲着无事，朝他递一个零角子，要了份报纸，低头看着当天新闻。

走到烟馆门口，正碰上余经理从里边出来，余经理是认得他的，从他父亲拖板车那会儿就打过照面，他扫了下黑生，嘀咕道："这小子长得蛮像他老子呢。"黑生忙说："余老板赏脸，买份报吧。"余经理摆摆手："老子不识字，看什么报？你小子以后也莫卖报了，就在我这烟馆里做事。"

黑生对余经理有几分惧怕，不知他说的是真是假，只是懵懵懂懂地傻笑，余经理见他一副呆相，横了一眼走了。

黑生沿着玛领事街转了两趟，手上的报纸就卖完了。他在巷子口花一角钱买了个烧饼，一边嚼着，慢慢往火车站道岔口的闸房走去。自刘王氏回家后，他就时常去父亲那待着。

彼时，刘福根独自坐在闸房里，停车两日，他依旧守在那座黑色手摇电话机前，随时等着发车的指令。他每天的工作，就是执行火车站的行车指令，操作扳道机，将进出站口的道岔扳到需要的股道上。

早在民国三年，大智门车站已将道岔改为白而特黎赛式弹簧保险转辙器，这样火车挤开道岔就不易损坏，经过道岔便自动恢复原位。而且，正线到发线上的道岔也装置了萨士式联锁，道岔与信号的锁钥互相牵制，在火车到来之前，扳道工须将道岔扳到指定的股道上，方能将锁匙取出。

闸房只有三张席子的大小，墙上贴着接发车时刻表，摆着一个木柜，一张长条桌，桌上除了电话机，还放着信号灯、信号旗和工作记录本。漫长的时间，刘福根就在小扳道房里待着。谢站长把他调来闸房，说扳道工责任重大，容不得半点闪失。他跟扳道工王师傅学习了几个月，练习到熟练自如了，才让他独立操作。以前拉板车风里来，雨里去，遇到一些不讲信用的店家，有时就拖欠他的工钱。做了铁道工就不用发愁了，再穿上一身深蓝色制服，举着红黄旗子往道岔边一站，向来往的火车打着行车或封闭的命令，那时刻，跟以往点头哈腰向人讨活做的感觉，真是天壤之别。这份自豪感可是从未有过，不仅在铁路外的棚户区，走在大街上，投来的都是羡慕的眼光。他觉得自己活得像个人了，对谢站长也怀有一份感恩。

只是薪水有限，他想搬出偏远的棚户区，住到城里来，恐怕不是一时半刻能实现的。他还是跟那些贫民窟的人一样，没有多大改变。好在他有了组织，认识的人也多了，有工友邀他加入了工会，才知工会是维护铁道工人权益的组织。他去刘家庙工人俱乐部参加了几次活动，还听了施洋大律师讲课，茅塞顿开，原来自己工薪不高，全是让垄断资本家和军阀剥削了。

“爸——”

黑生还没进门就叫。

“吃了没？”刘福根对着探进来的小脑壳问。

“我买了个烧饼，留给你半个。”黑生要把手上的半个烧饼递给父亲。

“我吃了馒头的，你吃吧。”

黑生这才大口地嚼起来。刘福根把水杯递给他：“慢慢吃，别噎着了。”

黑生吃完了，喝了几口水，才想起要告诉父亲：“爸，今天遇到余经理，他要我去烟馆做事呢。”

“别去。”刘福根一听就摇头。

“烟馆赚的钱多呀。”

“多也不去。小孩子在那乌烟瘴气的地方待着不好。”刘福根吃过余经理的亏，他不好直说。

“妈要我去怎么办？”

“死脑子，你不跟她说呀。”

黑生翻了下眼睛，不吭声了。

过一会儿，他又想起什么，忍不住问：“爸，你说宋叔叔是不是余经理害死的？”

“没有凭据的事莫瞎说，小心有人割你的舌头。”

黑生一吓，顿时噤了声。

四周很安静，铁轨在这里分了岔道，伸向不同的远方。遥远的天际，散漫的云朵，无边的旷野，再远的地方看不见，却是诱人的。一切从脚下开始，在于选择。以父子俩的思维，还想不到那么远，只是认识眼前，还需要人启发、引导，但走怎样的路，也带有某种机缘，看似偶然，实则必然。

远远过来一个人，是提着号志灯的巡道工，正沿着铁轨慢慢地走着，下午的阳光静静地照耀着四周，长长的铁轨闪着光亮，巡道工的脸也似镀上了一道金色，他鼓着腮帮子悠闲地吹着口哨，时不时地敲打两下铁轨，让黑生看得眼热，不禁叫道：“爸，我以后也想当巡道工。”

刘福根嗯了一声，也没在意。对于谋生，他习惯了被选择。对于儿子的将来，他也无从考虑，有碗饭吃，能养家糊口就满足了。

巡道工走过来，跟刘福根小声嘱咐：“下班后去刘家庙工人俱乐部，晚上要开会。”

不等刘福根答应，黑生便叫要带他去。刘福根道：“讲大人的事，小孩子知道个什么。”

“什么事呀？”黑生瞪着小眼睛。

等巡道工走了，刘福根才说：“我们被他们剥削了。”

“剥削是什么？”

“就是把我们该得的钱拿走了。”

“他们又是谁？”

“就是那些有钱的官家老爷呀。”

“哪些是有钱的？谢站长算不算？”

“这个……”刘福根一时难以厘清。

“那余经理一定算。”

“他还是小的。”

“那怎么办？” 黑生抬头对着父亲。

“讨还啊，”刘福根粗糙的脸上显出少有的自信，“以前是一个人，现在我们有工会，就不怕他们了。”

“怪不得你晚上不回家，原来学到这么多新东西。”黑生听得兴奋。

刘福根满足地笑了笑，说：“我很想去江岸机务段上班，哪怕扫地当搬运也行，那里工友多，一起干活开心些，再说离家也近。”

“谢站长会让你去吗？”黑生问。

“试试看吧，你妈近来心口痛，夜里要人照顾……”刘福根一时觉得不该对儿子说这些，便打住了。

“我还留在这吗？”黑生不由问。

“你就在这吧，”刘福根不想多说，便催促他，“时候不早了，你快回家，要不你妈要担心的。”

黑生磨磨蹭蹭出了门，还听父亲背后喊：“别告诉你妈。”

“知道了。”他有气无力地答应。

直奉打得正酣的时候，一向热闹的徐府显得异常安静，听不见百叶窗里流泄出的琴声唱段，哗哗的骨牌声也少了，让人沉闷得难受。下人不敢多言，怕惊扰了老爷、太太和少奶奶，知道这楼里一个重要人物上了战场，让人牵挂，个个都提心吊胆。

直到火车站恢复运行后的第五天，死气沉沉的小楼才有了活气。火车上下来两个士兵，护送着手臂缠着绷带的徐奕宏回家了。

少爷一回家，整座楼里便像过节一样，首先是少奶奶缓过了气，奕宏虽然负了伤，人总算回来了。老爷堵在心口的一块石头落了地，太太凤芝也跟着高兴。当然，到家的奕宏也喜出望外，没想到珠喜又回来了。

徐少爷去保定军事学校是一时兴起，军队生活枯燥而寂寞，对他这种散漫惯了的少爷，是一种束缚和禁锢。有时忍受不了，就用思念来驱赶，珠喜的一颦一笑，总在眼前晃着，是珠喜让他度过了最难熬的一段时间。后来赶上了战争，他坚决要上战场杀敌，也是珠喜给他坚强的动力，他要做番样子给珠喜看看，赢得她的芳心。等到战争结束时，他就回汉口去找珠喜，一定让她留下来。

那一日，他们作为吴大帅直系一部，在京汉铁路长辛店与奉系部队接上了火，战斗打得很惨烈，不时有身边的战友阵亡，还有无辜百姓跟着遭殃。他也杀红了眼，端着枪进行扫射，后来奉系部队腹背受敌，又遇一部分临阵倒戈，导致全线崩溃。

徐奕宏立了功，被提升为排长，不等他再次冲锋陷阵，战争已经结束了。此时他因手臂负伤，获准回汉口治疗，才得以与久别的家人团聚。

珠喜又长高了，亭亭玉立，几乎要与他看齐了。他个头不高，这给了他压力。只是珠喜瘦了些，下巴变尖了，长长的柳叶眉似蹙非蹙，透着一丝哀愁，越发楚楚可怜。

珠喜见奕宏目不转睛地望着她，有些不自在，低头说一句："少爷回来了。"便退到一边。当时婉珍在场，奕宏也不好询问，以为珠喜在家里不适应，或是对他有什么避讳才如此。

晚饭时，家人围坐在一起，珠喜也在其中，大家有说有笑，其乐融融。奕宏讲起战场上的生死拼搏，惊心动魄。只有珠喜显得落落寡欢，后来又提前告退了。

奕宏不免失落，他问婉珍，珠喜怎不高兴，是不是对她不好？婉珍连忙否认，才说了她父亲被人害死。奕宏听了大吃一惊，急忙跑下楼，直接推开了珠喜的房门。

珠喜正坐在床上发呆，一看少爷来了，不由站起身来。

"我刚听说了……"奕宏到她跟前站住，急迫地问，"凶手抓到了没？"

"警察局说没有确切的证据。"

"当时有没人看见？"

"那天雾大，都说没有看清。"

"他妈的，就这么算了？"奕宏顿时火起，"我去找人问问，老子就不信查不出结果。"

每个夜晚，对平民百姓都是单调而重复，他们早早熄灯，上床安歇，为节约灯油，或为第二天早起积蓄精力。有钱人就不一样了，他们的夜比白天还要醉人，花样百出，是真正的消遣。

汉口的夜生活在大智门闹市区尽情地展现。总有漂亮的西崽站在酒吧门口拉客，小贩在马路边兜售吃食，汽车、马车、黄包车大大小小地排列着，车夫有的坐等，也有三三两两地凑在一起玩着纸牌。玛领事街右边的辅堂里，娼寮兴盛，门前的红灯笼悠悠荡着，诱惑人的眼，一些人影在晃动着。有夜女郎站在路灯下跟人招手，猩红的嘴唇荡漾着勾人的笑。

余记烟馆没有明目张胆地招摇，门前挂着售吸所的牌子，但去熟的人都知道。正门是卖土特产的，门守看是生面孔，便要问一下，听是外地口音，知道是火车站内的旅客出来晃悠，便要拉进来，赚钱总是首要的。

晚上八点多钟，门口进来一高一矮两个年轻人，都穿着黑短褂，矮个子的手臂上还缠着绷带。门守看对方不像是常客，想是车站旅客，就问先生有何贵干？高个子说："我家少爷心口痛，想抽几口烟顺顺气。"

守门人忙躬身作揖："二位爷光临，里面请！"便把两人往里带。

昏暗的过道里，弥漫的烟气在飘忽的油灯周遭缭绕，走了十来步，打开一扇门，将他们请入里面，光线黯淡，现出烟榻、太师椅、茶几的轮廓，墙上贴有一幅春宫图，朦胧之中，愈加引人想入非非，情欲涌动。

有烟灯搁在烟榻上，灯里加了生油，上面扣一长圆形的灯罩，灯罩中央穿有一孔，用来点燃烟膏。

伙计拿来一杆尺余长的木制烟枪，吸烟的一头镶有光滑的玉石嘴，另一头是约二寸长的圆形烟斗，他取出拇指大小的圆形烟膏，用一根针挑出些许放进烟斗中，用火点燃，再递给躺在烟榻上的徐少爷，要他对准烟灯吸食。少爷吸了一口，呛得打起喷嚏。

"少爷，要不要紧？"高个子随从问。

少爷朝他摆了摆手，慢吞吞地吸了两口，喷出一团烟雾。

伙计见他平稳了些，便说："少爷，膏药我给您准备了二盅，您慢用，随时叫我。"

少爷鼻子哼了一声，漫不经心地问一句："余经理在吧？"

"他还在酒馆里呢，不知几时回，您要见他？"

"嗯。"

“那好，等会儿他回来，小的禀报一声。”

等伙计告退出了门，少爷就把烟枪一扔，一骨碌坐了起来：“要老子傻等吗？”

随从躬身道：“少爷真要办他的人？”

少爷铁青着脸：“他妈的，今天非要他承认了，然后送警察局去。”

“我看烟馆里有几个喽啰。”随从说。

“老子刚从死人堆里出来，还怕那几个小虾子？”少爷哼了一声。

“排长，您说咋办就咋办。”随从上过战场，是他的士兵，也是生死兄弟，自然听他的。

“等会儿他要来了，你堵住门不让他跑了，他要不承认，就把他按住，非要他认罪画押。”

“好的。”

两人守株待兔，只等着对方进门。

徐金穗平时睡得很迟，他的夜晚总安排得很满，不是出门应酬，就是在家会客，稍有空闲，便在书房里看书习字。

他没读过几天书，倒是爱学，领悟力也不错，渐渐就把生意做大了。设个书房不光是装点门楣，也是逼迫自己长进，结交的朋友层次高了，胸无点墨，谈吐粗俗，难以吃得开，也会被人瞧不起。他长着一副小个子，模样也不算英俊，八字眉，小眼睛，这都遗传给了奕宏。而他那些优点，在奕宏身上却没有体现，这不能不说是个遗憾。他想让奕宏读书，以后继承家业，可他浑不知事，非要去当兵，让他整天提心吊胆。他惦念儿子，也因寂寞所致，太太凤芝，说起来跟他已有十年，有过甜蜜的时光，时间一长，慢慢就平淡了。太太不是贤妻良母型的女人，喜好交际，也不太关心他，彼此各忙各的，难得亲近，不免就生出隔膜。他想要改变，似乎也难，平时宠惯了，由她随心所欲，再改变就是桎梏，也只得维持现状。

这天晚上，徐金穗在外面谈了点事，回家已过八点。太太照例不在家。问起奕宏，汪妈说他心里烦闷，想去烟馆吸几口。徐金穗便埋怨：“晚上出去干什么？手臂的伤还没好呢。”

汪妈没好气道：“我不是没劝，可少爷那脾气，谁的话听呢？”

一时半刻不见人回来，徐金穗便开始着急，一时心神不定，就踱到楼下，看珠喜的房门关着，门缝是黑的，想是跟凤芝看戏去了。凤芝说珠喜有些沉闷，怕是悲伤所致，就让她出去散散心。只要有戏票，就把珠喜带着，却不知珠喜是个戏迷，那日跟戏班子的花旦试唱了两下，居然有板有眼，不分伯仲。问起珠喜，原也没学过，只是他父亲以前爱看戏，时而哼唱几句，她听熟了，无师自通。戏班主却对珠喜赞不绝口，说珠喜嗓子好，人又好看，虽说学戏的年龄稍大了点，但她有悟性，是个好材料。徐金穗也感到欣喜，他已把珠喜收为义女，以此减轻内心的负疚。但他还没想过这姑娘的今后，现这种状况下，让她做点喜欢的事，以此忘记一些苦痛也好。

婉珍也出去了。自奕宏回家，婉珍的心情明显好转，平时不大出门的，对看戏之类也不热衷，现在倒愿意出去了。但奕宏伤好后，恐怕又要走，徐金穗有些忧心。他想让儿子留在身边，哪怕吃闲饭也行。这段日子牵肠挂肚，人也变得敏感，回到家见到奕宏就放心，不见奕宏，他就提心吊胆。

徐金穗踱到客厅里，坐到太师椅上，拿起茶几上的一份报纸看着。四周很安静，只有珐琅座钟滴答滴答地摆动着，一声声叩击着他的心。感觉不太好，奕宏此时去烟馆有点突兀，他不准奕宏吸烟，也不让他去烟馆这类场所，奕宏在军队里，也是有规定的，怎么会突然去那种地方？

汪妈给他端上茶来，说是叫人接太太去了。他把脸一沉道："就知道太太，也不想想奕宏怎样。"看汪妈一脸委屈，他又不忍，摆了下手说："叫人去找找吧，这么晚了。"汪妈答应一声出去了。

又坐了十来分钟，听到门铃响，楼下有零乱的说笑声，一径从楼梯飘送过来。几位经过客厅，见老爷沉着脸坐着，凤芝便走进来问："当家的，怎不早点休息，还坐着干什么？"

"奕宏还没回来呢。"他蹙眉道。

"我叫他一起去看戏，他说头痛不想去，现去哪了？"凤芝也诧异。

不等徐金穗回答，楼下已响起急促的门铃声，婉珍慌忙颠到窗口，往外张望，几位也紧跟上前。

只见那黑短褂的卫兵匆忙奔上台阶，一进门，便"扑通"一下跪在徐金穗面前：

“老爷——”

“奕宏呢？”徐金穗急问。

“少爷他……”对方心急火燎，一时上气不接下气。

“他怎么了，快说呀！”婉珍叫起来。

“他……把烟馆余经理一枪崩了。”

徐金穗瞪圆眼：“到底怎么回事？”

“少爷在烟馆一直等余经理，后来他回来了，我俩就逼他写认过书，承认害死了宋书成。他要赖不承认，还叫来小喽啰围住我们。少爷受不住，便与他们干上了，我为掩护少爷与他们拼命，没防着余经理朝我开枪，却被少爷抢了先……”

“奕宏呢？”徐金穗抖着嘴。

“警察闻讯赶来，我俩趁乱往外逃，少爷因有伤在身，叫他们给抓走了……”

婉珍脸一白，扯起士兵要带她去找。风芝忙止住她，呵斥道：“你这是干吗？还嫌乱得不够？”婉珍跌倒在椅子上，号哭起来。

那一夜，定是无眠。婉珍在房里哭。珠喜也没睡，一直枯坐着。

她感动奕宏为他报仇雪恨，又不免为他担心。来徐府想弄清父亲死亡之谜，后来才听到一些只言片语。原来父亲不高兴，是余经理一直在逼迫他，对方贪得无厌，总会有一天败露，他不想成为替罪羊。

确实是有预感的。那天下雨，珠喜和承远站在街头时，宋书成因不满余经理的做法，与余经理发生了争执，余经理对宋书成破口大骂，让隔壁售票室的梨花都听见了，梨花忍不住替宋书成辩白，让对方妒火中烧，联想到那些蛛丝马迹，就认为梨花与宋书成有私情。

这个情况，车站售票室的几位大致了解，谁想两天后，梨花就死了。他们惊诧之余，免不了议论纷纷，连邮运室、行包房，乃至货场都传遍了，也只是私下议论，不敢告知谢站长。或是怵于余经理的威势，警察局、洪帮都有人，惹了他可是杀人不眨眼的。

奕宏少爷向来是爱打抱不平的，何况是珠喜的冤屈。他把黑生叫了来，黑生开始支支吾吾地不敢说。奕宏骂他窝囊，两条人命去了，你就眼睁睁地看着凶手逍遥法外，看着珠喜有冤无处伸？提到珠喜，黑生便有些不忍，回想到宋叔叔对他的好，实在难过。黑生勾起了伤痛，他就忍不住说了那些耳闻目睹的事。但都是众人的猜测，没真凭实据。警察局的人被余经理收买了，火车站为了减少影响，也想大事化小，小事化了。徐金穗是宋书成的老板，又牵扯着与余经理的关系，他应该是洞若观火，但纠缠起来，难免引火烧身，于己不利。

唯有奕宏不信这个邪，非要摸一下那老虎屁股，不光是因珠喜，而是他骨子里逞强好斗的个性，找不到真凭实据，按捺不住时，就直接找余经理，逼迫他承认，以为两支枪就能吓唬住余经理，以致闯下大祸。

此时，珠喜心里难受，更添不安。她孤苦伶仃，这时候有人帮她，可谓雪中送炭。徐少爷对她好，她心怀感激，可他毕竟是婉珍的丈夫，面对哭哭啼啼的婉珍，又加重了她的忧悒。婉珍是有些怨她的，虽说她父亲死得蹊跷，令人同情，但让奕宏去做这种冒险的事，难说不是珠喜引诱奕宏，纵容他去的。说她害了奕宏，也是有口难辩。

徐府因少爷回家刚刚缓过气来，现又出这样的事，可谓塌了天。那些常来常往的戏迷票友，都不见了踪影。也有的想来，但看到气氛不对，只得扫兴而去。进来的，只有警察和老爷请来打官司的律师，但见一个个神情严肃的样子，都知道情形不太乐观。死人偿命，这是千百年来固有的法则，任凭他是军队里的人，徐府家的少爷，也不能僭越，王子犯法，与庶民同罪。有关系好的前去警察局说情，但余家那边也很强硬，因此警察局方面都三缄其口，只等到时审判。

徐金穗几天之间平添了不少白发，人也瘦多了。他多方奔走，打通关节，花钱如流水，为了保住奕宏的性命，哪怕倾家荡产也在所不辞。

等待的时间有些漫长，但总算有点效果。奕宏的案子上报到省警察厅，法官查看了相关卷宗，发现了一些疑点，抓去的人也交代，余经理叫人围攻徐奕宏二人，对方出于自卫，失手打死了余经理。于是案件经过审理，认定徐奕宏杀人案为自卫反击，判处监禁十五年。

徐金穗为了这一结果，将澄油厂划给了他人，房产也典了一处，但奕宏关在牢里，他还是不能松气，婉珍整天哭丧着脸，要他救奕宏出来。徐金穗为了儿子，也为了他的脸面，只得继续花银子，直到奕宏能回家团聚。

第十二章 罢工

腊月的天一直阴冷刺骨，好在新年渐渐地近了，大街小巷呈现出喜庆的色彩，有钱人家的门前挂起了大红灯笼，屋内花团锦簇，喜气洋洋。一些店铺都在年前打折清仓，回笼货款。穷苦人家没有大的奢望，只要能买到粮食，不饿肚子，家人团聚，就算过个好年。

大智门车站此时最为繁忙，候车大厅像煮水的锅，一阵一阵地沸腾，走一批，又来一批。车站的司事们就像一个个持续运转的机器，没个停歇。邮运室的小胡与行包房的老汪在厕所碰见，免不了交头接耳，抱怨累得好死，薪水还迟迟未发。

“刘家庙那边的工人俱乐部时常活动呢，我晚上去过两次，屋里都坐满了。”老汪透露。

“听说参加工会的人不少，还请施洋大律师上课？”小胡问。

“是明白了不少道理。”老汪说。

“你也入了工会？”小胡问。

“都参加了呢，你没入呀？”

小胡正要说什么，碰上黑生往人群中撒油印的传单，不由喊道：“小子，蛮忙呢，又是你爸爸让你干的？”

“给你们看看。”黑生递给他们一人一张。

小胡接过，小声念道：“京汉铁路工人总工会成立宣言。”

老汪说：“老刘有本事呀，说动谢站长让他去机修厂，现在成了厂里的骨干，积极得很，每次活动都有他参加。”

黑生说：“当然要参加，现在工会组织大家在向铁路局讨薪呢。一个人没力量，联合起来就有力量了。”

“这又是你爹教你的？”小胡问。

黑生翻了下小眼珠子说：“难道不是吗？你整天忙着运邮件，老板又给你多少薪水？”

“我是邮政职员，不归铁路局管。”小胡指了指绿制服上的邮徽。

黑生撇了下嘴：“邮政又怎样？总在听你唱那首《邮工待遇要合理》，我的耳朵都要起茧了。”黑生便模仿他的样子唱起来——

> 人说邮工的饭碗边上装了金，
> 邮工的生活是四季皆春，
> 真是天晓得！
> 清晨黑夜雪天暑天总是抱着邮件儿睡，
> 挑着邮件儿走。
> 上班总是按时到，
> 散值绝不会早些儿溜，
> 一年到头冒得休息，
> 更不会配售煤米与油盐。
> ……

两人一旁看着，竟也笑不出。等黑生唱完了，朝他们嘻嘻一笑，又自顾发传单去了。

老汪说：“这小子记得住呢，倒是一字不落。”

小胡说：“那天丢了个邮件，科长罚我半月的薪水，心里烦，就在邮运过道里唱，那小子在一旁听着直笑。”

“要读点书就好了。”老汪替黑生惋惜。

“人都养不活，还读书？”小胡嗤道。

老汪瞥了下他说："我看你也有怨气，怎不入工会呢？"

小胡不屑道："跟那些工人瞎折腾什么，弄不好被抓起来，什么都完了。我还想做个主管，涨点薪水呢。"

"你也想当官呀？"老汪笑。

"谁不想呢，"小胡晃着头说，"你没看《水浒传》里，先闹腾得起劲，最后不也招安了？"

老汪冷笑道："招安也没落得好下场。"

正说着，碰上余站长过来上厕所，见两人在此嘀咕，便吼老汪："站在这干吗，旅客都等着你寄包呢，还不快干活去？"

两人骇得一跳，忙低下头，赶紧走了。

黑生在候车室发传单的时候，便有人告诉了谢站长。

此时，谢绍祖已接到正式任命，由他担任大智门车站站长一职。这种非常时刻，他更感到肩上的担子沉甸甸的。据可靠消息，京汉铁路总工会成立已得到铁路局局长的批准，但吴佩孚不准许。那天，总工会在郑州召开成立大会，大批军警赶来，层层包围了会场，随后发生冲突，会议代表很快被驱散，各地工会赠送的匾额被捣毁，旅馆、饭馆及总工会办公的地方都住满了军警，他们逼迫工人离开郑州，总工会办公处已迁至汉口江岸。

谢绍祖不免忧心忡忡。大智门车站隶属江岸的京汉铁路局车务处南段管辖，车站的一举一动都要受到车务处的钳制，现京汉铁路总工会从郑州移至江岸，这里成了共产党的重要据点，工人运动势必形成燎原之势。得知共产党在京汉铁路的力量十分强大，京汉铁路总工会就是共产党领导下的成果。现在全路工人自司机、升火，以至小工，无一不是工会会员，且组织严密，会员听命于分会，各分会听命于总工会。

谢绍祖没表示什么，只叫人喊黑生到他办公室里来一下。

黑生来大智门车站卖报有段时间了，还是第一次进谢站长的办公室，望着明净透亮的拱形窗户，阳光斜照在墙面的火车时刻表上，印着明暗相间的菱形格子，谢站长坐在摆放着一些文件的办公桌旁，表情有些严肃，不似往日那般和气，他不免几分忐忑，怯怯地叫了声站长。

“你爸爸在厂里吧？”谢站长直截了当地问。

“在呀，”黑生不知谢站长的用意，只管说，“不过今天可能不在。”

“去了哪？”

“不晓得呢。”黑生扭了下头。

谢站长望着黑生散漫的样子，皱了下眉头，一时想起当年来汉口时，萎缩在车尾那个衣衫褴褛的黑生。

“你爸爸是不是参加了工人纠察队？”

黑生感到谢站长的目光有点灼人，低下头说：“反正他时常不在家，我也不知道他做些什么。”

“你发传单呢。”谢绍祖嗤道。

黑生怔了怔，没吭声。

“当初看你们一家生活困难，就让你父亲来铁路做事，现又让他去了机修厂，如有什么差池，我可要担责任的。”谢绍祖严肃地说。

黑生懵懂地望着他，不知如何回答。

“听说还要罢工，”谢绍祖的目光扫了下窗外，拧紧眉头道，“我找不到他，就让你带个话，要他最好不要参与，免得遭殃。吴大帅已经摆好了笼子，正等着他们去钻呢。”

“什么笼子？”以黑生简单的脑袋瓜子，一时不明白谢站长的意思。

谢站长正色道：“你无须多问，只叫他听我的，别鸡蛋碰石头，那些军警的子弹是不长眼睛的……”

黑生瞪大眼睛，伸直脖子说：“我爸说不怕他们，为了工人兄弟的利益，要跟剥削他们的官老爷做斗争。”

谢站长见这小子跟他父亲一样犟，不觉有些懊恼，正要训斥几句，余站长敲门进来，谢绍祖只得让黑生离开，出门还在叮嘱：“记着我的话，都赶紧回家。”

余站长见黑生在此，便吼道：“让你小子卖报就格外开恩了，你还散发传单，再这样，就给我滚！”

黑生瞪了下眼睛，看谢站长给他示意，便闷闷地出去了。

谢绍祖也没理会余俊发，接过他递来的路局电报看起来。

谢站台鉴：

因近日江岸工人滋事，恐危及京汉铁路运营及车站安全，请务必关注事态进展，并督促站内各司事工役，发生任何情况，不得擅自离岗，违者革职，重者查办。

切切

京汉铁路局车务南段总办

民国十三年二月二日

谢绍祖看毕，便道："站内不会有事的。就有几个工人进了工会，把他们叫回来就是。"

余俊发笑道："谢站长也太仁慈了，上面写得很清楚，只要离岗，就得革职。"

谢绍祖皱了下眉头，冷冷道："就这样吧，把工人叫回来再说，总得有人做事，正是繁忙的时候。"

余俊发迟疑了一下道："我把路局指示跟各室通报一声。"见谢绍祖没做表示，便出去了。

两天后，随着刘家庙车站一声汽笛响，整个京汉铁路全线瘫痪，铁轨上卧着一列列火车，像横亘的一道道铜墙铁壁，冷漠地面对那些急待离开的人。

大智门车站的月台静悄悄的，候车室倒是有些人进进出出，售票窗口却关着，有人在大声喧嚷，有的则唉声叹气。

二楼也是少有的安静，电报房没了嘟嘟的发报声，电话生不再播报火车到达出发的时间。谢绍祖的办公桌上放着一张京汉铁路总工会的宣言，要求交通部撤革京汉路局长和南段段长，赔偿成立大会之损失，所有占领郑州分会之军队立即撤退，批准星期日休息，阴历年放假一星期，并照发工资，等等。

谢绍祖正在接待汉口镇署的张巡视官，张巡视官看到车站里乌压压一片滞留的旅客，还有堆成山的货物邮件，十分生气，对谢绍祖命令道："马上开始售票，还有几天就过年，哪能让旅客回不了家？”谢绍祖苦笑道：“我也想售票，可是火车开不了啊。”张巡视官哼了声说：“你只管售票，其他的事我们来解决。”

几天来，大大小小的官员都坐不住了，频繁来火车站视察，发表讲话，给火车站施压，挑起旅客抗议，以迫使工人复工。

张巡视官前脚走，一批罢工工人就举着横幅，呼着口号来到大智门车站，领头的便是江岸铁路工会委员长林祥谦，一下聚集了不少围观者，林祥谦向众人揭露官商勾结欺压铁路工人的内幕，宣读罢工工人的合理要求，望旅客们理解。刘福根几位在人群中散发着传单，一时群情激愤。

火车站分驻所的王巡官看阻止不得，就来向谢站长报告。

“形势严峻啊，”王巡官在火车站长驻，所掌握的情况充分，便跟谢站长透底，“那些工人纠察队员都训练有素，还有临时组织的调查队在刺探消息……”

从站长的角度，谢绍祖对罢工是反对的。罢工一天，对火车站是不小的损失，对旅客更是难耐的煎熬，而参与者也面临着极大的危险。吴佩孚是杀人不眨眼的，他的军饷来自京汉铁路的收入，怎会容忍这种事态的扩大？目睹那些官老爷的骄奢淫逸，谢绍祖对工人的待遇怀有同情，却爱莫能助。作为一等火车站的站长，他并非有多大的权力，人事和财务都由京汉铁路南局车务处控制着，人员工资也由上级分配，他的职责不过是维持火车站的正常运转。即便如此，也没少受车务处那些官员的压制，内心时有不平，他又希望工人这样闹一闹，如能改善一下现状也好。但他们面对的对手太过贪婪，哪会轻易答复？以卵击石，只会有更大的损伤。但工人们的态度很坚决，他们手无寸铁，命如草芥，一旦被唤醒，就一心一意干到底。

王巡官说，警察局已把一些工人的名字记录在案，刘福根也在其中，但此时的刘福根已是铁了心，一连几天都在参与活动。

谢绍祖立在窗口眼望车站外聚集的人群，正看到黑生穿着承远的旧棉袄在人堆里叫卖报纸，那棉袄是承远穿短了给他的，黑生倒还显得宽大，黑生跟承远同岁，相比之下，黑生就像个小麻雀。谢绍祖预感到刘福根此次凶多吉少，劝黑生也无济于事，此时那孩子头脑发热，已听不进他的话，他就像看到溺水者不能施救一样难过。

火车站这边闹哄哄的，搅得大智门周边都不平静。谢承远有位同学的爸爸是警署长，知道点内部消息，直说这次罢工是共产党组织的，吴大帅烦得很，要给点颜色他们瞧瞧，郑州已抓了不少人。谢承远听得心惊，便替黑生着急。趁着那天下学早，就往火车站走去，想找到黑生，跟他说说这事，让他小心点。

玛领事街比往常显得冷清些，逛街的少了，路上都是提着行李往车站赶的旅客，放眼望去，大智门车站前的T字街口已排起了长队，都是急等回家过年的人，不同以往的是，多了些荷枪实弹的军警站岗。沿街铺面大多关着门，有的在楼上窗口张望，有的站在门口， 三五一堆，窃窃谈论着什么，皆是惊魂未定的样子。

承远凑近人堆里，大致听到刘家庙车站去了大批军警，死了好些人，那个工会头目林祥谦被绑在柱子上砍了头……承远的心怦怦乱跳，也顾不得往下听，就连走带跑往火车站去，他要找到黑生，要他父亲赶快躲避。

车站候车室里的人东一垛，西一堆，有的等开车，有的等售票，吵吵嚷嚷，急不可待，王巡官站在售票窗口监督着。承远凑到进站口的玻璃门往里望，月台上已站了不少军警，火车司机和司乘被押在一边，正强令他们上车。见司机没有动静，军警便过来把他衣领一揪，比着枪押他前行。

承远没有找到黑生，心急火燎，瞄见邮运室的小胡从旁经过，就问黑生在哪。小胡摇了摇头说：“今天就没看到他来卖报，八成是家里出事了。”

“是他爸爸吗？”承远急得问。

“回去问你爹吧。”小胡摇着头往前走。

承远不见父亲在办公室，说是被叫去刘家庙训话，他只得快快往回走。走到半路，又停下了步子，还是抑制不住，要去铁路外的棚户区找黑生，他也忘了害怕，只想去看看究竟。

铁路外的棚户区离市区较远，接近刘家庙，那次跟黑生一起，两人在路上一边玩，一边说话，不知不觉就到了。后来他单独又去了一次，一路轻松，慢慢徜徉，也不觉得远。这次心里着急，沿着铁轨往刘家庙走，一路荒凉，寒风在耳边飕飕吹过，铁路两边尽是垃圾，往开处看，错落着几处围成的厂房，其间是小块的菜地和湖塘，散布着零星的茅棚。

承远走了一段路，不觉几分后悔，怎就那么远呢？他对黑生的担心渐渐被烦躁所取代，但又执拗地不愿回返。就这么磕磕碰碰、逶逶迤迤，好在没有火车经过，累得快走不动了，才望见了那片错落的棚子屋。

巷道阒不见人，承远以前挨过打，心有余悸，左顾右盼，倒没见到那些玩耍的小伢，只有几只鸡在四处觅食。隐约闻到哭声，承远一骇，不由加快了脚步，再走近了，哭声就不是一处，而是一片。他凭着记忆，断定那此起彼伏的哭声里有刘王氏楚戏似的哀号。

刘家棚子屋里站着些人，地上搁着块门板，躺着血迹斑斑的刘福根，那脸用张白纸蒙着，刘王氏正跪在一旁嘶哑地哭喊着："黑儿他爹，你老老实实一生，从未害过谁，老天爷就这么不公，让你冤屈地走啊……"

几个工人苦着脸，有位忍不住哭道："嫂子莫太难过了，福根哥不会这样白死的，工会不会就这么完的……"

黑生坐在板凳上呜呜地哭着，承远走到他身边蹲下，他才惊觉，抹了把泪问："你怎么来了？"

"我去火车站不见你，就来看看。"

刘王氏一见承远，哭得更伤心了："谢公子，黑生爹被人打死了，这得怪你爸呀，当初要不让他进这铁路上来，怎会丢了性命啊……"

黑生听他妈说得难听，就把承远拉了出来。

"我爸被警察乱枪打中，拖到万国医院已没救了……"黑生不及说完，又呜咽起来。

承远不知道说什么好，只是傻愣愣地站着，他没经历过这种悲惨的事，太受刺激，只觉得天昏地暗，望着哭泣的黑生在眼前渐渐地模糊了。

"我爸也被叫到刘家庙，被他们训话……"他终于想到该说什么，让人家消除一些怨恨，他父亲也受制于人，无可奈何。

但这一天看到的情形，对他触动太大，他家境良好，衣食无忧，不是亲眼所见，哪能体会到黑生的苦痛？这成了他长久抹不去的一道阴影。

第十三章 学戏

阴历年过得平平淡淡，多半家庭如此，尤其对穷苦人家，能吃饱一餐饭便是过年，不敢奢望别的，只求平安是福。有钱人家就不一样，排场礼节是不能含糊的，徐府便是一例。但这个年也过得勉强，表面上迎来送往，门庭若市，实则是强作笑脸，虚张声势而已。

徐金穗一直在忙着儿子的事，过节便是个机会，去各个府上拜年，宅门深院，老友新朋，银子白花花地滚过，流水般不曾停歇。凤芝也不马虎，领着婉珍去寺庙里烧香拜佛，祈福安泰。功夫不负有心人，或许真感动了上苍，菩萨显灵，到了三月中旬，上面的复查终于下来了，徐奕宏被确认为自卫误伤，被保释出狱。

奕宏回家的那天，徐府上上下下才真的叫过节。徐金穗见到儿子的模样倒没多大变化，似乎还长胖了些。幸亏向牢狱里打点过，牢头对他特殊优待，单独安排了房间，吃喝也让家里送进送出，较为宽松。奕宏眼见父亲额头的白发又平添了不少，明显苍老了些，一时羞愧难当，叫了声爸，便跪下了："您老放心吧，儿子再不出去惹事，不让您操心了……"

徐金穗听得欣慰，多日的辛苦换得儿子的醒悟，经了这件事，奕宏也知道利害了，浪子回头金不换，总算没白费功夫。

奕宏却不知，他这次能提早出来，是父亲用两处房产换来的，他的资产缩水近一半，为此没少受凤芝的埋怨。徐金穗说来开通，内心还是有区别的，儿子是他生命的延续，是徐家香火的传承，他往儿子身上使钱，不光是拯救徐家，也是拯救他自己。女人总是头发长，见识短，只看到眼前。两人话不投机时，难免生出间隙，继而影响感情。凤芝热衷于交朋会友，实则是心里寂寞，总得有所寄托。

徐府办了两桌酒席为儿子接风洗尘，请来一些至亲好友，不显张扬，也不马虎。凤芝在那个场合里，却不似往日热情，先是迟迟不露面，后来在酒席上，也一直淡淡的，旁人多少看出点端倪，想继母与儿子的感情不过如此，倒没细究那些深层原因。

徐金穗看在眼里，也顾不上揣摩凤芝的心思，他总算松了一口气，别的烦恼，就暂且丢到一边，起码这个晚上，他要好好享受儿子归来的喜悦。但他并不了解凤芝，也不了解儿子，奕宏在牢里没受委屈，除了行动受些限制，依然悠闲自在，他那爱逞强的个性似乎收敛了些，但在牢里受到一些犯人的影响，犹如进了染缸，也学到不少坏习气。

这在对待珠喜上，徐少爷就不似以往那么顾忌。

当晚，奕宏喝了不少酒。他没在意父亲与继母之间的微妙关系，只顾与几位亲友海阔天空地吹牛神侃。酒过几巡，醉眼迷蒙中，才发现桌上少了个人，珠喜不见了。自进门那阵，珠喜出现了一会儿，就没有露面了。她没吃饭吗？奕宏记挂着珠喜，就摇摇晃晃地出了饭厅，往珠喜的房间走去。

珠喜在楼下厨房里待着，这种场合她是不会露面的，自己不是这家里的人，寄人篱下，就得处处留心，不能碍人眼，讨人嫌。陪着表舅刘旺才吃了饭，将碗筷收拾定当，便打了些热水进房来，正在洗脸，没防着奕宏醉醺醺地闯了进来。

珠喜转过身，手上还绞着湿淋淋的毛巾，一脸惊惶地望着他，徐少爷那样子有点吓人。

奕宏逼到她的面前，喷着酒气说：“珠喜，我回家了，你怎么不向我道喜？”

“少爷进门那阵，我在院子里站着呢。”珠喜背过身绞起手巾擦脸。

奕宏说：“我这次可是吃了大亏，兵营也去不成了，都是为了你……”

珠喜心里不好受，低下头说：“让少爷受苦了。”

奕宏瞅着她娇羞的样子，呆了呆，忽地一把揽过她，就要亲吻。

“少爷，你别……”珠喜连忙后退，用毛巾挡着脸。怎赖奕宏力大如牛，她就像只小猫被擒住，实在扳不过那个热烘烘的身子。

酒在催化，让他的脑子发热至昏，顾不得婉珍就在楼上，他只想要珠喜，将她包裹住，急切地亲吻，这一下，越发煽起了身体的欲望……他要得到她。

他急不可待地撕扯她的衣服，像只凶猛无比的野兽，珠喜在他身下挣扎着，嘴已被封住，手脚颤抖，她在尽力地安慰自己，少爷为她报仇雪恨，为她做牢，他一家为她血本无归。现寄人篱下，总得有所报答，她没有别的，只有她的人，她的身体……可她对着那欲火喷发的小眼睛，还有那股难闻的体味，实在激不起亲近之心，不由哀求道："少爷，少爷，行行好，珠喜没福，禁受不起，老爷太太要知道了，我可待不下去……快走吧！"

奕宏正在火上烤炙，哪肯放手："我不要婉珍，只要你，我在军队想你，我在牢里也一直想你……" 他的酒气喷到珠喜的脸上，只让她生出厌恶，丝毫打动不了她的心，甚至想，他要再不走，她就干脆逃出去。

"少爷快走吧，少奶奶要叫你了。"她下死命推他。

奕宏见珠喜冷若冰霜，心头一凉，只得起身，把门一摔，悻悻而去。

珠喜瘫软到床上，空气里充斥着酒气和汗臭，她索性把百叶窗全打开了。她望着黑魆魆的树影，一种难以名状的悲哀袭上心头，她把头探出窗外，想让夜风吹去残留在身上的男人味，也在一遍一遍地宽慰自己，少爷是喜欢她的，少爷为了她宁可坐牢，可见他的真心。当时得知奕宏铤而走险，她确实很感动，为少爷担心受怕，生怕他性命不保，或是受重刑，再见不到他了。那时刻，她真有为少爷去死的想法。

她知道只有少爷出狱，徐府的人才会消去对她的怨怼。本来父亲惨死，跟徐府连着干系，最初人家对她还怀有一份同情，抑或歉疚，后来少爷为她出了事，徐府上上下下就把她当成了祸害。珠喜渐渐被冷落，让她心中悲凉的是，少奶奶也不跟她说话了。婉珍再好性子，自己男人跟别的女子好，总会伤心，对珠喜不说有恨，起码也是排斥的。

却想不到事情会解决得这么快，少爷也迫不及待地想得到她。珠喜本对他抱有一份感激，可经历了刚才的一幕，让她的心很快冷了下来。对奕宏，她也算报答过他了，此后，再不会走第二步。要不，这家里的人都会瞧不起她，她真就待不下去了。

此后几天，珠喜就有意地避开少爷，日日去茶园学戏。不想奕宏还沉浸在情欲里，一日不见珠喜，如隔三秋。那天，他竟跑到茶园去找珠喜，质问珠喜为何躲着他，珠喜说："少爷还是请回吧，这样下去，怕是我在贵府越发不好做人了。"

奕宏说："有什么不好的？你是我的人，我还会薄待你？"

"你对我好，叫少奶奶怎么办？"

"这也没什么，我去跟老爷说，把你收进屋来，就名正言顺了。"

他以为珠喜等的就是这句话，可珠喜一直不吭声，等他问急了，才说："少爷，我不能答应你。"

"为什么？"

"这样对少奶奶不公，她会受不了的。"

"受不了是她的事。"

"我也不情愿呀。"

"你是想做少奶奶？"奕宏以为如此。

珠喜摇了下头："我没有想过，也不可能，少爷就不用费心了。"

"你不愿跟我？"奕宏着急道。

"不可能的。少爷就放过我吧。"

奕宏还想说什么，见茶园两伙计笑嘻嘻地往这边瞟，珠喜便转过身，背对着奕宏说："这里人多口杂，免得让人说闲话，玷污了少爷的名声。"便匆匆离去了。

奕宏待了片刻，只得怏怏而去。

此后几天，珠喜依旧早出晚归，在茶园里待着。这是当初太太凤芝的意思，不想留她在徐府，出来学戏便是最好的选择。

几月前尚小芳来汉，凤芝带着珠喜去看戏，一时高兴，让她把尚小芳的《桃园惊梦》唱一段，珠喜果真就唱了，嗓音虽然稚嫩，却让尚小芳眼前一亮，那娇羞可人的模样恍若当年的凤芝，连说珠喜是块料子，要收她为徒，凤芝一看情形不对，又哼哼哈哈地推脱，说回去问老爷的意思，这事就耽搁下来了。

此次茶园老板又请来尚小芳的戏班子排演新戏。凤芝不好单独来，总要带上珠喜，怕人家说闲话。加上奕宏回家后，又在找珠喜，让婉珍不舒服。凤芝也不想闹出事情，就干脆许诺珠喜，在茶园学学京戏。不承想，珠喜耳濡目染，被青衣尚小芳点拨调教一番，进步神速，唱念走板还颇有那个架势，她好学，领悟也快，尚小芳教她一段，练了两遍就会了。茶园老板看出尚老板喜欢珠喜，就有意让她留下来演戏，可又说不出口，想珠喜在徐府里住着，据说还被徐老板收为义女，又得到徐少爷的爱恋，人家金贵之人，哪会甘心来戏班子里受苦呢？有此想法，虽知她是棵好苗子，也只有惋惜的份了。

珠喜经了那晚的事，对徐少爷产生了厌恶，就不想在徐家待了，学戏便是避开。但暂时的躲避也不是办法，想徐少爷还会缠着她，心里倒生出一个念头，本来只是学着玩玩，没想真做，这下便当作一个出路了。若离开徐府，戏班子恐怕是她在汉口唯一的去处。

她心里有了打算，对徐家就有些疏离。那奕宏也怪，受不了珠喜的冷淡，心里烦闷，看什么都觉得碍眼，对婉珍越是没了兴趣。婉珍是个简单的人，以为奕宏心情不好，是回不了军队的缘故，过了一阵就会好的。奕宏对她整日不曾说一句话，每夜总是很晚才回家，上床蒙头就睡，有时往他身边凑近一点，他也没有反应，就像木头人似的。

婉珍心里的郁怨累积着。不只是她，徐府那些下人也瞧出眉目。平时受过少奶奶好处的，看不过眼，就私下告诉她，少爷进了珠喜的房间，待了多长时间不出来。还有见少爷去茶园找过珠喜姑娘……婉珍本因奕宏为珠喜进牢房心生怨恨，现在好不容易回家，她对珠喜的态度才有所缓和，谁知又引出这些事，对珠喜的怨恨无形中又加深了。

这一日，奕宏去出席朋友的生日宴会，要在往日，婉珍是不在意的，可这次，她又怕奕宏去找珠喜，一想到此，就妒火中烧，也不管奕宏的眼色，非要陪他一起去。结婚这么长时间，还没和奕宏出过门呢。奕宏说男人在一起喝酒打牌，你还是不去的好。也不想再听她说什么，自顾走了。

婉珍一股气憋在胸口，老是胡思乱想，就觉得奕宏骗她，八成又是去找珠喜，要带她出席聚会，这是很有可能的。

偏巧应了她的猜测。奕宏没想去找珠喜，可那朋友爱热闹，酒宴过后，就请戏班子来唱戏助兴，珠喜不是角色，便帮着照场子，谁知就遇上了奕宏。

至晚，婉珍一直守在窗前，望眼欲穿，恰恰就看到了她最担心的一幕，奕宏与珠喜一同坐着黄包车回来了。她顿时腾起一股火，手脚不住地乱颤，嘴里却一口气堵着，叫不出声。等奕宏牵着珠喜下了黄包车，她已止不住，晃着小脚就往楼下奔来，到楼梯中腰与迎面上来的两人狭路相逢，珠喜见婉珍直着眼，也惊住了，刚叫了一声“少奶奶”，还没说出下句，婉珍就“啪”的一下朝珠喜扇了过来：“我让你勾引男人！”旁边的奕宏用手一挡，正打在他的手臂上。奕宏本在路上生着气，一看她平白无故地跑出来犯泼，顿时火起，就反手一掌打过去，婉珍顿时金星直冒，趔趄一下倒在地上。珠喜上前要去扶她，她一扭身子，直骂着：“小婊子，给我滚开！”便挣扎着站起，哭着往楼下去了。

奕宏回到房里还在生气。刚才劝了珠喜半天，她才肯一起回来。路上想跟她说话，也是躲躲闪闪的。奕宏感觉到了，禁不住问：“你不想理我了？”珠喜说：“我该说的已经说过了，为了彼此好做人，还是请少爷放尊重点，免得让人说闲话！”

奕宏一路闷闷不乐。不承想婉珍已知晓了一些事，从中插了一棍子，让他越发烦心，也顾不得对方的感受。谁想婉珍一气之下跑出了家门，径直往大智门火车站而去。

她一路走一路哭。少爷竟当着珠喜的面打了她，叫人如何咽得下这口气？当初千里迢迢来到汉口，只知嫁人，却没想要嫁的人会怎样对她。她只能遵从父母之命，媒妁之言。不承想，她会喜欢上这汉口的少爷。奕宏对她不热情，她只以为不熟悉，时间长了可能就好了，哪晓得奕宏会离家去军队。如果她对奕宏去军队是因珠喜还半信半疑，那么他为珠喜去杀人，就千真万确了。奕宏对她冷淡，原是有个珠喜。虽然知道珠喜并没勾引奕宏，但出于嫉妒，她还是不喜欢珠喜。好在太太明察秋毫，让珠喜去了茶园学戏。谁想藕断丝连，她最担心的事还是发生了。

奕宏没有理睬她，由着她跑出来，可见是不顾她的死活。想到此，她的心也彻底地凉了。被打过的半边脸还在发烧，她的心也在淌血，只想着离开，不在那家里待了。千里之外的双亲，已经好长时间没见到他们了，父亲自姐姐出嫁后，身体大不如前，上次姐夫还说爸爸犯过病，这一想，不禁悲从中来。她一把鼻涕一把泪地往前走，只愿快点离开汉口，坐火车回驻马店去，此时她心如死灰，对这里的一切已没了任何留恋。

火车站就在眼前。她自河南来汉口那天走出车站，就没再进去过，现在望见那月亮形拱窗映出的灯光，就仿佛看到了河南的老家，她就是从火车站来到徐府，也得从这里出发，回到久别的娘家。

候车大厅里正排着长队，等着检票进站，有列火车就要开了。

“大爷，这是去哪？”她问一个穿长衫的老先生。

“去北京啊。”对方答道。

“这车到驻马店吧？”

“到。”

“那好，我跟着您后面了。”

老先生打量了她一下，不免疑惑：“我看太太，您这是上哪去啊？”

“我回家去，不在这待了。”她到底忍不住，在陌生人面前诉起苦来。

那先生总算听明白了，她想离家出走。便说：“太太，看您也没拿个包，可知上火车是要买票的呢，您有火车票吗？”

“没有。”

“没有就上不了火车呀，还是回去吧。”

婉珍一听就急了，便掏起口袋，喃喃道：“我是不回去的。我要买火车票。”

可她没带钱。眼见旅客都陆续检票往月台去，就有些慌了，她奔到售票台前，褪下手上的红宝石戒指递进去：“我把这戒指换张火车票。”

售票小姐不敢接，吃惊地看了看她，说：“这是不能换的，再说这戒指可是车票的好多倍呢。”

“我不在乎，劳驾你帮个忙。”她乞求道。

碰巧谢绍祖还没下班，他走到候车大厅里，见售票窗口前围着些人，再看那说话的少妇，顿时吃了一惊，不由走上前去。

“婉珍，你怎在这里？”

婉珍一看谢绍祖过来，像遇上了救星，忙说：“请谢站长帮我……我要回娘家。”

谢绍祖也听到一些传闻，尤其是奕宏坐牢之后。现见婉珍脸上泪痕未干，神情忧戚，已猜到了几分。见旁边围着些人，就要婉珍随她去一下办公室，好劝一劝她。但婉珍执意不肯，只求站长让她去坐火车。

谢绍祖见一时劝不动，只得使用缓兵之计，便安抚她道：“我可以给你买票，但不能让你一个人回河南，得要奕宏陪你回去才行。”不等婉珍再说，他就去了电话间，一会儿过来说：“奕宏马上就来，你就等着吧。”

婉珍一下跌坐在椅子上，掩脸涕泣起来。

第十四章 分家

那晚的事是个导火索，宋珠喜是狐狸精的名声就此传播开，首先徐府的人都变了脸，怜悯她的，同情她的，都转化成鄙夷，珠喜想表明自己的清白，却没有人理会，唯一亲近的刘旺才，也对她躲躲闪闪。她这口怨气无处倾吐，又不是个低三下四的人，知道有口难辩，反而越描越黑，就干脆不说了。

但有些事情，无论好坏，也能促成某种机缘。珠喜从徐府出来，肯在戏班子里蜗居，尚小芳自然觉得意外。碰到演戏的间隙，尚小芳随口问起珠喜，珠喜大致说了几句，似乎有难言之隐，他看出些端倪，也不好再问。

日子流水一般过去，尚小芳的戏班子演戏场场爆满，给茶园带来不少的人气，临到离开，茶园老板虽再三挽留，但京城的演出在即，容不得延迟，只能择日启程。

珠喜听说他们要走，就忍耐不住了，她找到尚小芳，直说在徐府待不下去了，茶园也不是久待之地，怕徐少爷再来纠缠，要尚师傅收留他，她要跟戏班子一起走。尚小芳一时没有表态。珠喜以为不要她了，心里十分难过，一直闷闷不乐。到临行前两天，尚小芳把她叫到一边，小声问："你真打算走？"

珠喜说："师父知道我的难处，没有别的出路，唯有跟上你们。"

尚小芳看了一下她忧郁的脸，似有不忍，便说："你以前只是唱着玩玩，现入了这一行，可要以此谋生了，要吃很多苦啊。"

"我知道。我不怕吃苦。" 珠喜急切地表白道。

"我只能带你入这个门，至于今后，就看你的造化了。"

"师傅放心，我会用功的。"

尚小芳沉吟了一下，才点头道："那好吧，你赶紧去收拾行装。"

珠喜喜出望外，便跟着尚小芳去了大智门车站。走到月台上，望着那冰冷的铁轨，蓦然想起父亲，心里又一阵揪痛， 短短两年，就与父亲阴阳相隔。汉口，就这样让我满载着伤痛离开吗？或许是不会再回来了。她闭起眼睛，不想让自己的泪水流下来。

火车开动了，她的脸映在车窗边，向着送行的茶园老板挥手。没见一个熟人，黑生怎不在月台上呢？自他父亲惨死后，据说又在卖报纸，还帮人扛包。承远也不在，她没顾得告诉他一声，如果知道，他可能会来送她的，还会劝她不走。最后，她的眼前闪过徐少爷，那是想早点抹去的影子，想起就是一个痛。不是因他，她也不会这么决然地离开。火车腾起一股白烟，把她湮没在里面，她的眼前起了雾。

尚小芳坐在斜对面的位置，旁边是他的琴师。尚小芳拿着一张报纸在看着，等琴师去打水的工夫，他放下报纸，对珠喜说："临时带你走，觉得突然吧？"

珠喜笑道："以为走不成了呢。"

尚小芳说："我要提前告诉你，你难免会有所流露，让徐家人知道，可能真走不成了。"

"他们不是希望我离开吗？"珠喜觉得奇怪。

尚小芳轻轻一笑："徐少爷怕是要阻拦吧？"

"除了他，其他人都是希望我走的，少了个祸害。"珠喜轻轻一笑。

"太太不会。"尚小芳扭头朝向窗外。

"太太巴不得我走呢，她以前就不愿留下我。"

"但她不愿你跟着我……"

"不是她要我来学戏的吗？"珠喜有些糊涂了。

尚小芳不答，他望着车窗外的风景，目光里有一丝感伤，发觉珠喜望着他，又拿起报纸掩饰。

这时琴师端着搪瓷缸子过来了，要尚老板喝水，彼此又扯起回京后的一些事宜。

珠喜坐在一边听了几句，想着前方未知的路，难免几分忐忑。这一去，就真的与京戏结上缘了？京城那么大，门派众多，名流荟萃，她去了，犹如在大海里游泳，一不小心可能就会被淹没。但凭她要强的个性，便想好好闯出一番天地，尚师傅也看好她，如果再勤奋一点，是可以走出来的。她暗暗给自己打气。不光为了谋生，也为了给父亲争气。来汉口的火车上，是父亲带着她，父女俩满怀希望，仿佛汉口就是天堂，短短两年，她经历了太多的事，再离开汉口，她已没有了父亲，而是跟着尚师傅，师徒如父子，她就希望对方像父亲一样爱护她，引导她。她还是单纯的，只想一门心思学艺，哪会想到江湖的险恶？哪会想到此时已有人在诅咒她，对她恨之入骨。

徐府接二连三闹起了地震。

原以为宋珠喜离开了，可以收了奕宏少爷的心，徐金穗心头的一块石头落了地，哪晓得奕宏气闷了几天，人还没缓过神来，太太凤芝又出了岔子。

尚小芳竟然连招呼都不打，私自带珠喜去了北京，凤芝似遭受雷轰电掣一般。她觉得尚小芳是有意背着她，原因无非是害怕她去送，不想让她知道。凤芝想到珠喜能把奕宏迷得魂不守舍，就照样能把多情种子尚小芳迷得神魂颠倒。她还是疏忽大意了，以为那丫头还小，没想到她人小鬼大，就是一个媚惑男人的狐狸精。

回想与尚小芳在一起那些难忘的时刻，她就难过得要命。可男人的心说变就变，他已经不爱她了，此时，他正和那小狐狸精在一起。凤芝打破了醋缸子，气得昏天黑地，生趣全无。与徐金穗的感情渐趋平淡，也因年龄差距，兴趣不合。与年轻英俊的尚小芳再度相逢，难免勾起往事，旧情复燃。但世俗容不得这等风流韵事，时间长了，总会露出马脚，遭人鄙薄，说她不守妇道。由此跟尚小芳一直是犹抱琵琶半遮面，玩着暧昧，只为调剂一下单调的生活。为情所困时，也有过挣扎，经过苦难的她，好不容易做了徐家太太，得到尊崇，令人羡慕，何况富裕生活让人安逸，再要折腾起来，还真没那么大的勇气。

然而，这一切，在尚小芳带珠喜离开之后，就土崩瓦解了。一切都不重要了，荣华富贵对她已没了吸引力，只有一件事是她在乎的，就那是尚小芳。她的幸福感不是徐金穗给她的，而是尚小芳的爱，虽然他没有跟她日日相依，却心心相印，她感受着他的爱，她在徐府才过得那么有滋有味。没有尚小芳，这一切都是空中楼阁。她的心已被挖走了，只剩下一副躯壳，活着就如同行尸走肉，还有什么意思？

想到心爱的男人跟别的女子在一起，就像毒蛇绞缠着她的五脏六腑，让她昼夜难安。去北京的念头一冒出来，就不可抑制了。她一定要去北京，要去找尚小芳，她要看看这个变了心的男人怎样对她，就算去死，也要弄明白他是否还爱她。

凤芝临走的头一天，破例把 8 岁的女儿曼丽带到新市场玩了半天。曼丽是她唯一的牵挂，孩子自小由保姆带着，后来又跟着汪妈，与她不亲近。凤芝的喜好是交际，其实是心大，徐府容纳不下她，她得有更大的舞台。但鱼与熊掌不可兼得，她不可能再登台唱戏，但心一直没有离开。她对徐金穗照顾不周，对孩子也无暇顾及，想起来就待一会儿，多半是忘记了。

但毕竟是她身上掉下的肉，要离开时，还是难以割舍。凤芝带曼丽看魔术表演，玩哈哈镜，吃西餐，还给她买了衣服鞋袜。曼丽长得像她，是个小精怪，她穿上漂亮的西式裙装，像只蝴蝶飞来飞去，凤芝就坐着一旁，呆呆地看着她。

“妈怎么了？”曼丽感觉到了，一路母亲说话很少，只是舍得给她买东西，她要什么，凤芝就只管掏钱。

凤芝忧伤地说：“曼丽，妈对你不好吧？”

“妈好，带我出来玩呀。”孩子喜笑颜开。

凤芝听得不好受，摸着她的头说：“我带你出来玩少了，以后有机会，我会多带你出来玩。”

“好的，妈。”

此时，凤芝也并不知道她要出去多久，以为是暂时的，把珠喜从尚小芳身边拆开，带她回来，或者三人一同回来。实在不行，她就留在北京，让珠喜回来。反正她要抓住尚小芳，不能让他跑了，要不她可活不了。

然而，最坏的结果，她并没有料到。

有道是，没有不透风的墙。徐家太太失踪的消息不胫而走。然后就有一些传闻到徐金穗的耳朵里，已经是很久的事了。这样的事不同于生意，生意亏了，还能再赚回来。但人走了，就是竹篮打水一场空。空的不光是屋子，还有人的心，空乏得难受，不是别的可以替代的，只有折磨，那是男人最要紧的面子，比生意还重要。谁受得了自己的女人与别的男人相好，继而私奔？徐金穗几日没有出门，他的头上有顶帽子戴着，绿色的，每个人都在嘲笑他。他活到四十岁，满以为自己该有的都有的，然而，接二连三的打击，实在是耗尽了他的心力，他感到自己老了，被人抛弃了，还有什么比被自己的女人抛弃更羞耻的事呢？

人总有撑不过去的时候，到心情恶劣时，一些蛰伏在体内的病菌就倾巢而出，排山倒海一般，肆无忌惮地蚕食他的身体。本来心脏就不好，肠胃也欠佳，近来吃得就更少，消瘦，睡不好，头发又白了一些，看得扎人眼球。汪妈正被凤芝的事弄得心烦意乱，现在徐家的顶梁柱又歪了，她心里也着慌，觉得凤芝是个害人精，如果救不了徐老爷，她也没好意思再待下去，便四处打听，请来最好的大夫为徐老爷诊治，每天守候在身边，悉心照料，无微不至。

徐金穗生病的时候，身体虚弱，感受到另一个女人对他的好，润物细无声，暖意绵绵的，像裹着柔柔的丝绒，回到了孩提，被母亲爱抚着。这种久违的感觉十分奇特，令他眷念。再打量汪妈，其实是耐看的，虽比凤芝大几岁，穿着素净的旗袍，不施粉脂，然皮肤白皙，五官柔和，体态丰腴有致，自有吸引人之处。

汪妈不声不响地照料着他，打理着里里外外的家事。徐金穗才感到，汪妈在徐家一直举足轻重。离了凤芝，他的家还像个家，但若走了汪妈，他的家会怎样混乱不堪，不可想象。

徐金穗跟汪妈相好的事，不等到他病愈就已闹得沸沸扬扬。原因来自奕宏，这是无法过去的一道坎儿。以前为凤芝，他对父亲就已疏离。如今凤芝走了，奕宏以为老头子会有些醒悟，正想把鄂城乡下的大妈接回来，哪晓得他脑子又发热，与凤芝的表姐好上了，实在叫人无法忍受。他对汪妈本没什么，但因凤芝，连带有了怨恨。

“让那女人走！”他直截了当地对父亲说。

徐金穗离不开汪妈，他现在弱得像个婴儿，汪妈就是他的保姆，他享受着女人无微不至的呵护，这是在凤芝那感受不到的温存。凤芝的心已经给了别人，他感到痛心，却又忘怀不了，这时有人抹平他的伤口，且又是凤芝亲近的人，无形中就消解了他的伤痛。看到汪妈，就像是看到凤芝一样，他怎么能让她离开？

徐金穗不答应。奕宏说她不走我走。父子俩各不相让，最后只能分开。奕宏就是个混账儿子，看不惯他老子这般不堪，就有意让老爷子难受。他带着婉珍搬了出来，在火车站边的永贵里住着。丢下老爷子在那幢楼里，空荡荡的，只有汪妈和 8 岁的曼丽与之厮守。好端端的一家人，就这么四分五裂了。

对于徐家的变故，有的幸灾乐祸，有的感到惋惜，谢家自是后一种。凤芝出走，谢绍祖对她的鄙夷又在抬头。他以为凤芝历世多年，终于有了好的归宿，总该守分惜福。却本性难移，到底是个轻薄东西。可见当初没看错她。

谢绍祖恨凤芝做了这等蠢事，让家族蒙羞。作为凤芝的堂弟，谢绍祖对徐金穗难免有一丝愧疚。尤其是探望徐金穗时，看到空荡荡的小楼，寂寥颓败，门可罗雀，曾经精神十足的小个子男人，现倒在病榻上，眨眼衰老得不成样子，让旁人不禁唏嘘。

"娶妻不贤，又有个败家子，我这条老命不被他们整趴下了？"徐金穗似在自嘲，却透着一份苍凉和无奈。

谢绍祖不好提凤芝，只能安慰对方："奕宏也大了，他要自立门户也未尝不可。正好让他受点磨炼，知道养家不易。"

徐金穗摇头道："那龟儿子哪会吃苦受罪？给了他两处房产呢，加上永贵里的一幢住宅，光靠收房租就够他吃喝不愁。"

"坐吃山空也不行呐。"谢绍祖知道他恨，究竟硬不下心肠，只能提醒几句。

"我何尝不懂？可那小子胸无点墨，除了会使枪弄棒，就是结交一些狐朋狗友。"徐金穗虽恨铁不成钢，也怕谢绍祖看不起 ，又为儿子开脱，"处在大智门一带，租界华界交织，三教九流杂居，有钱没势是站不住脚的，一个好汉三个帮，才能打天下……"

"那是。"谢绍祖点头，知道这话也是说给他听的。

"就怕他眼高手低，瞎折腾，"徐金穗自有一份担心，"要他管理家业，不是那料子，不给我败家就算万幸了。"

谢绍祖处在火车站里，信息量大，大智门一带的动静都在他眼皮底下，也听说了徐家少爷结交洪门，还去华景街的天目山寨拜了堂主，整天在外花天酒地，做一些打牌赌博的勾当。

“我想让他做份稳当的差事。”徐金穗自然比他更清楚，也就趁机问火车站是否需要人手，免得奕宏让那些流氓地痞给带坏了。

谢绍祖没马上表态，他得好好想想。曾几何时，徐金穗在大智门呼风唤雨，是何等人物？现因家庭变故弄得一败涂地，肯屈尊相求，实在是到了山穷水尽的地步。可父子关系这般僵化，徐金穗不好管他，又不能不管，就怕奕宏到时成了脱缰的野马，覆水难收。谢绍祖则担心奕宏不愿来火车站，来了又不好生做事，到时出什么差池，不仅他担待不起，徐金穗更承受不了。

谢绍祖还在考虑时，就闻到奕宏在法租界红房子豪赌输钱的事。心里着急，知道此事再不能拖下去了。

那天，他叫人去找徐奕宏，左等右等不见人影，临到太阳偏西，才望见那小子无精打采地走来。

“谢叔，您找我？”徐奕宏第一次走进站长办公室，有几分不自在。

“在哪儿发财呀？”谢绍祖故意问。

“没有，近来手气不好……”他简直说不出口。

“你是在赌场里吧？”

“是……”他知道说漏了嘴。

“没忙别的？”

“想把烟馆盘下来，等着信呢。”

谢绍祖“哦”了一声，直截了当道：“火车站正需要人呢，你现要没别的事，就来当个差吧？”

“当什么差？”奕宏皱了下眉头，他可没想过正儿八经地做什么事。

“车站警务所需要人，”谢绍祖不急不缓地说，“我就考虑到你，想你是从军队里出来的，会两下功夫，总得要发挥才干。做个警官看似对你的路子。”

徐奕宏久不摸枪了，也是坐牢后，被军队开除，有个阴影存着。但他到底喜欢要弄那玩意儿，没机会再回军队，总是个遗憾。现让他穿上警服，练练身手，无疑是个诱惑，但又怕那差事太忙，占多了玩乐的时间，他又不情愿。

看他一时不吭声，谢绍祖知道是在打着算盘，便采取了激将法：“火车站人多流量大，每天要遇到一些应急事情需要处理，一般人担负不起，还非得找能干人来才行。”

这话果然勾起了徐奕宏的好胜心，他喜欢顺毛摸，听不得好话，容易头脑发热。他向来喜欢显示自己的能耐，何况火车站也是抛头露面的地方，不管怎样，先试试再说吧，总不好驳谢站长的面子，便躬身道：“奕宏不才，承蒙谢叔高看，晚辈就恭敬不如从命了。”

“那好，你要愿意，就去警务所报个到吧。”谢绍祖点头道。

第十五章 印记

时光流转，岁岁更替，让年长的人脸上添起皱纹，多了白发，在显示自己的衰老，但孩子一天天长大，仿佛又看到了轮回。从弱冠小儿，懵懂少年，长到玉树临风的青年，谢绍祖瞧着高过自己的儿子，欣慰之余，也不免有一丝惆怅。

谢承远从中学毕业了，这一年他刚满 17 岁。

回想整个青春期，实在是乏善可陈。小学堂里虽说学习单调，还能玩耍一下，到附近逛逛街。升到初中，父亲为他选了上智中学，要住读，以此约束一下。承远时常被父亲教导，要好生读书，以后考上大学，或是进铁路学堂也好。他也想努力，以后过上比父母更好的生活。但处在青春勃发的年龄，身体在悄然变化时，面对枯燥而单调的学习生活，难免会受一些纷扰，有时就惦念去了北京的珠喜，两人时有通信，珠喜在北京学戏艰苦，承远在汉口读书也辛苦，思念便是一种调剂。如此见面不得，就变成了一份煎熬。长此以往，学习便安不下心来，功课就慢慢跟同学拉开了距离，感到受挫时，便对学习产生了厌倦，美好的理想便在勉强的分数中破灭。

好在还有铁路子弟的优待，不至于无路可走。谢绍祖后来安排他到火车上做司乘，也是不得已而为之。

承远穿上深蓝色铁路制服，高高兴兴地上了班，只觉得新鲜有趣，这缘自当初坐火车时的感觉，全是快乐的记忆。

火车上的差事很杂，他要负责四五个车厢，不仅查票，还要打水、扫地、抹灰，处理各种应急事务。

谢绍祖考虑让承远上火车，就是想让他历练一下。一直读书，没做过什么家务活，若在火车上能吃苦耐劳，这小子可能还有点出息。谢绍祖也没想这样做是否对承远的路子，只能走一步看一步。

火车就要出发了，承远笔直地站在车厢门口，给一个个上车的旅客检票，满脸充溢着兴奋。上火车多有意思啊，既当了公差，赚了薪水，又出去见了世面，比待在一个地方好多了。他就喜欢活动，不喜欢做固定呆板的事，火车司乘正好满足了他的要求。

终于开动了，承远望着车窗外一闪而过的风景，恍若又回到多年前，他第一次坐火车，认识小铁、珠喜，还有黑生……他拎着水壶去餐车打水，每到下一停靠站，那些过往的情景都会一一浮现，他在回味往事时，不免又勾起思念。但工作不容他这般悠闲，负责四个车厢的服务，一环扣着一环，哪方面没做到位，就会乱套，引起不必要的麻烦。

正值初秋，气候暄暖，一到站点，上下车的人更迭变换，嘈杂拥挤，一些小贩在车窗外兜售食物，旅客大包小包地拎进来，吐故纳新，积了不少垃圾。到了中午，日头当顶，车厢里热烘烘的，旅客越来越多，车厢衔接处都站满了，充斥着汗馊尿臊混杂的臭味。旅客吵着要水喝，却不见司乘，忍受不了时，就起了抱怨。

承远刚才检完票，又顶着烈日操动水鹤杆给车厢上水，忙得后背净是汗，一时口干舌燥，才想起要去打开水，到炉前见水没开，便在一边等着。有旅客过来打水，见他站在那望风景，便忍不住叨嚼，这么热的天没水喝，要你这个司乘做什么，只会偷懒呐。承远本是娇生惯养的，难得这么勤快过，累了半天没听一句好话，反而受气，便回一句，我忙的时候没看到？旅客早有气，看他还回嘴，就直捅杵道，你忙什么，没见扫过一下地！一时几个旅客过来了，见此都跟着抱怨，说坐过的火车，就这趟车最差劲。承远听那些人七嘴八舌地说他懒，他回不了嘴，索性把水壶一扔，赌气离开了。

一时车厢没人管闲，旅客只得三三两两自去餐厅打水，有人回来发现座位被别人占了，心有怨气，言语一过激，双方便争吵起来。一些旅客烦闷无聊，便站起身看热闹，有的起哄，有的嬉笑，有的嗑着瓜子，脚下积满了壳子、纸屑、烟头，还有人往地上吐痰。吵架声惊动了车首，赶来平定方息，再看车厢脏得不能伸脚，便急得四处找承远，走到车尾，发现他正躲着吹风。车首顿时火了，叫道：“车厢都成猪圈了，你还有闲心思在这看风景？”

承远申辩道：“我忙了半天，刚过来的……”

“去扫地吧。”车首似乎不想听。

承远嘟囔着：“我累得没歇气，他们还说我懒。”

“车厢环境不好，旅客就有怨言，”车首是个急性子，也顾不得跟他多说，“把地赶快扫了，人家气就平了。”

承远没动，翻了下眼皮说：“我歇口气不行吗？”

“先把事做完再说。”车首压着火气，毕竟碍着谢站长的面子。

承远心里不痛快。如果那些人不说他懒，他勉强会去扫一下，现让他们骂了，又乖乖去扫，便是跟那些人服软，他还没这么好的性子。

“你怎不去？”车首催促道。

“我扫不了那地。”

“你说什么？”车首忍不住提高了声音。

“我是司乘，哪管扫地？”承远小声嘀咕。

“司乘不扫地谁扫地？难道要我帮你扫？”车首嚷道。

“我不会扫地。”

“你不扫就别做了。”

“不做就不做。”承远把头一扭，不看对方。

“好，好，小子，你有种！”车首气得直颤，指着他的鼻子说，“回去就跟站长说，我这小庙供不起你这尊佛，你哪好玩上哪玩去！”

承远做司乘只是图个新鲜，哪想到火车上会这般辛苦，还受人气，他还真不想做了。本要马上返回，但想到要去见一个人，只得挨到北京才下车。

从北京火车站出来，他就自顾去找宋珠喜。多年未见了，虽有过通信，后因珠喜颠沛流离，地址常换，他也学习繁重顾及不上，就此中断联系。他不知珠喜现在的地址，就在京城一家家戏院打听，慢慢寻找。踏破铁鞋无觅处，功夫不负有心人，终于找到尚小芳登台演戏的地方。欣喜的是，他看到宋珠喜的名字也写在海报上，她在剧中扮演红娘一角。

承远在戏场碰见珠喜，彼此都惊喜不已，因时间仓促，也顾不上多说，珠喜便告诉了她的住址。

第二天，承远就去了珠喜居住的胡同，她原和戏班子都住一大杂院里，登台后有了酬劳，感到与别人挤住一起多有不便，便搬了出来，离尚师傅家的宅院不远。

那是座小四合院。珠喜租住了一处偏厦，窄而长，一张炕已占了大半个空间，余下摆着衣柜，小梳妆台，还有一把椅子，挤挤挨挨的。

为迎接远客的到来，珠喜特地向师傅告了半天假，又买来韭菜和肉，准备包顿饺子，招待承远。

他看到珠喜倚在门口，朝他微微笑着，不由一阵激动。一晃五年了，彼此在异地重逢，她也变得越来越好看了，承远瞅着阳光下娇妍的珠喜，一时竟忘记了招呼。

“在火车上还好吧？”珠喜主动问他。

“不好，”他也不会撒谎，直说道，“我做不了火车上那差事。”

珠喜看他一眼，抿嘴一笑：“不喜欢就不做呐。”

承远听了这话，不觉宽慰，究竟珠喜能理解他，也是懂他的，以前他们就谈得来，心有灵犀一点通。

珠喜要他在炕上坐，将切好的西瓜端过来，递给他吃，自己就坐在一边包着饺子。

他们聊着别后的经历，享受这难得的相逢，韭菜的香味在小小偏厦里弥漫，吸入鼻腔里，平复他刚刚受挫的心，也在丝丝缕缕地撩动人的情思。

“真好。”

“什么啦？”

“看到你在旁边坐着，真好。”承远痴痴地望着她，韭菜香似在催发，他感到从未有过的冲动。

珠喜羞涩一笑，拿着簸箕去厨房。一会儿她端着白嫩嫩的饺子进来，承远却出去了。

他想喝酒，就去杂货铺买了半斤二锅头，就着煮好的饺子畅饮起来。珠喜不喝酒，坐在一边陪他。

“我只想看看你，就回去。”承远想到马上就要返汉，又勾起一丝忧伤，他知道珠喜是因徐少爷被迫出来的，现在京城有尚师傅提携，已小有名气，要她回汉恐怕不可能，自己只能踽踽独行，而前方对他来说，也是未知数，不知道出路在哪里。

珠喜看着他，想到又要离别，也不由得伤感。

不知不觉，承远已有一杯酒下肚，脸颊酡红，他微饧着眼说：“我现在才明白，答应来火车上做事，原是为了要见你。”

珠喜听了他这番表白，似有触动，不由道：“学戏蛮苦的，又身处异地，熬不住的时候，就会想起你来……”

承远听得一怔，见珠喜含情脉脉地望着他，胸口一阵热流涌动，不由捉住她的手。

“承远……”珠喜轻唤着，眼里流动着波光，身体似在颤抖。

多少年了，从火车站的相遇，就注定了今生与你相依，熬过了太多的思念，越过了千山万水，才有此刻难得的重逢，如此真切地闻到对方的气息，各自的寻觅才清晰地明确了方向——彼此眷念，必须要在一起，释放长久的渴望，交付对方，也是唯一的对象……

承远激情难抑，一把抱起她，贴到自己的怀里。

好事不出门，坏事传千里。谢公子中途撂挑子，在京城私会戏子的事，一时在京汉铁路沿线传扬，很快大智门火车站已尽人皆知，但碍着谢站长的情面，只是私下里议论，成为笑谈。

谢绍祖一连几天都绷着脸，不说话。回到家就直骂那东西不成器，怪妻子过于溺爱，才酿成今天的结果。他看那小子学业不勤，志大才疏，不是走仕途的材料，就退而求其次，让他有个饭碗算了。本想承远出几趟车，然后顺顺当当留在火车站做司事，别人看着也不眼红。现在，留在火车站已不可能，不说旁人有意见，他也不敢担保那小子以后不出什么纰漏。谢绍祖一连几天心情不好，说来也有他的责任。妻子是个好性子，却偏偏生出个劳神儿子，两人夜里长吁短叹，彼此都不想提那个伤痛。

承远从北京回到家里，挨了父母一顿臭骂，就在家里闭门思过。

与珠喜相会，当晚就住在她那里，缠绵了两日，两人难舍难分，很快戏班子的人都知道了，尚小芳向珠喜发了火，承远才不得已离开。现在火车站里也在议论纷纷，他一下火车，就有人指指点点。火车上的差事做不成了，如今他想去做，父亲也不会答应。只怪自己吃不得苦，受不得罪，错过了这么好的机会，再要去看珠喜，恐怕也难了。

承远只得另想出路。他不脚踏实地，讨厌做小事，只因异想天开，觉得自己有能耐做更大的事。感知到父母对他的失望，也把他的好胜心激发了。不去火车上也罢，他还非要混出个人样来，给周围人瞧瞧，也让珠喜不至于对他失望。

承远从玛领事街往大法总理克勒满沙街游荡，街上人来人往，不光是华人的闹市区，也是洋人们的聚集地。那些从洋行进出的职员，身着西装革履，比穿长袍马褂神气多了，真是派头十足。承远看得羡慕不已。洋行里薪水高，又体面，处在高楼大厦里，安静，整洁，也显身份，比在闹哄哄的火车站强多了。承远不愿去火车站做事，其实也是这种心思作祟。

处在洋人聚集的租界区，机会总会有的。谢承远听说立兴洋行在招人，他便跃跃欲试。心里也憋着一口气，就想让所有人看看，不去火车站，他照样找得到好的差事。不想人家要考英语，可就难住了。在学校里，承远一直学不好英文，只偏重些文史之类。每到考试，总是英文拖了后腿。现是临到用时方恨少，结果铩羽而归。

承远的心情糟透了。从火车上逃脱，他还懵懂不知天高地厚，现在求职受挫，他才感到事情没那么容易。但他心里又硬撑着，不肯服输，又怕被父母问起，就在马路上游荡，排解苦闷的情绪。

初秋的阳光热辣辣地烘烤着马路，两旁的店铺一边阴，一边阳，里面的人懒洋洋地打着蒲扇，闲着没事，就倚在门口望街景。

旺角客栈在玛领事街一排的旅店中，不太显眼，规模也稍显逊色，但地理位置好，就处在大智门车站斜对面。老板娘阿秋时常站在店门口，不光是揽客，还有别的消遣。她男人爱打麻将，不是在客栈里摆着牌桌，就在别处凑数，一天到晚黏在桌上下不来，客栈的事就丢给了阿秋。阿秋不会经营，但也不傻，引客人进门，有了人流量，再把税务、警察、青洪帮等地头蛇打点好，守在火车站附近的黄金地带，还有不赚钱的道理？

阿秋往门口一站，少不得就有几个男人被她的笑容吸引，乖乖地往里走。

承远跟阿秋是眼熟，时常经过店门口，那丰艳的红唇，一双略带斜视的吊梢眼，正当年轻的身体，难免起一阵躁动。

彼时，阿秋的兰花指上跷着根香烟，微眯着眼，瞅着承远荡了过来，不觉起了心思。她有个嗜好，见了体面男人就爱套近乎。承远白白净净的，五官乍看不抢眼，多瞄两下不乏动人之处。那个子像刚拔节的庄稼充盈着新鲜的气息。只是此时的谢承远一脸晦气，落难秀才似的，让她怜爱顿生，忍不住打起招呼："去哪发财呀？"

承远不好意思地笑了笑，搭白道："老板娘得闲。"

阿秋见对方答应了，心里有了数，朝他嫣然一笑道："没事进来喝杯茶吧？"

承远正百无聊赖之时，也想找个地方消遣一下，不巧遇到招蜂引蝶的阿秋，也是劫数。此时听到她的召唤，就像勾了魂似的，不由自主地尾随其后。

客栈设在二楼，楼下搁着柜台，办理入住，兼卖香烟。沿着长楼梯上去，便是窄窄的过道，十来间房皆由板壁围成，紧紧匝匝的。阿秋的起居室就更小，房顶上开了个天窗，一束光线由上而下地泻到中央，形成锥子形的光圈，四周幽暗不明，人脸白生生的，似在梦幻之中。视觉适应了，才见有张床，还有柜子和桌椅摆着，板壁不太隔音，有骨牌声哗哗地传过来。

承远没想到老板娘会带他来自己的房间，有些拘束不安。

"坐呀。"阿秋指了下椅子，走到桌边，拿起茶壶，给他倒了碗花红茶。

承远正饥渴难耐，他在洋楼下发了一会儿呆，被秋天的毒日晒得头昏眼花，此时接过那碗茶，便咕噜咕噜一口灌了下去。

"还喝吧？"

"不喝了。"

"要喝就自己倒。"阿秋也不惯招待人，由人随性。

承远笑了一下说："晓得。"

她打开一个铁皮盒子，从里边抓了些饼干放在盘子里，递给承远：“没什么吃的，喜欢就尝尝。”

承远说：“我不爱吃这些。”他也不会掩饰，跟阿秋倒是对路。

两个人坐在那里，说起了闲话，倒不觉得生疏。

一会儿看承远涨红了脸不吭声，眼睛直盯着她看，胸口一起一伏的。阿秋似乎感觉到什么，站起身，朝承远轻轻一笑道：“渴了吧，给你倒水喝。”

她走到桌边，刚要拿起茶壶，背后的两只手已经把她紧紧缠住了，她感觉到急促的呼吸，人不及反应，已被对方抵到墙角，那手胡乱地扯拉她的衣扣。

“哎，哎，毛手毛脚的，”她抽身出来，走到房门口，将门关严。回头见承远窘在那里，不由抿嘴一笑，摇摇走过来，用手指点了下他的鼻尖，就势倚靠在床沿上，一副慵懒的样子。“姐累了呀，快帮我揉揉肩吧。”她荡开红唇，眼含春波，撩得承远的骨头都酥了。

此后，承远隔三岔五就去客栈，父母以为他在外找事，也没多问。阿秋这边，她男人除了麻将，任你掀了屋瓦都不与他相干。客栈人来人往，流水一样，偶尔被问起，阿秋只道是表弟，茶房虽看出些什么，也睁一只眼闭一只眼。老板娘就这么风骚撩人，他们也都习惯了，多来一个小白脸，也不觉得新奇。

承远来客栈也不敢待太久。离大智门车站太近，不定哪次被父亲瞄见，可就麻烦了。谢绍祖虽说一心放在工作上，却不乏望子成龙之心，他也在观察承远，想你有多大能耐谋到差事。如果谋不到，也让他知道一点世事的艰难，总会有所长进。有些方面，谢绍祖信奉道家的无为而治。但也有个限度，人不怕挫折，就怕不努力。如果知道承远无所事事，自甘沉沦，谢绍祖是绝对不会容忍的。一时不管，只是给儿子时间磨砺。承远知道父亲的脾气，心里便有压力，自己不谋到一份差事，回家也没脸面。

承远被这个问题纠缠着，跟阿秋在一起厮混，总不那么尽兴，时间长了，又有些空虚无聊。

这天，承远又在火车站附近转悠。偏巧被楼上晾晒衣服的阿秋瞄到，她一看谢承远过来了，便要唤他，哪知那小子眼皮都不抬一下，无精打采地走过去了。她气得火星直冒，便唤楼下的伙计把承远叫回来。

等承远一上来，她就把他的脖子一勾，叫道："我的亲人，这几天怎不见你来，是把人忘了吧？"

承远扳开她的手，往椅子上一靠："我在法租界找差事呢。"

阿秋看他郁郁寡欢的样子，知道还不见眉目，也跟着着急。阿秋自从跟承远好上了，就把以前那些相好的一个个赶跑，只惦记着他一人。也不知承远哪点迷住了她，一日不见他来，就魂不守舍。他一来，便转忧为喜，将准备好的点心茶水、时令水果，全端了来，生怕他吃不够似的。

承远自顾吃着，阿秋又忍不住给他擦脸上的汗珠子。

"雨果咖啡店怎样？"承远忽而来一句。

"是前面那家法国佬开的吧，好像在招西崽呢。"

"我想试试。"他说。

"你去那，不如留在我这里，不会累着你的。"阿秋想整天跟他在一起，留他在这做事是最好的理由。她却没想到，承远年龄比她小，心思却深，哪会甘心跟她在一起？何况心里早存有一个宋珠喜，只因见不到对方，难以了却思念，对阿秋不过是一时的消遣，借此排解一下忧伤，过了最浓烈的一阵子，就有些淡散了，也想着避开，担心被家人知道。

雨果咖啡店是偶然看到的。老板是一对法国夫妻，出入其间的多是些金发碧眼的绅士小姐，里面充溢着浓浓的法式风情。墨绿色的桌布垂着流苏，留声机在播放着西洋音乐，悠悠袅袅，催生着浪漫，连同咖啡的香味一直在心间萦绕，经久不散。承远喜欢西洋的东西，尤其青睐咖啡这种舶来品，觉得有情调。他不喜欢喝茶，嫌那东西老土，端着茶杯就联想到拖着长腔讲道学的老夫子，让人昏昏欲睡。他没受过苦，对金钱没太强的意识，对民族主义也不在意，只是喜欢摩登，追逐时尚。

几种原因加起来，就促成了他的决定。当然，还有他意识不到的好处，阿努大妇说法语，也能说些汉语，与华人交流并不困难。承远本不愿做端茶递水的事，也是逼得走投无路，想先试试再说。至于那差事适不适合，是不是以此为业，倒没细想，只为体验一下在外国人待的地方是什么滋味。

承远惴惴不安地走进雨果咖啡馆，因上次的挫折，还有些心怯，害怕法国老板不要他，再要受一次打击，保不定他就没信心出来找事了。因此打定主意，无论条件如何苛刻，也要让阿努夫妇聘用他。这是一个面子问题。

正巧是下午茶的时间。里面坐着不少客人，有的在商谈，有的在闲聊，香气氤氲。阿努在后厨忙着，太太在卖票，一位西崽端着盘子穿梭在座椅之间。

承远一进门，阿努太太朝他微笑了一下，露出探询的神色。承远鼓足勇气说："太太，我看到外面招聘小工，需要五官端正、整洁干净、身体健康、吃苦耐劳者，我想自己符合这个要求。"

阿努太太打量了一下他，浮起笑容道："欢迎呀。不过很累呢，从早上八点到晚上打烊，一直得站着。"

"这没问题。"承远表白道。

"咖啡店刚刚开张，小本经营，薪水也不会太高的，你愿意吗？"

"我愿意。"

"那好。你先去医院检查身体，拿体检单来，我们要到工部局备案。再试用一个月，合适就留下。"

"好的。"

三天后，承远就在雨果咖啡店做起了招待。每天早上八点开门，就有客人进来了，多是法租界的外籍居民来此用早餐，点上一杯咖啡，再要一碟面包或点心。此后陆陆续续的，不时有人光顾，或常客，或路过，还有等待火车的旅客，不愿在嘈杂的候车室待着，就来这干净舒适的地方消磨时光，体验一下法式风情。

承远以为招待会比较轻松，可来来回回几个时辰，腿就开始发酸。到第三天，脚已累得抬不起来。但法国老板不让他喘息，要他给顾客端茶送水，又要站在门口迎接，客人不多时，还要到后厨洗杯盘，工钱却少之又少。承远疲乏不堪时，就有些动摇了，想打退堂鼓。晚上下了班，看到阿秋在客栈二楼的窗户口向她招手，便走了过去。

他在阿秋那待到很晚才回家，父亲已经睡下了，母亲还守着灯下等他。

"饿了吧，给你准备了包子，热在锅里呢，我去端来。"谢太太往厨房去了。

等母亲端来一盘包子，他拿起一个嚼着。

“我去咖啡店了，看你在忙，就回来了，”谢太太脸上挂着满足的笑，“没想到你还蛮肯干呢，你爸爸先不想让你去做，我劝了几回，现口气也改了，说不管做什么，只要肯吃苦，就会有出息。”

承远一时没作声。他刚跟阿秋说了，不想在咖啡店做。阿秋便要他去客栈，他还没答应。现看父母这般关注他，又不好意思马上辞职，觉得有负他们的期望。如果去客栈，到时让父母知道他与阿秋的关系，恐怕不好交代。何况他也怕跟阿秋惹出麻烦，到时弄得不好收拾。这般想来，只得硬着头皮在咖啡店继续干着。

一晃过了一月，承远渐渐熟练了些，做事倒觉得轻松了，法国老板也开始认可他。承远回到家里，把领到的第一笔薪水交给母亲，让谢太太欢喜了好一阵，逢人就说儿子赚钱了。承远看母亲高兴，一时也有几分得意。他从此不再是吃闲饭的人了，他可以养活自己。但时间一长，那颗不安分的心又蠢蠢欲动，因看多了那些西装革履的有钱人，实在让他羡慕，就希望以后能赚更多的钱，也有那副一掷千金的派头。当然，他在咖啡馆待久了，经常接触外国人，耳濡目染，法语倒是听懂了些，慢慢也能说上几句，与洋人交流就方便了不少。这般触类旁通，英语也能大致听懂，日语还能说上两句。由此他也弄清外国人的一些想法，知道自己该往哪努力，才能博得人家的欣赏。

圣保罗来咖啡馆总是下午，不是单独来，总有一两个人跟随，一来就在角落里坐着，叽里呱啦谈开了，有时一坐就是半天，阿努夫妇对他总是笑脸相迎，说是里昂的同乡，格外亲切。言谈之中，承远也大致了解，他来汉口不久，看准了大智门火车站周边日渐繁荣，人口稠密，就在离火车站不远的四明路修建了一座德明饭店，正在招聘人员。

承远听了这信息，便有些心动。但此前有过被拒的经历，他还不敢贸然去应聘，再要被拒之门外，可承受不了。虽然圣保罗三天两头来一趟雨果咖啡店，他殷勤备至，但在对方眼里，也不过是一个勤快的侍应生，并没引起太大的注意。

承远还算聪明，知道跟圣保罗有太大的距离，就暗中寻找机会接近，虽是端茶递水，他就弄清对方的口味，投其所好，做得得体周到，让圣保罗产生好感，对他加深印象。

那天下午，圣保罗又来了，没带随从。他独自在角落里坐下，等承远端上香醇的咖啡，他一边品着，一边思考着，还拿出本子神情专注地写着什么，似乎也不想人去打扰他。约莫过了两个时辰，他停下笔，将杯中的咖啡一口喝完，喊侍应生过来，付了账，便站起身匆匆往外走。不想外面下起了雨，他站在门口张望，想冒雨前往，又似在犹豫。

“先生，给您。”承远递给他一把油纸伞。

圣保罗愣了一下，问：“这是你的伞吗？”

“是的。”

“你怎知道今天会下雨？”

“昨夜看月亮躲在云层里，家里地上返潮，想可能会下雨，就带了伞。”

“你倒知道这些？”圣保罗有些惊讶。

“我妈念叨过，月亮长毛，就地装毫。说的是月晕就要下雨。”

圣保罗没听明白，又让阿努太太复述了一下，便点头表示赞许。阿努太太见此，也在一旁表扬承远聪明好学。圣保罗打量着他，接过伞说：“谢谢你，我现有事要走。若你有兴趣，请到我饭店去看看，那里需要能干的青年。因来这里一段时间，我也观察你好久了。”

承远脑子一时空白，好事来得太快，他反而显得迟钝了，等圣保罗走出几步远，才慌着对那背影喊：“先生，我会去的。”

第十六章 孕育

不知从什么时候起，谢绍祖对待儿子的态度变了，以前跟承远说话时垂着眼皮，俯视对方，他嗓门大，承远也怕，一副不怒自威的样子。后来变为平视，他的威严无形就消减了。如今跟承远说话得仰视，这一身高的变化，对他是个压迫，说话的语气不觉舒缓了些。儿子长大了，他得意识到，对方可以听他的，也可以不听他的。他曾以严父自居，但收效并不明显，就只能因势利导。

谢绍祖当初是恨铁不成钢，由得承远出去碰壁，等他醒悟。但儿子性子跟他一样倔，先在法国人开的咖啡店里吃苦受罪，又在德明饭店摔打了两年，从西崽做到跑街，渐有长进，最近，又被德明饭店老板派到大智门车站驻守，拓展客源和代办货运事务。

谢站长看到儿子穿着笔挺的西装，留着分头，在火车站候车室旁的登记台站着，确有几分派头，跟他碰着面，还有点不好意思叫爸。谢绍祖一时欣慰，也算殊途同归啊，最初的愿望，不就是想他子承父业，来火车站上班的吗？那时承远不听他的话，闹出那些事，要换作别人，早就气死了。好在他容忍一时，就由着儿子去折腾，也让他尝尝谋生的艰辛。不想那小子转了一圈还是来到火车站里待着。虽不是铁路职工，却一样做着跟铁路有关的事。谢绍祖看到承远出息了，他也觉得脸上有光。

火车站熙来攘往，宽敞明亮的候车大厅是流量最大的地方。谢承远捷足先登，在车站售票室旁辟了一个登记处，挂上德明饭店的牌子，多少因了谢绍祖的面子。

谢承远以为是他的能耐，却不知老谋深算的圣保罗早知这层关系，把谢承远放到大智门车站做主事，近水楼台，可谓饭店的延长线、桥头堡，且大树底下好乘凉，小谢出了什么岔子，老谢自会给他担着。圣保罗可是物尽其用。

承远在车站登记处待着，并不是坐等客人上门。在此之前，他跟火车司乘已有过联系，让他们向旅客介绍德明饭店。虽说下榻德明饭店的多是洋人，中国人少之又少，但对司乘不过举手之务，总有一两个被说动的，何乐而不为？火车一到站，谢承远就候在月台迎接，跟司乘清点入住人数，将客人带到饭店下榻，回头付给司乘佣金，这趟火车的接待就算完成。时间长了，就有了不少回头客，一下火车，直接在候车大厅的登记处办理入住。

谢承远在窗口忙着，人流来往穿梭。他拿着茶杯喝了口水，刚跟隔壁售票小姐闲聊了两句，就看到黑生出现了。

黑生刚做上司乘。那日，谢站长路过候车大厅，看到穿着补丁衣服的黑生在乱哄哄的人堆里叫卖报纸，便觉得刺眼。那孩子没了父亲，母亲也闲着，就靠他卖点报纸养家糊口。风里来，雨里去，已做了好几年。谢站长想到挑三拣四的承远，不觉动了恻隐之心。他跟承远差不多大，也该有个正经差事做着，不能老这样饥一顿饱一顿的。谢绍祖每年手上有几个机动名额，虽说不少人找他，都是这样那样的关系，时常也满足不了，但这次，他就决定将留给承远的那个名额让给黑生，也算做点好事。

黑生做司乘自然求之不得。回想多年以前，他与母亲扒上来汉口的火车，一路心惊胆战，不是怕中途掉下去，就是被司乘赶下去。如今，他也穿上蓝制服，在车厢里穿行，一路感受着旅客欣赏的目光，即便扫地端水，也觉得有意思，就想不到承远为何不愿意。

谢承远与黑生三天两头要见面。因黑生在火车上，会卖力地介绍德明饭店，每趟车下来，总比别的车揽客要多。两人忙完了正事，就时常一起去玩。正是十八九岁的年龄，没有家庭羁绊，想怎么玩就怎么玩。但承远就怕阿秋缠着他，总是到大智门远一点的地方，避开阿秋的视线。黑生知道了来龙去脉，就对承远说：“躲也不是个事，你还是让她有个底，知道你不想跟她再有瓜葛，有别人呢。”

黑生说的别人，自然是宋珠喜。

自北京一别，承远就没再见到珠喜。一晃又是两年，给她写了两封信，总是不见回音。承远去客栈与阿秋厮混，也因思念不得，打发一下心中的苦闷。

他感觉珠喜喜欢上了别人。说不定就是她的师傅尚小芳，也可能是京城里的某个男人。要不她不会没有反应。承远心里好痛，有时也想硬口气，把珠喜忘了。他还年轻，汉口好姑娘多的是，何苦就为那个人自讨苦吃。

但是，碰到什么事，或是什么情景，尤其与阿秋在一起时，对方不能调动他的兴致，就会勾起对珠喜的思念。思念让他吃不香，睡不好，有时就想去北京一趟，可工作又丢不开，也怕父亲知道了，杜绝他们来往，反而把两人的感情断送了。

此时，承远见黑生朝他笑着招手，便走了过去。

“喜从天降啊。”

“你有喜事？”承远惊问道。

“我哪有什么喜事？没有晦事就算万幸了。”

承远急着问：“别给我打哑谜，快说，是谁的喜事？”

“你的。”

“我有什么喜事？不过是多拉了几个客人运几趟货，赚点小钱而已。”

“真是喜事。”

“哎呀，别卖关子了，快说。”

“你的人要回来了。”黑生嘻嘻一笑。

承远瞪大眼睛问：“你说谁？”

“还有谁？宋小姐呀。”

“她要回来？”承远以为听错了。

“昨碰到徐少爷，他说茶园排了她的新剧，下月就要上演，珠喜可不就要回来了。”

承远怔怔地望着黑生，只是傻傻地笑，没有下文。黑生也对着他笑，弄得他有些不好意思，转过身回登记台，拿起茶杯抻着脖子咕噜咕噜地灌水。

从此，每逢火车快要到站，承远便到月台上守着。只望着那白色的烟气飘散，月台已空无一人，才怏怏而回。有一次他因到车厢找珠喜，竟耽搁迎接下榻饭店的旅客，不是司乘帮忙送走，险些误了大事。

几次落空，承远就有些灰心，以为黑生消息不实，或是珠喜故意跟他兜圈子，不想见他，被人家接走了。他不愿承认这个事实，却又不能否认，珠喜回来也不告诉他，起码在心里，他并不重要。跟她写信一直不回，还不够清楚吗？连徐少爷都联系上了，怎就不能联系他？他站在空荡荡的月台上，独自伤心不已。

火车又开了过来，伴随潮汐一样的人流，在白色的雾里流动着。谢承远茫然地与人擦肩而过，他已司空见惯，来月台只是例行公事，与司乘做交接，再把客人送走。

嘈杂的喧嚷声中，似乎有人在叫承远。他回过头，一时呆住了。

是她吗？承远简直不相信自己的眼睛，那一身珠光宝气的阔小姐，就是自己日思夜想的宋珠喜？见她身后还有两个人跟着，一位提着行李，另一位是来接站的，看到承远，倒是认识，点头招呼道："谢先生好！"

"回来了……"他痴痴地招呼一句。

"嗯，要演出呐，"珠喜含笑作答，"过两天你去看看吧。"

承远的胸口像有什么堵着，满口的话，竟也说不出，就直愣愣地望着珠喜从他身边擦身而过。

"先生，引我们去饭店吧？"身旁的客人在提醒。

"嗯，我这就带你们上车。"他仿佛被点醒似的，领着几位前行。

旅客一出站口，附近一些旅馆拉客的就蜂拥而上。承远见此，便上前一拦，指着路边停的马车说："去德明饭店！"那些人也认得他，只得退到一边。

客人随马车走了，承远转过头，正想去招呼珠喜，却瞥见徐奕宏扶着珠喜在上马车。承远看到这一幕，顿时气歪了。

他头重脚轻地往回走，不觉来到月台，在站楼边的那棵玉兰树下站住了，他想静一静。

铁轨上的火车静静地卧着，等待着下一次启程。巡道工在远处的股道间走动，扛货的长夫在货运作业线上穿梭着，但他眼里无物，茫然投向一处，一时触到口袋里那个万花筒，不觉摸了出来。

站务司事小赵走过来，看他拿着万花筒玩着，便打趣道："又在瞄你的奇妙世界呐。"

承远不由一窘，仿佛让人家窥见秘密似的，忙把万花筒揣进口袋里。

小赵看他神情忧伤，不由站住，从口袋掏出包烟来，抽出一支递给承远，承远迟疑了一下，接了过去。小赵划了根火柴给他点上，吸了两口，才问承远："在令尊眼皮底下做事，不那么随意吧？"

承远一时没反应，只是吞云吐雾。

"你好像不太愿意来？"小赵装作不明就里的样子。

承远苦笑了一下说："总得有碗饭吃啊。"

"上次谢站长要我拍电报，把你即刻唤回来，你待在北京好几天没有音信，把站长都急死了。"

承远那时在北京与珠喜黏在一起，已不分白天黑夜，哪还顾得上电报。想起当时的情景，不禁一阵酸楚。

小赵见承远不高兴，以为是谢站长说了他，不由劝道："谢站长刚才生气，不是为你，而是为别的事，你别太在意……"

承远听得一愣，不由问："什么事？"

小赵犹豫了一下说："还不是与余站长之间的不快。"

承远看他不往下说，也不好问。他知道父亲跟余站长一直不和，两人在职责分工上时常发生龃龉。父亲是个干事的，心事都放在工作上，偏偏余站长爱争权夺利，看父亲后来居上，一直心存不满，就时常在车务段那边搞些小动作。父亲虽不理会，但被上司误解时，多少会影响情绪。这都是父母闲谈时，灌到他耳朵里的。那次他在火车上临阵脱逃，车务段也知道了，给父亲造成很不利的影响。所幸父亲还有朋友帮忙说话，为人做事也有口碑，还不是那么容易扳倒的。再来火车站，他虽不在铁路司职，父亲还是叮嘱他，不要在意大人间的事，把自己管好，事情做好，不给人留下话柄。

小赵一半的时间要在美尔斯电报机上坐着，算是全站信息最灵通的人，但他嘴巴紧，不会乱说，跟谢站长关系较近，对承远也不错，但彼此还没深到个人私事上，他没想到承远是因一个女人不高兴，以为只是工作上的烦恼。

"你当初出来也好，"小赵安慰他，就拣好话说，"现在洋人手下做事，晋升也快呀。"

承远听这话倒是受用，适才的不快无形中消散了些。中国人对洋人充满敬畏，在洋行里做事，无形中抬高了身价。他当初去咖啡馆只是羡慕，等他接触洋人多了，才知道他们比中国人更懂得经营之道，管理也先进，不像中国人做事爱搞裙带关系，论人唯亲。谢承远现在不光对老板圣保罗，他只要有机会接触洋人，都不会放过。对正统保守的父亲，已觉得过时了。以后的社会，肯定是先进的淘汰落后的，把握住时机才是赢家。

“洋人看重做事的才干，至于你家里有钱没钱，上过几年书，在哪读的，倒不太在意。”承远点头道。

“那好啊，谢公子这么能干，老板肯定喜欢，怕是要上提哟。” 小赵拍了下他的肩膀。

承远笑了笑，朝他作了下揖。

大智门附近的天星茶园，现是徐家的产业，格局不大，虽不似大户人家的庭园楼阁，倒也小巧别致。以前这茶园主人是个前清秀才，喜欢交朋结友，为人豪爽，却不善经营之道，渐渐就支撑不下去了。那时凤芝正在兴头上，有时就出点力，帮忙接济一下，也时常邀些戏迷票友去喝茶，茶园老板就请凤芝出钱入股，拿了大头，这才勉强维持下去。后来凤芝一走了之，茶园这边的后续资金断了，那老板做不下去，就干脆低价盘给了徐少爷。但徐家经历了一系列的变故，今非昔比，如今的奕宏少爷也没了当年的雄心壮志，有了入牢的前科，又去不了军队，与父亲闹别扭，家业分散，加之不懂经营，又爱吃喝嫖赌，一些人便趁机诈他的钱财。但奕宏到底不是白痴，等明白人家的意图，便及时退出，好歹把一些亏空弥补了，又盘下一处烟馆，如今让汪妈帮着打理茶园，才渐有起色。

奕宏现住在永贵里，与烟馆离得近，他去得少，也不想沾染。这是父亲教导过的，不让烟毒入侵伤身。再者，他还没有子嗣呢，也怕到时生出什么歪瓜裂枣来，对不起祖宗。这一点他还是清醒的。他白天要在火车站的警务所当差，一般到晚上才去茶园。当初宋珠喜来此学戏，他便时常过来，也认识了一些戏迷票友，对唱念做打已不再生疏。碰到茶园有戏开场，奕宏就待得晚些。当然也是他爱看的戏，他不算个戏迷，只是随性，就像他对婉珍的态度，有时心情好点，就说两句话，碰到不高兴，一天都不想理人。婉珍也习惯了。

婉珍已有了身孕，下午的时光，她就在石库门的天井坐着纳鞋底。

她也习惯了永贵里，觉得比巴黎街的小楼住着自在，不再担心受骇。奕宏每天都在她的眼皮底下，宋珠喜又在北京，家里也没有太多人来打扰。她不在乎富贵，而是安逸，安逸比什么都好。身边又有两个用人帮着做家务，一点不用她操心。

婉珍在太阳下纳了会儿鞋底，就有些困了，想进屋去躺会。刚起身往里走，就听到背后有人叫少奶奶。

“哟，汪妈来了。”婉珍招呼道。汪妈现在茶园里管事，是个忙人。跟婉珍处得还好，隔段时间，便过来走动走动。

当初凤芝出走，汪妈跟奕宏少爷的关系也一度尴尬，毕竟她是凤芝的表姐。后来又因与徐金穗的关系，让父子俩失和，闹到分道扬镳的地步。处于这种情况，照说是很难和好的，可偏偏汪妈就有这本事。对于奕宏少爷的敌视，以及周围人的议论，她默然应对，不置一词，维护着徐老爷的面子，也在暗中帮助着少爷。

当时徐少爷在红房子赌场输了钱，被人围堵，孤立无援。汪妈闻知后，背着徐老爷暗中搭救奕宏，将那些亏空私下了结，又让茶园老板与奕宏联系，让他盘下茶园，以杜绝他再入赌场。烟馆也因汪妈打探消息，告之奕宏后，得以留下。奕宏劫后重生，才终于明白徐家离不了汪妈。他记起父亲当初说过，汪妈这个女人，好就好在不会感情用事。奕宏也看出来了，汪妈在哪都是一块好炭，能发热发光，给人力量和温暖。他对汪妈的态度也就有了180度的大转弯，后来让汪妈去管理茶园也就自然而然。

此时，汪妈进屋来，把手里的一篓鸡蛋放在桌上，笑道：“知道少奶奶有喜了，过来看看。”

“带什么东西，拎得累，家里都有。”婉珍客气道。

“路过摆摊子的，看着新鲜，就买了点。”汪妈瞅了下婉珍的脸，便说，“你现在还在害喜？脸色不好呢。”

婉珍“嗯”了一声说：“没胃口，煨的汤都吃不下，让奕宏吃了。”一时看汪妈站着，便要她坐。

汪妈说：“我就不坐了，那边还等着，今天有新戏要演，少爷说不回家吃饭了。”

婉珍看她像有话要说，也没强留，等她开口。

汪妈迟疑了一下，方道："有件事要告诉你，你要做好思想准备，别到时闹得鸡犬不宁。"

婉珍一听，顿时睁圆眼睛问："是不是她……回来了？"

汪妈点了下头说："珠喜这是往南巡演，回到汉口，天星茶园肯定是首站。明天就要开场，特别忙。"

"怪不得奕宏不回呢。"

"所以我来告诉你，奕宏一是尽地主之谊，二是念当初的旧情，捧捧场，热情一点是免不了的。只要没到那种地步就行。你作为当家的，这种时候，就拿出点气度来，别跟他顶真。男人啦，你越急，他越跟你硬来……"

婉珍的脸苦得像紫茄子，一时没有反应。汪妈又劝道："你要奕宏不离开你，从现在起，就得忍气吞声，再大的怨恨也得闷在肚子里，这是唯一的办法，也是我特地来嘱咐你的。可得记住了，别做傻事。"

婉珍呆了呆，抬了下眼皮，望着汪妈说："我就不知道，他怎那么迷那货色？"

汪妈想到自己的过往，叹口气说："这都是各人的业障，没办法。你离不开他，也是如此，就认了吧。"

婉珍不吭声了。汪妈一时也等不得，便往外走，婉珍送她出来，到天井，汪妈又叮嘱她两句，才出了石库门。

宋珠喜此次接受天星茶园的邀请，答应参演，让徐奕宏喜不自制，却不知珠喜回汉另有隐情。

宋珠喜在北京待了三年，如今已小有名气。可是，她与尚小芳的师徒缘分过于短暂，原因还是凤芝的到来。凤芝看到尚小芳对年轻的珠喜呵护有加，便把她当成了眼中钉，整天像只母老虎一样守着尚小芳，连珠喜与师傅排演都不放过。

在宋珠喜心中，尚师傅是她的贵人，她的再生父母，是尚师傅解救了危难之中的她，又把她带上了一条明路，没有尚师傅手把手地教她，珠喜进步不了那么快。尚小芳一点点地锻炼她的能力，要她上台，甚至与他同台演出，让观众记住宋珠喜这个后起之秀。但对尚师傅，她没有一丁点非分之想。只因凤芝吃醋，做出一些不顾脸面的事情惹人耻笑，她与尚师傅之间，倒是无心成了有心，见了面反而不自然了。

珠喜无意卷进了一场旋涡，心情烦闷，希望师傅能为她澄清。偏偏尚小芳是个优柔寡断的人，他心地善良，也非绝情，凤芝为了他不顾一切，甚而抛弃家庭，真情实意撼天动地，尚小芳实在割舍不下，只得对珠喜忍痛弃之。他把珠喜领进了戏门，扶她走了一段路，现让她自立门户，这番苦心，虽是顾忌影响，也是为保全师徒之间的情分。

珠喜没有了师傅的庇佑，要想在强手如林的京城创下一片天地，不是件容易的事。演戏这一行当，新人辈出，竞争激烈，但戏院就那么几个，上台都讲名头，谁抢先谁就上。珠喜羽翼未丰，又遭感情纷争的负面影响，难免受些冷落。处在失意中的她，孤立无助，对承远的思念就日益强烈。可她思念的人，此时正取悦于洋老板，做着发财的美梦，一时想起她，也被近水楼台的阿秋冲淡了。珠喜因搬离那小四合院，一直没收到承远的来信，倒怨他可能变心，无形又平添了一份忧悒。唯有徐少爷一直挂念她，得知她的处境，便邀请她回汉演唱。处在困苦之中的珠喜，正想回来见承远，也就顾不了当初的难堪事。奕宏还以为珠喜对他念着旧情，岂知人家已心有所系。

珠喜一来茶园，就参与汉口戏班子的排演，门前早贴出海报：京城名伶宋珠喜领衔主演《玉堂春》。

天星茶园地处大智门闹市区，有新剧开演，总要送些戏票给周边往来关系，火车站自是少不了的。徐奕宏不是个讲究礼节的人，但对谢站长一直毕恭毕敬。无论作为亲戚，还是前辈，谢绍祖都算是他的恩人。他知道自己能提早从牢里出来，除了父亲，谢站长也帮过不少忙。

他现在大智门车站警务所当差，白天，在火车站四处巡查，处理一些应急事件，不说忠于职守，起码要对得起那身警服。火车站人来人往，事务杂，责任大，对于喜欢交朋结友的他，倒是如鱼得水。找他办事的不少，官宦富贾，洋人洪门，经常往来于此，可以认识不少人，获得更多的信息，当然也有不少的机会。徐奕宏看似闲散，其实是有算计的。他把家里的事都交给别人做，自己到处吃喝玩乐。在声色犬马之中，一些事儿就那么敲定了。他在牢里待过一段时间，现在想来，对他不见得是件坏事。世态炎凉，他也看清了不少，与父亲分家后，他被人骗，吃了些苦头，才知道赚钱是万万丢不得的，当然也是不能走直道的。大智门火车站是商家必争之地，要想把门面做得安稳，没有洪帮的支持更是不行的。此前他因余经理的事，与洪帮结下了梁子，那时他不知天高地厚，后来被人算计，知道是洪帮的人过来找麻烦。不是谢站长等从中斡旋，维持局面，可能他的烟馆和茶园早开不下去了。

冤家宜解不宜结。他没想过像父亲那样把场面做大，在没摸清门道之前，也不敢做大，起码先把自己的地盘维持好。徐奕宏明白过来，就寻思着与洪帮的人接上关系。洪门讲开山设堂，一山配一堂。天目山寨就处在大智门附近东华园澡堂楼上，也不难找到牵线的人，无非是钱财开道，他就去拜了堂主，从此入了寨门。

徐奕宏把珠喜接来茶园唱戏，也是想让她撑撑门面，给茶园造一下声势。洪帮和洋人进来不光看戏，也是看他的能耐，再不是当初只会斗狠逞能的蛮少爷了，也不比他老子差，同样在大智门一带玩得转，让人家不敢小觑。

徐奕宏到候车大厅执勤的时候，就顺便给车站里的朋友送些戏票。在接待站没看到承远，想是去了货场那边。奕宏就上楼去找谢站长，见铁路局汉口办的陈科长坐在办公室里，谢站长得知奕宏来意，便叫把戏票送给陈科长，说陈夫人是个戏迷。奕宏寒暄了几句，看他们有事要谈，便告辞出来。

徐奕宏本想让谢站长一家去看戏，谁想把戏票给了陈科长。要说对谢家人，也无须戏票，只是他讲礼信，尊重对方而已。徐奕宏跟谢承远也不常联系。如今承远被洋老板派到火车站驻守，两人无形中就近了些，却不时常碰面，各有各的事忙。

奕宏没找到承远，却在月台碰到黑生，便叫他与承远一道去看戏，黑生倒是满口答应。

第十七章 丑闻

汉口之夜的灯火总是醉人的，尤其在热闹繁华的大智门一带，游动着那些追赶潮流的男男女女，香艳与暧昧充斥在每个寻欢的角落，夜色也较别处多了些魅惑。

承远本和黑生一道去看《玉堂春》，可是黑生当晚有趟车，没有去成，承远就带着弟弟承志去了。承志刚满七岁，听说要去看戏，高兴得雀跃。

谢承远第一次来天星茶园看戏，见那挂着大红灯笼的门前人影憧憧，车马簇簇，卖瓜子花生的小贩们在不停地吆喝，车夫们则守在马路边观望着。承远走到门口自报家门，守门的就把他往里引。

那是座旧式庭院，茶舍游廊，假山流水，绿树成荫。已经入夏，就在露天摆着藤椅圆桌，品茶看戏，搭建的小戏台灯火辉煌，台下黑压压坐满了观众。徐少爷没穿警服，换了身月白大褂，正引着几位洪帮弟兄说笑着，往茶舍里打牌。茶房要把承远领去见他，承远摆了摆手，和承志在一张条凳上坐下了，要茶房自去忙。

不大一会儿，便听见哐切哐切的锣鼓响起。

白脸祟公道首先出了场，开口一句："你说你公道，我说我公道。公道不公道，只有天知道。"

台下顿时笑声哄然。

须臾，便见那楚楚可怜的苏三莲步乍移，款款而出。

崇老伯他说冤枉能辨，
想起了王金龙负义儿男。
想当初在院中是何等眷念，
到如今恩爱又在哪边
……

承远望着台上美艳飘逸的珠喜，一时热血升腾，再听那黄莺出谷的嗓音，不禁想到当时与珠喜如胶似漆的情景，便不能自持了。

人言洛阳花以锦，
偏如行来不是春，
低头离了洪洞县境。
……

掌声四起。观众情绪热烈，不停地叫好，有的还奔到台前抛撒钱物……承远的脑子有点晕乎，胸口胀得生痛，他的眼前全是珠喜，珠喜在勾他的魂。终于等到苏三下了场，承远就有些坐不住了。趁着有人起身，他也跟着溜了出来，偷偷来到后台化妆间，撩开布帘，果然见她在喝水润嗓。

他轻轻地走过去，珠喜从镜子里看到了，抿嘴一笑道："这么慌着来干吗？"

"想看看你呢。"他向镜子里的人说，四目相对，一时都有些情不自禁。

化妆间很狭小，堆放了不少杂物，跑龙套的小丑不时穿进穿出，班主在检查着道具，两人碍着旁人在场，也不好说什么。

"宋小姐，就要上场了。"有人在催促。

"知道，"珠喜答应了一声，便朝承远使了下眼色，"去看戏吧。"

承远嗯了一声，又回头说："等下散场了，去咖啡店坐坐。"

珠喜说："今晚没得空呢，明天吧。"

"又是谁请？"承远不觉冒起酸水。

"徐少爷已经在得月楼订了席，不去不好。"

承远没吭声，闷闷地往外走。回到座椅上坐着，便有些意兴阑珊，问旁边坐着的弟弟：“承志，你还想看吗？”

承志说：“我想撒尿。”

“那走吧。”他牵着弟弟往外走。厕所黑黢黢的，门外就闻到臭气，承志不愿进去，就站在阴沟前小便。

“戏好看吗？”承远在一边问。

“看不懂，”弟弟抖着裤子说，“哥，我有些困了……”

他没吭声。进厕所撒完了尿，出来说：“那回家吧。”

哥俩便往园外走，耳边还响着苏三凄婉的音韵。

自从公子回原郡，
玉堂春在北楼装病形。
公子立志不娶妻，
我玉堂春守节不嫁人。
……

承远听到这几句，不由停住了，他想起与珠喜缠绵之时，也这般信誓旦旦。珠喜是唱给他听的吧？一时激动难抑，可一想珠喜又回到徐少爷身边，晚上还要跟徐少爷出去吃宵夜，心里又难受起来。

“承远，”徐奕宏出来拿烟，看见了他，便赶了过来，“怎么不看完就走了？”

“承志有些困了，他明天还要上学呢。”

“刚才忙，我还在问汪妈呢，她说你进来了。”

“蛮好看的。”承远勉强道。

“等会儿跟我们一起吃宵夜去。”徐奕宏一脸诚恳。

承远有些想去，又受不了珠喜跟奕宏在一起，怕自己失态，迟疑了一下说：“我要送弟弟回去。”

“好，那明天再来吧。”

他含糊地答应了一声，听出自己的声音有些涩滞，心里委屈又怕得罪对方，徐少爷比他大，无论家境，经历还是能量，都高过他。他虽是火车站站长的儿子，但他父亲那位置，还比不得铁路局的一位科长，权力不大，薪水也有限。虽然徐少爷没多少本事，但他敢作敢为，不由几分钦佩。但牵扯到珠喜，无形中起了妒忌。其实早知徐少爷恋着珠喜，他还是着了魔似的想她，去找她，就有了北京几日刻骨铭心的一幕。

彼时，戏台上正演到紧要处。

苏三在都察院看到大堂之上的王金龙，她想认又不敢认，但见到心上人，总算知足了。

眼前若有公子在，
纵死黄泉也甘心。

宋珠喜唱到这句时，正瞄到谢承远离去的背影。那一刻，她略略有一丝走神，这情绪无疑影响了发挥，最后那场团圆戏多少有几分勉强，不太投入，连王金龙的扮角都感觉到了，拿眼神给她示意，才含混了过去。

等到一散场，徐少爷遂请班主和几位主角去得月楼吃宵夜。

那是座中式小楼，就处在法租界附近的江边，至夜，依然有不少人来此消磨时光，靠窗边围坐着，吹着悠悠的江风，品尝湖北美食，偶尔望一眼高高挂在江中的那轮明月，真是惬意无比。

徐奕宏本想带珠喜一人去享受夜色，她不愿意，说几位师傅都辛苦了，哪好意思一人享受，要带上他们一同去，徐奕宏只得答应了。

一伙人在那谈天说地，喝着鲜美的瓦罐鸡汤，吃着蒸笼里刚刚端出的重油烧麦，香气融和着花香，一天的疲劳不觉消散殆尽。珠喜第一次来得月楼，有好的景致和美食，自觉香甜可口。她也确实饿了，身旁的徐少爷又殷勤周到，不停给她添这添那，旁人都看在眼里，也止不住地赞美珠喜，说徐少爷面子大，请来了宋小姐，多亏她压台，给这场戏增色不少。

班主乐开了花，谢幕那会儿，一些票友涌到台前抛钱物，足足撒了一地，小丑们捡了半天。这些都归戏班子所有，徐少爷是不会在意的。他花钱做了这台戏，让他们得小费，又大方地请他们吃宵夜，哪有这么好的老板？戏班子在汉口几家戏院都上过台，天星茶园的徐少爷是最爽快的，班主得到实惠，就止不住地赞徐少爷如何体恤他们，如何大量，如何年轻有为。

徐奕宏也不是那种对好话把持不住的人，面对人家的恭维，他听得舒服，也不搭腔，由着他们说高说低。其实他并不尽兴，这么好的地方，却不能跟珠喜单独在一起，实在是可惜。他也不习惯于跟这些人聊天，说些杂七杂八的糗事。他爱玩男人的游戏，以前是弄枪使棒，现在忙着交朋结友，占地盘。而他交往的朋友，都是有头有脸的，跟下九流的戏子不在一个层次。因为珠喜，他虽能屈就，却有限度，陪戏班子的人吃饭已经够意思了，还做不到称兄道弟的地步。

其他人也感觉到与徐少爷有距离，虽然笑着，却不敢跟他多说，拘束不开。一会儿大家吃饱了就要走，徐少爷也不挽留，就对珠喜使眼色，要她留下陪他。珠喜却装作没看见，要回去休息。徐少爷有些悻悻的，让黄包车送珠喜去大智门的忆春旅馆，自己独自打道回府。

谢承远带着弟弟回到家中，正好父亲也回来了，随口问了下承志："哥哥带你去看戏，好不好看？"

承志还是那句话："我听不懂。"

谢绍祖笑了笑说："他们的声音都是从鼻子里出来的，变了腔调，当然你听不懂。"

"可是苏三蛮好看的。"承志不禁说。

"你也知道好看？"谢太太在一旁笑道，她本是要去看戏的，承远说苏三是珠喜扮演的，她有些吃惊，几年不见，那丫头倒是出息了。可一时犯了牙痛，就让承志去了。

谢承远听他们说起苏三，心里又荡起波澜，他回到自己房里枯坐片刻，瞥见万花筒上的女孩对着他笑，越发心神不宁，便想出去走走。

他出了海寿里，沿着街边的梧桐树影漫无目的地徜徉，不知不觉又走到了白日热闹繁华的玛领事街。

夜深了，马路上的行人寥落了些，一些店铺大都关闭了。雨果咖啡店里亮着幽微的灯光，一个西崽还在外揽客，他呆了呆，好像看到自己曾经的样子，时光如梭，往事如昨，他却再回不去了。又往前走了几十米，便是旺角客栈，他望见那楼上敞开的窗户，生怕突然冒出一个人来朝他招手。他现在有些避着阿秋了。本来就没往心里去，过后就淡了。不想阿秋迷上了他，几天不见，便受不了。还时不时让人去火车站找他，惹得周围人议论纷纷，实在叫人烦恼。

他又踅了回来，走到转角处，迎面过来一辆黄包车，再一看车上的人，顿时喜出望外。

“珠喜……”

珠喜一看是他，便惊喜道：“真是巧，怎碰上了你！”

承远忙问：“是去吃宵夜的？”

“是啊，听徐少爷说，叫了你，你不去。”珠喜嗔道。

“我弟弟吵着回家。”他只能搪塞，又问她去哪。

“回旅馆呢。”珠喜道。

“就你一人？”

“是啊，把我当客。”珠喜笑道。

他跟着车后面走了几步，就在忆春旅馆前停下了。珠喜款款下了车，径自往里走。

“你这就进去？”承远望着她的背影问。

珠喜回眸一笑：“累了一天，要休息呀。”

承远忍不住说：“我能陪你吗？”

“不用陪。”珠喜头也不回道。

她上了楼，想承远没有跟上来，倒是放了心。这旅馆离火车站仅几十米远，周围都是眼睛，弄出什么事，不是闹得满城风雨？今天对徐少爷冷淡，也是怕他晚上来打扰，知道徐少爷有点气傲，她不情愿的事不会勉强。本来徐奕宏要把她接进家里住，珠喜不愿意，以前就因奕宏对她过好，让婉珍难受。何况，她心里已有了另一个人，更不会与徐奕宏有什么瓜葛，自找麻烦。

她取出房钥匙开了门，反手将房门一关，却关不严，背后一个人的手臂抵着呢。

“你……”

不等她回过身，承远已贴着门钻了进来，从背后一下将她抱住。

“我忍受不了想你，我不能等到明天……”

丑闻的传播速度比想象的要快。最先是邮运室的小胡说的。他的亲戚在忆春旅馆当差，看到谢承远进了宋小姐的房间，待到很晚才出来，便三三两两凑在一起谈论，很快在火车站就传遍了。

谢绍祖是强作镇静，他每天一早来火车站，接车，发车，货运，处理车站内部事务，身影出现在火车站的各个角落里。他似乎感觉到火车站内的人在谈论他儿子，但走到近前，人家就忙着打岔，转移话题，有的则观察他的神态举止有何异样。谢绍祖只能困着脸，他堵不了人家的嘴，但出了这种丢人的事，他只能是火烧乌龟里头痛。

另一个相关人徐奕宏，也不太对劲。他来警务所上班，一直就阴着脸，跟其他两位巡警也不搭理。几位都知道宋珠喜是从他家里出来的，两人早有瓜葛，不是一天两天了。现在半路杀出个程咬金，想徐少爷那火暴脾气的人，哪受得了这份气，也就等着好戏上演。

远处的鸣笛响起，一列火车徐徐进站，白烟飘过，火车司乘黑生走下了车。他手里拿着登记本在东张西望，平时这个时候，总是接车的谢承远等在车门口，与他交接去德明饭店的旅客。可左等右等，不见谢承远的人影。黑生已听到一些风言风语，对承远的事也不奇怪，正准备将旅客直接送到德明饭店，却见登记处另一接待急火火地赶来，说谢理事病了，由他办理旅客接洽之事。

黑生听得疑惑，问对方也不知所以，心里记挂着，等手上的事忙完了，便拎了一袋从北京带回的茯苓夹饼，前往海寿里去。

上午十点钟的样子，弄堂里进进出出的人，有的拎着菜篮子，有的撑着竹竿在晾晒衣服，也有的坐在门口闲聊，阳光下的情景，嘈杂而生动。走进石库门，堂屋对着天井的大窗户现出女人的身影。听到脚步声，说话的女人还没回头，谢太太便叫起来：“哟，黑生来了！”

黑生看汪妈也在里面，便躬身给二位请安，又送上茯苓夹饼，说是慈禧老佛爷喜欢吃的，带回来让太太尝尝。谢太太道：“黑生，你每次都拎东西来，这怎么好？”黑生笑道：“一点土特产，略表心意。”又问承远在不在。谢太太没好气道：“在他屋里呢。”

黑生推开承远的房间，便闻到一股中药味，见他正斜靠在床上，额头缠着绷带，半边脸青紫肿胀。床头茶几上放着一些药膏，还有一碗刚煎好的中药，正习习冒气。

“怎么搞的？”黑生惊问道。

承远没作声。

黑生把茶几上的药碗端给他：“是撞的还是怎么了？”

承远还是不吭声，皱着眉头勉强喝了两口，又要放下。

“喝完了吧，治病要紧。”黑生催着他，硬要把药给灌下去。

承远只得又喝了两口：“妈呀，苦死了。”他放下碗，示意黑生把门关严实。

黑生回头小声问：“汪妈怎么来了，是为你的事吧？”

承远苦笑了一下，叫黑生坐在床沿。黑生无意碰了一下他的手臂，疼得他“哎哟”一声。黑生要翻开袖口，承远躲开了。

黑生不好说出口，但已猜出了七八分， 承远见瞒不过了，只得告诉他，为了珠喜的事，徐奕宏叫人把他打了。

“沾亲带故的，现又在一处做事，怎么狠心下死手啊！”黑生实在看不过眼，内伤，外伤，承远起不了床，也不好意思走出门去。但黑生还是不好问那细节，承远跟珠喜的事，怎么惹徐少爷动这么大的肝火？

“珠喜是我的人，他却说我抢他的，”承远提起就气不打一处来，“你是知道的，珠喜与我早在火车上就认识了，他仗着有钱，把珠喜硬弄到他家里，后来又把人家赶出去，害得她爸爸死得那么惨……”

黑生嗤道：“他早把珠喜当他家里的人了。”

“什么人？”承远忍着疼痛说，“把人家当丫头使唤，逼得珠喜去当戏子……”

“他是不是想让珠喜做小？”黑生不由问。

“他是想，但珠喜不愿意呀。”承远提及此事，越发愤恨难平，“他看人家孤苦伶仃，没有依靠，就想霸占她。要不怎住在旅馆里？他怨恨难消，就来找我的茬儿……”

“徐少爷性子火暴点，人还不算坏，”黑生也不想挑事，才明白汪妈是为此事而来。

“他以为使蛮力就能拉回珠喜？”承远冷笑了两声，“越是这样，越是成全了我俩……”

黑生听得不是滋味，半晌没有说话。末了才问：“那你打算怎么办？”

“我准备娶珠喜为妻。”承远直起脖子道。

“你爸妈怎么说？”

“还没告诉他们。”

黑生看了看他，没吱声。这事情发展太快，以他简单的脑子，还没有跟上承远的节奏，但他心里隐隐有一丝空落，像一些刚长出的嫩芽提前死掉了。

“我就是要让那小子死心。他不就跟洪帮有点关系，仗势欺人！哼，打老子，老子把这本账记着，总是要还的。”承远气得破口大骂。

这时外面响起敲门声，黑生一打开，汪妈笑吟吟走了进来：“承远，你安心养伤吧，这换药请大夫的事，你妈忙不过来，我都安排了，不用太太操心……你也不要往心里去，少爷就是一阵风的脾气，过身就好了……”

承远只是闷闷地不作声，汪妈站了片刻，自觉没趣，便怏怏地走了。

黑生也要走，谢太太又免不了叨嚼，骂承远不是东西，做那种下流勾当，被人打，家人的脸都丢尽了。黑生也无言以对。谢太太看他无心听下去，只得打住，说几天在火车上辛苦，要他回家休息一下。

黑生告辞出来，想到承远刚才信誓旦旦要娶珠喜，心里有些难受，现在听谢太太的口气，倒是踏实了些。老子娘要不答应，承远怕是不好收场呢。

天星茶园的《玉堂春》演了三场，就换了演苏三的角，由戏班子原来的青衣顶替，扮相没宋小姐美艳，演唱倒马马虎虎。一些票友感到失落，又免不了议论，将前几日发生的风流韵事推向了高潮。由此，谢公子、徐少爷与宋小姐的三角爱恋，在大智门一带已是尽人皆知。

谢承远有一个星期没来火车站，但人们的猜疑不因他的躲避有所减弱，反而激发了好奇心。纸总是包不住火，承远挨打的时候，虽是傍晚擦黑，又是巷子里的僻静处，行人较少，可还是有人瞄见，他捂着打破的头狼狈逃离。一些人跑去问黑生，就是确认他的伤情程度。可黑生也不是那么好找的。三天两头要出车，他在火车上的时间比待在家里多，也比待在站里多。

火车上来回要一个星期，车上事务驳杂，人蛮辛苦，好在他自小出来做工，还能适应，倒比以前要好多了，起码风刮不到，雨淋不着，不像以前着急报纸卖不出去，要喊破喉咙。

到达驻马店车站，黑生下来检票，碰上了王运福。

“小子，穿上铁道服蛮精神呢，”王运福隔一段时间就来汉口，碰上黑生，也觉得新奇，“你在车上多久了，我怎没看到呢？”

“有几个月了呢。”黑生答道。

“哟，上回来坐的是另一趟车。”王运福敲着脑门子说。

座位上有人附和：“王老板，遇到熟人，你的车票就免了吧。”

“那是，这小兄弟是我看着长大的，”王运福夸耀道，见黑生不好接话，他又自圆其说，“大人大事的，也不会为这点小钱为难小老弟是不是？”

黑生不喜欢王运福，当年他扒车时，就是王运福告诉车首的，好在谢站长为人宽厚，没把他们赶下车。

到了中午，王运福去餐车吃饭，硬要黑生在一边坐会儿，陪他喝酒，黑生不敢喝，说车上有规定，不让喝酒。

王运福说：“你车上不喝，到汉口再邀你也行，你跟奕宏关系好，我也把你当个兄弟。”

黑生见他套近乎，知道又想让他照应货物，也就不吱声。果不其然，王运福在一点点地诱导他：“黑生，我知道你家里艰难，你妈又没做事，靠你养活，你现在这差事虽比卖报纸强一点，到底辛苦，你以后还要娶房媳妇，总要攒点钱，买几间房，不住那铁路外的棚子屋……”

他停了一下，看黑生怔着，像是起了兴致，便凑近道：“你知道我每月走京汉线的货物不少，以前你就帮忙照看过，现在你在车上，就更好办了，就托你照应一下。”说着将几张票子往黑生口袋里一塞，黑生推挡了一下，王运福按住他的手说，“你别推辞，我还有要你帮忙的事。”

“我在车上，能帮就帮，这不算什么。”黑生笑了一下。

王运福见他不推脱，乘机压低声音说：“那些茶叶明明白白，有单子对着，不怕。主要让小兄弟帮我走点私货。”便做了个吸烟的动作。

黑生明白是让他转运烟土，连忙摇头说：“这哪能做，抓住了可要坐牢的。”

王运福说：“没那骇人，知道司乘都有自己的财路，你们车上的老陈，不是刚买了房子？靠那点薪水，还想发财？”

黑生怔了怔，转头望着窗外不吭声。

“以前做桐油的利要大些，可徐家的澄油厂没了，我也难得进到货，就跟几家洋行做土特产，薄利多销。但最近才得知，法租界码头的万佛轮常走四川，总在深夜销云贵烟土，那东西的利润可大呢，出手也快，神不知鬼不觉。当然要找靠得住的人才行。”王运福诡秘一笑。

一时又扯起了闲话，说起徐家，得知婉珍怀孕了，王运福这次还带了些土特产给婉珍，要给她补补身子。

黑生犹豫了一下，还是跟王运福提了下徐少爷打谢公子的事。王运福便骂道：“老子当初就发现问题，知道那小子对婉珍有二心，果然应验了。”

黑生又道出承远要娶珠喜，王运福说：“那小子有种，我巴不得他俩成全好事，让奕宏收心。就看谢站长肯不肯答应这门亲，好戏还在后头……”

黑生见王运福这么说，心里不觉一动，对方要他帮忙的事，倒因了这句话落实了。

一个星期很快过去了，一切都看似有条不紊地进行着，没什么变化。大智门车站的月台依旧站着不少迎来送往的人流，一些悲欢离合的故事也在持续上演。

货运作业线总是繁忙的，从江边码头运来销往内地的茶砖、盐、面料、煤油菜、药材、棉纱、染料等都堆放在货运作业线上，等待火车运出。货箱都是勾勾款款的外国字母，各个区间分别贴着每个商号的标记，这边是太古洋行、招商局，那边是英国怡和洋行、麦道洋行、鸿安洋行，还有普通有限公司、法国大成公司、玉成公司、快安胜公司、德国利运公司等，来不及转运的货物，就存放在土档的一座风雨棚里，还有的就堆在铁丝栅栏围成的露天货场上。

怡和洋行的劳伦斯正在跟王运福清点刚到站的货物，碰到徐奕宏往闸房那边过来，王运福便向劳伦斯介绍，这是他连襟。劳伦斯听得眨眉眨眼，王运福想他不懂，就费劲地比画，劳伦斯大致明白了，便哈哈直笑，说些含混不清的中文，徐奕宏不太懂，王运福就一边介绍，劳伦斯是怡和洋行的经理，他从河南等地收购的土特产卖给怡和洋行，又将怡和的商品转运到内地，业务往来都由劳伦斯负责。徐奕宏心不在焉地敷衍着，眼见一个个穿着黄边背心，背后印着大智门站标记的长夫在来来回回地穿梭，货车厢渐渐装满，那两位忙着点数，也顾不得搭理他。

徐奕宏有些烦闷，其实他也不想说话，出来走走是为了避开车站那些人的眼睛。臭脾气就是改不了，一急起来，就管不住自己。照说比以前也改变不少，要不他哪会来热闹嘈杂的火车站里待着？警务所每天都有麻烦事找上门，水里按葫芦，这件处理了，那件又冒出来。处理不好，上司还要拿他是问。他穿着一身制服，外表看是增加了威严，其实对他也是一种约束，举止言行总得收敛一些。但他还是闹出了笑话，有些人碰上了，总要问七问八，套出些话来，然后再到处乱说。他本是不在乎的，不就是为了珠喜吗？可是，等那些杂七杂八的话再传到耳朵里，已经变了味，说他把宋珠喜强占做妾，人家却与谢家公子私定终身，将他甩了。于是就气不过，把那小子打伤了……他徐某人，竟然也这般地下作，简直丢人丢大了。

珠喜已经两天不露面，他去旅馆也不理。后来又听说，谢承远为了赌气，要娶了珠喜，这才是他最头疼的事。长这么大，从未有什么事让他发过愁，可这一次，感到有些棘手，控制不住要去想，不想又做不到，搅得心烦意乱。

邮运室的小胡在叫他，脸上诡异地笑着。他扫了一眼，指了下月台的方向，又往前走。他现在只想避开人，不想说话。

一些旅客进站了，火车头旁站着车首，谢站长也在那，手上拿着路签，正跟司机做交代，他赶紧绕过，快步往月台那边走。

忽然眼角一晃，一个女人的身影闪了进来，那绰约的风姿，行色匆匆的样子，有些与众不同。他的目光不由吸引住了，再细看那女人，穿着素净的藏蓝旗袍，手上拎着个小皮箱，黑色的绒帽压得低低的，几乎看不到眉眼……徐奕宏一时热血上涌，他是不会认错的，那模样早嵌进了心里，即便黑夜，也能嗅出她的气息。

“珠喜，珠喜……”他急得大叫。

珠喜回头看他一眼，冷冷道：“徐少爷，来不及道别，我走了！”

“你这么急着走……为啥？”他多少有些心虚。

“北京那边有事，得赶紧回去。”

“你是不是……恨我？”他终于憋不住说。

“我哪敢恨少爷……你呢？”她凄婉一笑，目光寒冷得要杀人，直戳到他心里去了。

“你再等等，别这么慌着走，茶园还要给你报酬呢。”

“汪妈昨晚来过，报酬已给了，多谢这些天的款待。”她头也不回道。

“你一个人走，怎么叫人放心？”奕宏心里一揪，忙把火车司乘喊了来，刚说了几句要他关照的话，就响起敲铃的声音。他往车窗一个一个地瞅，还没找到珠喜的身影，火车已经开动了。

他往前跑了两步，便湮没在窜起的白烟里。

第十八章 变幻

大智门车站的人流又在猛增。

“五卅”惨案震惊全国，北京等地举行示威游行，一队队学生不断涌到火车站，前往北京策应。京汉线上的工人运动虽转入低潮，但各种标语在火车沿线时有张贴，而坐镇武汉的吴大帅一时不见动静，也使这一势态愈演愈烈，据报北伐军已经攻下湖南，正沿着粤汉铁路往湖北挺进。

形势急转直下，京汉铁路南段也在策划应对措施，一再指示谢绍祖等加强车站安全管理，唯恐再闹出什么事端。表面上，火车站没什么警戒防范，暗地里，各个关键部位都增加了人手，从候车室到站前 T 字街口，皆设有便衣警察，发现异常，立即采取行动。

谢绍祖早出晚归，每天千头万绪，忙得不可开交，不承想，承远出了那起丑事后，还不知趣，竟嚷着要娶珠喜，真是混账透顶。

他本对珠喜印象不坏，也是看着长大的，知道底细，要说配承远也不差。就没想到徐奕宏会从中搅和，为此还打伤了承远，谢绍祖自然不舒服，不是汪妈过来赔罪，两家恐怕真要伤了和气。由此又迁怒于珠喜，想她跟徐奕宏有瓜葛，现在承远要掺和进去，他肯定不会答应。不仅没答应，还要承远收心，少动那些歪脑筋，把心思放在正道上。谢绍祖的婚姻是父母包办的，跟大多数家庭一样，平平淡淡，无风无雨，夫妻之间不过是生儿育女，传宗接代。如今洋风渐入，新思想不断涌现，下一代就没那么守旧，讲究什么情呀爱的，谢绍祖这些过来人，感受不到这些新鲜玩意儿，对承远的苦痛就没放在心上，以为跟身上的伤痛一样，过段时间就会痊愈的。

谢承远因父亲没答应他的婚事，心情郁闷，又得知珠喜已经离开汉口，去了北京，他便吃不下，睡不着，整天昏昏沉沉，简直暗无天日了。屋漏偏逢连阴雨，饭店经理得知他因抢戏子被人打伤躺在家里，耽误了公事，便有些恼怒，就催他赶紧去火车站上班，再不去，就干脆走人。承远一时慌了，脸上的伤还没痊愈，只得硬着头皮前往火车站。

玛领事街两边的店铺又迎来了旺季，让商家们忙得不亦乐乎。火车站的格子玻璃门不断开合着，从站内到站外，都是赶着往北去的旅客，粤汉铁路停了摆，武昌城被北伐军围困，汉口的外围也在打仗，搞得人心惶惶，就一窝蜂地往大智门车站涌来，买不到票的，就滞留在此，越积越多。马路边不时有人在演讲，挑担子的小贩们夹在人群中吆喝，跟着凑热闹。

入夜，火车的鸣笛暂歇，火车站的半圆拱窗亮如明月，辉映着四周，不论是冬天，还是夏天，总有一种辐射力。嘈杂的市声如尘埃落地，那些哗哗的麻将声，夹杂着咿咿呀呀的胡琴声，也变得清晰了，在氤氲着情欲的空气里发着酵。

阿秋正倚在二楼窗户想着承远，偏巧就望见承远从车站出来，她又惊又喜，便朝他使劲儿招手。

等承远愁眉苦脸地上楼来，便要阿秋拿酒给他喝。阿秋多日没见到承远了，以为他把她忘了，后来传出承远与宋珠喜相好，路过客栈都不来看她一眼。阿秋不免生出怨怼，直骂他薄情寡义。后来闻到徐少爷把他给打了，阿秋虽说解恨，过后又莫名地为承远担忧，也不知为什么，有时就恨自己贱。现在承远来了，阿秋心花怒放，那些怨恨便散得一干二净。

阿秋心疼地摸着承远脸上的伤痕，忍不住骂徐奕宏："不是娘的东西，他老子只会舔洋人屁股，赚了不少黑心钱，现在他又做烟馆，私贩烟土，也好不到哪里去。"

承远不作声，只管拿起酒杯往口里灌，阿秋把他的手一挡道："慌什么，没人跟你抢，就像要死似的，什么大事啊？"

"别拦我。"他把阿秋的手一推，哀伤道："来你这里也管着我，你知道我心里有多苦吗？”

“不就是为个女戏子吗？谁不知道呀？”阿秋冷笑道。

“你不要说了！”承远一拍桌子。

阿秋不吭声了，在一旁坐下来，望着他一杯杯地喝闷酒。

“你别这样，我看着难受，”她还是忍不住。

“你别瞎骂人就行。”

“我才不管你呢，晓得你的心早被那姓宋的勾走了，我瞎操心干吗？”

阿秋手指上夹着根烟，吸一下，吐出一口淡淡的烟雾，像是吐出一口气似的，那双吊梢眼，迷离地睨睨着他。承远看她一眼，不知怎么触动了，一把拉过她，阿秋忸怩了一下，他便使起劲儿来，阿秋往后一仰，两人顺势倒在了床上。

“你以为我治不了你！”承远翻过身子，把她压在底下。

谢承远在客栈里厮混时，徐奕宏就在街对面的烟馆里，他也不会闲着。

宋珠喜走后，进园看戏的人明显地少了，徐少爷打谢公子的负面影响还在发酵，奕宏心情不爽，加上时局动荡，人心浮动，就干脆让茶园停歇些时日。

他白天在火车站待着，每天面对成百上千的旅客，八方的消息可谓灵通，听闻北伐军进攻神速，吴大帅的兵成了花架子，他有弟兄现在武昌城内被围困，想救救不了，心里着急，无名肝火上升，弄得头痛难耐，晚上就去了不常光顾的烟馆，想去放松一下。

余副站长出现在烟馆，让徐奕宏确有几分意外。自余经理死后，余俊法视徐家为仇敌，虽然徐奕宏为此坐了牢，徐金穗破了不少财，家产大幅缩水，但余副站长心里的怨恨还在。他不是那种容易原谅别人的人，直到后来奕宏在火车站警务所当差，每天低头不见抬头见，不搭理恐让旁人议论，也就点头招呼一下。

余站长是被王运福拉来的。余站长现专管货运，王运福在京汉线常来常往，与洋行交易量大，也顺便夹带一些走私，上上下下的关系都得打点好，往余站长身上自然要下点本钱。

但余站长肯来烟馆，不计前嫌，也因徐奕宏跟洪帮关系亲近。他兄弟一死，就是人走茶凉，虽然跟那些人认识，但不亲近，遇到事情，也是翻脸不认人的。

余站长不是这一路的人，他为人小气，跟谢站长争位子，也爱财，但到底胆子小，怕做那些事弄丢了前程。他是在意前程的，知道跟洪帮走得过近会陷在里面，但远了又没靠山，还怕徐奕宏跟谢站长贴得太紧，成为他的绊子。现闹出徐少爷打谢公子的事，徐奕宏跟谢绍祖疏远了，他对徐奕宏才有了缓和关系的想法。世上没有永远的朋友，也没有永远的敌人，只因利益所驱。王运福现拉他来烟馆逛逛，也就顺水推舟。

各个烟室都满了，茶房就来禀报徐少爷，那时奕宏刚躺下，一听二人来了，便起身要让给他们。等王运福领着余站长进来，彼此打了下招呼，奕宏吩咐茶房好生招待，便说要出去跟师爷说点事。王运福在他背后嚷，“一会儿过来呀，我还要找你呢。”

奕宏一走，那两人便相对躺在烟榻上，优哉游哉地一边吞云吐雾，一边闲聊，少不得谈起目前的时局进展。

“这北伐军眼看要打进汉口了，吴大帅一败，孙传芳再要一败，就是北伐军的天下了，以后怕是要改朝换代哟。”王运福这几天在汉口待着，四面八方的消息也灌进不少。

“洋人们可不喜欢北伐军，听说里面不少是共产党。”余站长喷出一口烟气说。

“共产党又怎样？”

“记得上次京汉线闹罢工吗？就是共产党煽动的。”

“共产党跟国民党一起闹，站长说说看。”

余站长冷笑一声：“怕是有好戏要看。”

王运福吐出一口烟气，扭过身子问：“什么好戏？”

“只能意会，不可言传。”余站长咕噜咕噜地吸了几口烟说。

“余站长还跟我打哑谜？”

“咸吃萝卜淡操心，正经做你的生意吧。”

“我管他个鸟，趁着京汉线还在运行，赶紧多赚些钱。”

“你赚钱我不管，别给我惹事就行。”余站长得过王运福的好处，总得有所顾忌。

“那是当然，但火车站也要保证我们货物的安全不是？”王运福鼓着眼泡说。

这时奕宏进来了，问他有什么话。

王运福便说："奕宏，我看你那茶园不景气，不如卖了，把钱投在房产上，利大些。"

徐奕宏笑了笑说："福哥做土特产好好的，怎又关心起房产了？"

"有钱赚啊，你看现在大智门周边的房子，一天一个价，早做早发财，土特产哪能跟房产相比？"

奕宏知道王运福不会平白无故过来的，果然是想拉他做事。他隐约听到王运福偷运烟土的事。王运福也没敢告诉他，本来奕宏跟婉珍的感情就那样，连带他们之间也温温吞吞的。现在王运福跟余站长打得火热，徐奕宏就干脆睁一只眼闭一只眼。

"要不我们合股买块地，让人造房子，然后再卖，或是出租。"王运福还在煽动。

"福哥是想在汉口镇守了？"奕宏想转过话题。

"是想来。汉口有发展啊。再说了，钱会贬值，房子总会增值，这儿好的事怎不做？"

"就怕一把火烧了。"徐奕宏道一句，他是见过战争的。

"砖瓦房不怕，就是烧了政府也会赔。"余站长一边插嘴道。

"我看中了一块地，就在火车站边上，靠近日租界，绝对好。"王运福说。

奕宏对房产不太关心，也因父亲一直在操持，知道里面水深，他也懒得在意。现听说是日租界的房子，倒是起了心思，不由朝王运福那边瞟了一下，试探道："福哥怕是筹措到了？"

"几家都在争呢，"王运福鼓动道，"法国老板，日本老板，一个个都如狼似虎……所以要找几家联手，合力干事才好。"

见奕宏不吭声，王运福又加上一句："入股多少，到时就拿多少红利，出得多，就拿得多，公平合理。"

余站长趁机撺掇道："你们是亲戚，合股做事才好，这叫肥水不流外人田。"

徐奕宏试探道："余站长入了吧？"

"我没钱做，再则工作也不允许。"余站长一本正经道。

王运福瞥了他一眼，歪嘴一笑。

九月初，战争的态势发生了改变，北伐军占领了汉口，吴大帅的队伍被打得七零八落。双十节那天，武昌城得以攻破。武汉三镇四处流动着穿灰色军服的国民革命军，大智门车站已被警戒，大门前，月台上，都有革命军站岗。

国民政府迁都武汉已成定局，对于没有尝过皇都滋味的江城市民，可谓惊喜交加，对国民政府的拥护也是由衷而热烈的。虽然是凄风苦雨的秋冬时节，大街小巷庆祝北伐胜利的标语还清晰可见，不时有鞭炮的炸响，大智门车站总是个风向标，门前早悬挂着庆祝国民革命军会师武汉的横幅。

元旦伊始，第一次作为首都的武汉，让市民们感到新鲜，也由衷地自豪，热情不断高涨，各种形式的庆祝活动也在持续进行中。

三日下午，汉口各界在汉口总商会大楼举行庆祝会，谢绍祖作为铁路方面的代表出席会议，正在进行中，窗外突然响起一阵惊叫和喊杀声，伴随着杂乱的脚步乱哄哄地跑过，惊得人都一个个地站起。这时，就有人进来报告，英租界发生了骚乱。会议只得终止。

谢绍祖随后往回返，从后城马路经歆生路，眼见通往英租界的道路已被封堵，一些人急着拆除英租界路口电网，推倒沙包街垒，往里直冲。混乱之中，隐约听到刺耳的惨叫声："英国兵刺人啦，刺死人了！"

谢绍祖被挤到人堆里，一时见几个血糊淌流的人被抬了出来，后面又有一些被搀扶着往外走，再一看，竟有行包房的老汪，老汪一见站长过来，便捂着流血的手臂向他哭诉。原是老汪家住在江汉关附近，见不少人聚集在江边，听一些中央军校学生演说，他便过去观看。不料，几个英国巡捕越过租界进行阻挠，见无人理睬，江边英国舰艇上的水兵便围堵上来，手持刺刀驱赶众人，一见有人反抗，便用枪进行刺杀。学生一个个倒下，老汪裹在人群中，也不幸遭殃……

谢绍祖听得火冒三丈，直骂英国佬欺人太甚。

消息在汉口的大街小巷里蔓延，不时有游行的队伍从大智门车站前走过，聚集的人越来越多。

"英方必须在72小时内对伤人事件做出答复……政府要收回英租界和海关，取消英国人在中国内河的航行权，撤销英国人在华领事裁判权等，成立武汉市民对英外交委员会……”有人在慷慨激昂地发表演说。

报童举着《汉口日报》在人群中喊着：“号外，号外，武汉各界通过处理‘一三’惨案的八项条件……”

火车站里，与英国有关的一切运输业务自行取消。王运福急得像热锅上的蚂蚁，他在四处找劳伦斯，却不知去向。怡和洋行已经关门，他发给怡和洋行的货还在大智门货场积压着，每天日晒雨淋，本该劳伦斯发给他的货也不见踪影。

“妈的，损失惨重啊！”他站在月台，对着一列远去的火车想骂娘。

几位司事正兴致勃勃地谈论国民政府收回英租界的新闻。

“总算收回了，英国人占了六十多年啊。”

“都城就是好呀，有政府出面，就不一样。”

“外交部部长陈友仁不愧是铁腕外交家，手段高明……”

……

谁也没在意一边垂头丧气的王运福，也不知他是几时离开的。

战事还未停息，唐生智的军队一队队地开来，沿京汉线进发，继续往北挺进。

如果早几年，徐奕宏看到这情景，会激情澎湃，要去打仗当英雄，但经历过那些血腥的场面，加之岁月的消磨，他已不再是过去那个莽撞少年了。他的战友死了不少，如今活着回来，好脚好手的恐怕只有他一人，他得感谢珠喜，让他开了小差，没那么亡命。

如今，徐奕宏穿着黑色警服，一边当着公差，一边做着自家的事，相互照应，彼此关联。因警察的身份，他不再是闲人，相比一般做生意的老板，有不少的便利，也会得到额外的好处。

又一列火车开进了大智门车站，徐奕宏从候车大厅往月台而来，白色的烟气里，火车厢泄洪似的，流出一个个旅客，跟前来迎接的人相融，月台顿时喧沸起来。

徐奕宏见黑生从车厢里出来，领着一对法国夫妻给谢承远做介绍。黑生瞅见他过来，便招了招手。徐奕宏没拢边，朝黑生点了个头，就径直去了警务所。他与谢承远每天低头不见抬头见，但互不理睬，连跟谢站长也不打照面了。

余站长便乘虚而入，看准徐奕宏自打人后，一时被孤立，他有意要笼络亲信，徐奕宏也想在火车站找个依傍，加上王运福拼命把他们俩拉到一起，谋划赚钱的途径，正是瞌睡遇到枕头，以前的恩怨就一笔勾销了。原因当然是利益的驱使。然而，铁路边的那块地，不仅一些华商眼红，还有实力雄厚外资的觊觎，比如日商伊藤正野、法商圣保罗等，彼此已开始了厮杀，可谓是八仙过海，各显神通。圣保罗把谢承远派到火车站执守，若仅仅是接客，对他就有点大材小用了。要谢承远来火车站的目的，是做业务拓展。圣保罗的产业，也非一个德明饭店。圣保罗的眼界，也非一个德明饭店。

徐奕宏知道谢承远也在忙活这件事。那小子有洋人做后台，加上自己的小聪明，可谓呼风唤雨。除江边码头之外，大智门车站的客人已是德明饭店的另一大来源，谢承远给各个司乘按房费提佣金，德明的房费高，提成的比例也高。虽然车站周边的旅店鳞次栉比，都在火车站拉客，但司乘占尽先机，早在火车上做了广告，德明饭店是汉口最大、最豪华的饭店，比小旅店条件好，也安全。中外阔人，讲究格调的先生小姐们，自然心仪这样的饭店，不仅舒适，也是尊贵身份的体现。

除了司乘，谢承远还在邮运室、货场、售票室使功夫，让他们介绍客人，一样给佣金。反过来，客人有货物运输，也被他揽收进来，获得报酬。徐奕宏每天出没于火车站各个角落，这点事哪逃得过他的眼睛?

徐奕宏起先没把那小子放在眼里，但因珠喜，他对谢承远在意了，也看出了对方的能耐，到现在结下了梁子，也是出于妒忌。

徐奕宏本来没打算跟王运福绑在一起，但又不好拒绝，毕竟是婉珍的姐夫。在金钱利益方面，彼此之间还有些微妙，不能等同于兄弟。得知谢承远代表法商圣保罗参与竞争，整天在四处联络，忙得不亦乐乎。他也忍不住了，非要把那小子干掉不可。此时的徐奕宏还没上升到国家尊严，只是想到与谢承远之间的恩怨，他是不能让对方得逞的，不管是女人还是其他。

正想着呢，余站长突然走进警务所，告之情形有些变化，那块地因与京汉线接壤，又临近日租界，所有权问题尚不清晰，容易引起纷争。刚成立的汉口市府不愿为此失一寸土地，引起市民的不满，就做出批示，不同意此地的买卖更换。赚钱的计划就此落空。

徐奕宏攒了一股劲呢，准备把茶园赚的钱全拿出来入股，王运福也回河南筹钱去了，这一落空，奕宏的心也跟着失落，好像上场比赛，突然宣布取消那么叫人憋闷。

股道上有列货运车即将始发，那些长夫在忙着装运弹药，成队的士兵往闷罐车里涌去。

余站长接过奕宏递来的香烟，点上火，抽了几口，对着袅袅的烟雾说一句："货物联运要停止了。"

"再不走货了？"奕宏诧异道，他想到王运福的那批茶叶还在货场。

"那些自办的联运都取消，"余站长喷了口烟雾出来，眯缝着眼说，"粤汉线一时不得恢复，唐生智的部队在河南集结，北京又乱得很，四处在清剿共产党，京汉线怕是不得消停……"

待了片刻，余站长便要走，徐奕宏也跟着出来，眼见货运火车长长呼啸一声，吐着白烟缓缓开动，他望着那些窗口露出的人脸在渐行渐远……又有一批士兵被运走了，不知又有多少人有去无回。他的眼前出现一个个倒下的身影，那是他难以忘怀的一幕。但环顾四周纷纷扰扰的一切，又觉得苟活的他，也没多大意思。整天醉生梦死，连喜欢的女人都得不到。这一触动，又勾起思念，珠喜还在北京呢，世面那么乱，不如叫她回来为好。他想给珠喜寄封信，或是要黑生捎个话去。

第十九章 相逢

从大智门火车站顺着铁轨的方向往北走，接近江岸刘家庙一带，较为偏僻，以前这里不在汉口城垣以内，现在依然不属汉口市，逃难而来的外乡人多半杂居于此，河南棚子便是其一。

自从黑生跑车之后，刘王氏就时常感到了孤单。黑生不要她出去做事，说自己赚的钱足够娘儿俩舒舒服服地过日子。每次出车回来，黑生总是带着大包小包的东西，不是吃的，就是穿的，有的是他自己买的，也有不少是别人送的。刘王氏冬天穿着黑生给她买的皮袄子，夏天是簇新的府绸褂子，抹了亮闪闪的头油，人也养得白胖不少，在一片衣着破旧、面呈菜色的人堆里，就有了些体面人的模样，令人羡慕。

可一到夜晚，城市璀璨的灯火照不到偏僻的棚户区，而她，又是在有钱人家待过的，看惯了热闹繁华，再回到贫穷简陋的地方，就有些不适应了，她也不想和那些河南老乡说话，只想跟汉口人搭腔，变成实实在在的城里人。虽然不愁吃穿，但寂寞孤单常伴，也是不能忍受的事。刘王氏耐不住时，就想着给黑生娶个媳妇。家里多个人陪伴，有了人气，就不孤单了。如果黑生能找个汉口姑娘结婚，那是最好不过。她也知道很难，汉口姑娘眼眶子高，哪肯嫁到铁路外来呢？只有让黑生多赚点钱，到城里买房子住，或者租房子也行，只想早点离开棚户区才好。

等到黑生回来时，她就时不时唠叨，要去汉口城里住，最好就在大智门附近，免得他回家总走那么远的路。

黑生是没什么算计的人，过一天，是一天，如今的生活比往日好，就很满足了。现听他妈要住城里，知道大智门的房价贵，自己的薪水付得吃力，还是想满足老娘的心愿。当然自己也想住好房子，舒服，也体面，只能寻些财路多赚点，便打听起大智门周边的房子。

黑生先找了谢承远，他家居住在海寿里，对大智门一带比较熟悉，知道那些地段房屋的行情。也找了徐奕宏，他家有营造厂，做过不少房子，找他从中引线，价格可能会便宜一些。

两人都答应帮忙，也带他去看了几处，最后确定租下庆平里的两间房子。谢承远帮他找的地方，徐奕宏叫来洪门兄弟压价钱，成交价让站在一旁的黑生都不好意思。

黑生又去买了些家具用品，乔迁之日，母子俩只拎了两袋衣物，家里的旧物件都给了街坊邻居。

王运福、徐奕宏、谢承远等都送了贺礼，黑生自然要答谢人家，也想趁此机会让徐少爷和谢公子尽弃前嫌，言归于好。地点就定在大智门车站对面的好客来菜馆，但二位听了所请之人，都借故不来。

还蛮记仇呢，黑生有点头疼。两人要都不来，他办这个酒席还有什么意思？苦恼之下，一时无计可施。

刘王氏正在抹家具，那家具是旧货店里买的，虽说便宜，材质倒不错，一抹就亮，比起原来那些粗制家具都要美观，也显贵。刘王氏抹过徐府的家具，也抹过谢家的家具，并不眼生，一看买的家具就是有钱人家用过的。她越看越喜欢，正抹得起劲，黑生愁眉不展地走了进来。

“有什么事不高兴呀？”

黑生本不想说，见她急着问，只得把事情说了一遍。刘王氏听了，哼了一声说：“不来算了，还少两张嘴呢，反正你请了他们，礼信到堂了。”

黑生蹙眉道：“你家晓得什么，这情不还，总在那放着，心里装着事儿。再说，他们俩都跟我好，现在闹别扭，又都是那种犟脾气，不把他们撮拢来，我夹在当中也难受。做什么事，喊这个，不叫那个，总不好。”

刘王氏说：“要是这样，你就干脆另请他们二人，也不说对方要来，只说你请他吃饭。等两人都到了，再设法把他们按住。”

“谁按得住他们，找不出这样的人。”黑生只是挠头。

“你再想想，跟两人都好的。”

黑生愣了一会儿，忽而眼前一亮，叫了声：“我倒忘了，倒只有那位可以镇得住他们。”

一个星期不长也不短，这是黑生从汉口到北京，再由京返汉一个来回的时间，但对谢承远来说，就好像用了一个世纪似的。这份等待不是为了黑生，而是因了珠喜，他盼望着她再次回来。自珠喜上次离开汉口，已过半年，他无时无刻不在想念她，每次让黑生带信去，等了一个星期，再见到黑生从火车上下来，带了几个人，都是去德明饭店下榻的，却不是他盼望的宋珠喜。问起来，总说有戏要演，丢不开。这一次他又要黑生带信，为她担心，听说北京乱得很，怕她遇到不测。但此时，他已感到有些渺茫，珠喜不愿回来，可能是离不开尚小芳，移情别恋了。一想到此，便空落得受不了。

这天上午，又一列火车到站了，承远照例去接人，心里带着期盼，却只见黑生走下来，依然不见他想念的人。

黑生把入住饭店客人的名单交给承远，清点了人数，等对方领着人往外走，不由对着那背影喊：“晚上别忘了去好客来酒家呢。”

“没得空呢。”承远头也不回道。

“一定得去啊。”黑生重复了一遍。一时又去警务所找徐奕宏，没看到人，里面值守的警务说：“英国人的货物全在货场压着，他可能是去处理王老板的货。”

黑生听此一说，只得先回家去，夜里在车上没睡，头昏脑涨的，得补补觉才行。到下午，他记挂着事，又来到月台，就看到徐奕宏从货场那边过来了。

“徐巡官忙得很啊。”

“怡和洋行的劳伦斯躲了，老王又去了河南，要帮忙把他十几箱货运走。”

“忙完跟我去好客来吧？”

徐奕宏问：“有没有我不想见的人？”

“没有，”黑生拍着胸脯说，“全是你想见的人。”

“有谁我想见呢？”

“你自己清楚呀。”

“不会是珠喜吧？”徐奕宏迟疑地问，“她是不是回来了？”

黑生说：“你也别猜谜，等会儿去了就知道了。”

“你这家伙几时学会卖关子了？”奕宏有些等不及。

黑生嘻嘻一笑，试探道：“等下把少奶奶也带上吧？”

他摇头道：“她不习惯那种场合，不用。”

黑生看了下时钟说：“四点多了，现跟我一起走吧，去喝杯茶，坐着聊聊。”

“我没忙完呢。”他还装得不在意。

“那好，就在二楼雅间，早点去。”

等黑生一走，徐奕宏就回警务所，跟王巡官打了个招呼，家里有点事，要回去一趟。

他从火车站出来，过条马路，拐进烟馆后面的巷子，就到了居住的永贵里。下午的阳光懒懒地照着墙壁，黑色石库门的铜圆环闪着光亮，婉珍正在堂屋里坐着绣花，看到他进来，倒是一愣：“今天怎回来得早些呀？”

“换身衣服，一会儿就走。”他脱下警服，要婉珍把那棕色大褂拿来。

“又不在家吃饭了？”

“不吃了，黑生请客，乔迁之喜，总得去。”

婉珍哦了一声，又说：“等下汪妈带着曼丽要过来呢。”

“你们吃吧。”他换上大褂，婉珍上前给他系纽扣。

“都是家里人，也不用讲客气。”他咕哝一句。

“曼丽初小毕业了。”

“嗯。”

“汪妈昨日说，北京来信了，曼丽妈现还是一个人，过得也不好。”

“那尚小芳没要她？”

“谁知道呢，好像尚小芳跟宋珠喜蛮好，两人是师徒，又同台演戏，日久生情也难说……”

她只顾着叨念，没注意到奕宏的脸色已经变了。

“你别在这胡说，没有的事。”他斥责道。

婉珍知道他又勾起心病，转过身说：“但愿是我胡说八道，遂你的心就好。”

奕宏板着脸不理她，拍了拍衣服出了门。

好客来菜馆不算大，楼下摆着六张桌子，一到吃饭的时间，总是座无虚席。店堂里充溢着菜香与酒气，走过的人，都忍不住探头，瞅一下那桌上花花绿绿的佳肴和吃得满嘴流油的食客，饥饿者看得流口水，要饭的厚着脸皮不肯离去，只等桌上的人离开，就去舔那些残羹剩饭。

这些情景，楼上雅间是不曾有的，从窄窄的楼梯上去，也摆了三张桌子，彼此用屏风做了隔断，就成了各自的单间。酒席有茶房在一旁侍候着，小费总得要表示，一般人家不舍得，便不上楼，除非有宴请，或私密会晤。

黑生先请了一桌车站同事，把王运福、小胡、老汪几位也加在内了。徐、谢二人单独请，也因两人鼻子不对脸，打架弄得火车站人人皆知，到时在酒桌上被取笑，彼此都不好看。

黑生先来，选了靠里头的一个小间，正好坐几个人，点好酒菜，喝了口茶，就听见楼梯响，再探头一看，是谢承远。

“大驾光临！”黑生笑着作揖，请他坐下。

“今晚我还约了人呢，干吗搞这么隆重？”承远心神不定道。

“叫什么隆重的，吃点便饭，聚一聚而已。”

“还有哪个来？”

“徐少爷要来。”

谢承远一听，腾地又站了起来：“我马上走，还要跟人家谈事呢。”

黑生一把将他扯住：“你不能走，走了就没我这个兄弟！”

谢承远恼着脸说：“你明知道我跟他不搭理，还这样，是不是有意让我难受？”

“冤家宜解不宜结，总这样，对谁都不好。坐下，坐下！”他把承远按到椅子上。

“我有事呢！没想到你黑生跟我玩这一手……”谢承远扭着头道。

“大公子今天就给我个面子如何？”黑生乞求道，“在这待一会儿，不会让你后悔的。”

“就只有姓徐的？还有谁？”承远忍不住问。

“等下你就知道了。”

正说着，便听楼梯响。

“黑生，你搞什么事啊！”徐奕宏在楼梯口嚷道。

“徐少爷驾到，快请坐！”黑生满面笑容地迎上前，拉着徐奕宏往里请，一见里面坐着谢承远，两人一对眼，都不由自主地僵住了。徐奕宏本能想回转身子，不料手臂已被黑生扣住，“快坐，快坐，好长时间没碰到一起了，难得啊！”

徐奕宏还在迟疑着，忽听楼下一声轻唤：“宋小姐来了，楼上请！”

黑生忙说：“是珠喜回来了！”

二人顿时一震，本别扭着身子，这下都不约而同地坐正了，僵硬的表情骤然松开来，似乎感觉到她会来，又不敢确定，到底没让人落空。

黑生到楼梯口迎接珠喜。听到高跟鞋踏在地板上咚咚的声响，谢承远的心就止不住狂跳起来，脸也涨红了。

徐奕宏来时心里已有个疙瘩，看到承远在此，越发加重了，因对珠喜，不免爱恨交集，但总归是想见的，见了面，也是为了看清对方的心。

她穿着一件碎花旗袍，比往日清瘦了些。进门见那二人两眼直直的，便含笑道：“你们都在呀。”

“快坐，快坐，”谢承远拉开旁边的座椅，“怎不告诉一下，去迎接小姐呀。”

珠喜坐下道：“也没多少行李，不用麻烦。”

她的左边是谢承远，右边是徐奕宏。来之前，就听两人怨怼未消，不愿坐在一起。黑生想借此让他们和解，又怕说和不了。赶上时局混乱，谢承远又不断地托他催促珠喜回来。珠喜还想挨一阵，等尚小芳的新戏开演，可北京四处搜捕共产党，一片白色恐怖，人心惶惶，戏院不少停止了营业。经不住黑生一再劝说，又说了那二人急盼她回来，火车票也不好买，怕是过几天更难。如此这番，只得跟随黑生上了火车。

茶房一盘盘地端上菜来，黑生要给他们斟酒，那两人还困着不动，彼此都较着劲，不愿松口。黑生因劝道：“今天一定得喝酒啊，我乔迁之喜请两位，已经错过了一次，现在宋小姐大老远从北京赶回来，也算为她接风洗尘啊。”

珠喜也说："今天好不容易与你们三位相聚，我当舍命陪君子。"她要黑生斟了半杯酒，一双秋水眼扫了下左右，两人躲不开了，只得乖乖地把酒杯送过去，斟满。

"来，为黑生的乔迁之喜，干了！"谢承远先举起了酒杯。

"干了！"黑生举杯与他相碰。

见珠喜举起了杯子，奕宏稍有迟疑，也举了起来。

三个男人碰了下杯，一饮而尽。

"好啊，"珠喜笑吟吟地拿起了酒瓶，"我给你们再斟满！"便站了起来。三个男人好像被她的手魔住，乖乖地听任于这个女人。

"珠喜，"承远举起酒杯说，"我要敬你！"

"为何？"她笑问。

"你一人奔波在外，闯出了一片天地，不容易……"他一时动了感情，有点说不下去。

"是的，我们要敬你！"黑生也举起酒杯。

"珠喜，来，敬你！"奕宏也举了起来。

"我敬你们，"珠喜与他们一一碰杯，"有你们三位。我才觉得汉口这地方值得留念……"她眼眶一红，把半杯酒一口饮了进去。

三个男人见此，难免有些感伤，徐奕宏忍不住说："你在北京一日，我担心一日。现在回来了，就不用去了。我那茶园就是准备你登台用的，你想唱，随时搭台……"

珠喜不做回应，只是微笑着。自然是因承远在此，有所避讳。她需要奕宏的帮助，但又不能接受对方的爱恋。一直以来，徐少爷就像是她的保护神，她的兄长，她对徐府，对奕宏都有过依恋，但他终究不是她的依靠。她不会去做他的小妾，也就意味着彼此之间隔着一道鸿沟，不能越界。要不就会招来麻烦，成为仇敌，还会殃及旁人。上次他打了承远，便迫使珠喜离开汉口。

一旁的承远看到徐少爷在献殷勤，脸上就有些挂不住。珠喜是他的，姓徐的总该知道，还这么不知趣，公开对珠喜示好，这不是跟他叫板吗？上次无端打了他，伤痕还在，不是因为珠喜，哪会跟那家伙坐在一起？这下把他的怨恨又勾了起来。

"珠喜，刚刚回来，什么都不用想，好好休息一段时间。"他说道，显然是对徐奕宏的回应。

珠喜瞥了他一下，正与他的目光相碰，仿佛过电一般，不由一颤，又怕旁人瞧见，赶忙又避开，但珠喜那粉嫩的脸已似抹了一层绯红。

偏偏徐少爷瞧见了这一幕，顿时像打翻了醋缸，直嚷道："珠喜，你听着，徐某人可不是随便坐到这里来的。不是为你，我也不会留下那茶园，你要知道……"

不等说完，黑生就端着酒杯说："徐少爷，来，来，喝酒，喝酒，"奕宏勉强碰了下杯，黑生又说，"都知道你对珠喜小姐好，人家也没忘记你，总跟我提起过……"

"徐少爷对我恩重如山，没齿难忘。"珠喜笑道。

"这又有什么，是我情愿的。珠喜倒跟我客气起来啦，看样子还是跟徐某人隔着点呢。"他话里透着不平。

"有些话我已说了，衷心希望你们三位一直像兄弟那样处着，和好如初，做我的兄长和朋友，我不想失去你们其中的哪一位……"珠喜端起酒杯，与他们一一相碰。

左右听得明白，便有些不自在。徐奕宏因那次打了谢承远，在火车站一直被人讥笑，跟谢站长见面都觉得难堪。他再怎么霸道，总有些理亏，尤其是珠喜离开汉口，对他更是一种折磨。此时珠喜这般一说，知道她心里还在意那件事，想必她今天到场，也是想来说和的。而他内心，除了一时解气，反给他带来更多的非议和失落，起码珠喜离他更远。他为此并不好受。

承远也好受不了。他虽得到了珠喜，却不能娶她为妻，后来被徐奕宏所伤，虽然愤恨难抑，内心也有种自虐的快意，觉得是老天为此惩罚他。等待珠喜的日子，他的内疚越深，对徐奕宏的报复心反而减轻了。两人后来在火车站碰面，没再发生斗殴，也是这种心理所致。

珠喜在望着他俩，也是一种逼迫。

黑生见此道："今天好不容易凑在一起，不能辜负了珠喜小姐的心意呀。"

谢承远听得一激，不由拿起酒杯道："徐少爷，久违了，来，我敬你！"

徐奕宏连忙起身说："岂敢，岂敢，我敬谢公子，过去那些事，是徐某人做得过头了，对不住兄弟！"

两人端起酒杯相碰，一饮而尽，复又坐下。

珠喜见二人言归于好，便觉慰藉，不住给他们夹菜舀汤。几位也想让她高兴，在酒桌上说些轻松的话题，引得笑声不断，气氛融洽，那些过节和不快都被快乐驱得无影无踪，彼此好像又回到最初相识的时候，那些青涩的记忆一一被唤醒。友情早就沉淀在心底，只是暂时搁置在一边，遇到熔点，便腾腾地涌出。

实在是一次美妙的团聚。

婉珍又小产了，这是第二次。

正值夏季，天气炎热，婉珍害伢儿，身上起了些疹子，或因热毒所致，夜里奇痒难忍，又不敢吃药，便抹了些万金油，不太见效，就让用人抓些金银花当茶饮，清热去毒，却经不住这点凉性，不过几天就见了红。

奕宏有过一次教训，也不敢疏忽，就嘱咐用人尽心一点，还叫汪妈时常来照料一下。他与婉珍结婚几年没个孩子，总是个缺憾。虽说与婉珍的感情温吞水似的，但他究竟不是心肠太狠的男人，相处久了也坏不到哪里去。何况女人怀了孕，总是个期待。就时常叫人买些婉珍爱吃的回来，却防不胜防，过了两月就兜不住，还是出了意外。

奕宏难受了一天，在外喝得醉醺醺的，叫人看着也可怜。但过了两天，他就把这事丢开了。儿子总会有的。老子现在壮得像头老虎，还怕没儿子？他逢人就这么夸口道。

汪妈隔几天就要来看婉珍。那恹恹的病态，也确实让人心疼。她是知道内情的，虽然婉珍不说，她也猜准了，奕宏少爷的心还在别处。好久不见来茶园，又有了他忙碌的身影，把戏班子请回来排练剧目。汪妈不用问也知道，是珠喜回来了，要为她准备新戏呢。

如果没个孩子牵扯，婉珍在徐家就无足轻重。没男人心疼的女人，跟守活寡又有什么两样？她虽是寡妇，但被男人爱过。婉珍却不一样，从没有过男人的呵护，实在是可怜。

汪妈感受婉珍的凄苦，也感受到远在北京凤芝的孤单。凤芝抛弃一切，想挽回尚小芳对她的爱，却导致对方更快的别离。

“你不该动真格的呀。”她对凤芝埋怨道。

上月汪妈带着曼丽还去北京看望凤芝，那形容憔悴的样子，跟以往风姿撩人的她，简直判若两人。

凤芝不是个轻易服输的人，她不愿告诉汪妈实情，但她的状况已表明一切，没跟尚小芳在一起，但也不是单身，她跟了另一个男人，过得并不好。心里还存着尚小芳，满脸都写着郁怨。

每提到珠喜，便是刺痛。珠喜是个祸害，最初凤芝就对她说过，不愿留她在徐府，防着奕宏迷上她，让她出外学戏，谁想会引得尚小芳青睐。她小看了珠喜的能力，真是个尤物，人见人爱。可她没有办法，爱那个男人太深，一向聪明的凤芝也会干出天大的蠢事，离开徐府，抛弃来之不易的一切，包括丈夫和女儿。

汪妈有时带着曼丽过来看看婉珍。曼丽已长成亭亭玉立的少女，对她母亲凤芝没多少留恋，只把汪妈当作她的亲妈。也难怪，自小就是汪妈带着，凤芝热衷于交朋结友，唱戏打牌，跟女儿待的时间有限，想她有汪妈照顾也就够了，却造成了曼丽与她的淡漠。尤其是凤芝丢下她去北京，导致父亲病重，哥嫂离家，曼丽眼见家庭的变故，让她幼小的心过早地尝到人间的冷暖，由此蒙上了一道阴影。

她对珠喜并不陌生。以前珠喜在徐府当过丫头，以后成了父亲的义女，曼丽小她几岁，两人还在一起玩过。那时只觉得珠喜长得好看，让人禁不住要跟她亲近。却没想过珠喜是个祸害，害得哥嫂不和，哥哥出走，后又为她坐牢。这是她亲眼所见的事实。但没想到，母亲出走也跟她有关，而后家中导致的厄运，都与她相关。

由此，在曼丽的心中，早对珠喜恨之入骨。只想有一天，她要报仇，要这女人知道徐家人不是好惹的，要跟她算一笔总账。

曼丽跟同父异母的哥哥不太亲近，也因母亲与哥哥之间的隔膜，自小哥哥不太喜欢她。但分离过久，一直孤单的她，对哥嫂渐渐产生了依恋，不管喜欢不喜欢，总是她的亲人。得知哥哥又在为珠喜演戏忙碌，就有些为嫂子抱屈了。

婉珍歪在床上，没一点血色，汪妈拎来一罐用黄酒炖好的阿胶给她补身子，婉珍吃了两口就放下了。汪妈再要喂她，就直摆手，说闻不得阿胶的味道。一旁的用人见劝不动，就跟汪妈抱怨：“你家不知道，少奶奶的嘴也太刁了，不知道怎么合她的口味，这不吃，那不吃，昨买回母鸡煨了汤，少奶奶也嫌油厚了，没吃两口呢。”

曼丽见此，就在一旁开了口：“嫂子，你知道我哥那德行，你要是再这样不吃不喝，瘦得没看相，不是越把他往外推吗？”

婉珍朝她直瞪眼，汪妈便说：“有你这样说嫂子的，没大没小的，她还在月子里呢， 这不是越是气她？”

“我说的是实话呀，”曼丽噘嘴道，“嫂子要再这样下去，就更称人家的心了。”

这话果真起了作用，婉珍不由撑起身子，要汪妈把那碗阿胶递给她：“我要不吃完，对不起汪妈的一番辛苦，也对不起曼丽妹妹。”

“这才是呢。”汪妈松了口气。

坐了一会儿，汪妈就要走，茶园那边一堆事等着，少爷又是个急性子，做什么都要马上搞好，搞不好就骂人。

婉珍一听奕宏又在茶园，不由问：“是不是珠喜回来了？”

“没有，你别瞎猜。”汪妈忙摆手。

婉珍说：“回来就住到家里来，别住旅馆了。”

“你倒是仁慈，可人家不见得会领受呢。”汪妈说。

“领不领受总是我的一片心，免得奕宏又花冤枉钱。”

“你是情愿人家在你眼皮底下？”

“我情愿。只要她愿意。”

“嫂子太好了。”曼丽临走时丢下一句，不知是赞美还是挖苦。婉珍也没去想，她只以为，把奕宏拉回来，这个家就不会散。

第二十章 大水

大智门车站的运输量持续增长，迫使车站不断地改造基础设施，货运作业区已竖起了一座七十五吨的磅桥，大大减少了运输货物的劳务和时间。第二站台百米长的风雨棚也装修竣工，免去旅客日晒雨淋之虞，也使这头等大站更具规格，如虎添翼。

第一站台的风雨棚曾交由一家名为恒昌营造厂完成，至修建第二站台的风雨棚时，又交由该厂，连同灰坑、水鹤一起承建。

此时的徐金穗还在家中养病，又与儿子奕宏闹着别扭，心力交瘁，也顾及不了，只能眼见别人得了肥缺，唯有无可奈何花落去的怅惘。失势就这么迅速，一步踏空，步步就跟不上。

只是奕宏还没醒悟，他白天在火车站做警务，面对来来往往的人，杂七杂八的事要应对，分散了不少精力，对修风雨棚虽有耳闻，但与父亲憋着，互不通气，偶有动心也无从下手，也就作罢。下了班，他便被狐朋狗友拉去寻欢作乐，酒馆、烟馆、波罗馆、赌场，都是他经常出入的地方，连妓院也偶有光顾。灯红酒绿，笙歌艳舞，享受大智门闹市区的迷幻之夜。

幸好他没有迷恋上哪个妓女，去玩玩，不过是尝尝新，调剂一下，过了身便忘了。婉珍小产后身体尚未复原，人又木讷，满足不了他。心仪珠喜，她却像半空中的月亮，看得见，摸不着，他又不敢使蛮力，强迫对方只会让她更快地逃离，他到底是怕，也讲点胃口。人家若不情愿，就算得到又有什么意思？为了却心头之苦，又解一时的燃眉之急，他就去妓院消遣一番，也只是蜻蜓点水，不想让人知道他与妓女有染，也怕珠喜到时看不起他。

茶园有戏时，他就邀一帮朋友过来捧场，这多半是珠喜在时。

珠喜在汉口盘桓了一段时间，也因北京局势动荡，师傅尚小芳让她暂时不回。珠喜被徐少爷抓着不放，非要她留在天星茶园压台，衣食住行又甚为周到，珠喜推辞不过，只好暂时留下。心里知道，徐少爷这般对她，还是没断那个念头，她忐忑不安，想自己像个浮萍似的，总不是长久之计。可这种状况下，她的婚姻大事，又无人问津，知道她是徐少爷的人，谁敢引火烧身？可她究竟将就不了，一心只等承远娶她。日子在期盼中一天天流过，虽然跟承远时而见面，但因相互太在意，反而慎手慎脚，或言不达意，让彼此时有猜疑，徒生烦恼。这番苦涩绵延，感情也蒙上一层忧伤的色调。

承远也知道珠喜等不得，他想跟父亲好好谈谈，实在不行，就把与珠喜在北京的山盟海誓和盘道出，珠喜把一切都给了他，不能辜负了人家。

他正想鼓起勇气向父亲表明心迹，不想老天爷出了娄子。

那个夏天一直阴雨连绵，已持续一个多月，没有停歇的迹象。大智门车站沉浸在雨雾中，头顶着晦暗的天色，俯拾皆是湿漉漉的屋瓦，路面，泛着水光的油纸伞。空气里满是潮气，一些阴暗的地方都长出霉菌，食物在加速腐烂变质。

候车室里嘈杂依旧，也被一道道的黑脚印弄得脏乱不堪，货场作业区更为繁忙，商家们急不可待，都在运用一切手段与火车站交涉联系，趁早搭上有限的车皮。那些堆放在露天的货物，正在接受雨水的侵蚀，有的木箱已经浸透，纸箱暴露出里面的物品，经雨打风吹多已溃烂。

谢绍祖不在货场，他也没法去，各方人士早在办公室里堵着，吵吵嚷嚷，一天到晚川流不息，他每天应付着一个接一个的人，和颜悦色地解释、安抚，说得口干舌燥，还时不时成了客商们的出气筒，更有甚者，克制不住就骂出些难听之语，他也只得忍着。下班就更晚了，回到家已疲惫不堪，跟妻子说不上几句话，又有客商摸到门的，跑来找他，一谈又是一晚上。

谢绍祖虽然好说歹说，让那些客商少安勿躁，怀揣一个希望继续等待，但他眼望日夜浸淫中的铁轨枕木，担忧也随着不间断的雨水一样漫涨。

至七月下旬，形势更为不妙，雨水不断，长江上游的洪水也过来了，致使江水陡涨，已经接近堤坝。坏消息也不断涌来，丹水池铁路因堤身不固，被风雨激荡，已有出险的迹象。后湖的渍水已涨平铁路堤，呈现漫堤的趋势。

为防洪水涌入，市政部门用装土的麻袋和其他器材堵塞汉口单洞门、双洞门等铁路涵洞，大智门车站也做了应对措施，货物仓库、邮运室、候车室等已垒高了台阶，不得运走的货物也尽量搬到较高的地方安置。但恐慌已随着到来的洪水在蔓延，都在赶着最后时刻乘上一班火车离开此地，湿漉漉的月台乱成一团，没能挤上火车的旅客在骂骂咧咧，车站的司事在忙着疏散，挪移物品，一时失去了控制。

那日，承远没有接车，他被德明饭店临时召去开会，饭店已加高台阶，实施洪水进入市区后的应急预案，将一楼的设备和物件全部搬到二楼。承远也参与搬运，一直忙到下午四点才完。从饭店走出来，雨还下个不停，水光映着阴郁的天，迷蒙一片，他见街头下水沟里有水涌出，感觉不妙，忧心忡忡地走着，不觉到了长安里。

这长安里也属法租界，处在玛领事街左边，与右边的辅堂里，皆属离火车站最近的住宅区。虽说里份外面是马路，商铺毗连，但背街里的住户相对单纯，少有妓院之类杂居，也显得安静。

承远想到在此居住的珠喜，便拐了进去。刚走到过街楼，就听到背后在叫承远。他一回头，见珠喜一手撑着油布伞，一手拎着旗袍下摆，晃晃悠悠地蹚了过来。

“怎没坐黄包车？”他忙问。

“雨水太大，车夫急着回家呢。”她的一双绣花鞋全浸在水中，已湿透了。

承远要背她，珠喜摆了下手，怕周围邻居看到不好。一道走进石库门，房东已用砖块垒高了台阶，天井仍有些积水，过道阴暗湿滑，珠喜脚下被什么绊了一下，险些跌倒，承远一下拉住，顺势将她抱了起来。

潮湿的空气里，两个热烘烘的身子贴在一起，相互本存有眷念，你中有我，我中有你，稍一贴近，便是烈火遇上干柴。承远闻到那诱人的体香，禁不住将脸贴在她的胸口上，只愿沉醉不醒。上了狭窄的楼梯，珠喜便要下来，承远却不肯放，抱着她上了楼。

楼上有两间房，都租下了，只为安静，不让人打扰。进了卧室，承远直接把她放在了床上。

“身上湿的呢，这么慌……”珠喜娇嗔道，便要起身换鞋。

承远站在一旁，看她慢慢褪下袜子，露出白嫩的小脚，玲珑似玉，不由俯下身，一把握住，摩挲着，忍不住往那脚心上亲了一口。

“啊……”珠喜痒得一叫。

承远见她娇羞的样子，禁不住把那小脚放到胸口，笑道:“凉凉的，给你暖暖。”

珠喜的脚心对着他的心脏，感受到里面怦怦的跳动，仿佛接了导火索，身子一颤，承远慌忙握住，顺势将白藕似的小腿搭在肩头上，长长地吻她，珠喜嗯嗯啊啊地呻吟着，已软成了一团棉花。

雨还在下，风也作势伴奏，雨点敲得玻璃窗啪啪作响，一道道水帘像柔美的音符，奏着激越的乐曲，水帘洇糊了两个紧紧相拥的身子，把他们遗忘到了边缘。欢爱中的男女也忘记了面临的险境，这世界与他们没了关联，只有彼此，唯有情爱聊以自慰，哪怕洪水把他们湮没，也是值得的。

缠绵了一会儿，承远还得回家去。临走要珠喜不要出门，有什么情况他自会安排。

晚上，雨倒是停了，担忧的心稍稍松弛了些，承远白天辛苦，便早早地睡下，没有雨声的夜比往常显得静寂，也助人安眠。

却不知，危险在步步靠近。

当晚，长江的水位已猛长至26.94米，洪水咆哮如雷地涌向堤坝，分金炉处的涵洞堤闸已被冲破一个缺口，宽达三十多米，汹涌的洪水直向北奔放，遇到张公堤拦头，折转挟湖水向南冲击，如群狼一般向汉口市区涌来，寻找最薄弱的突破口，很快击穿堵塞的单洞门涵洞，漫涨的水迅速将漏洞扩大，把堵塞的器材冲走，洞口完全溃决，水头高丈许，汹涌澎湃地扑向人街小巷。

翌日清晨，睡梦中的承远被父亲的叫声惊醒，推窗一看，大水已涌进了天井，将门封住，距窗口仅尺许，这突如其来的一幕，让父子俩惊呆了。

谢绍祖不知火车站的情况怎样，急着要出门，却一筹莫展，一时等不得，就准备蹚水出去，忽见有只木划子荡进了里份，他便招呼拢来，从窗口上船，一路划出去。

四处水漫金山，玛领事街已涨成一条河，两旁的店铺都泡在水中，成了河岸。一些人在忙着将门板、铺板、桌子搭成跳板，直接通向二楼，有的在搭浮桥，挨户衔接，连成一体。

大智门车站也未能幸免，木划子靠在大门口，谢绍祖只得蹚水进去，水深及膝，一些人在长椅上站着、坐着，楼梯上站满了人，堆得横七竖八，至楼梯口便设了警务值守。楼道上满是设备物品，谢绍祖与余俊发的办公桌搬进了电报房里，两人的办公室暂设为邮运室和行包房。

谢绍祖在办公桌上处理了几件要紧的事，便来到月台。

四处白茫茫的水光，铁路堤淹没了，路基不见了，不及运走的货车浸泡在水中，像孤零零的礁石，棚车内挤满了灾民，站台上黑压压的一片，时值八月酷暑，烈日烘烤下的渍水发出一阵阵臭气，个个苦不堪言，哀声不绝。

大智门车站成了灾民收容所，站内员工给饥肠辘辘的灾民分发馒头，供应开水，人一波又一波地涌来，车站的供给有限，依然有不少灾民在水深火热中坐以待毙。

那几日，谢绍祖与站务小赵乘着木划子，从玛领事街一路察看灾情，去向一些商户和善堂筹款，用以赈灾。

沿中山路经江汉路往上行，如航行在长长的河流中，行至六渡桥，水面更宽，眺望武昌、汉阳与汉口后湖，波光相接，浩渺无垠，一些淹没了半截的房屋，犹如汪洋中孤零零的小岛，屋顶上的人眼巴巴地等待救助，有的挤在跳板上，有的哀哭孩子被水冲走……目击这些惨状，两人都难以平静。

谢绍祖想起《滕王阁序》里那句“落霞与孤鹜齐飞，秋水共长天一色”，而眼前的情景，可谓是哀鸿与灾户齐悲，江水共湖水同泽。

两人乘着木划子一路筹集善款，虽有一些商户倾囊相助，表达爱心，但也有不少人抱怨此次大水皆因政府当局腐败无作为所致，既不能预防于初，又没有采取救济措施于后。有的还道出一些内幕，当长江水位告急时，武汉警备区的夏司令不指挥官兵出来防汛抢险，而是深信无稽之谈，认为此次大水是修建集家嘴一段沿江大道时，将汉江口岸上的龙王庙拆除，得罪了龙王爷。乃在已拆去的庙址陈设香案，燃烛焚香，膝跪于大雨渍水中，向江心三跪九叩首，祈祷龙王爷，“大神莫见小过，阿弥陀佛！大发慈悲，保佑武汉三镇，赶快退水！”……

“哪有应验？”小赵听得好笑，直骂道，“汉口就害在这些庸吏之手！”

“是啊，”谢绍祖感同身受，他望着白茫茫一片泽国，禁不住悲叹，“中流砥柱且乏人，狂飙既倒谁作揖？”

大水冲了龙王庙，让汉口成为泽国，也改变了人的生活。

此时，珠喜被困在长安里，楼下的房屋进了水，房东一家没去处，只得搬到楼上来，跟她挤住一起，柴米油盐，七零八碎，习惯了清静的珠喜虽不习惯，也只能适应。

她选择租住于此，一是怕徐少爷过来，带她去别的地方，二是等着承远的信。承远本想让珠喜搬到旅馆去住，却都人满为患，且客居者来自四面八方，身份复杂，又怕引来一些麻烦，只能暂且委屈珠喜。承远想跟父亲开口说与珠喜的婚事，可他早出晚归，总难有机会，有时碰着了，见父亲疲惫不堪，说了恐怕也听不进去，一时无措，又不敢去面对珠喜，这番僵持着，心情也像雨天一样阴郁。

却不知，此时另一处的徐奕宏，面临的情形更为糟糕。

茶园都淹了，烟馆也进了水，一些烟土来不及抢运，全都泡了汤，损失惨重。

屋漏偏逢连阴雨，婉珍小产不久，不慎被渍水浸了一下，受了凉，下身淋漓不尽，又加上气血亏虚，整天病恹恹地歪在床上，请郎中划着船前来诊治，费用也高得离谱，却迟迟不见好转，无奈只得送到万国医院里住着。徐奕宏在火车站里当值，又有诸多事情添堵，交由汪妈料理，也难免牵扯一些精力。如此这般，对珠喜虽时有惦记，一时也难以顾及。

如此一来，珠喜虽在长安里生活不方便，倒是一段平静无扰的日子。与女房东吃住一起，因其丈夫在洋行做着大写，面临水火，通行受阻，加之搬到楼上，与单身女人珠喜挤住多有不便，恐旁人猜疑，也想避讳，便时常在洋行留宿，很少回家。唯有一对儿女因学校停了课，与母亲整天厮守，加上珠喜，做家务的老妈子，吃喝拉撒都在一处，环境逼仄嘈杂，也只能忍受。

狭窄的走道堆满了，连楼梯上都吊着瓶瓶罐罐的东西，不得已，珠喜的房里又塞进一个柜子和两个箱笼，挤得满满当当。

困苦的日子也能加深彼此间的感情。此前珠喜早出晚归，与房东一家不打搅，少有言谈，除了有需要找一下对方，就是进门出门打声招呼，对房东一家不甚了解。她是不善言谈的人，习惯独处，一直活在戏里，现实生活对她来说是生疏的。现在困守一起，与房东一家低头不见抬头见，虽与大人交谈不多，但两个孩子时常在她房里做功课，玩游戏，珠喜有时也参与其中，疯得一头热汗，也感受到一份久违的童趣。

无法下楼，每天有木划子运来蔬菜和生活用品，就从窗口吊个篮子下去，里面装着钱，然后将物品吊上来。等老妈子做好简单的饭菜，就摆在厨房的小桌子上，然后围坐一起，呼呼地吃着，孩子的脸上冒出汗珠子，房东拿着芭蕉扇使劲摇着，扇得小姑娘的头发似小草乱舞。她一边催着孩子快吃，一边抱怨菜太贵了，莫要浪费粮食。珠喜热得已无食欲，被这般催促，也只得勉强吃着。

半个月过去了，渍水还没退，与各种垃圾污物汇合，又经烈日熏烤，蚊蝇群集，臭气难闻，各种病菌便开始泛滥。不久房东的小女儿染上了痢疾，她丈夫要带孩子去医院诊治，只得回到家里住着。多一个男人，狭小的空间更显得局促了。

珠喜望着楼下污水横流的街道，几近绝望，她害怕生病，更受不了这般困苦不堪的生活。如果她不住在这里，房东一家也就没这么拥挤，这一想，便成了她的错，觉得自己是个多余的人。

足足熬了一个多月，终于听到大智门车站恢复通车的消息，珠喜便急着要回北京，这么长时间没有出门，她都快憋死了。没有告诉承远，也不敢惊动徐少爷，自己雇了个木划子，悄悄去了大智门车站，这时候，他们都自顾不暇，帮不了她，唯有自己救自己。

第二十一章 变故

日子在劳碌中一天天地过去，时光看似无形，但流走的时候，总会带走一些东西，就像刚经过大水的汉口，疮痍满目，如大病初愈，正在恢复元气。那些变了颜色的房子，毁坏的物件，还有沧桑的面容，令上了年纪的人感叹，时间像流水一样无情。五年的光景，说长不长，说短也不短，足以改变一些人和事。

大智门车站依然涌动着南来北往的人流，作为闹市区，人口愈来愈密集，周边的房子也越盖越多。从火车站到法租界的四民路，谢承远几乎每天要走。当初法国老板圣保罗预见京汉铁路建成后的商机，看中了与大智门车站毗邻的这一地段，利用“治外法权”，决定在法租界内的四民路修建一座别具风格的饭店。民国八年建成开业后，店名取 TERMNUS，意为到终点，音译即为“德明”。

有意思的是，如今谢绍祖也时常来这里。当然不是往那幢奶黄色法式大楼里去，而是在德明饭店的正对面，新建了一座设有罗马式拱券长廊的四层大楼，咫尺相望，即是京汉铁路汉口办事处所在地。

那日，谢承远正坐在德明饭店一间办公室里，接受老板圣保罗交给他的一项任务。

大水过后，一些设施亟待修复和重建，也是商家投资的最佳时刻。因得到消息，大智门车站准备修建天桥和围墙，圣保罗觉得有利可图，就委派谢承远把这个项目拿下来。铁路大楼就在街对面，近水楼台，何况小谢的父亲是站长，做做工作，签下这个项目该是十拿九稳的事。谢承远也觉得问题不大，想借此让老板看看他的能耐，也能从中小赚一笔。

他踌躇满志从德明饭店出来时，恰巧与来铁路大楼办事的谢绍祖擦肩而过。昨晚吃饭时，谢绍祖随口跟妻子聊了几句大智门车站扩建之事，倒让承远留了心眼，今天一早就来德明饭店跟老板通风报信。

也多亏没碰上。要得知父亲来此递交扩建项目报告，承远定会缠着，非得将修建项目让给德明饭店不可，他是志在必得。承远一般不会去父亲的办公室，只是回家偶尔聊一下工作上的事，也很少这样。父子俩碰面的机会很少，都是早出晚归，父亲晚上在火车站，而他多半是在外面应酬，有时是谈生意，有时是朋友交往，或者去阿秋客栈待一会儿，跟珠喜倒是聚少离多。

谢承远已二十好几，到了必须结婚的年龄，却成了一大难题。难就难在他的风流韵事满天飞，跟女优伶宋珠喜的情感纠葛没完没了，又和客栈老板娘不清不白，体面人家的小姐自然望而却步。家境寒微的，也怕姑娘受辱蒙羞。如此这般，谢家大公子虽然仪表堂堂，且在大饭店里做事，愿意联姻的人家却寥寥无几。

“他是有意跟我作对的。”谢绍祖恨得牙痛，也只能跟妻子抱怨。

他年近五旬，像这个年龄，也该抱上孙子了。尤其是看到别人含饴弄孙，享受天伦之乐时，那种感觉尤为强烈。但他脑子里的传统观念又根深蒂固，谢家的媳妇，一定要规矩守分。如果珠喜没做戏子，他俩还有结合的可能，一旦入了行，在戏台上被千人瞅万人看，成什么样子？且女子有了名利之心，就失了娴静，于家庭是不利的。他肯定不会答应。但几年过去，承远似乎还没有死心，再有帮忙牵线搭桥的，人家递上姑娘的庚帖，他就左看右看不顺眼，或是避而不见。谢绍祖明知是宋珠喜的缘故，他也不能迁就，这婚姻大事错不得，关乎谢家血脉的传承，他对别的事可以马虎，对儿子的娶亲却十分在意，不单是固守传统，也是家族长远的考虑。

谢绍祖对承远为洋老板打工也不满意，总觉得是不务正业。在他心里，铁道工才是正经职业，起码是为中国人做事。谢绍祖深受中国传统文化的影响，也颇有爱国之心，对洋人侵占中国，设立租界，早有怨怼。他知道，法国对汉口租界的猎取与经营一开始就与京汉铁路挂上了钩，在京汉铁路拟议时就加速了法国在汉口租地的进程。当年大智门车站还在建设中，法国人就做起了把租界与车站连接起来的美梦，后来一再要求援例扩大租界，让清廷被迫屈就，将法租界向西推展到城堡以外，距京汉铁路仅六十丈。为了便于租界与车站毗连，又趁中国政局混乱之际，强占了大智门周边不少地段，一步步向大智门车站逼近。

谢绍祖每天处在火车站，面对相隔咫尺之遥的法租界，就感觉像在边境线上一般。他有时看到法国巡捕耀武扬威地走在街上，对中国人不时呵斥，或是殴打，就像对待贸然闯进自家园子的牲畜。屈辱感时时折磨着他，对法租界早就产生了抵触。由此，法国人对于火车站的任何企图，他都怀有排斥心理。有这个前提，承远想要通过父亲帮忙把这个项目拿到手，岂不是痴心妄想？

上午的阳光照在玛领事街两边的二层楼房，店面的招牌一个比一个闪亮耀眼。时光荏苒，岁月更替，虽经历兵荒马乱，大水肆虐，如今依然呈现繁华的景象。街上的人熙熙攘攘，有肩挑背扛的旅客，也有来此逛街的男女，马车、人力车三三两两停靠在火车站前的T字街口，连绵到马路两边，蜿蜒似长蛇阵。

糕饼店里飘出缕缕香气，承远不由驻足，进去买了些麻糖饼子出来，瞧见法国巡捕皮尔提着警棍在晃悠，便打了声招呼。

谢承远要皮尔尝尝饼子，皮尔将手一挡道："不是买给我的，不要。"

谢承远笑道："晚上有空吧，去爱米酒吧间坐坐。"

"晚上天目山寨的周大爷办酒席，请了我呢。"皮尔一脸的自负。

"哟，不凑巧，那改日吧。"

承远便往长安里走去，他想看一下珠喜。

昨天晚上，珠喜在天星茶园唱戏，他照例去捧场。来了不少听众，都是冲着珠喜去的。徐少爷把她当成了镇园之宝，大水那年珠喜去北京久了点，一待就是两年。后来茶园筹演新戏，徐奕宏便招她回来，说戏台上没她亮相，简直就像没点灯，黑瞎一片。徐奕宏知道珠喜心里装的不是他，伤心之余，一度负气不管珠喜。她去北京就让她去吧，跟尚小芳热乎总比在汉口跟谢承远热乎要好受，眼不见，心不烦，只当她死了。但时间一长，尤其是来茶园的票友时常提及，又勾起了想念，究竟熬不住，便要她回来帮忙救场。

谢承远总是悄悄地来，不等散场，就从茶园里走出来，在稍远的一棵梧桐树下等着珠喜。

珠喜总是观众都散尽了，茶园将要关门，她才姗姗出现。也是为避开一些人的纠缠，包括徐少爷请她吃宵夜，一般都回绝了，只道太累，不想劳烦，要早点回去休息。然后就乘上茶园雇好的黄包车，独自回长安里。

因谢绍祖不答应承远与珠喜成婚，两人见面，亲密中总夹杂着几分苦涩，这份等待不知有多长，也让他们之间的关系变得扑朔迷离。他想见她，却不能给对方承诺，这对珠喜也是一种伤害。他知道珠喜想安定下来，也不想四处奔波，但一直不遂心愿，她只得再去北京，以此忘却承远。等她回来时，也不给承远一点信息，只是回来唱戏，为了生计而已，与他人无关。

承远是知道她个性的，也不好等在那，让旁人说三道四。春夜清朗，空气中弥漫着相思的味道，他的一腔激情还在发酵，不由得停下来等她，想跟她走走。

“承远哥……”

一位身材高挑的姑娘走了过来。

承远定睛一看，是刚才在汪妈身旁坐着的徐曼丽。

“哟，曼丽，还没走呀。”他笑着招呼。

“等了一会儿汪妈，她还在忙。”

“你时常来茶园呀。”

“家里的园子，总得来看看。”

“你毕业了吧？”

“嗯，不用上学了。”她显出一丝得意。

承远笑道：“女孩子能读完中学已不错了。”

“汪妈也这么说，就想让我早点嫁人。”她一笑说。

承远听得一震，想这姑娘还有点泼辣呢。不觉打量了她一下，隐约找到凤芝二姑的影子，那细长的单眼皮活脱脱是徐老爷的遗传，灵动中带着一丝冷冽，似夜里亮着寒光的星星。

“你在等人吧？”她问。

“你怎知道我在等人？”

“我当然知道，你是在等宋珠喜。你看戏时痴痴的样子都告诉别人了。”

承远脸一红，矢口否认道：“不是的，我在等你哥哥，想跟他谈点事。”

“我哥哥早走了呢，他被别人叫去了。”

“哦，那就算了，”他躲闪着，觉得曼丽这姑娘太鬼，但又有什么地方吸引着他，不忍离去，便说，“你要没事，我请你去吃宵夜。”

“不去，”她偏了下头，几分俏皮的样子，“汪妈不让晚上出去的。”

“那改天请你喝咖啡。”

“到时再说吧。”

承远迟疑了一下说：“那我先走了，再会！”

他消失在树影里，走到拐角处，听到包车叮叮跑动的声音，回头一看，那正是珠喜的车，看她面带忧伤，本想喊一声，却见曼丽也上了一辆黄包车，正往这边张望。他叹了口气，只得往回走。

此时，谢承远走在长安里的巷道里，心里就在打鼓，怕昨晚跟曼丽说话让珠喜瞧见了，引起她的误会。他们之间的感情，总是被这样那样的猜疑所纷扰，可他一时又说服不了父亲，也是他苦恼的原因。不能娶她，彼此就像浮萍，抓不住，感觉珠喜某一天会离他而去。而他，也不能断定明天会发生什么，只是现在他心里还有珠喜，不想失去她。

石库门开了半边，走进天井，望见楼上的窗户垂着绸布帘子，想是昨睡得晚，还没起床吧。沿着过道往里走，上楼梯时，他有意放慢了步子，但依然有轻微的响动，他的心有一丝不安，来珠喜的住处甚少，虽然相距咫尺，却像有一种阻隔，让他迈不开脚步，害怕去了，反而引起珠喜的厌烦。这不像跟阿秋在一起的感觉，或许不在乎，反而轻松些。

上午十点钟的样子，如果没有其他的事，她应该在家。

听到房间里有声响，他一激动，不觉叫了一声，却没有回应。再推门一看，却是老妈子在打扫清洁。

“宋小姐呢？”

“去火车站了呢。”对方答一句。

“什么时候走的？”他惊叫起来。

“有半个时辰了。”

“她的戏还没演完呢。”他喃喃地说，便问是几点的火车。

“十点一刻。”

谢承远一看墙上的挂钟，正指向十点二分，便飞也似的往楼下奔去。

从长安里到火车站不过百米远，他一路狂奔，引来不少的目光，对他指指点点，有熟识的，便笑着打趣：“谢公子，又在追哪个姑娘呀啊？”

他顾不上搭理，径直往火车站里跑。人太多，从门口到候车大厅，站着，坐着，左一坨，右一堆，都是阻碍前进的石头，好不容易到了进站口，正碰上一趟车检票，拥挤不堪，只得又绕道。

月台边停靠着一列将始发的火车，车厢边围着一些送行的人，他奔过去寻找珠喜的身影，果然见她靠在车窗边坐着，眼神茫然地对着窗外，一时瞥见承远过来，便吃了一惊。

“珠喜，”他挤到车窗边说，“要走怎不告诉我一声，这么急干吗？”

珠喜压抑着伤感，扭过头道：“尚师傅的戏要开演了，叫我早回。”

“汉口不是还有戏吗？”他急着直叫，“昨晚也没透个口风，怎么一早就走？总是这样来去匆匆……”他有点说不下去。

“尚师傅早来了电报，是这边的班主挽留……”珠喜跟他解释，便听到开车的铃声拉响了。

火车一声嘶吼，哐啷哐啷地开动起来，珠喜望着他，眼里似有泪光闪动，像是有话要说，车窗一下子错开了，他在白色的烟气中往前跑了几步，险些撞倒一个送行的妇女，只得站住，眼望着火车渐行渐远，他的心陡然一空，仿佛随火车一起飞走了。

徐奕宏心事重重地走出警务所，也没注意立在月台尽头的谢承远。

刚才王巡官告诉他，王运福私运烟土被驻马店警方抓了个现行，人赃俱获，现火车司乘刘黑生也被带走。徐奕宏顿时急红了脸。

“王老板的胆子也太大了，”王巡官敲着他那根长烟杆，“这不把黑生也坑了？”见徐奕宏脸色难看，也没往下说。

徐奕宏不吭声，他知道王巡官是说给他听的。王运福做这些事，似乎很隐蔽，除了司乘，人不知鬼不觉，先是小敲小打，做了几回尝到甜头，胆子就大了些，包括黑生，也是常怀侥幸。

徐奕宏不想让老王继续玩味他那副倒霉相。近来他确实过得不顺，婉珍好不容易怀上孩子，却又掉了。昨日接到北京的电报，继母凤芝与尚小芳私会时被新交的男人发现，遭毒打后关在家里，后上吊自杀。汪妈要带着曼丽去北京奔丧。珠喜也中途辞演回北京去了，茶园的戏临时换角，他正焦头烂额，现在王运福又出了事。

他也没时间沮丧，得赶紧想办法把事情解决了。茶园的后续事情会叫人料理，支付戏班子的赏金也提前付了。为凤芝的丧事，他只得回去跟父亲商量。徐金穗自那年凤芝出走，奕宏分家，一直生病，元气大伤，又因鄂城乡下的老母亲过世，他赶回去奔丧，由于悲伤过度，胃疾复发，就一直在乡下守孝养病，由结发妻子照料着，在老家待了三年，身体渐趋康复，近期才回到汉口。现得到这个死讯，徐金穗难免伤感，他虽不出面，也得要花钱，毕竟夫妻一场。还得要儿子通知谢家。谁想奕宏也遇到麻烦，王运福出事连累到他，牵扯到亲戚关系，想撇清都难。目前他还弄不清警方掌握多少证据。王运福的货先是从劳伦斯那进的，洋行走私都是找熟悉的人，王运福摸不到门，人家不会随便卖给他。现劳伦斯走了，徐奕宏以为他抽手不干了，没想到做得更大胆，却不知货又是从哪进的。

徐奕宏后来想到了余站长。王运福与他的关系亲近，上次有批英国货压着动不了，余站长就让人给打上别的标签运走了。因有余站长的关系，又有徐奕宏给他撑腰，王运福就有恃无恐，专想着做投机生意。

他下意识地往候车大厅走去，然后上楼，想问问余站长，可能他更了解内情。走到办公室前，正准备敲门，听到里面有说话声，便停住了，就在外面等着，不料门一打开，走出的竟是自家烟馆的师爷。

师爷没想到在此碰上徐少爷，便有些尴尬，见瞒不过，只得道出王运福通过烟馆走私的事。

原是灯下黑啊，事情竟出在自家身上。王运福从旁打听到烟馆时常去江边万佛轮拿货，就联系上拿货的师爷，从烟馆转手倒卖，他竟然毫不知情。

余站长找来师爷，就想问清王运福走私的情况，好向上汇报，借此撇清与王运福的关系，好把责任全推到徐奕宏身上，让他脱不了干系。

徐奕宏自然恼火，把师爷臭骂了几句，便叫他先回去，将事情料理清楚，不给人留下把柄。师爷垂着头走了。徐奕宏在走道站了一会儿，心里恨余俊发那家伙阴险毒辣，又怪自己头脑愚钝，不辨良莠地跟他走近。

“奕宏，在这干吗？”

谢绍祖从站外进来，见他脸色不好，便觉得诧异。

徐奕宏看谢站长来了，顿时一慌，便说：“谢叔，我正要跟您说件事。”

谢绍祖一愣，忙问：“什么事，你来我办公室里说。”

徐奕宏平时很少进谢站长的办公室，与谢家父子的关系，因了凤芝和珠喜两个女人，就变得几分尴尬和微妙。他不爱上楼，也是这个原因。现出了这些事，他跟谢站长的关系无形中又拉近了。可又怕就此碰上余站长，迟疑了一下道：“我现要去货场办点事，在那等您吧？”

谢绍祖看了他一眼，点了下头说：“那好，我一会儿过去找你。”

奕宏走到候车大厅，看到售票室那边站着谢承远，正拿着个万花筒在瞄着。他听黑生说过，那万花筒是珠喜送给承远的，承远不高兴就爱拿那万花筒解闷。奕宏想承远可能因珠喜走了难受，心里又酸溜溜的不是滋味。就没去跟承远打招呼，绕道从侧门出来，进了月台，径直往货场那边走。

邮运站的小胡迎面过来，见他绷着脸，便招呼道：“徐少爷，忙什么呀？”

“看看。”他漫不经心地答。

小胡凑上前说：“听说火车站拿到改造的批文了。谢公子正在联络呢，洋老板派他定下这笔项目。”

徐奕宏愣了一下，他也听说了要修建天桥和围墙，不是他不想做，只是目前身份不便，这项目如果能拿下来，确是很争脸面的事。

“你家不是有营造厂吗？”小胡问。

“家父管着，因身体欠佳，还顾不上经营。”

“你就接过来做呀，”小胡撺掇道，“你那连襟王老板不是想造房子吗？上次还说要跟你合伙呢。”

徐奕宏听了又烦，想王运福嘴巴真差，还没眉目的事到处乱说，现在刚刚出了事，人家难免想到他也参与了分赃。刚才看王巡官的神情，也含有打探的意思，现在想来，不由惊出一身冷汗。

他脑子涨，不想跟小胡多说，只顾往货场那边走，到铁栏杆那站了片刻，便见谢站长过来了。

“奕宏，有什么急事？”

徐奕宏低下头，费劲地说：“谢叔，凤芝姨走了……”

谢绍祖听得一震，半晌才问一句：“什么时候的事？”

奕宏断断续续讲起事情的经过。

谢绍祖一边听着，脸渐渐由白转青，胸口急剧地起伏着。太丢人了，到死都不能让人饶恕，连同家族的人，都因她而蒙羞。可是，凤芝已像一片风筝飞走了，再不会回来。亲情那根线牵扯着，怨恨之时，又痛得难受。

“我已经让汪妈去料理后事了，”奕宏觉得过意不去，又补充道，“我本要去的，可王运福出了点事，婉珍的身体又不好，怕她着急扛不住。”

“王老板怎么了？”谢绍祖一怔。

“驻马店警务所发现王运福的零担货物里，藏匿有鸦片，是黑生接收的。两人都被扣住了。”徐奕宏只得如实作答。

“他是从汉口进的货？”谢绍祖忙问。

“是，还不知道从哪进的……”徐奕宏见谢绍祖直盯着他，有些气短。

“财迷心窍啊，”谢绍祖叹息一声，只是摇头，“本不想提旧事，那黑生，就是他妈给教坏的，他妈就喜欢贪小便宜，儿子还有不受影响的？”

“他刚搬了家，可能缺钱。”徐奕宏还想替他搪塞一下。

谢绍祖哼了一声：“人心不足蛇吞象。铁道有规定不知道吗？那些犯法的事能做吗？”

奕宏不忍心看黑生倒霉，毕竟跟自己有点关联，不由替他说情：“谢叔能不能酌情考虑，毕竟是初犯。”

“这事出在外地，由不得我做主，可能要上报路局。即使由我决定，也不能姑息迁就。若性质严重，恐怕要开除。”谢绍祖对待工作上的事情，向来不含糊。

气氛有点凝重，奕宏不好再说什么，或因凤芝的死，像块铅云沉沉地压在头顶，有一份无法排解的忧伤。

半晌，谢绍祖还是抑制不住，气愤道：“找那种男人，也亏她下贱的。肯定是遭毒打后悔当初，死因跟那男的有直接关系。”

奕宏对凤芝之死感受有些复杂，凤芝让他一家蒙羞，落到如此下场，也算解恨。但又高兴不起来，毕竟一起生活了那么多年，又是曼丽的亲妈，打碎骨头连着筋。现谢叔这般态度，也勾起了他的伤痛，不由骂道：“妈的，这事不能就算了，肯定要教训一下那畜生！”

谢绍祖思忖了一下，方道：“我看让承远去一趟北京，处理一下此事。”

徐奕宏刚要点头，可一想承远要去，肯定会找珠喜，这是他的心病，便说：“还是我去吧 。”

谢绍祖蹙眉道：“王运福的事没理清，你哪能走？”

“与我有什么相干？他的事我一概不管。”徐奕宏来这一句。倏而想到“金蝉脱壳”之计，麻烦事太多，老子也懒得管了，由他去吧。

谢绍祖不好再说什么，临走提醒他讲究章法，不要莽撞，别有理变成无理。

徐奕宏点头答应着，长长地吐出一口气，做了几年警察，他确实有些疲惫，是该休息一下了。

第二十二章 祸福

大智门车站的扩建项目刚刚公布，一些人马就蜂拥而至，不是往铁路大楼，便是来火车站。当然不只冠冕堂皇地递交设计方案，暗下还得使劲。在月明星稀之夜，投官员们所好，去消遣一番，或登门拜访，诗外功夫总是少不了的。这一套，洋人不擅长，中国人却是信手拈来。

徐记营造厂的门面还在，但光景不比从前，一些修造工程因疏于监管，质量不高，卖不出好价钱，积压了不少资金，造成了一些亏损，也因一些变故，加之徐金穗身体状况不好，无暇顾及所致。但是，钱到眼面上不抓，就有些犯傻，也不是他的性格。从乡下回到汉口，他就开始重整旗鼓，准备东山再起。信息在奕宏告诉他之前就已得知，已让相关人员去做准备。

徐金穗不用亲自跑，一些春风秋雨都播撒过，关系虽淡了些，捡起来也不是蛮费力。何况是火车站，谢绍祖的地盘。他跟老谢沾亲带故，虽然凤芝不在了，彼此的感情还在那，相信谢绍祖不会马虎。何况也知道对方的个性，不太愿意跟洋人打交道，虽然项目不是由火车站站长定夺，但毕竟是由车站负责实施，拟定哪个营造厂承建，火车站有一定的发言权，京汉铁路汉口办事处也不会有太多的干涉。

奕宏把他从乡下接回来，父子俩已言归于好。几年世事沧桑，奕宏变化不少，对父亲也多了些理解。尤其是徐金穗与乡下大妈和好，对奕宏是个安慰。本想把大妈一起接到汉口，但她不愿意，说在老屋住习惯了。其实是不想让徐金穗为难，有汪妈在家，到时不好相处。他不提，女人便觉凄凉，说不来也是无奈之举。

奕宏提起凤芝的死，徐金穗只是发怔，心口揪扯着，没有缘由的痛。凤芝的模样又在眼前晃着，止不住心里发酸，老泪纵横。他到底是爱她的，虽然她的离开让他寒心，让他承受一个男人难以忍受的羞辱，他自然是恨。但在旁人面前，他从未流露过一丝怨言，说出来，没有任何好处，只会惹人笑话。

徐奕宏还是第一次看到父亲流泪，他不好劝，就干脆出去了。他要马上赶往北京处理丧事，也是逃避铁路警务所的查问。王运福搞铁路走私，他作为警察，首先是失职。他曾为王运福的货运跟火车上的司乘打招呼，要对方照顾好他连襟。如今王运福事发，人家很有可能说他是协同犯案。徐奕宏想到这一着，就心里发虚，索性不想干了。他也不是把差事当饭吃的人，有的事让他忙。况且家里接二连三地出事，他作为儿子，总不能袖手旁观，尤其看到父亲流泪，实在受不了，也在那一刻有所醒悟，父亲年纪大了，唯有他一个儿子，以后还得继承家业，不能再混下去了。

王巡官告诉他时，徐奕宏就受不了对方的眼神，当时就想撂挑子不干了，又怕人家以为他心虚，怀疑他跟王运福是同伙。现在一想，都无所谓了，同伙也好，亲戚也罢，反正他没要王运福一个子。他不缺钱，只是爱逞能，讲哥们义气，不按条条框框行事，总归没把手里的饭碗当回事。

徐奕宏临上火车时，还是跟王巡官打了声招呼，说他去北京好几天，没工夫值班了，这几年承蒙老兄关照，在警务所待得蛮自在，在此多谢了。他拱拱手，然后头也不回地走了。王巡官愣怔了一下，才追了出来。月台上迎来送往的人真多，左顾右盼，哪还有徐少爷的影子？

“当少爷就这么自由自在啊。”他望着启动的火车嘀咕道。才想起徐奕宏这一走，警察课差个人值事，他得向路局报告。一想又觉得不行，现王老板的事还没了结，上面正要追究他们警务所失察呢，这不是引火烧身吗？只得和另一个巡警轮流值班，辛苦几天，等王运福和黑生的事了结之后，再提为好。只是徐少爷害苦了他们，到时回来，得让他有所补偿才行。

那是个忧伤的夜晚，起码谢承远是难过的。

铁路基建工程申报方竞争激烈，明争暗斗，由于老板圣保罗过于自信，以为跟汉口铁路办事处是近水楼台，双方时有往来，再交由谢承远办理，应该胜券在握。岂料煮熟的鸭子飞了，对手比他做得更仔细，加之谢绍祖极力争取华商承建此项目，一是成本低，二是肥水不流外人田，三是技术力量也不差。圣保罗嗅到一点风声，又找人去铁路局打通关节，但为时已晚，决策者经过权衡，认为圣保罗公司设计制作方面虽有优势，但建筑技术并不比华资公司突出，且造价成本也高，大智门车站属于敏感地带，他们也不好就此落个崇洋媚外的嫌疑，便否决了圣保罗公司承建大智门车站的扩建项目。但也给对方一点面子，将循礼门车站改造月台的项目交其承建。

谢承远没有完成任务，让圣保罗大为不满，对他颇有微词。心情低落之时，又得知徐奕宏去北京处理丧事，这下又牵扯到珠喜。尚小芳对珠喜怀着怎样的感情，本就让他五味杂陈，现徐奕宏一去，又触动了那根敏感的神经。

一时心烦意乱。刚过了盛夏季节，屋里还有些闷热，母亲和弟弟坐在天井里乘凉，一边唱着歌："巧芽芽，生的怪。盆盆生，手中盖。七月七日摘下来，姐姐妹妹照影来。又像花，又像菜，看谁心灵手儿快……"刚才在弄堂里，承远听到几个小女孩也在唱这首歌，翻了下月份牌，才知是七夕节。

他不觉一悲，七夕，本是与心爱的人团圆的日子，他却形影相吊，没有欢喜，只有无边无际的忧伤。

珠喜恨他，离开汉口就是赌气，此次不辞而别，他就怕珠喜真要与他断了，跟了尚小芳，或许在北京找个相好。以前他对珠喜是有把握的，近来彼此都生分了些，离开久了，感情也在变，他把握不住珠喜，同样也把握不住自己。徐少爷去北京，肯定会找珠喜，尚小芳对珠喜有无企图，他还不好断定，但徐少爷对珠喜是痴心不改。无论怎样，此次珠喜是不再属于他了。

不仅如此，那种眷念也在消失，或许是焦虑过度，忧伤太多，他已承受不起，爱成了一个负担，就像坍塌的堤坝，水一点点地流失，却无力回天。他难受至极，对别的女人又提不起兴趣，连阿秋那也不想去了。苦闷的情绪像蛇一样纠缠着他，摆脱不掉。爱情也变得缥缈，遥不可及。

他又拿起万花筒左看右看，一时弟弟进来发现了，嚷着要玩，他也不肯放手，揣着万花筒逃离似的跑了。

承远不觉走到大街上，入秋的晚风拂拂吹送，四周灯影迷离，偶闻笙歌婉转，胡琴低泣，是谁跟他一样倾诉着别离的歌？

大智门车站就在眼前，半圆拱窗月亮般地辉映着四周，簇簇人影如潮水流淌，又有到站的火车。他每天面对着迎来送往，却不曾再踏上过火车。有时真想一走了之，去北京与珠喜相会，可他又下不了这个决心。那次北京之行，已闹得沸沸扬扬，他尽量不在乎，却实实感受了流言的杀伤力。他没有徐少爷那么大胆子，想干什么就干什么，也是自小受父亲管束太过的缘故。

他漫无目的地走着，仰望着深蓝色的夜空，几点星光，月色如钩，竟也不是圆满之日，不觉又平添了一丝忧悒。“岂不尔思？远莫致之。”他想到《诗经》里的句子。此时，牛郎织女正在天上的鹊桥相会，他却与心爱的人天各一方，孤苦伶仃。珠喜会不会想到他呢？或许她正在跟尚小芳同台演戏，卿卿我我，互诉衷肠。或许徐少爷在向她献殷勤，也有可能跟其他男人在一起……谢承远胡思乱想，头皮都发起胀来，只是昏昏沉沉地走着，不知不觉来到了火车站。

站在候车室门口的王巡官一眼瞄见了他，便招呼：“谢公子，来接人呐。”

谢承远含混地答应一声，就随着人流进了车站。

他习惯性地去了月台，一堆一堆的人站着，有列火车即将到站，自有晚班的接待等在那。他不想跟车站司事搭腔，冥冥中又有所期待，珠喜会不会赶回来见他？便沿着月台往前走，接近货场作业线，才站住。

夜幕下的股道泛着幽微的光，有列货车卧在那里，一堵墙似的遮住了远方的旷野，百米处高轨架的号志灯亮着星星红光，等变换成绿色，火车就要到了。

他站在那里，月光漫洒下来，泻银似地照耀着四周，也抹了他一身，给了他片刻的宁静。微风轻轻吹拂着，送来丝丝的凉爽，没有火车的响动，便能听到蛐蛐的低鸣，偶尔还能闻见远处的蛙声，都像在幽暗的被子里捂着，清晰地引人怀想。在这个七夕之夜，他独自来到夜色中的车站，似在等待着心上人。深幽的夜空，不见银河，只有漫长的铁路线，就像连接远方的绳索，牵扯着人，车站是彼此相距最近的地点。

隐隐约约的灯光在闪烁，渐渐近了，是巡道工提着号志灯走了过来。

"谢公子，等车啊。"

"是啊。"

"就要到站了。"

"嗯。"

"哎，谢公子，黑生是不是被开了呀？"

"什么？"

"谢站长没说吗，"对方停下来，"都传遍了呢，黑生走私烟土，已上报路局，被开除了。"

谢承远一时怔着。知道黑生出了事，处罚不会轻松，但得知这一结果，还是觉得突然。这一天实在倒霉透顶，全是坏消息，走哪都躲不过。对方见他不吭声，便自顾走了。

远处响起火车的嘶鸣，一看号志臂上，果然亮起了绿灯。

轰隆轰隆的声音越来越近，铁轨似乎震动起来，月台上丛丛的人影在涌动，他看到一团亮光出现了，嘶吼声似要击穿耳膜，脚下的震撼也变得强烈，然后那条黑龙便冲了过来。

长串白烟袅袅悠悠地升腾，把人影笼罩得虚虚浮浮，像在梦境里游走。稍散了些，一下瞄见车尾处下来个人，耷拉着头，见是黑生，正要喊，对方已从铁轨绕到货车后，眨眼不见了。

承远一阵惆怅，只得往回走。

有人在背后叫承远哥，一扭头，竟是多日不见的徐曼丽。

"曼丽，你回来了，"他惊喜道，见她踽踽而行，不禁问，"汪妈怎没回来？"

"她让我先回来的。那里人多手杂，把我妈安葬了，他们还要去打官司。"

"和谁？"

"还不是我妈后来跟的那个男的。"

两人走在一起，曼丽问承远："是他们叫你来接我的？"

承远不好回答，转而问她："怎没有人陪你回来？"

"我不要人陪，反正上下车有人接送。"她指了下身后拎行李的两个用人。

谢承远看了她一眼，似乎比往日清瘦了些，想是连日哀伤所致。她母亲是他的堂姑，曼丽即是他的姑舅老表，只因父亲的原因，不甚往来，显得生疏了些。但碰见了，那种亲缘关系自会让彼此亲近起来。今晚可是巧遇，来火车站本因想念珠喜，却意外碰到曼丽，像是为迎接她而来的。

他随着曼丽往外走，闻到她头发里一丝肥皂的香味，仿佛柳丝拂过湖面，悠悠袅袅地勾引着人，他被那新鲜的气息吸引住了，莫名的情愫悄然荡漾开，不觉乖乖地跟随着，就希望出站一小段路长一点。他顾不上问丧事是怎么办的，徐奕宏现在忙什么，珠喜怎么样，其实很想问，可面对曼丽又开不了口。曼丽似乎也没心思说那边的事，或是累了，只是简短地聊了下行程中的见闻。

出了火车站，就有黄包车等在路口。曼丽上了车，朝他挥了挥手，微笑地道别："承远哥，改天上我家里来玩。"

"好的。"他爽快地答应了。

这个忧伤的七夕，因一个相遇变得柔曼起来，真是意想不到。

幽暗的巷道里照不见月光，黑生摸黑往家走去。刚才他从铁轨抄近道，只是想避开人群。其实停车时，就从车窗望见了伫立在月台尽头的谢承远，不想让对方看见，就闪身离开了。

他在谢公子面前一直自卑，这是多年形成的心理落差。跟徐少爷、谢公子相处长了，人家与他称兄道弟，平起平坐，慢慢才自然了些，少了些谦卑之态，却也未敢气高，有所冒犯。还是因为贫穷，钱是人的胆，没有钱，人就硬不起腰杆，他的自卑也就如影随形。

做了司乘后，不仅打开了眼界，也有意想不到的好处。跟人家稍带点土特产，临时托运个行李，或帮人照看孩子，本是举手之劳，但到了目的地，人家给他酬谢，先还推辞，觉得是朋友间帮忙，有些不好意思。等事情办多了，人家非要表示，大抵知道这是行规，才半推半就地收了，一次，两次，渐渐尝到甜头，顺手代劳，既得佣金，何乐而不为?

王运福让他关照一下，也是自然而然。他知道对方货里夹带着走私物品，铁路上有章程，弄不好会丢饭碗，也有所顾虑，不敢妄动。

王运福频繁在京汉线往来，沿途各站点都有他的商户，熟人多，包括一些铁路职工。他从河南等地将收购来的粮食棉花等作物运到汉口，又从汉口洋行采购茶叶、煤油和日用品运到北方。但近年战争频繁，灾荒歉收，收购价一路飙升。汉口收进的商品也因原材料的上涨，增加进货成本，再除去运费、差旅费，利润少得可怜。钱赚少了，就想从别的渠道弥补，走私先是零打碎敲，等钱赚到了手，就有些欲罢不能。贪欲是蛰伏在心中的魔鬼，只要有机可乘，便敢飞蛾扑火，以身试法。何况搞些禁运物品已成为这些商户公开的秘密，只是看谁的手段高明，查获不到就是本事。

那次，王运福说在汉口还有事要办，不能马上回河南，就要黑生帮忙料理一下披挂的货物："火车沿途要下一些货，只要安全运达就行了。"

"不会有误的。"黑生答道。

"要与货运司事交接，还有乘警，都要查验的。"王运福提醒道。

"每次都这样。你放心好了。"

"但货物类别不一样，我做了些标记，沿途下货时，有标记的要跟提货人对上。"

"什么标记？"黑生看那货都是一样的。

"我在箱子上不同的地方写了编号，写在箱顶是一类，腰部是另一类，箱底又是一类，"他掏出几张纸条，1，2，3，4 分别对着圆、三角、正方、长方几种图形，"各个站点的图形都不一样，别搞错了。"

"交给货运司事吧？"

"这是给提货人的，不能让铁路上的人看到，除了你。"

"不晓得什么意思呢。"黑生脑子有些懵。

"人家都知道，不用你操心。"

"那好。"

王运福又把手里的两盒饼干交给他："这饼干是送给朋友的，到站他会来取，你交给他就行了。"

此时，黑生回想王运福要他做传递，看似礼尚往来，不过捎带那些饼干、猪油、名酒之类，送给亲朋好友。人家便给他酬谢。他似乎感觉里面有点问题，但到底禁不住诱惑，也怀有侥幸心理，就这样，带的物品越来越多，找他的人也不少。

他本不善交际，脑子也不灵光，但不长时间，就在京汉线上有了名气，每到一个站点，就有人来找他，黑生被叫的频率几乎超过了车首。

最初有些不习惯，或是受宠若惊，因他自小被忽视，受人冷眼，做了司乘，只当有了饭碗，生活安稳了些，却没想到还有额外的好处。凡到达一个地方，都有人找他，人家跟他称兄道弟，喝茶吃饭总少不了叫他，还时有偏财。如此被人重视，确实让人满足，时间一长，不免有些洋洋自得。

总有看不见的眼睛在暗处窥探，有道是：要想人不知，除非己莫为。一个小小的司乘，如此这般风光，总不太正常。他多少有些顾忌，不敢放开胆子，由此答应了这个，又怠慢了那个，免不了会得罪某些人。其中就有人寻到一些蛛丝马迹，透露给车站警务。

那日，火车到达驻马店车站，就有接站的人来找他。他正把几包糖递给对方，不料被警察逮了个正着。糖包打开，果然里面藏有烟土。几经盘问，他还缄口不答，便免不了动刑，那接货的人受不住，交代曾从黑生手里拿过藏匿有烟土的饼干盒、糖包、猪油罐、酒瓶之类，此后王老板便被供出。

王运福遂被抓捕，人赃俱获，只得承认私运烟土之事，取货人也供出他们事先约定，去黑生那领取物品的过程。

但黑生还矢口否认，只是替王老板帮忙代转，并不知其中有违禁物品，且上车前都给车站警务查验过。这点王运福也没否认。但次数多了，他的荷包渐渐鼓囊起来，再怎么洗刷澄清，也不过是狡辩。

他被关了几天，放出来时，已被铁路局通报，从大智门车站除名了。一想不再是铁道上的人，心里便灰暗到极点。前方漆黑一片，他不知道今后的路怎么走，还能再找谢站长吗？人家正烦着他呢。他是谢站长关照进来的，现在出了这种事，不是给人家抹黑？他不好意思见谢承远，也是这个原因。

他穿行在狭窄的巷道里，想着焦急等待他的母亲，又忐忑不安。他手上只有一个布包，里面是他出车携带的生活用品，都拎回来了。以前可不是这些，手上是大包小包的外地特产，多半是沿途的熟人送的，仅这些东西，就足够他们母子的日常所需，节省了不少花费。这下全没有了。他那爱占小便宜的妈，看到他两手空空地回来，怎承受得了此番打击？这么想着，就有些不敢回家，他得先找个活做着才行。可此事一出，把他关系最近的徐少爷都牵连了，上面还要追查他给王运福开绿灯，是不是同伙，他怎好意思去找人家？而黑生还不知道徐奕宏已辞职不做，去了北京。另一个谢承远，本可以帮他，但给谢站长造成不好的影响，彼此的关系就淡了。人到这步田地，才知道什么叫走投无路，所有的一切都是泡影。他还是他，那个风里来雨里去叫卖报纸的苦孩子，却已回不到原地。年龄大了，不可能再去卖报，自己也丢不下脸面，还能做什么事呢？他呆呆地望着黑沉沉的夜空，几近绝望，有些想哭，真是一失足成千古恨啊。

第二十三章 曼丽

火车站里人来潮涌，每天都有相逢，也有离散，新鲜事总是层出不穷。

黑生离开火车站后，谢承远不免空落。处在大智门这种热闹地方，虽说认识不少人，能说体己话的却没几个。黑生是他从小到大的玩伴，他在对方面前可以指手画脚，口无遮拦，黑生则对他言听计从，随叫随到。这已成了习惯。去月台接车，只要是黑生当班，他就踏实，也充满期待。黑生帮他揽进不少客人，比其他司乘都多。还时常给他捎带东西，不是吃的，就是用的，不计其数，然后两人就去附近的餐馆小聚，说些京汉线上的见闻，兄弟之情也在这一次次的相聚中变得深厚。

现在，车厢门一打开，走下来再不是那个黑瘦的身影。承远跟接手的司乘还不熟络，对方勉为其难道，没忘记他的事，都跟旅客说了，但他们大多定好了旅店，也有的嫌贵。好歹介绍来一位客人，人家也只答应看看再说。也不知不爱说话的黑生使了什么法子，每次都能拉来几位，有时更多。他也没顾上问，现在有了比较，才知道黑生把他的事当自己的事在做，人家说一遍，他可能要说三遍。

除了黑生，还有多日不见的珠喜，不知她现在怎样，徐少爷迟迟未归，以他那火暴性子，不定要跟人算账。有时，他忍不住想丢下事情去一趟北京，又觉得多此一举。珠喜如果心里有他，总该写封信来。无形之中，又平添了些怨怼。

其实也是借此排解，给自己台阶下，彼此都会有新的遇见，所有的事都经不住时间的淘洗。要说，他也并非寂寞，心里还品尝到一份甜蜜，这是曼丽带给他的意外惊喜。

自那晚与曼丽在火车站相遇，心情郁闷的他，不觉云开雾散。曼丽有着珠喜不一样的洒脱气质，她热情奔放，青春逼人，撩动着他的心魄，实在难以抵挡。

美好的感觉在悄悄滋长时，他们又一次相遇了。

那天，曼丽来大智门车站迎接日本商人伊藤正野。伊藤来中国多年，曾在日清公司做事，说一口流利的汉语，以前在汉口就认识凤芝，后来去了北京，也时有来往。那日伊藤前去给凤芝吊丧，遇见曼丽，便吃惊不小，小姑娘亭亭玉立，一颦一笑像极了凤芝，真是青出于蓝而胜于蓝。此次伊藤来汉口处理一些事务，也想跟徐家做笔生意。徐金穗尽地主之谊，又不好亲自去接，让旁人看得碍眼。曼丽就主动请缨，其实是想来见见谢承远。曼丽吸取了凤芝善于交际的特长，又不乏徐金穗的精明果断，这点比她哥哥奕宏要强，也是徐金穗喜欢她的地方。此次伊藤能来汉口，也因曼丽助成了他的前行。徐金穗一时找不到合适的人，就答应让曼丽去迎接伊藤。他并非拿女儿做交易，而是知道曼丽能应付得了。那姑娘自小精怪，这点事对她不算什么，他也想试试她的能耐。自己年纪大了，精力渐渐不支，眼看奕宏指望不上，以后恐怕要依靠曼丽了。

从嘈杂的候车大厅进入月台，曼丽一下瞥见了谢承远，他正在等车，目光游离，不知在想些什么。

“承远哥——”她欣喜地叫着。

谢承远扭头一看是她，顿时眉开眼笑道：“哟，曼丽妹妹，你怎么来了？”

“我来接人的。”她笑意盈盈道。

谢承远也没往下问。他刚送走一批货物，对方给他的佣金却未兑现，心里正烦闷呢，曼丽就像一片美丽的云彩飘来，不觉把他的烦恼冲散了。他跟曼丽站在鱼池边，欣赏着池里几尾悠游的红鲤，一边随意地聊着天，曼丽问他一些不相干的事情，他也漫无边际地作答，彼此似有默契，都不提那些扰人心绪的话题。无意间，承远瞥了一下曼丽，不想曼丽正痴痴地望着他，目光灼灼似火，承远慌忙避开，装作低头看鱼，那颗心却止不住地狂跳起来。

远处响起了轰鸣声，两人才震醒了似的。承远不自觉地抖了下衣襟，对她说：“接了客人，带你去咖啡店坐坐，喝点饮品怎样？”

“没空呢。”曼丽嫣然一笑。

“那就晚上，七点我在雨果咖啡店等你。”他有点等不及。

“晚上也没时间。”

“怎么没时间？”

“要陪客人。”

谢承远听得不是滋味：“就不陪陪我呀。”

曼丽感觉他在吃醋，便解释道：“我爸晚上请客，我要去招待一下。”

承远一时没有反应。

火车轰隆轰隆地开了过来，然后吐出一口长气，疲惫地停下了。

谢承远带着两位客人出站，交给饭店接待，回头见曼丽与一位留人丹胡子的西装男人走出来，碰上承远，曼丽便介绍道：“这是伊藤先生，我妈的老朋友，这位是我表哥谢承远。”

伊藤打量了一下他，勉强笑了笑，也没伸手。承远见对方冷淡，他也只是点了下头，没做表示。眼见曼丽与伊藤上了一辆停候的汽车，然后有只白嫩的小手探出车窗，朝他扬了扬，便眨眼不见了。

日清公司的经理伊藤正野是“九一八”之后到北京的，抵制日货的浪潮汹涌，日商纷纷回撤，他在汉口待不了，就去了北京，在香山脚下的一处宅院住着，且行踪诡秘，较少露面。等时局稍有宽松，他便活动起来。也有意再回汉口，做做生意，会会朋友，联络一下感情。得知大智门车站的基建工程即将实施，徐金穗虽将项目承接下来，却还在筹措资金。伊藤觉得有利可图，就打算与徐老板商谈一下。

徐金穗从办转运公司起，就跟日清公司的伊藤打过交道。对方因中日联运事宜，时而来大智门车站，涉及一些生意上的事务，有那么两次碰面，也都泛泛而谈，点到为止。如今多年过去了，徐金穗想重整家业，好不容易接了这笔生意，不想奕宏又从中添乱，弄出烟馆走私的事，让警察局处罚，他又得四处堵窟窿，还要花钱处理凤芝的丧事。如今的徐家，如病后初愈的身体，已经不起再次折腾。现这种情况下，旁人就看他如何把这曲戏唱完，等着看他的笑话。他不想让人瞧出他内资耗损，出了亏空，也不想腆着老脸求人，只能内部消化，渡过难关，实在不行，就挪东墙补西墙，把烟馆卖了，省得奕宏去做那些违法的勾当。好在曼丽聪明伶俐，把他的意图透露给伊藤，对方已有意接盘，他也就此早点脱手，一心一意做火车站的扩建项目。

彼时，曼丽先把伊藤送到他的住处，说稍作安顿，汽车一会儿再来接他，家父在得月楼为先生接风洗尘，请务必赏光。伊藤望着粉面如花的曼丽，欣然答应赴宴。曼丽便笑着挥手作别。

伊藤站在背后目送着她，曼丽不觉洋洋自得。在北京时，她就得知伊藤是个情场老手，身边各色各样的女子川流不息，她只是他遇见的又一朵花而已。她不会排斥对方的爱慕，但也不会接受明显的表示，她还年轻，有的是青年才俊喜欢她，她不会轻易接受三十多岁的男人，尤其是好色的日本男人。但她会利用一下，好好应付，这是她天生擅长的一面，只是为了拉拢对方，对父亲的生意有所帮助。她打好了算盘，就把伊藤当作一条大鱼，勾住对方，又让他进退不得。

初秋的夜晚，凉风习习，空气中透着丝丝缕缕的桂花香，此时自是交朋会友的好时光。酒桌上的朋友都不是一天两天的交情，徐金穗把伊藤邀请过来，有认识他的，也有不认识他的，不过平常的聚会，碰巧赶上了，不是特意而为。徐金穗对日本人也有所保留，对形势更不是麻木的，与对方不过是旧友相聚而已。

有父亲在，汪妈又不在场，曼丽未免放纵一些。她带着那些正襟危坐的客人玩起击鼓传花，又引得大家争先恐后地即兴献艺，使气氛达到高潮，连伊藤也被感染得哼唱了几句。

等宾客们下了酒桌，眼饧耳热之际，便从嘈杂闷热的房里出来，三三两两踱到宽敞的楼台边，好让伴着桂香的江风吹拂一下酡红的脸，去去酒气。笙歌悠扬中，仰望寥廓的星空，观看长江两岸的灯火，自有一番梦幻的意境，令人心旷神怡。

徐金穗与伊藤在楼台坐着喝茶。酒桌上人多，都说些不相干的逸闻趣事，不会涉及正题，等到客人大多散了，清静下来，才好谈起正事。

伊藤想买徐家的售吸所，徐金穗也想卖，烟馆每月卖烟土、烟膏药、烟泡，进项不少，但藏污纳垢，也冒着风险。当初是奕宏赌气买下的，为了保住它，结识了一帮弟兄，时常出没其间，也怕他染上毒瘾。徐金穗虽想赚钱，又怕代价太大，上次奕宏就进去了一次，已经伤了元气，经过那次折腾，他的胆子也小多了，一朝被蛇咬，十年怕井绳。尤其是烟馆让奕宏从家里搬出来，连孙子也没了。接连不断的打击，实在承受不住，就觉得烟馆是个隐患，留不得。等到王运福走私被拘，连带奕宏丢了警察差事，他就打定了主意。

但在伊藤面前，他还是不紧不慢，说了一个稍高的报价，几家都争着要呢。伊藤嘿嘿笑着，他自然要往下压，直到对方承受不住时才肯罢休，也就漫不经心地跟徐金穗闲聊着，时而环顾左右而言他，彼此打着太极，都在试探着对方，底牌在哪里。

彼时，曼丽送走了那些客人，也来到楼台上，仿佛让静默的两山之间引入了一泓流泉，顿时有了灵动。

“伊藤先生，照顾不周，刚才没吃好吧？”曼丽关切道。

“很好，我都快醉了。”伊藤饧着眼说。

曼丽抿嘴一笑道：“好就留下吧，别回北京了。”

“是呀，我也有此意，来汉口重操旧业。” 伊藤醉眼迷蒙，一看那双勾魂的眼睛就把持不住了。

“想做什么呢？不会跟我父亲合作吧？”曼丽故意问。

“正想跟令尊大人做笔生意呢。”

“想买我家烟馆呀？”

伊藤笑道：“徐老板开价高，买不起哟。”

“伊藤先生是行家，不用我说，总该知道市面行情吧，还说我开价高，掐得人没水喝呢，”徐金穗似在诉苦，“不是急等用钱，我才不卖呢。”

“是呀，我家烟馆赚钱，卖了可惜了。”曼丽在一旁帮腔。

伊藤嘿嘿笑着，他当然知道烟馆现在查得正紧，都是暗地里张罗，不敢太张扬，不走鸦片利润不大，做着又有风险。徐家刚出了事，人家都盯着，自然有所收敛。他敢接手，也是另有门路，不怕华人衙门追查。

“那就留着吧。”伊藤故意说。

曼丽道：“是啊，就留着。”

茶房端来新沏的菊花茶，还有小碟的开味蜜饯，彼此喝着茶，又扯起闲话。

此时，明月当空，凉风习习，桂香幽幽，真是谈恋爱的好地方。曼丽想起了承远，如果他在这里就好了。现为这日本男人空耗时间，把美好的夜晚都耽误了。想那伊藤心里太多算盘，不卖给他也好。她有些懊恼，就不想在这多待了。

“爸，我想先走一步。”她凑近父亲耳边说。

“再待一会儿吧。”徐金穗说，其实他也疲倦了，还是不想让步，但装出来的轻松总是有破绽的。

曼丽知道父亲需要她，更需要钱，就只得待着。此时，伊藤一直盯着她看，眼神里含着挑逗，对饱览春色的他，每一个年轻女子都是待上钩的鱼，不想放过。曼丽虽说人小，却不是一个容易降服的小妖精，这越发激起了他的好奇心。也就在他试探对方时，曼丽先发制人了。

“伊藤先生，我家的烟馆不愁买家，你要知道。”

伊藤笑了一下：“要价太高了，买不起啊。”

“先生既知烟馆抢手，还要拿白菜价卖给您，也太狠心了吧？”

月光之下的曼丽，有几分妖冶，几分霸道，眼神幽幽地勾着男人的心，真是动弹不得。

“曼丽姑娘真行。”伊藤色眯眯地盯着她的脸，有点抗拒不了。

曼丽勾住徐金穗的脖子撒娇：“爸，不是还有两家找过您吗？”

徐金穗气定神闲地微笑着，不吭声。

“那我先走了。”曼丽显得急不可待。

“徐先生能再让这个数，”伊藤伸出两个指头，“我就买下。要不就谈不成。”

徐金穗停顿了片刻，心疼道：“让你赚钱呐，太亏了，明天我怕是要改变主意。”

“那就一言为定，明天我去烟馆交付定金。”伊藤忙说，他真怕徐老板反悔。

同样的夜晚，谢承远也没闲着，还在德明饭店开会。老板圣保罗桌上有一份住宿分析图表，上面标明了大智门车站、粤汉码头及其他客源数量，大智门车站上月揽客数减少二成，原因跟黑生离开，与新的司乘衔接不够有关。但老板不管这些，只讲实绩，又因他没有拿到大智门车站的项目，已怀疑他的办事能力。饭店那些人多是势利眼，见老板不待见谢承远，便开始冷淡他。连火车站登记处的两个接待，也不似以前那么随叫随到，时不时还放他的鸽子，让他一人领着客人在火车站干等。谢承远本不愿在火车站久待，就想做出成绩来，被老板提拔，在豪华气派的德明饭店当个经理，比在嘈杂火车站里更体面。这是谢承远的向往，也一直在做努力，眼看希望就在眼前，却功败垂成，心里不免有怨气。因为一个项目，也不全是他的失误，就怀疑他无能，他觉得委屈，而那些势利小人的所作所为，也让人憋气。

他感觉老板是个反复无常的人，只看中利益，被提拔的那些人，并不比他能力强多少，还有的吃喝嫖赌，不择手段，就因做成了一两笔生意，老板就另眼相看，也不管对方品行不端，寡廉鲜耻。谢承远有些心灰意冷，开完了会，便独自闷闷地往外走。

从四民路出来，过了中山路，拐个弯就是海寿里，但心情不好，怕父母询问起来更烦，就不想回家，而往玛领事街方向去了。

旺角客栈门前有小贩在卖炒板栗，香气诱惑他停下脚步，不由掏钱，让小贩装了一纸袋兜着。

“买给我吃的吧？”楼上响起轻佻的笑声。谢承远也不看她，低头往楼上走，到楼梯口，阿秋已迎在那了。

“快弄点东西吃，饿坏了。”他有气无力地说。

“哟，还没吃呀。”阿秋把他让进自己房里，便要茶房给他倒茶，自己则去厨房忙活。

谢承远忍不住饿，从纸袋里掏出板栗剥开嚼着，将茶房递过来的龙井茶猛喝了几口，才跷起二郎腿，点起一根烟兀自吞云吐雾。

一会儿阿秋端来两盘小炒，还切了牛肉、花生米，嘴里唠叨：“今天是哪阵风把你吹来了，这么长时间不来看看姐姐？”

“忙得脚不沾地呢，没看我现在肚子还饿着？”承远疲惫地说。

阿秋抿嘴一笑，将桌上的酒瓶打开，往两只酒杯里斟满，递给他：“来，今天秋姐陪你喝。”

承远起身坐到桌旁的太师椅上，拿起酒杯与阿秋碰了碰，就灌了一口，一不留神呛在喉咙里，连连咳嗽。慌得阿秋忙过来拍他的后背：“急什么呀，也没人催你，今晚就慢慢地喝，喝到半夜也没人管你。我那死鬼被人叫去了，三缺一，又是一晚上，老娘也懒得管。”

谢承远把她按到一边坐下，稍稍平复，又端起酒杯，与她对酌。

脸红耳热之际，他肚子里的苦水便止不住往外冒：“老子每天早出晚归，辛辛苦苦在火车站蹲守，还没有饭店一写字薪水高……”

阿秋附和道：“就是啊，人比人，气死人。”

“他们以为登记处就是接几个人，没看到打开客源，要费多少心思啊，让司乘在火车上包揽，不知费了多少口舌，除了佣金，还请他们吃饭，在火车站外四处游说，给包车夫拉客费……”

“你就不帮我拉拉客……”阿秋嗔道。

“你还需要拉客？”承远不知她是故意说的，“出门两步就是火车站，店面招牌就够了，客人来多了你还没房呢。”

“我是说你没想到我呀。”

“什么想不想的，用不着。”他又喝了口酒，眼睛已有些泛红了，“我来吐吐苦水，你就只会计较。”

“好，好，不说那些烦心事，说点高兴的。”阿秋生怕他坐不住走了。

“有什么高兴的事？”他觉得蛮憋屈，二十几岁了，还没娶亲，本是可以和珠喜的，就是父亲不答应。张罗其他的，好的人家看不上他，差一点的他不肯要，时常跟阿秋这么混着，他的名声也干净不了。

“你跟我在一起还不高兴？”阿秋浪声挑逗着他。

承远红着眼睛瞅着阿秋，忽地一把抓住她的手：“你过来。”阿秋被他一拉，顺势倒在他的怀里。

这时，房门忽然一下被撞开了，站着一个怒气冲冲的秃头男人，谢承远不及推开阿秋，男人已抄着根木棍子冲了过来。

“小狗养的，老子今天不打死你算我不是爷爷！”男人鼓着金鱼眼咆哮着。

眼看棍子就要劈过来，谢承远赶紧用脚踢倒了跟前的椅子，男人被绊了一下，“哗啦”一声倒在地上，不等他爬起，谢承远一个鲤鱼打挺，闪身溜了出去。

等阿秋男人骂骂咧咧地追出来，哪还有他的影子。

阿秋回到桌旁坐着，依旧喝着那杯残酒。男人骂完了，又去打牌，不敢把她怎么样，倒是怕她跑了。男人就是这样没出息，她也不爱，只寻思他出去打牌好好的，怎么突然回来了？八成是有人通风报信。狗娘养的，平时一个个都装得老实，可见知人知面不知心呢，老娘得好好查查这内鬼是谁。

谢承远在阿秋男人的咒骂声中侥幸出逃，可又怎么逃得过人们的眼睛？处在人流熙攘的闹市区，一点动静就像倒进热油锅中，引得一片沸腾。众目睽睽之下，那是何等的狼狈，这也是他一生中最不堪的一幕。走出好远，还感觉到背后在指指点点，议论纷纷，那时就想找个地缝钻进去。

他遁进黑暗的小巷里，跌跌撞撞地走着，心里也灰暗到了极点。他知道，明天火车站里又会谈论这桩丑闻，他可以想象与他作对的人有多高兴，余副站长得意的脸，父亲的恼怒……他是想让父亲刮目相看的，到头来还是这么不争气，丢尽了谢家的脸面。

他不想回家，不愿让父母看到他沮丧的样子，但人要倒霉，喝水都塞牙。找阿秋不过想排解一下忧伤，并没想与她做苟且之事，却还是触了霉头。

想到珠喜的离去，阿秋的麻烦，他实在是厌倦了，现在他就想找个女人结婚，有自己的窝，不再看父母的脸色，听他们的埋怨，好与坏，都是自己的，与他们无关了。

一个女孩的笑脸现了出来，像一道明亮的光芒，照亮了前面黑暗的路。曼丽，此时他特别想见到她，填补他那颗孤寂的心。

他不由自主地往徐家走去。他等不得，要见到曼丽，受伤的心急于要找到一个支撑点，他怕自己垮下去，垮得一败涂地。他不想去找男人，连同父亲，只会让人家轻视。他要找女人，珠喜应该是最想见的，可是远水救不了近渴，阿秋也不能够，现在闹出这种事情，更不用想了，只有曼丽，正好填补这个空虚。

徐家的小楼就要到了。走到门口，他倒是踌躇起来。受到刚才的惊吓，再被夜风一吹，他的酒完全醒了。以前来过，隔了这么长时间，倒是生疏了。现在又是晚上，匆忙上人家的门，是否有些唐突？

犹豫了一下，还是禁不住按了下门铃。

“你是……”开门的人不认识他。

“我是谢家的承远，来找一下曼丽。”

“哟，你是谢公子呀，”对方当然知道谢家，把门开大了些，往里让了让，“可她现在还没回来呢。”

“在哪呢？”

“我也不清楚。”

他点了下头：“那好，我就不进来了。”

只得沮丧地往回走，慢腾腾的，有些挪不开脚步，好不容易走了百米远，忽然听到背后在叫承远哥，回头一看，正是曼丽呢。

“刚到家，听你来找过我，想走不远，就赶来了。”曼丽娇喘微微道。

“是啊，不凑巧。”他红着脸说，心想这姑娘真是机灵，知道来寻他。

两人站在一棵梧桐树下，有微弱的路灯光透进来，对方的脸不甚明朗，五官有些迷离，像是在梦境里。

“找我有事吧？”

“没事，就想来看看你。”承远也不想掩饰。

曼丽含笑道：“不凑巧呢，要不再去家里坐坐吧。”

“晚了，改日我正式登门。”他忍不住说。

“什么正式呀？”

“你想怎么正式都行。”他笑道。

“你难道来提亲不成？”曼丽直截了当地问。

“真有可能呢。”本是句玩笑话，一下扯到这上头来了，他看到曼丽灯影下的倩影，倏地想到一句宋词：蓦然回首，那人却在，灯火阑珊处。一时激动不已。

两人在那棵树下站着聊了一会儿，承远看周围的店铺都打烊了，便送曼丽回去，返回去时，那黑夜仿佛明亮了许多，脚步也轻快起来，他吹起口哨，在空旷的街道，尤显得清亮动听。

第二十四章 酝酿

大智门车站北端的闸房狭小简陋，这次修建天桥，不仅要修整被大水毁坏的水鹤、灰坑，闸房也纳入改造之中。徐奕宏被父亲催了回来，家里人丁不旺，铺开了阵势，就得有人撑着门面。曼丽在场面上可以当帮手，但做这些实际活儿还得靠儿子。徐金穗等不及，拍两次电报，才把奕宏给叫回来。

徐奕宏回到汉口，修建天桥的工程已经启动，家里本有营造厂，专业人手都在，父亲事情多，就叫他在火车站负责，有什么问题及时解决。奕宏看黑生闲散在家没事做，就喊他过来帮忙照场。

这一日，黑生叫人往水鹤工地运石灰，一会儿又往闸房这边搬木料，准备再建一间，比原先的要大一倍。忙了一会儿，黑生便往老闸房里来坐坐。扳道工老王以前与刘福根共过事，黑生跟他也熟。

“王伯，等闸房建好，以后就宽展了。”

“是啊，”老王抱怨道，“这板壁也快垮了，夜里值班太冷。”

“放张床可休息一下。”

“那哪行，错过了火车事就大了。”老王到底胆子小。

一时又提起黑生的差事，跟徐少爷帮忙总不是常事，要他去找一下谢站长，做不了司乘，做司货、司磅，或者巡道工也行。薪水少点，人辛苦点，只求个安稳。

黑生不吭声。他知道老王是好心，可他没这心思，被人家开除了，还能再来？再说好马不吃回头草啊。

正聊着，就见徐少爷匆忙过来了，一脸兴奋道：“黑生，刚接到电报，珠喜要乘这趟火车回汉口。”

“好啊，总算被少爷说动了。”黑生欣喜道。

徐少爷在北京时，先把凤芝那男人收拾了一顿，迫使对方负担丧葬的全部费用，解了一口气，也忙乱了好几天。虽跟珠喜离得近，也不太容易见面。她要演戏，又因凤芝的事，尚小芳被凤芝那男人追得四处躲避。她为了避嫌，也躲着徐奕宏，怕无事生非，让人家议论她和徐少爷不清不白。

但徐少爷不会忘了她，总会找机会，偶尔见了面，比以前还亲热些，珠喜也附带告诉对方，尚师傅在京城已有家眷，跟凤芝是清白的，全是那男人作祟，导致凤芝想不开。这番说明，也是给她自己开脱，跟尚师傅关系正常，不可能发生什么。徐奕宏心里熨帖了些，就趁此劝她回到汉口，一人在外，无依无靠，何苦这番折腾？他愿意娶她，把婉珍休了他都愿意。珠喜不肯，说婉珍太可怜，至今没留个一男半女。奕宏听得也难受，不愿再提。

不曾理好善后事宜，他便被父亲催促回汉口，只得把后续事情交给汪妈办理，也好留在京城照顾一下珠喜。

火车出入频次增多，谢承远一般上午总在月台，他要接送客人，还有货运事务，他穿梭在人流之中，比火车站的司事还要忙碌。

但这天，他来晚了，错过了一趟火车。只因昨晚与曼丽缠绵，回家后又兴奋得无法入睡，直到后半夜才迷糊过去，等一觉醒来，已是日上三竿，母亲也忘了叫他，匆忙洗漱了一下，就往火车站而来。好在距离近，拐弯就到了。

月台边的铁轨卧着一列刚刚到站的火车，淡淡的白气还未散尽，人流涌动着，进来的，出去的，纷纷攘攘。

谢承远一眼瞄见司乘领着两个外国旅客下来，行李堆了一地。

“哎呀，总算盼来了谢公子！”司乘叫着，把旅客往他面前引，说是鸡公山下来的，直接要去德明饭店下榻，承远拍拍司乘的肩膀，便领着客人往站外走。

“谢公子——”又有人在叫。

他一回头，见黑生提着一个皮箱，朝他笑嘻嘻地眨了下眼睛。再一看后面的人，顿时呆住了。

“珠喜……”他正要迎上前，却看到旁边跟着徐少爷和汪妈。

谢承远顿时眼前一暗，珠喜果然又跟徐奕宏好上了，怪不得给她写信一直不见回音。

徐奕宏没理会谢承远痴呆的表情，跟黑生交代了几句，便忙他的事去了。汪妈看在眼里，便悄悄跟承远说，珠喜是临行前两天才答应回来的。因凤芝的男人被奕宏吓唬了一下，心里不服气，就去找尚小芳讨要赔偿。尚小芳不敢露面，对方就四处造谣尚小芳跟多个女人有染，连同珠喜也牵连上了。珠喜本想把戏演完，但流言四起，有人在戏台下起哄，走在路上还被人指指戳戳。珠喜想要尚师傅出面澄清，却一直不见动静，她待不下去，只得离开。

一同出了车站，黑生便对谢承远说：“中午徐少爷请客，你也来吧？”承远本要答应，一想曼丽也会在场，到时尴尬，便推说没空，见珠喜已上了停候的黄包车，便走到她面前小声说：“晚上我带你去一个好地方……”

珠喜微微一笑，算是默许。

这一天，凡是见到谢承远的人，都被他的喜形于色所感染，心情一好，做事也顺手，事半功倍，爱情的效果确是神奇无比。

却逃不过他父亲的眼睛。

此时，谢绍祖正为一件事头痛。余副站长得到一家营造厂的托付，极力去汉口铁路局办事处推荐，不料让谢绍祖抢得先机，从中打听到那家营造厂并非华资，而是日商伊藤正野借壳下蛋所为。“九一八”之后，日货明显受到抵制，大智门车站的中日联运项目已被终止，现由日商公司承建，几乎是天方夜谭。余站长受此挫折，觉得在对方那里不好交代，也挺没面子，又不好明目张胆再去铁路局争取，确实是人家有把柄在握，弄不好，还把他拿对方好处的事兜出来，恐怕更糟糕。

余站长有些憋气，他跟谢绍祖争，总是处在下风，谢绍祖表面敦厚，其实暗藏心机，做事都按着章法来，让对方难以找到破绽。但智者千虑，必有一失。余站长对徐记营造厂不说很了解，起码也知道个大概。余站长不知怎样打听到谢绍祖跟徐家是亲戚关系。那出走的徐太太，就是谢站长的堂姐。这一来，谢站长在大智门车站的修建工程上，就有徇私舞弊的嫌疑。

余站长得到这个情报，如获至宝，马上就去汉口铁路局上报。如此这般，在人们眼里一直廉洁奉公的谢站长，顿时就被这件事弄得名誉扫地。而且，余站长不顾与徐奕宏刚刚修复的关系，把谢站长当初让徐奕宏来火车站做警察的事也说了，连同徐奕宏伙同王运福走私烟土都抖了出来。他是孤注一掷把谢绍祖彻底打垮，继而取而代之。

但这事做得动静过大，铁路局那边就有人偷偷告诉谢绍祖。谢绍祖正心烦的时候，不想又看到了火车站外的一幕。

这无疑是雪上加霜。谢绍祖以为珠喜离开北京，再也不回来了，他正在为承远娶亲四处张罗呢，没想到两人还是藕断丝连，又联系上了，这让他如何不烦？

当初，他不同意这门婚事，只是对珠喜的戏子身份不能接受。现家里闹出这些事，大致都跟她相关。他不是太迷信的人，但多少有所忌讳，这姑娘在哪都不得安宁，不说是个祸害，起码也不是个发旺的女人。

谢绍祖恼怒之下，就感到承远的亲事已经刻不容缓，必须马上确定了。其实他心头已经有了人选，还想再看看，这一来，就等不得了，他准备马上去提亲，以免承远再闹出什么有损颜面的事体来。

接下来，谢绍祖就着手处理那件头疼的事，他把负责站务的小赵叫过来，问火车站里有没议论工程方面的事。小赵跟他关系好，也就如实相告，站里大都知道了，一些人不知内情，被余站长一煽动，就联想到徐奕宏和王老板同伙走私的事，还有人说徐家拿了日商伊藤的钱。小赵就觉得站长此事做得不明智，不该让人留下话柄。

谢绍祖一心拒绝外资，后来接受徐家，也因徐金穗还算守信，做事稳当，何况刚刚经受打击，他想给对方一点帮助，算是替凤芝弥补一点歉疚，不料却惹出了麻烦。

谢绍祖也只有对小赵道一下委屈："你知道我跟徐家不太来往，堂姐一走，就更少走动。不是徐老板主动申请，还真没想到他。"

小赵说："我们清楚您的为人，但害人之心不可有，防人之心不可无。有些事碰到一起，就爱联想。"

谢绍祖道："徐家为了保证不走私，把烟馆都卖了。当然是筹集资金，跟我也说过这事。如果真是伊藤借壳下蛋，我们会终止合同。如果不是，我自会去跟铁路局说明。”

小赵指了下隔壁办公室，“听说他跟王运福关系好，现在为了证明自己清白，把徐少爷也出卖了，还不知他跟上头怎样编派您呢。”

“黑的说不白，白的说不黑，就让他去说。上次我问过王巡官，他也查证了，徐奕宏确实给王运福开过两次绿灯，但构不成同伙。我也问过黑生，也说奕宏没参与此事，不过是看在亲戚面子，给王运福一点方便。两人都签字画押了。上头若要问我，我自会说明情况。”

谢绍祖虽这么说，心里还是有些懊恼，真是防不胜防啊。他就准备去找徐金穗，弄清他修建工程资金的来龙去脉。虽说设计图纸和预算表都写得明明白白，也有专业技术人员各司其职，他还得要督促对方把好工程质量关，出不得半点差错。

候车大厅里，因刚走一趟火车，里面空荡了些。等待另一趟车的人，七零八落地坐在长椅上，看报，聊天，吃零食，闭目养神。还有的在排队买车票，犹如流动的活水，火车站就是闸口，把水引向各个地方。

谢承远不会在意他父亲的心情，偶尔碰到便擦肩而过，各有各的事。来去的旅客中，时常有些熟面孔，他也认识了不少人，形成了自己的人脉。

谢承远这天心情好，诸事也顺。临近下班的时候，又有回头客孙老板来找他。孙老板本在驻马店开有货栈，后来又经京汉铁路来汉口开了个分店，与洋行等多家商户有了业务往来，生意越做越大，现一个零打碎敲的小门面已满足不了供需，就准备办个分公司，搞批量经营，兼办出口业务。孙老板此次由谢承远接待去德明饭店下榻，看他办事能干，对他印象不错。公司货运增加，与铁路常打交道，就想让谢承远代理公司的货运业务。谢承远本负责圣保罗公司的货运事宜，也代理另两家公司的货运，多做一家也没什么费劲，轻车熟路，又多一份报酬，何乐而不为？他自然答应得爽快。孙老板便介绍随同来的汉口分公司总办萧铁先生，要谢承远与之联系具体事宜。谢承远一看萧铁，便觉几分面熟。萧铁笑问他是否记得第一次上火车的情景。承远这才想起那个车童萧铁。原来萧铁因人引荐，已离开铁路多年，现回到汉口，又跟铁路打起了交道。

彼此交谈了一会儿，孙老板便邀他一起去酒馆小酌。承远不及回答，就听到火车站的六点报时，才唬得一跳，竟忘了一件大事，便婉言谢绝了对方的盛情相邀，孙老板看他似有急事要忙，也不好勉强，彼此客气了几句，便与萧铁离开了。

承远送走了二人，就赶紧出了车站，往长安里走去。

进了里份，倏地有些紧张，他想着上次来找珠喜的情景，不辞而别，心里已存下了阴影。就害怕这次她又不在，彼此有太多的错失，再经受不起。

夕阳已退到了屋瓦背后，有几片灰黄的云霞浮在天际，天井朝南的墙面附着一道亮色，以下便黯淡了，似一段过旧的时光。进了石库门，走道里更黑，他的心也沉了下来。闻到一股菜香，是楼下的房东在后面厨房里做饭，看到有人进来，便问找谁。他问宋小姐在不在。对方努了一下嘴，刚才好几个在上面呢，说笑唱戏，闹腾了半天，才走了。不知小姐在不在。

他顺着窄窄的楼梯往上走，脚下响起沉闷的回声。

走在楼上，透过天井黯淡的天光，看到一个曼妙的身影，在门口倚着，似乎等待他的到来。

“珠喜……”

“以为你不来了呢。”她似乎等了好久。

“忙昏了头。”

他走到门口，端详着她的脸说：“你瘦了……”

“怎能不瘦？”珠喜凄婉一笑。

昏暗的光线里，那双秋水眼梦幻一样迷离，他禁不住低头，亲吻起她。珠喜身子一软，伏在他怀里。

“你知道我有多苦吗？”她哽咽着。

承远听得一揪，把她紧紧地搂着，一步步往里退，像两条扑向海里的鱼，又似两枝纠缠一起的藤萝，相依相偎。

“你知道我有多想你吗？”他吻着鱼一样光滑的珠喜，只恨不得把她吞进去，化为身体的一部分，不让彼此再次分离。

天全黑了，承远看不清珠喜的脸，只闻到那股体香，那是他渴望的气息，诱惑着他又一次勃起。“你真是个尤物啊。”他激动地喊道。

不知多久，两人才筋疲力尽地倒在一起。

躺了一会儿，承远感到有些饿了，便拍了下身边的珠喜，“起来吧，我们去吃饭。”

“好累不想动，你可真行呀。”珠喜慵懒地斜卧在枕头上，含情脉脉地望着他，指了下桌上花花绿绿的点心水果，“刚才他们送来的，吃点吧。”

“嗯，先压压饿。”

他穿起衣服，拿起一块蛋糕放进嘴里，大口吞咽着，又掰一些塞进珠喜口里。

“我想喝酒，”他不太喜欢吃甜食，“男人要补充体力，要吃肉。你陪我出去喝杯好吗？”

珠喜微眯着眼说：“中午已喝过了，现在还没醒呢。”

承远一想到她跟徐奕宏喝酒，心里就冒起酸水：“以后再不要随便跟人家喝酒。”

珠喜歪了下头：“人家送我回来，盛情难却呀。”

“你就不告诉我，让我去接你。”承远心里不痛快。

“麻烦事已经够多了，哪好再给你添麻烦？”珠喜确是想到他了，但是汪妈在那，她就不好舍近求远，只能这番宽慰他。但承远听起来客气，又有生分感，还不曾在最需要的时候想到他，也就不拿他当最亲近的人。

承远郁怨道：“还是心里没有我呀。”

珠喜说：“别瞎想了，没那回事。”

承远吃着蛋糕，不禁又问：“这些东西是谁送的？”

“那些票友听说我回来了，就赶来看我。”

“都比我知道得快呀。”

“中午吃酒碰到的。”

“还碰到哪些人？”

“还有……噫，一直没见到曼丽，长高了，也变漂亮了，真是女大十八变，比他哥哥还能干呢。”

承远听得心里一慌，没有吱声。

“你见过曼丽没有？”珠喜勾着他的脖子问。

“很少见到，”他只能撒谎，看珠喜盯着他，似乎有些心虚，转移话题道，“以后不要跟人喝酒，也不要去公开场合露面。”

“为何呀？”

“你是我的女人，不能再这样下去了。”

这话他以前说过，那时他要娶她，珠喜也等着他娶。现在他再说，却成了女人，不再提娶字。

“承远，你把我当你什么人啊？”她禁不住问。

“你是我最亲的人。”他俯下身去吻她。

珠喜把头偏了过去：“你不能娶我，就不要说这些话，你不能够。”

“怎么不能？”承远看她这般任性，又勾起了愤恨，“你也是徐奕宏的人吧？”

珠喜一听这话，脸色“唰”地变了，怔怔地望着他，忧伤地问：“你这样看我？”

“你不就想这样吗？”承远赌气道。

“好，这话是你说的。”

谢承远一看气氛不对，便过去拉她的手：“起来吧，跟我去喝酒。”

“我不是你的陪客。”她甩开了他。

“你敢对我说这样的话？”他气得脸一下子涨红了。

珠喜说：“我不想吃。”

谢承远挨了片刻，看珠喜没有动静，便赌气出了门。

楼梯一阵响过，又陷入了空寂。床上的珠喜，半天纹丝不动，然后惨淡一笑，对着天花板凄然道：“走了好。”

谢承远走出了长安里，也没心思去酒馆，就径直往海寿里走去。

家里吃饭比较晚，用人把饭菜做好了，谢太太总要等着晚归的谢绍祖一起吃，承远三天两头在外吃饭，小儿子承志在铁路学堂读书，吃住都在那，只有礼拜天才回来。

谢绍祖照例回来得晚，他去了一趟火车站不远的徐记营造厂，与徐金穗一直谈到太阳西下，等徐金穗要请他出去吃饭时，他又谢绝了。这是他的习惯，对谁都一样，徐金穗也就不勉强。

谢太太叫人把饭菜热了一遍上桌，夫妻俩一边吃着，一边说着闲话。

谢绍祖得知徐金穗卖烟馆的实情，也了却心头的疑虑。徐金穗叫他不用操心，自会去汉口铁路局说明情况。

菜的味道好，都是谢绍祖喜欢吃的。谢太太不顾自己，对丈夫可是全心全意，隔三岔五给他煨汤炖肉，且都按着谢绍祖的口味来做，也难怪他不想在餐馆吃饭。跟妻子在一起说说话，蛮温馨的，他眷恋家的味道。

“曼丽长好高了……”他呼呼地扒了口饭说。

“上次我病了，她跟着汪妈来看我，很灵巧的孩子，嘴巴也甜，”谢太太想到当时的情形，不由感叹，“她才十七岁呢，那神态很像凤芝……”

一时触及，又勾起了伤感，半天无语。

承远闷声不响地进了门。

“爸，妈。”他叫了声。

“忙到现在才回呀，快吃饭吧。”谢太太叫道。

承远添了碗饭，坐到一旁吃起来。

谢绍祖见他一副无精打采的样子，就想起上午看到的一幕，不由斥道：“没忙几件正经事，就会跟这个那个女人纠缠不清。”

承远正烦闷呢，这下被父亲戳到了心窝，搅得难受，含在口里的饭就如同嚼蜡，半天吞不进去。

“你的婚事再不能拖了，”谢绍祖今天看到那般情形，心里已有了打算，“这两年一则事情多，没工夫张罗，二则是你心里作祟。我想等你慢慢淡忘，但发现事与愿违。”

谢承远把筷子一放，涨红脸说：“我想请父母大人开恩，让我娶了珠喜……”

“不行，你不用想了，”谢绍祖打断了他，“到谢家做媳妇，不说要三从四德，起码也是正经姑娘，绝不能是千人瞅，万人看的戏子。”

“我娶别的姑娘过不好啊。”承远着急道。

“你怎么晓得过不好？”谢绍祖敲了下筷子说，“我娶你妈时也不认识，不是过得蛮好？”

“珠喜等了这么多年，对不起人家啊！”他悲哀道。

“这都是你作下的孽，以后自己去还吧，但婚事不行。”谢绍祖口气很硬，“我已经看好了一位姑娘，亲上加亲，你肯定会喜欢的。”

“是谁？”承远禁不住问。

“曼丽。”谢绍祖露出满意的表情，“人家是千金小姐，我们算是高攀了，还不知徐家答不答应呢。”

承远一时懵着，没有反应。

第二十五章 看戏

火车站的蛮石围墙在一天天垒高。曾经建有的围栏已遭到不同程度的损坏，时有胆大妄为者越栏进入，躲过列检逃票，甚而将违禁物品偷运上车，构成隐患，修建围墙就成了当务之急。

徐记营造厂虽有工程监理随行把关，徐金穗还是不敢掉以轻心，火车站的工程是脸面上的事，每天进进出出那么多人，无数双眼睛停留，就会有无数张嘴评判，做得不好，他不说在汉口混，就是京汉沿线也没立足之地了。他当然知道其中的干系，不仅事关他的脸面，也事关谢站长的名誉，更是事关大智门车站的形象。虽有奕宏每日值守，他还是隔三岔五来火车站的工程现场察看，唯恐出什么纰漏。

徐金穗只要来火车站，曼丽就爱跟着。她是醉翁之意不在酒，在现场走马观花了一番，就借故走开了，去找谢承远，不止一次如此。徐金穗脑子里没谢绍祖那些条条框框，也因在法租界住长了，受洋风潜移默化，加之曼丽丧母，他爱女心切，不免溺爱。如今曼丽大了，越发不受羁绊，任性自骄。徐金穗挡不住，便寻思着为他找一好婆家，早点嫁了，也免得日后遭人闲话。

面对芙蓉初开的曼丽，不乏有仰慕者上门提亲，徐金穗先不曾应允，还想等等看，可现在，他想答应谁家，曼丽都不会愿意。徐金穗那般精明的人，哪会感觉不到？曼丽的一点细小举动，都逃不过他的眼睛。那日看到月台上忙碌的承远，曼丽的眼睛就放亮了，连个招呼都不打，就奔向了承远。

徐金穗发现了问题，一些迹象也都说明，曼丽喜欢上承远。他对承远印象不坏，生得一表人才，玉树临风，不像奕宏，跟他一样矮个儿，因此他对个高的青年有些偏爱，也是自身的劣势所致。但他多少也听说，承远拖到如今还没娶亲，全是因为珠喜。他跟珠喜相好不得如愿，便执意不婚。

徐金穗认同谢绍祖的做法，阻断两人的姻缘，但临到曼丽喜欢上承远时，他也如出一辙。虽说是亲上加亲，但承远那段过往总存下阴影，这对曼丽就有些不公，她还是一朵初放的花呢。他疼爱曼丽，也希望娶曼丽的那个人是全心全意爱她的。

他在火车站察看工程时，顺便去了下谢绍祖的办公室，两人谈及一些工程建设中的相关事宜，比如工地安全作业区域划分，与旅客发生冲突纠纷时的处理办法等，都做了相应的补充规定。坐了一会儿，徐金穗叫人去喊曼丽，却没找到人，说是和承远一起出去了。

徐金穗叹气道："曼丽就是野，现在跟承远一起，越是玩疯了。"

谢绍祖哈哈一笑，不失时机地说："两孩子都大了，竟然彼此投缘，何不成全了他们？"

徐金穗顿了顿，他没想到谢绍祖已有此心，心里还是抗拒着，不想贸然答复，只是说："曼丽还小呢。"

谢绍祖就不往下说了。彼此都留点余地，求亲也不是那么容易的。

徐金穗本不想提及此事，过后还是汪妈点拨了他。

"小点也没关系呀，承远会护着她的。谢家虽比不上那些富裕人家，却也失不了面子，关键还是曼丽喜欢。你知道她的个性，不喜欢是会瞎闹的，到婆家若过不好，不比嫁个喜欢的实在。何况是亲上加亲，错不到哪里……"

"承远跟珠喜的事闹得满城风雨，他到时会不会对曼丽有二心？"徐金穗作为男人，看得总要深一层。

但汪妈受了曼丽鼓动，只想答应此事，遂了姑娘的心，便说："你也想多了，此一时，彼一时，他现在跟曼丽好了，还计较以前干吗？何况经了那些事，会更疼曼丽呢。"

听了这番话，徐金穗没马上认可，但那些疑云已消散了不少。等到谢家正式来提亲，徐金穗没有点头答应，也算默许下来。

徐奕宏近几天不常来大智门车站。他到场不过是协调，资金到位，工料补足，还有与火车站的关系，说来简单，遇到事情也牵扯不少精力。

珠喜一回来，法租界大舞台就请她去登台献艺，徐奕宏生怕她被人家抢走了，早叫人把戏班子请回来，配合珠喜排演新戏。珠喜本为谢承远的话弄得心烦意乱，但经不住戏院盛情相邀，徐少爷又捷足先登，加之她自己也是闲不住的人，唯有唱戏可以打发寂寞的时光，也就应了。徐奕宏心里舒服，虽有汪妈照场，他还是爱在那待着，与几个朋友喝茶打牌。火车站工地这边就交给黑生照看，实在解决不了的事，就喊他回来处理。

似乎都看出徐少爷醉翁之意不在酒，想珠喜姑娘的心思，要把她据为己有。这已是公开的秘密。徐家少奶奶婉珍自上次小产，一直没有怀孕，请来大夫诊治，只说小产造成宫寒，不易怀胎，须调养些时日。

徐少爷似乎不着急，医就医吧，他依然早出晚归，与婉珍不打照面。只是父亲徐金穗着急，指望着抱孙子呢，却一直希望落空，也够焦心的。他自己不出面，就让汪妈去说，让儿子媳妇搬回家里。奕宏经了些事，也改变了不少，父亲让他们搬回家里，只能照办，反正烟馆已卖出去了。

徐奕宏没顾着玩，平时也是少有空闲的，父亲年纪渐渐大了，以后的家业要靠他撑着，他结交那些洪门兄弟，为的是在大智门一带形成势力，不论华界还是租界，都不敢马虎他们徐家。他不是经营方面的能手，却有一套笼络降服人的板眼，一种与生俱来的霸气，让别人对他服服帖帖。

茶园里遍植了一些桂树，九月过了，桂香虽不那么浓郁，却也丝丝缕缕，随清风缭绕，不经意地醉你一下。至夜，花香与灯火交融，色熠熠以流烂兮，纷杂错以葳蕤，别有一番诱人，吸引来不少的观众，笑语喧喧，热闹无比。

当晚演的是《打渔杀家》，宋珠喜扮萧桂英。刚一亮相，就引来茶客们阵阵叫好。

滚滚江水翻浪花。
贫穷人家无冬夏。
父女打鱼度生涯。
……

徐奕宏刚从酒馆里过来，醉眼微饧，正端着盖碗喝着刚泡的龙井茶。观众的捧场就像在催化，他站在茶舍的窗口瞅着台上千娇百媚的珠喜，又涌起深藏的爱恋。多少年了，他见识不少女人，也时而到妓院消磨一夜，但对珠喜一直放不下，也不知那女子有怎样的魔力，她的一颦一笑，就那么牵动他的心。或许是珠喜没在意，他反而更迷恋对方。他就是这般不争气，对这女人爱不舍，恨不得。其实也知道，珠喜跟他隔着一道墙，他一直在墙外站着，看到珠喜跟谢承远眉来眼去，卿卿我我，他痛恨不已，曾翻墙而过，想打散他们，却引得珠喜更快地逃离。好不容易回到如今的情形，他也小心翼翼，知道来硬的不行，只能慢慢地软化，神不知鬼不觉地降伏她。而目前的情形，于他是有利的，谢家不会答应她和承远结婚，珠喜苦等多年不得，年龄一天天拖大了，总有耐不住寂寞的时候。他对珠喜已势在必得。

殊不知，珠喜与承远多日不联系，后答应出来唱戏，实则是赌气，其实希望承远来找她。承远没来，珠喜就不舒服，唱戏也心不在焉，难免就有些荒腔走板，好在她巧妙地掩饰了，观众倒没太在意，但总有一两位内行私下嘀咕珠喜姑娘的嗓子生了。

曼丽是后来到的。她坐在茶园靠门不显眼的一隅，是她习惯坐的地方，免得人打扰，又可随时离开。她对唱戏说不上特别喜爱，但也不生疏，自小受凤芝的影响，耳濡目染，何况茶园是自家的，时不时来凑凑热闹，看到人多她就欢喜。但不是每次都来，她只是看喜欢的戏，或是唱戏的人。

她也想看珠喜的戏，虽说对珠喜有抵触，但哥哥把她请来，倒是想见识一下。要说以前珠喜在她家里，后来学戏也因了她母亲促成，不想倒出息了。此时，那戏台上的珠喜，靥笑春桃，纤腰楚楚，清亮的嗓音如黄莺出谷，令人如痴如醉。也难怪哥哥那么喜欢珠喜，但哥哥对待珠喜的态度不远不近的，让曼丽也觉得有些怪异。或许是嫂子在中间挡着，珠喜又好强，不愿做小服低，才弄得这么个结果。想多了，便扯枝绊藤的，难免又勾起搁置已久的怨怼。

谢承远下午接了一趟车，又有一家澄油厂的桐油运到火车站，他在货场与货运司事过磅清点，忙了半天才交割完毕。出来时已近六点，走到车站外的围墙工地，几个长夫正往那搬运沙土，黑生在盯着卸货。

“今晚我得闲，小酌一番如何？”承远停下来说。

“今天不行，我妈病了，要回去弄饭。”黑生摆了下手。

“不妨事吧？”

“老毛病了，就是头昏。”

“那就改天吧。”承远说着便要走。

黑生哎了一声，在他背后喊道：“珠喜今晚在天星茶园登台呢，你不去看看？”

他听得一愣，蹙眉道：“她又唱戏了？”

“徐少爷请她，也不好驳人面子。”黑生看他不高兴，忙打圆场。

他不吭声，闷闷地走了。

承远回到家里，心里一直烦躁不安，不想去理会这件事，又摆脱不掉，一想到珠喜与徐奕宏在一起，就受不了。吃过晚饭，拿着万花筒看了一会儿，究竟忍耐不住，要去茶园，想看看情况。

承远走到茶园门口，看见汪妈正在收茶水钱，便打了个招呼。汪妈一看承远来了，便眉开眼笑，忙要人带他进去看戏。

谢承远被伙计引着往里走，眼睛直瞅着台上的珠喜，倒没注意四周的观众。忽而听到有人在叫承远哥，顿时唬得一跳，再一看，果然是曼丽坐在角落里。

“曼丽，你也来看戏？”他笑着招呼。

“自家的园子，想来就来。”曼丽答一句，又定定地望着他问，“你来怎不告诉我一声？”

“回来晚，也是临时决定来的。”承远说。

“这是第几次在茶园碰上你了？”

“平时不来，一来就碰上了你，也是凑巧。”承远笑道。

两人一来二去地聊着，坐在前面的徐奕宏瞧见了，便走过来朝承远点了个头，然后小声对曼丽说：“等会儿一起去吃宵夜吧？”

“还有谁？”曼丽直接问。

“几个兄弟，加上珠喜。”

“你们去吧，我不去。”曼丽想跟承远单独待着。

一旁的谢承远听到珠喜两字，心口便像塞了棉絮，堵得难受。他本是想散场后，接珠喜一起去吃宵夜，以此缓和两人的关系。却忘了徐家兄妹会来，碰上怎么处理这个难题。现在一听徐奕宏要带珠喜去吃宵夜，抢走他的心肝宝贝，就有点坐不住了。

等曼丽去厕所的当口，他忍不住起身，往戏台而去。

还是那个小更衣间，堆放着一些杂物，戏班子的小丑在传递着道具。扮演大教师的班主在门口站着，准备上场，听谢承远要找珠喜，便让他进更衣间等着。

他坐了片刻，珠喜下场了，进门陡然见到承远，便一愣，走到化妆镜前坐下，喝了口水，才说：“怎么找这来了？”

“要找还不容易。”

“何事这么急呀？”

“没什么事，就想带你走。”承远绷着脸说。

“戏还没完呢。”

“不唱了。”

“下面坐满了茶客，”珠喜朝他看了一眼，“这时候出去，不是找事吗？”

“怕什么？”他一时横了心，也不管了。

“我不怕，就怕对你不好。”

“都知道的事，有什么不好的。”他冷笑道。

珠喜一听，脸顿时涨红了：“别在这胡说，你先出去吧，让他看见了不好。”

承远一时气着，动不了身。

一个小丑探到门口，冲里喊道：“珠喜姐，要上台了。”

珠喜便起身，回头对承远说：“等会散场了，你在茶园外等我。”

“不是有人要带你去吃宵夜吗？”他忍不住说。

“我不去。”便上台去了。

曼丽上了厕所过来，不见谢承远，四处环顾也不见人影，心里一阵惶惑，便问汪妈，承远是不是走了。汪妈忙着收茶水钱，说没看到呢，应该不会走吧。曼丽便坐不住，见茶舍里围着些人，以为承远去她哥那了，便过去找。里间烟雾弥漫，几个人在打牌，奕宏在旁观看。曼丽在窗外瞅了一会儿，没看到承远，倒被奕宏瞧见了，出来问她。曼丽说没见到承远，想是他走了。奕宏说不会吧，四下一望，正瞄见谢承远从化妆间里出来。

徐奕宏看到珠喜刚上台，想是谢承远找过她，顿时就有些不爽。他已感觉到曼丽喜欢承远，又听说谢家有意结亲，父亲差不多已认可了。他也不好说什么。内心来讲，倒是希望谢承远娶了他妹子，以后就此跟珠喜断开了，珠喜也就一门心思跟着他。但此时见谢承远又来茶园，并非真心看戏，而是找珠喜，他就不仅为妹子抱屈，觉得对自己也是一个挑衅。妈的，胆子真大，跑到我地盘上抢人来了。

他的火气一起，就不管不顾了，撇下曼丽，直接朝承远奔了过去。

谢承远见他一脸怒气地冲过来，顿觉不妙，连忙对他身后的曼丽喊道："曼丽，你怎在这里，到处找你呢。"

曼丽一看到他，眼睛就亮了，奔过去说："我也找你呢。"

两人聚到一起，复又在茶桌边坐了下来。奕宏的脑袋瓜子转得慢些，愣了一下，看那两人有说有笑的，以为承远真是去找曼丽了，那气焰不觉消了大半，自顾又去里间看牌。

谢承远跟曼丽聊了一会儿，眼见戏已演到尾声，就想提前离场。

曼丽正在兴头上呢，听他要走，像是浇了一盆凉水，噘起嘴道："我哥等下要请你去吃宵夜呢，怎么能走呢？"

承远只得找借口掩饰："我妈等着我呢，不能回去太晚，再说也不吃宵夜。"他直通通地答道，已站起身来。

曼丽见他真要走，便气得不吭声，免得让对方以为离他不得。

承远也顾不得，只道一声再会，便匆匆出了茶园。他怕站在门口被徐家兄妹瞧见了，就走到斜对面的巷子口等着，那里有家杂货铺，承远站在柜台旁跟掌柜闲聊，一边瞅着对街的动静。

终于散场了，茶园的观众三三两两地往外走，渐渐变得稀落，他看见曼丽跟着汪妈出来，停候在旁的黄包车迎上前，等她们坐上，便一前一后拉着离去了。

不见徐奕宏出来，承远有些担心，想他在跟珠喜纠缠，还有一伙流氓地痞，到时一窝蜂地围着她……不能再想下去，他准备进茶园去找，却见珠喜和几位演员说说笑笑走了出来，他们在茶园门口站了一下，珠喜便坐上一辆黄包车，跟其他人挥手告别，瞄见承远在街对面朝她招手，她也没表示，催车夫跑起来，一下拐进小巷里去了。

谢承远尾随着那辆黄包车，左拐右绕，跑得气喘吁吁，眼见车在长安里的石库门口停下了。珠喜下了车，也不回头，叩动了几下门首，便进去了。

谢承远紧跟上前要进去，门却已经关上。他踌躇了片刻，还是叩动了门首。门“吱啦”一下开了，露出房东胖胖的圆脸，一看是他，便说：“宋小姐刚回来呢。”

“是的，我来看看她。”他微笑道。

女人犹豫了一下说：“晚了点吧？”

“我跟她说几句话就走。”他显出急切的样子。

房东女人没再吭声，拉开半边门，让他进去了。

承远感觉那女人的眼睛一直在跟着他，让他陡生了几分紧张，走在幽暗的过道里，就像做贼似的。

上了楼梯，半掩的房门透出光亮，他赶紧两步推开门，眼见珠喜斜靠在藤椅上，若有所思的样子，见他进来，也没反应。

“是等着我吧？”承远招呼道，见她不搭理，便俯下身子说，“饿了吧，带你出去吃宵夜。”

“刚回绝了徐少爷，现在又跟你出去，找事啊。”珠喜没好气道。

他一愣，想是她刚跟徐奕宏闹得不开心，心里倒是松了口气。顿了一下，便说：“那我出去给你买些吃的？”

“不用，”珠喜摇了下头，指了下盘子里的饼干，“有这就行了。”

承远想喝水，一摸水瓶是空的。

“打扫房间的用人忘了烧水，”珠喜走到楼梯口往下叫道，“阿姐，房里没开水。”

楼下应了一声，一会儿便听到咚咚的楼梯响，那女人将一瓶开水放在桌上，抱歉道：“一忙就忘了，放在厨房里呢。”又说灶上烧着热水，给她预备着洗漱。珠喜谢了一声，女人就提着空水瓶下楼去了。

珠喜把柜子里麦乳精拿出来，冲了两杯，还有盘子里的饼干，一并递给承远：“没什么款待的，吃点压饿。”珠喜说。

“我倒无功受禄，来享用了。”承远拿起一块饼干嚼着，又问奕宏是不是在打牌。

“可能吧，也许走了。”珠喜似乎不想提，“反正一脸不高兴。”

承远想到刚才碰到徐奕宏时那副凶巴巴的样子，好在他急中生智地化解了。但珠喜不答应奕宏，对方难免想到他俩要相会，借此避开他。心里担忧，不由得劝道：“不再唱戏了吧，上次跟你说过，免得惹些麻烦。”

“不唱戏，还能做什么？”珠喜苦笑道。

“不做什么，就在家里待着。”

“待着，谁养活我？”

“我养你呀。”他一本正经道。

“你凭什么养我？”

“我是你的丈夫呀。”

珠喜怔怔地望着他，倏尔冷笑道：“我就等你一个嘴上的丈夫？”

“我要娶你的，你再等等。”他禁不住说。

珠喜听得一悲，抖着嘴道：“你要我再等多久？我还等得了吗？”

承远受不住，上前一把搂住她说：“我也不能等了，回去就跟老头子说……要娶你。”

“他不会答应的。”珠喜忧伤道。

一时沉默。彼此都感到，有一道看不见的铁丝网阻挡着，只能隔着网两眼汪汪地望着对方，无能为力。

忽然，楼梯响起急促的脚步声，两人都惊住了，还未缓过神，徐奕宏已出现在门口。

“果然在此呢。”他眼见搂抱在一起的两人，声音已经变了调。

“奕宏，你怎么来了？”珠喜紧张地问。

徐奕宏一脸怒气地指着承远：“他来得，我就来不得？”

“他是刚上来的。”珠喜说。

“谁知道呢？”徐奕宏眼里冒着火星子，“跟我在一起没时间，就有时间跟人家幽会？”

“我是不吃宵夜的。”珠喜道。

“你不吃宵夜，好在此共度良宵啊！”徐奕宏扭曲着脸叫喊道。

一时沉默的谢承远，见他这么逼迫珠喜，就忍不住了：“你再这样对她，就请出去！”

“你要谁出去？”徐奕宏冲到他面前。

“我要你出去！”承远喷着火气道。

彼此怒目而视，像两头发怒的狮子。珠喜一看情形不对，赶忙上前，把两人推到一边：“你们要打架出去打，别在我这里闹！”

两人拉开了距离，却还在对峙着，看谁先败下阵来。珠喜见两个都不动，便走到门前，手指着外面，下了逐客令：“都回去吧，我要休息了！”

谢承远跺了下脚，气鼓鼓地往外走。徐奕宏一看他走了，稍稍缓过劲来，瞅着珠喜惨白的脸，似有不忍，便说：“我不是冲着你来的，一看他在就有气……”

珠喜把头侧到一边不理他。

“我刚才去楼外楼吃宵夜，顺道经过这里，见窗户亮着灯，就想叫你一起去……”

珠喜冷笑道：“是看我跟谁在一起吧？”

“我是怕你饿了……”他还想解释，珠喜已背过身去，“多谢你的好意，太晚了，楼下房东要关门了。”

徐奕宏只得悻悻往外走，到楼梯口听到珠喜在说：“我准备去大舞台唱戏，他们老板说过几次了……”

“随你便！”徐奕宏哼了一声，气呼呼地下楼去了。

第二十六章 修建

大智门车站的围墙完工后，那些施工者又加入了人行天桥的修建。新闸房已经启用，水鹤正在验收，天桥已有了雏形，想早点完工，又怕质量有误，徐金穗要奕宏每天盯着，自己时不时也来看看，这是重中之重，稍有不慎，就会造成难以估量的后果，他知道干系重大。

好在那些议论随着天桥的码高渐渐风平浪静，众人的嘴也是跟着风向变的。京汉铁路汉口办已派人来调查过，也实地勘查了徐记营造厂及工程项目，质量不说上乘，起码也叫过硬。徐金穗做过几幢像样的房子，口碑在那放着，知道那些人眼红，为堵人家嘴，除了用钱打通一些关节，还要用质量说话，这才是关键。

余俊发慑于徐奕宏的人脉关系，虽说谢绍祖有论人唯亲的嫌疑，但大体走了程序，说谢绍祖不对，等于把上头也一起说了，只要谢绍祖没有从中牟利，上头就不会过问，对方就损失不了什么，反而把自己弄得骑虎难下。

余俊发去天桥工地上看了两回，叫人拿一些防护用品慰问那些施工者，以表示车站的关心。徐奕宏是个较粗放的人，对余站长的算计已领教过，对方为工程的事跟谢站长闹不和，他也清楚。见余站长来看望大家，主动跟他示好，他就不能小肚鸡肠，何况，他心里装着别的事，余站长那些伎俩对他是小之又小，哪会在意呢?

徐奕宏不会想到深处，他跟余站长的关系终究隔着一层，毕竟以前结过梁子，遇到风吹草动，就会露出峥嵘。他只想眼前，能够把势力扩大，但他不及父亲精明，把事情做得滴水不漏，不给人留下话柄。也因年轻气盛，不够谨慎沉稳，因此也难免留下隐患。

这才刚刚缓了口气，又有一件棘手的事情找上门来。修建天桥有工役趁旅客一时疏忽，顺手拿走对方遗落在地的皮包，里面装了钱及重要证件。王巡官接到旅客报警后，就着手进行调查，后找到徐奕宏，说有人看到是施工者所为。徐奕宏无言以对，恼怒之下，就找了几个兄弟去肇事者家中，掘地三尺，却找不到皮包。原来他也怕追查，在僻静处把皮包里的钱拿了，就随手扔到铁路边。等人再去寻觅，哪还有踪影？

徐奕宏一时乱了阵脚，施工现场本有安全隐患，涉及旅客生命安全，火车站曾三令五申，责成相关人员注意防范，可顾了这头，顾不了那头。现涉及窃取旅客财物，让旅客丢失重要物件，蒙受重大损失，不说给大智门车站蒙羞，承建工地的总办徐奕宏更是难辞其咎。

徐奕宏脾气一来，只管把那偷窃的家伙打得皮开肉绽，却安抚不了那旅客。人家是来汉口办案的律师，不料丢失了重要的证据材料，便急得跳脚，扬言要去京汉铁路办事处告状。

情急之下，谢绍祖便亲自出面调停，他先让人稳住律师，要王巡官尽快查找皮包的去向，不要对外声张，免得造成不利的影响。又叫来奕宏，要他派那些洪门兄弟四下查找，尤其在丢失的地方多问问，悬赏线索人，反正那东西别人用不着，隐匿不交，得罪徐少爷，恐怕性命难保，谁也没这个胆子隐瞒不报。

徐奕宏按谢站长吩咐，一边给律师吃定心丸，要对方安心，三日之内，一定将原物奉还。还让人用好酒好茶侍候着，实则是不让对方四处投诉。徐奕宏又安排手下的弟兄几路出击，寻遍大街小巷，悬赏捡到皮包的人。

总有一些蛛丝马迹出现。原是被一个到铁路边拾煤渣的孩子捡去了，看里面没钱，只有些纸，又不识字，就把皮包拿到杂货铺换糖吃。杂货铺老板娘拎着那皮包出去逛街，被人看到了，女人用着男人的物件，总有些别扭。有人也听说了火车站丢包之事，又有洪帮的人四处捉人，这下起了疑，于是就偷偷告之。再去杂货铺，幸亏老板娘把几页纸还留在店里，当记事用，已写满了杂七杂八的流水账。

旅客丢失行李是大事。谢绍祖想尽可能地挽回影响，无奈还是走漏风声。余站长心里那股怨气又在抬头，想你谢绍祖再有能耐，总归露出马脚。有几个跟随看出他的意思，便四处散布施工人员盗窃旅客行李之事，一时间议论纷纷，连法租界的巡捕房都知道了。

法租界跟火车站的关系不太好，也因对大智门车站怀有觊觎之心，谢站长又诸事不退让。大智门车站是各租界都想瓜分的肥肉，法租界近水楼台，占尽地利先机，德明饭店的崛起便是一例。

法国人圣保罗是法租界里的大佬，旗下拥有饭店、洋行，还有营造厂等，说起来，他的财源有近一半是大智门车站提供的，修建工程不是大项目，对他只是小菜一碟，但因大智门车站的名气和影响，做这事引起的效应比其他事要大得多。给德明饭店做无形的广告，也是法租界重要的一步棋。

但圣保罗高估了自己的优势，德明饭店跟汉口铁路大楼两两相对，抬个脚就能过来，对面窗户说话几乎都能听见。那些北京来的铁路官员，多在德明饭店下榻，也是他们应酬商谈的好地方，有的还成了朋友。殊不知，中国人表面跟你热乎，不见得就真的跟你贴心，他们做事一向不按规则来，只论人唯亲。后来才知，就是谢承远父亲从中作梗，阻挠法国公司承建火车站的基建项目。虽然铁路局最后用循礼门车站的项目对他做了弥补，但对于自负的圣保罗，总不尽如人意。

圣保罗听说了大智门车站里施工人员盗窃之事，那股不平之气就止不住地往外冒，觉得可借此打击一下徐记营造厂。他便叫人把谢承远找来，要他去搜罗徐记营造厂施工质量方面的漏洞，施工工役可以偷盗，可见其品质不好，营造工艺也好不到哪里去。他可以不做这个项目，但要让铁路局知道，当初不选择圣保罗公司是多么严重的失误。这不是他小肚鸡肠，而是为今后做打算，少一个竞争对手。

谢承远表面上诺诺答应了，但从德明饭店回来的路上，不免会想，怎么能无事找事呢？不说得罪了徐家，就是父亲也会恼火的。但不去办理，老板就会说他无能，已经把事情做砸了，还能再让他看不起？一路心事重重，不想碰上法国巡捕皮尔，以前在雨果咖啡店就认识，对方跟圣保罗又是同乡，时常去德明饭店，在大智门一带也是个场面人物。此时，皮尔一见谢承远过来，就拍了下他的肩膀说：“小谢，你跟徐老板是亲戚，怪不得令尊把工程让给徐家做呢。”

谢承远无言可对，红着脸走开了。

深秋的下午，天朗气清，阳光照在那些店铺的匾额上，闪着亮光。玻璃窗上反射出穿梭的人流，耳边响着吆喝声，马蹄声，悠扬的胡琴声，间或有火车的嘶鸣，此起彼伏，他却无动于衷，像一个局外人。

“承远哥。”背后响起清脆的叫声。

他一扭头，见是曼丽，便惊喜道：“曼丽妹妹，今天有空出来逛街呀。”

“帮家父寄了封信，顺路买点东西。”曼丽手上拿着几条花手帕。

两人走了十几米远，不觉来到雨果咖啡店门口，承远便说：“进去喝杯咖啡吧？”

“好呀。”曼丽爽快地答应了。

法国老板娘看承远来了，亲热地叫着：“小谢来了。”指里头有空位。两人便自顾往里走，到角落的一张桌子边坐了下来。

墙上挂着一幅临摹法国画家莫奈的《睡莲》，对面窗户的光线照进来，画里的油彩虚浮着，像要溢出来，似乎一不留神，就会溅上一点。

曼丽背对着光，在处阴的位置坐着，她的脸是晒过太阳的小麦色，五官有几分朦胧，小眼睛潭水似的幽深，承远觉得那神态比平时显得沉稳些，仿佛大了几岁。他想随便一点，似乎不能够了。

“时常帮你爸爸办事吧？”承远不由问。

“有时做点。”曼丽莞尔一笑。

“想是要你熟悉事务，以后接他的班哟？”

“哪会呢，”曼丽摇了下头，“有哥哥呢，我只是凑凑热闹。爸爸忙不过来，就当当下手。”

“能干的姑娘。”承远免不了赞叹。

“这有什么？”曼丽不以为然。

承远说：“一般姑娘对事务都不太感兴趣。”

“你喜欢这样吗？” 曼丽娇嗔道。

承远笑而不答。

侍者端来两杯咖啡，还有小块的点心，袅袅的香气沁入肺腑，撩拨人的心魄，还有舒缓的西洋音乐在耳边萦绕，氤氲着浪漫的气氛。

“承远哥，我问你话呢。”曼丽含情脉脉地望着他。

承远的头有些晕乎乎的，只道：“好啊！”

曼丽问：“好什么？”

“好美！”承远对着墙上的画赞道。

“说谁呢？”她有些不相信。

“远在天边，近在眼前。”他答一句。

曼丽听得欢喜，可看他漫不经心的样子，又有些疑虑，不由激他道：“承远哥是真心话，还是对谁都这样呀？”

承远听得一惊，以为她知道了什么，一时无言以对。这副样子，又勾起了曼丽的不快。她知道谢家来提过亲，而她早向汪妈表明了心迹，愿意嫁给承远。父亲被汪妈撺掇，差不多也答应了。她心有所属，明知承远不算最优秀的，但就是迷恋他。眼见心愿就要实现，她对面前的承远就已视作夫君了。

可是，那晚在茶园看戏，承远心不在焉的样子，后来又提前要走，留她独自在那，心里就有些不舒服，却不知哥哥气鼓鼓地回来，说看到承远在珠喜房里，气得她一晚都没睡好。

以她高傲的个性，还是不愿承认，承远心里有别人，珠喜是不能跟她比的，不论年龄、相貌，还是出身，都不是她的对手。何况承远已非她莫属，珠喜只能是一枚苦果。这么想，她就把那些不快抛到一边去了。

但此刻，她又觉得承远会不会对珠喜也这样赞美。

“珠喜去大舞台唱戏了呢。”她有意试探道。

承远怔得一呆，半晌没作声。那晚回家后，他心情烦闷，一直不见珠喜，也在赌气。没想到珠喜做得更绝，居然到大舞台去唱戏，他说的话全是耳旁风，等于放屁了。

曼丽看到他木着脸，不由说：“怎么了，你不相信？她已唱了两场呢。”

承远心里疼痛，见曼丽盯着自己，才感觉到自己的失态，忙掩饰道：“这不是抽走你家茶园的台柱子？”

曼丽见他不自然的样子，已明白过来，不由讥讽道：“我家茶园那不算什么，挖走人家的心头肉才是大事呢。”

承远红着脸笑道：“谁的心头肉呀？”

“明知故问啊，”曼丽看他装聋作哑，就忍不住了，“去茶园看戏，都忘不了去问候呢。”

“哪有这事？”他矢口否认。

“我不想说了，”曼丽听他狡辩，就有些坐不住了，“承远哥，你家有意来我家结亲，就希望你不要三心二意，也不要把人当傻子。我哥还不知道，知道了不定会反悔。”

承远眼瞅着那幅画，一副没睡醒的样子。

曼丽见他半天没反应，腾地一下起身，正色道：“承远哥，我是真心对你，请你也不要做对不起我的事，好自为之吧。”说罢一扭身子，气鼓鼓地走了。

浪漫的相聚中途泡汤，总令人郁闷。可见世间的很多事都由不得人，但日子还是一天天地流过。

大智门车站的天桥建设正在紧锣密鼓地进行，此时，一站台到二站台之间搭起了横七竖八的脚手架，堆放着山丘样的沙石水泥。火车进出也移至稍远的地方，与货场相连，旅客要多走一些路，也增加了安全隐患。

工地上加了一道围栏，挂着“施工重地，闲人免进”的牌子，为避免旅客与施工现场发生纠纷，也因上次丢失物品所致。

几个工人一趟一趟用铁铲子往土筐里装沙土，运到砌了半截的桥墩边，有人在慢慢地和泥，也有的在土坑里搅拌着什么，再往里灌浆。谢承远几乎每天都要经过，却不曾进去，哪怕他看到黑生在现场忙碌，也只是打个招呼而已。一是没空，二是不想碰上徐奕宏，以为要跟他套近乎。

谢承远绕过工地去前边的站台接人，此时也没想着要进去，老板交代他的事，实在是个难题，或许是一时兴起，不似老板的风格。

月台站了不少人，除了旅客，还有一些接站的亲友。承远走到一边站着，接了客人，他还要去货场，刚到一批货物还未过磅验收，要与货运司事办理托运，事情都等着。

远处响起火车的嘶吼声，月台聚集了更多的人，有的抻着脖子往前凑，显得紧张而兴奋，面对徐徐而来的火车，仿佛一锅即将沸腾的水。

白烟飘散，谢承远领着客人往外走，一个熟悉的身影晃了进来，竟是久违的王运福。

“哟，是王老板呀！”谢承远招呼道。

“谢公子，又见面了。”王运福伸手与他相握。

王老板似乎没什么改变，依然面色红润，精神十足。

“王老板来汉口重操旧业，还是另有贵干？”谢承远不由问。

“还能做什么呢？”王运福脸上闪过一丝阴郁，稍稍压低声音说，“为那事破了不少财，只能从头再来，找熟门熟路了。”

这时黑生过来了，把他的行李接了过去。几位一同走出车站，黑生引王运福上了徐公馆停候的黄包车，说徐少爷忙完了事就回去，要为他接风。

谢承远也把客人送上饭店接应的马车，然后与黑生往火车站里走，免不了问，王老板走私鸦片，怎这么快就出来了。

“多亏了徐少爷帮忙。”黑生心有余悸地道出经过，“徐少爷神通广大，找了以前军队里的旧交，人家现是驻军的团座，跟警察局长打了招呼，王运福是被洋人利用，又对禁烟条例模糊，视其初犯，尚未造成危害，也就大事化小……”

“怪不得呢。”谢承远知道徐奕宏没别的能耐，就会交朋结友，这点他自愧不如。

两人走进月台，就在工地围栏边站住了。谢承远问他忙些什么。黑生说没甚正经事，不过照应一下，跑跑腿，供应材料。

“还有几个月吧？”

“顶多三个月。”

承远望着他黑瘦粗糙的脸，不由说：“王老板都出来了，你还是回火车站来吧？”

黑生听了摇头道：“哪那么容易？你爸那关就过不了。”

“几时要你妈去说说看，做个扳道工也可以呀。”

黑生不吭声，末了说：“我跟老娘憋着气呢。”

“怎么啦？”

“要我娶了她娘家的一个远房亲戚，我不愿意。”

“你也不小了，别学我啊。”承远劝道。

黑生说：“那女伢生得丑，没法看。”

谢承远说：“再没别的了？”

“倒是有一个，恐怕也难。”黑生叹了口气。

“谁呀？”谢承远禁不住问。

黑生不好意思地笑了笑，低头不语。

谢承远不禁起了疑，他上次听人好像说过，黑生常往铺堂里妓院那去，莫非是迷上谁了？这走火入魔的事，摊上谁都是劫数啊。他不好说什么，只是隐隐地感到担心。

“你跟珠喜怎样？”黑生不觉问。

“不怎样。”

“她又在大舞台演戏呢。”

“我要她等等，就是等不及，硬要抛头露面，天生的戏子。”谢承远一时怨恨难平。

“那天听说，你要跟曼丽小姐定亲了？”

谢承远扭了下头问：“你觉得怎样？”

“好啊，亲上加亲呢，以后跟徐少爷也用不着这么敌视了，都是一家人。”黑生自然赶好话说。

承远若带感伤地望着远处的铁路，没吭声。

这当口，忽听工地那边传来几声惨叫，两人顿时一惊，不等黑生往里跑，就有人在喊：“快来人呀，有人扎坏手了！”

须臾，一个满手是血的人被人搀了出来，黑生一路护送着匆匆往外走。一时工地前又围着不少人，叽叽喳喳地谈论着，原是脚手架没装好拦板，不小心砖头掉下来，幸亏那人用手拦着，没砸到头，否则命就没了。

谢承远一旁听着，倏地想到要去搜罗徐记营造厂的漏洞，现在出了这事，正是安全问题，可以当个事拿去交差了，便往德明饭店走去。可走到半路，他又觉得不妥，里面牵扯着几方面的关系。他要做了，老板到时拿此事做文章，铁路局不会问责徐记营造厂，只会拿他父亲说事。到时父亲要知道是他所为，不定气得要死。若得知是老板要他这么做的，越发会加深彼此的敌对，说不定让他辞了这差事。而圣保罗要看他连自己父亲都可背离，虽一时欣赏他的铁面无私，也难说会看不起他的人品。左右一想，便觉得老板是给笼子他钻，做了不好，不做也不好，都是在试探他。既然如此，他也不用管了，等等看吧。

徐家自凤芝走了后，一下清静了不少。曾几何时，那幢红色的小洋楼热气腾腾，说笑声、胡琴声、骨牌声不时从百叶窗里流泻出来，显示着门庭的兴旺，也感染着四周。当时徐金穗还觉得太闹，可一旦消失后，他又不太适应了。几年前那场大病，生意锐减，奕宏和婉珍又赌气搬了出去，家里空荡荡的，多亏汪妈照料，他才缓过气来。景况稍有好转，他又想重振当年的雄风。人活着就是一股气，他不能让这股气泄了下去。

有了想法，就没有办不到的事。奕宏一回来，家里就有了阳气，来的客人又多了起来。但奕宏不让人在家里闹腾，他不会喝酒，喝酒就起兴，会做些蠢事，年岁长了，也有所收敛。有时下下棋，打打麻将，也不会闹得很晚，这是徐金穗规定的。不能没有节制，有前车之鉴。

逢年过节，至亲好友来访，家里才安排一两桌酒席待客。这次王运福来汉口，奕宏本在餐馆定了一桌，后来徐金穗让安排在家里，总是在餐馆，把人见外了。王运福出事后，徐金穗震动很大，为他感到可惜，蛮能干的一个人，有眼光，也精明，做生意蛮有一套，眼看就要发达，却急功近利，贪小失大，赔了本钱，人也毁了名声。徐金穗就觉得烟馆留不得，跟鸦片一样，吸起来过瘾，后患无穷，就毅然把它卖了。

请王运福来家吃饭，也是给婉珍一点慰藉。王运福是婉珍的娘家人，上次小产后，婉珍一直没怀上孩子，心情忧伤，可奕宏的心又不放在她身上，整天在外头忙，回家跟她也说不上两句话。徐金穗看在眼里，急在心上，他知道奕宏的心思，想娶了珠喜，又不忍心让婉珍难受。回想起来，当初对奕宏的婚事是过于武断了，可事已至此，只能尽量地弥补。王运福是系在彼此之间的一条线，唯有他，能拉近奕宏和婉珍的距离。

而王运福经了这一劫，心有余悸，短时间还没复原，但生意不能不做，搁置久了，关系就断了。汉口的关系户大都知道这件事，对走私之类也司空见惯，常在河边走，哪有不湿鞋？谁都干净不了，只是做得隐蔽些。因此对王运福，也未另眼相看，毕竟知道他跟徐家这层关系。

八仙桌围坐着六个人，徐金穗坐上席，一边是奕宏和婉珍，另一边是汪妈和曼丽，王运福是客，坐在徐老爷对面。

王运福到徐家吃饭也是屈指可数，尤其是徐老爷在座，平时见了毕恭毕敬的，不敢造次。现老爷虽威风不及当年，但精神头还在，此时的他，也难免拘束，不太自在。徐金穗也看出来了，要他随便吃，都是家里人，不必拘礼。又问他被查时的一些情况，王运福说当时没收了烟土和随行货物，还罚了款，亏损较大。后来军方过问，才将一半货物退还给他，人倒没受什么罪。

“不要再折腾了，汉口遍地是钱，只要对门路，在哪都是赚，何苦弄得担心受骇？”徐金穗游历江湖，几经沧桑，也看淡了不少。现只求安稳，人不怕吃亏，就怕失足，不光是对王运福和奕宏，也是对他自己。

“您说得是，以后我还是经销土特产，熟门熟路。”王运福连连点头。

“有什么难处就跟奕宏说，他会办的。”

“晓得呢。”

奕宏没表态，有父亲在，他一般说得少，像个闷葫芦。王运福晓得他的个性，也没在意。婉珍是自家人，来汉口多年了，还是一副河南小媳妇的样子，低眉顺眼的，只会听别人说。汪妈是个角色，碍于亦主亦仆的身份，在徐家饭桌上也不会随便插嘴，总是适可而止。唯有曼丽，虽然尚在闺中，但自小娇惯，又跟在徐金穗身边，见了一些世面，待人接物自比一般女孩洒脱些，没有拘束。

菜肴自然丰盛，还是刘旺才的手艺。酒是陈年佳酿，但徐家父子酒量都不大，喝个小半杯算是意思，王运福可以喝，却没人陪他，只能浅尝辄止。

“运福哥，”曼丽看出他的拘谨，直接说，“想喝酒只管喝，有我呢。”

徐金穗瞥了她一下：“你又充什么大头？”

“这是家里呀，爸爸，运福哥又不是外人，”曼丽并不理会父亲，“您和哥哥就喝这么一点，人家好容易来家里做客，哪能不喝个尽兴的？”

徐金穗说：“在家里也不能坏了规矩。”

曼丽噘嘴道：“上次伊藤先生送来日本清酒，就有两瓶女孩子喝的甜酒。”

汪妈说：“那酒我尝了下，蛮好的。”

徐金穗看情形，似乎待着不好，便跟汪妈使了个眼色。汪妈说：“你没吃多少呢，我给你添碗鸡汤喝吧？”徐金穗摆摆手说：“吃好了，让他们年轻人在一起聊聊。”就自顾上楼去了。

奕宏半天不说话，但见曼丽这般，他又看不过眼。要说徐奕宏比他父亲还要保守些，也偏执，他不喜欢曼丽太任性，便嚼她：“那酒是给你嫂子喝的，姑娘喝酒成什么体统？”

婉珍跟小姑子关系不太亲近，她是传统女子，看不惯曼丽喜欢抛头露面，在家也霸道，对她这个从河南小地方来的嫂子，又未给徐家添一男半女，自然没半点恭敬之心，言语之间也时有轻慢。婉珍反感公公的溺爱迁就，知道曼丽之举也表明徐家对她的不满，不免添了一份怨怼。现听说谢承远要娶她，倒是少了一个克星，拔掉一根肉刺。此时，见奕宏偏向她，虽是做给王运福看的，到底舒坦。当时伊藤送来几瓶清酒里，确有两瓶甜酒，说留给少奶奶喝，知道她气血不和，可补养身体。婉珍心肠也软，想着小姑子在家也待不长，以后就是娇客，现当着奕宏的面，总得显出嫂子的贤淑仁厚，不由道：“也不用分那么清楚呀，曼丽想喝就让她喝吧。”

曼丽见婉珍遂她的意，便叫道：“看看，今天好不容易嫂子的娘家人来了，没人陪着运福哥，只有我陪着呀。”便叫人拿来酒瓶。

“你以后嫁出去怎么得了？”汪妈知道阻拦不住，叹息着往外走，“承远恐怕是管不了她的。”

“承远？”王运福听得一愣，“曼丽要跟承远？”

奕宏眉头一皱，只想发泄对谢承远的不满：“老头子倒是等不及，这么快就答应把姑娘送给人家了。”

“哥，你说什么话呀，我十八了，怎么叫等不及？”曼丽就怕说她的婚事不好。

“我看你是慌着想嫁人。”奕宏忍不住说。

“我慌什么？你跟承远哥不好，连带我的婚事也看不顺眼。”曼丽气得把酒杯一推。

奕宏不接话，闷声不响地走了出去。婉珍一看奕宏出去了，她也坐不住，跟王运福说了句：“姐夫，我看看他去，你慢吃。”

留下王运福和曼丽两位，反而不自在起来。曼丽是一时脑热说那些话，真要跟王运福坐在一起，瞧着那渐显的秃头，她就感到腻味，不想跟他多说。可眼见他们都走了，单留下她，不陪一下总是失礼，只得勉强应付着。

“曼丽，你跟承远要成亲啦？”

“是啊。”曼丽心不在焉道。

“好，好。”王运福竖起大拇指直赞。

“好在哪？”

“绝配呀，”王运福说，“承远一表人才，谁见了都喜欢。”

曼丽不由一笑，怕对方看到，又赶忙低头掩饰。

“想你也喜欢他的。”王运福酒一喝，就管不住嘴了，“不过，你得小心，承远以前跟珠喜好过。”

“你怎么知道？”

“我听黑生说的，要不怎拖到现在才定亲呢？”

曼丽脸色“唰”地变了，她受不了的就是这件事。

“那都是过去的事了，”王运福看出曼丽不高兴，才觉得失了口，“现在承远跟你都要成亲了，承远肯定以你为重。”

曼丽听了这话，才转忧为喜，摆了摆手道：“你不用说了，承远不会跟她的，只会对我好。”

“那是自然。承远娶你是三生有幸。”王运福忙恭唯道。

曼丽正中下怀，不由得端起酒杯说：“来，运福哥，我敬你！”

第二十七章 订婚

法租界的德明饭店，是汉口最早的外资旅馆，也是洋人和汉口上流社会聚集的场所，来此下榻和消遣，不仅享受梦幻般的浪漫与幸福，也是显示尊贵的标志。

承远与曼丽的定亲宴是在晚上举行的。亲事早办，是谢绍祖的意思，怕徐家变卦，也怕承远花心，知子莫如父，也让他早点安定了。

事先，两家已互换了庚帖，徐金穗看两人八字还合，也没异议。那日谢绍祖带着承远前往徐府，正式求亲，徐金穗瞧着承远长身玉立，言谈举止还算得体，只是眉宇间笼着一丝忧郁，像有心事藏着，不免疑虑。可曼丽一见承远上门，便铁了心要嫁，一再向汪妈表明心迹，徐金穗知道覆水难收，又经不得几方说和，只得依了。但又不想马上把曼丽嫁出去，就提出先订婚，日后再举行婚礼。

因是亲上加亲，用不着媒妁之言，择了吉日，给女方送去定礼，又去银楼买了戒指，请了证婚人，再写好订婚请柬，也让谢家忙乱了好几日。

订婚仪式选在德明饭店是承远提出的，饭店员工在餐厅和歌舞厅里消费，为饭店增加收益，老板是欢迎的，也可适当优惠。他不能让徐家小瞧了，即便订婚，也要风风光光，知道谢家有这个实力。

谢承远对珠喜自顾演戏心存不满，幸好有曼丽表妹给他惊喜，那般活泼可爱，难免有些动心。既然两家都有此意，不用费些周折，就由她去吧。这么想，也是有意把珠喜忘了，彼此都受折磨，珠喜去演戏也是迫不得已，他不能给她承诺，也就管不得人家，也由她去吧。时间可以冲淡一切，一切都会过去。

因谢绍祖不愿去法国教堂，徐金穗也不想太正式，就决定在饭店里举行，看了几家，也只有德明饭店最适合，离家又近。谢绍初最初也反对，但到底有个面子问题，又经不住承远一再的坚持，想是一生的大事，只得遂他的心。订婚仪式去繁就简，耗时却不短，先由证婚人端着用红绢书写的订婚文书进行宣读，然后男女双方在文书上盖了手印，互换戒指，等证婚人加盖了印章，两人就成了名义上的夫妻。

曼丽出席过一些场合，也见识过一些婚礼，但面对自己一生的大事，还是免不了几分紧张，但很快就让兴奋占了上风。她承接了母亲的基因，喜欢抛头露面，没想到谢家会安排在这种豪华的地方，可是暗合了她的心意。当天她穿了件紫红色丝绒旗袍，华贵又不失端庄。浓密的黑发微微卷起，绾成两个对称的小髻，前刘海衬着那张溢满幸福的鹅蛋脸，真是皎如春阳，灼若芙蓉。

来宾从四面八方赶来，谢徐两家本有亲戚瓜葛，订婚这样的大事，自然不愿错过。当天还有一些朋友到场，连火车站的不少司事也请了，欢声笑语，济济一堂。

谢承远的老板圣保罗也露了下面，让饭店送了瓶花，以表贺喜。日本商人伊藤正野跟徐家做过生意，算是老交情，自然不会错过这捧场的机会。他虽是单独来的，却一点不生疏，像游鱼似的穿梭在人堆里，与德明饭店老板圣保罗干杯，跟徐奕宏几个洪门兄弟握手，又凑近谢站长攀谈几句，打听一下火车站最近的动向。

仪式由谢承远筹办的，应是最忙的一位，但他是当晚的主角，分不开身，徐奕宏便派人过来帮忙操持，反客为主，让谢家人高兴，旁人也看在眼里。其实他愿意成全这个姻缘，不过是因为珠喜。奕宏想娶了珠喜，曼丽是怕珠喜作祟，兄妹俩倒是殊途同归。如此这般，作为大舅子的徐奕宏，倒是与谢承远冰释前嫌。

彼时，承远跟在场的亲友敬完酒，已有了几分醉意。等到舞会开始，曼丽听到歌舞厅里奏起了爵士乐，脚就痒了，承远也就遂她的兴，邀众亲友前去快乐一番。

浪漫的法国人来到汉口，就把摩登的交谊舞传了进来。男女之间勾肩搭背地搂抱一起，对于有着传统观念的中国人，还不太容易接受，那种授受不亲可是生了根。然而，总有人止不住诱惑，跃跃欲试，置于那般催情的地方，实在是勾人心魄，交谊舞渐渐成为时尚，也是必然。

谢承远不是头一次来舞厅，看到那些扭着屁股摇来摇去的男男女女，虽有诱惑，却不能进入舞池，饭店有规定，不能擅离职守，坏了规矩。但今天是特别的日子，他带着准新娘曼丽跳舞，谁也不会说他过分。但承远喝了些酒，脑子有点晕乎，怕走错了步子，或不慎踩了曼丽的脚，惹得旁人笑话。就让曼丽等会儿，自己喝些醒酒茶再来。

他一边喝茶，一边跟亲友们闲聊着。一时有人在指指点点，又朝他嘻嘻笑着，他也没在意。须臾，王运福走了过来，抱歉说有事不能奉陪，先告辞了。他起身相送，王运福打着哈哈道："你也稳得住神呀，看看新娘在哪呢。"

他听得一愣，不由扫了下舞池，昏暗的舞池里，有几对摇曳的男女，他的准新娘也在其中，而挽着她跳舞的，竟是日本男人伊藤正野。他带着曼丽从这头荡到那头，一双色眯眯的眼睛不时在她的脸上熨烫。而曼丽呢，被那日本男人搂着细腰，倒没半点羞涩，两人谈笑自若，旋转如飞，如入无人之境。

承远的眼睛猛地刺了一下，有些坐不住了。

这在外国人眼里不足为奇，但大多中国人，还没开化到这种程度。谢绍祖勉强答应办这种订婚仪式，只因徐金穗执意如此。徐金穗经常跟洋人接触，比谢绍祖脑子开化，觉得西洋传来的东西没什么不好，只要年轻人喜欢就行。如果不是订婚，徐金穗恐怕要带曼丽跳几支舞，曼丽就是跟着他学会的。这方面奕宏不开窍，倒是他们父女俩特别投缘。彼时，谢绍祖与徐金穗几位长辈在里间喝茶谈天，没在意外面的动静。在场的，多是些亲戚，也不常来，甚至没见过跳舞，只当稀奇看。一些朋友倒是跳得欢，只是男女主角不配对，总是奇怪的事。现在众目睽睽之下，曼丽却跟别的男人跳舞调笑，实在有失体统。便私下议论开来，眼睛不时朝谢承远瞟着，看他的反应，等着好戏上演。

谢承远被周围的眼睛燎得直冒火星子。订婚是结婚的前奏，从这天起，谢承远和徐曼丽就绑在一起了，她不尊重，被人轻看，也是打他的脸。他就想进舞池把伊藤那家伙拽下来，可一看场内除了亲朋好友，还有几位饭店的茶房在进进出出，他要一闹，整个订婚仪式就被搅黄了，到时传出去，只会让人笑话，还以为他跟伊藤正野争风吃醋呢。但他究竟忍受不了，待在那里觉得羞辱，便气咻咻地往外走，只有离开，眼不见，心不烦。

深蓝色的夜，几点星光闪烁，马路两边亮着迷离的灯火，树影婆娑，有凉爽的风拂过，送来缕缕桂花的香味。已过十月中旬，街上的男男女女还穿着单薄的夏衣，清盈飘逸，享受着秋夜浪漫的时光……如此良辰美景，却被曼丽破坏了。他只想着她年轻，像一朵刚开苞的花，没有污染，却忘了她生长的环境，凤芝是怎样的人呢，真是有其母必有其女。

是他心眼小吗？他这样问自己，也想安慰一下受伤的心，却无法释怀。在订婚仪式上就可不顾礼节，跟别的男人搂抱着跳舞，可想而知，她还会做出什么胆大妄为的事！

他满腹怨气，在街上漫无目的地走着，可以想到那些人会怎么议论他不辞而别。他的父母，可能气得跺脚。他才不管呢，这么做，也是发泄一下怨气。当初，如果答应他娶了珠喜，就不会有这样的结果。父亲肯定也在懊悔，就没想到曼丽这么胆大，会在订婚舞会上跟别的男人跳舞，还是个东洋人，简直丢尽谢家的颜面。如此轻浮，太不尊重，这比珠喜唱戏更叫人受不了。

想到珠喜，他又勾起忧伤。珠喜知道他已经跟人家订婚，不知会怎么难过呢。此时，他的眼前又浮现出珠喜郁怨的脸，总是在静处，他无端地想起珠喜，摆脱不掉。

已经多日没有见到她了，彼此都怀着怨怼，一直不联系，但又免不了思念，离得这么近，却又那么远。有时想去看她，又跨不出那一步。

此刻，他的脚由不得思绪的颠来倒去，自顾往长安里走去。他知道珠喜此时不在家，一定在大舞台唱戏。他有时忍不住想去那里看看，究竟不愿面对。他希望自己的女人在屋里等着他，而不是在外面风光，可珠喜不听他的，太要强，也似逼迫他。要说也怪他太顺从，没有胆量走那一步。他忧伤地想着，在巷道里逶迤穿行，黯淡的灯光，混沌的脑子，就像处在梦里。一抬眼，竟已走到那石库门前。

楼上亮着灯光，是她在家吗？微醺的承远，醉眼迷蒙，感到有些不真切，他不由敲了下门。

还是那个女房东，看清是他，便说："先生可真神，宋小姐前脚到家，您后脚就跟来了。"

他心头一喜，径直往里走，摸黑上楼，他想尽量平复急剧的心跳，究竟不能够，走到楼梯中央，听到屋里一声轻唤：“是谁？”

“是我。”

他上楼来，珠喜已在门口立着，狐疑地望着他：“今天是你的喜日子，来我这里干什么？”

她已知道了，承远搭不上话，尾随她身后进了屋。

“喝点什么？”珠喜在翻弄那些瓶瓶罐罐。

“喝水就行。”

珠喜也不客气，倒了杯水放在茶几上，在他对面的藤椅坐了下来。

“不是订婚了吗？”珠喜又问一句。

“你怎么知道的？”他故作镇静道。

“谢家的公子与徐府的千金订婚，大智门一带都传遍了呢，还有不知道的？”珠喜冷笑。

承远窘得脸一红，受不了珠喜寒冰一样的目光，他站起身来，走到窗前，望着窗外阑珊的灯火，叹了口气。

“喜事呀，还有什么不满足的？”珠喜挖苦道。

承远摇头道：“我也不情愿这样。”

“这话也叫人相信啊。”

他被刺了一下，又勾起伤痛：“要你等等我，安心在家，你怎就这么不听话，非要出去唱戏呢？”

珠喜笑道：“明知你父亲瞧不起我这个戏子，我还死乞白赖地等下去？”

承远头一低，好半天才说：“我爸爸是有些传统，但也不是顽固不化的人，你要是好好在家待着，我去争取，总有云开雾散的时候。”

珠喜凄然道：“你要是决意跟我在一起，我会感知不到？我就这么作践，非要出去让千人瞅，万人睬？”

“我怎么不是了？”

“你跟我好的时候，也跟徐小姐情投意合吧？”

“没那事。”他还想狡辩。

“那么，今天的订婚，是被徐家挟持来的？”

承远无言以对。

珠喜有些控制不住了，狠狠地说：“不知这时候来是什么意思？或许怨我没向你道喜吧？”

“你别这样刺我行不行？”承远痛苦地望着她，“你还不知道我的心吗？”

“我只知道谢公子大喜……”珠喜嗤道。

承远听得受不了，忍不住说：“我一直想娶的是你呀，还不懂吗……”

珠喜呆呆地望着他，倏尔，大滴的泪滚落下来，仰脸悲怆道：“承远，你知道我有多苦吗？”

承远心里一揪，上前一把搂住她说：“我不会丢下你的……”

珠喜一听这话，仿佛如梦初醒，不由把他往外一推，冷冷地说：“现在说这样的话，是来安慰我一下，这么多年白等你一场？”

“我说什么好呢……”承远忧伤地望着她。

“你走吧。已做了徐府的乘龙快婿，还来找我干什么？”珠喜痛苦地背过身去。

“珠喜，我好难受……”

“走吧，走吧，再不走，他们不定又要找来了。”她催促着，声音已经变了调。

承远痴痴地看她一眼，伤心地转过身去。

订婚现场的舞会还在进行中。场面热闹喧哗，聊天叙旧的，唱歌跳舞的，各有各的乐处。但男主角总是缺场不得的，一会儿就有人想到他。等曼丽又一曲舞跳完了，香汗涔涔地回到座位边，刚坐下端起茶杯，汪妈就凑过来小声说：“没见承远呢。”

曼丽喝了两口水道：“刚才还跟人说话呢。”

汪妈说：“我也没在意，饭店的人来找他，问舞会过后需不需要加餐，四处看了不在。”

曼丽的眉头顿时拧紧了，她端着杯子左顾右盼，果不见人，身旁的伊藤便幽了一句：“他好像从侧门出去了。”

“门口西崽看见没有？”曼丽忙问。

汪妈摇了下头。

曼丽等了片刻，便急得喊哥。徐奕宏与几个朋友在隔壁茶室里打麻将，曼丽要人去叫，被伊藤按住了："别担心，跑不了的。"

曼丽一愣，瞥了他一眼："您怎么知道？"

"肯定会来的呀。"伊藤诡秘一笑。

旁边的人都感到了异样，准新郎不在可是大事，只是窃窃私语。谢氏夫妇跟亲戚们难得相聚，坐在一起聊天，说着家事，也没在意承远。等叽叽嗡嗡的声音多起来，谢绍祖才发现不对劲，小儿子承志进来说哥哥不见了，曼丽姐姐在急着找人。谢绍祖顿时脸色大变，看徐金穗正跟人商谈什么，也不便打扰，就让夫人去问问汪妈。

客人们议论一番，看事情一时没有转机，承远始终没有出现，曼丽小姐丧着脸，大家也不好意思再热闹，眼见扭着腰肢的歌女也下了台，众人便陆续找借口告辞，谢家人也顾不得挽留相送，舞会就这么匆匆忙忙收了场。

曼丽在楼下大厅里坐等。她不知是恨承远，还是恨自己，就这么把好端端的事情搞黄了。此时，曼丽已感知承远可能是吃醋离开的，她当时乐得忘了形，被幸福冲昏了头脑，想要承远陪她跳舞，承远却磨磨蹭蹭的，等得曼丽心急火燎。她本就没那么多传统观念，觉得跳舞没什么，她又爱跳，伊藤趁机救驾，也就没拒绝。跟伊藤打过几次交道，跳了两场舞，彼此之间已经超越了熟人，近乎朋友了，那种熟悉的程度明眼人一看就能感知。她究竟年轻，哪会想那么多，喜欢就疯一把，等事情弄糟了，才有所醒悟。曼丽没想到承远会生这么大的气，便让她有点害怕，担心谢家反悔。此时，她才感到自己那么离不开承远，连他的小气都忽略不计了。如果他不回来，她就决定去找他，今晚她不打算回家了，非要找到承远不可。

伊藤神秘兮兮地走了进来，小声对她道："有人见谢先生往长安里去了。"

曼丽一听，便腾地一下站起，叫道："那不是宋珠喜住的地方吗？是去找她了？"

伊藤说："我昨天去大舞台看《游园春梦》，听说是宋小姐最后一场，演完就停了。不知现在是不是在家？"

"我去看看。"曼丽便往外走，上了自家停候的黄包车，也没让伊藤跟着，径自往长安里奔去。刚走过岔路口，就听车夫在叫："那不是新姑爷吗？"

曼丽定眼望去，果然见承远出了长安里的巷子，朝这里来了，顿时气得火冒三丈。

承远正低头走着，从珠喜那里出来，只得原路返回，还能去哪呢，曼丽才给他刺激，现珠喜又让他忧伤，这世界，就没一个与他惺惺相惜，为他活着的人吗？他脑子乱糟糟的，想找个地方安静一下，现在反而更乱了。

“承远哥，你好兴致！”曼丽的车“呼”地一下冲到了面前。

承远见她一脸怒气，想是对方看清他的来路，顿时一窘，那怨气也自消散无影，转而强作笑脸问：“曼丽，你怎么来了？”

“我来接你呀，”曼丽冷笑道，“那么多客人在场，新郎竟然不顾礼仪，偷偷跑出来自己消遣。”

“我去找珠喜了，”他看掩饰不住，干脆说了出来，“订婚请了她没来，又听说不演戏了，不知出了什么事，就去问问。”

“人家不来自有不来的道理，你去问人家，不是强人所难？再说了，为了一个珠喜，你把那么多人丢下不管，合适吗？”曼丽本就伶牙俐齿，碰到气急，越是像机关枪似的往外蹦。

“我想不会蛮长时间，反正不远。”他只能找借口。

“用得着亲自来吗？叫一个人不就行了？”曼丽完全不给他台阶下。

承远本来有些心虚，现把话挑明了，他反而不觉得羞愧。又见曼丽这般气势凌人，更是反感，哪有妻子这般对丈夫的，还没正式结婚呢，就把娇小姐的样子摆给他看，以后还受得了？

“我做什么还用你管吗？”他冷冷甩了一句，掉头就走。

曼丽见他要走，忙喊道：“你去哪？”

“回家去。”他头也不回道。

曼丽几乎要追上来，到底硬下了心，故意叫车夫跑快些，穿过他身旁，扬长而去。

承远气急败坏地回到家，父母和弟弟也都回来了，因有亲戚在家里住着，父亲也不好骂他，只是压着火气问他去哪了，他也不敢隐瞒，实说去了珠喜那。谢绍祖听了，出乎意料地沉默不语。这里头的渊源太深，他不能提，一提便说不完，放不下，跟亲戚也不好解释。

家里这边没有动静，他以为就算过去了，每天照例去火车站做他的一摊子事，不去找珠喜，也不去徐府看曼丽，就这么僵持着。他知道订婚现场不辞而别，肯定会传得沸沸扬扬，火车站一些同事都在场，还有不掀个底朝天的？他总是这般制造事端，成为人们茶余饭后的笑柄。

他尽量装出无所谓的样子，不在意别人的议论，见了熟人主动招呼，还时而攀谈几句，想拉近关系，尤其是邮运室的小胡，货运站的老汪，都是喜欢说长道短的，他与人搭讪，一是显示自己的强悍，二是想堵人家的嘴。

可是，那些人当着他的面假意奉承，背地里依然如此。这一日，谢承远从家里出门，一路往火车站走，就感觉有点不对劲，有认识的，他朝人家打招呼，人家却躲闪着，有的竟不理睬，转过身，便指指点点。走进火车站，几个司事都朝他瞅着，有的脸上还浮着幸灾乐祸的笑容。

承远兀自去月台上等火车，孤零零地站着那，心情很沮丧，也不知为何人们这样对他。

黑生拿着一张报纸走了过来。人行天桥的修建已进入尾声，徐奕宏来得少了，就由黑生在此料理。黑生是卖报出身的，跟那些报童都熟，碰上了，就会给他一份报纸。黑生见谢承远在那站着，向他扬了下手，示意要他过去。

谢承远见黑生一脸忧虑，不似以往，不觉一惊，随他走到无人的地方，黑生也不吱声，把那张报纸递给他说：“我不大识字，人家说你上报了，快看看吧。”

承远接过一看，标题赫然写着：“站长公子订婚之日一夜风流”。

他的脸顿时就青了，把报纸揉成一团，“呼”地一下扔到铁轨上。胸口急剧地起伏着，手指戳在风中发着抖：“这是哪个王八蛋干的好事？”

黑生说：“这样的事也知道，怕不是一般的人干的，你把谁得罪了？”

谢承远不吭声了。他能得罪谁呢？不就是徐家兄妹，可也用不着这般撕破脸呀，他丢了丑，对徐家又有什么好处？

“老子把婚退了，不结了。”他气咻咻地说。

“你不结了，曼丽会怎么想，徐少爷也不会饶过你。”

“他们无端造谣，败坏我的名誉，岂能容忍！”

“你现在退婚，正给人家口实，说明你真做了这事。”

“你也相信？”

“你不是跟珠喜好过吗？”黑生嘿嘿一笑。

“是徐奕宏要你去办的？”承远有点气昏了。

黑生冷笑。

徐奕宏当然知道了那晚的事情，恼怒的程度比曼丽还要厉害，珠喜是奕宏心头的一颗朱砂痣，他多年跟承远明争暗斗，不过是为了珠喜。他本不愿意曼丽嫁给谢承远，就因怀着一份私心，才没有表示反对。哪晓得，谢承远又做出戳他心窝的事。

他要把谢承远打一顿，但被曼丽拦住了，曼丽赌气不理承远，过了几天，见承远不来找她，又慌了神，怕承远真跟珠喜旧情复燃。

徐奕宏要去找珠喜，要她答应做妾，不再见承远，要是珠喜不从，他就闹个鱼死网破。黑生一旁听了，也着急，他知道奕宏的个性，不似承远瞻前顾后，他是天不怕地不怕的，却不知他的七寸掌握在一个女人手里。黑生劝奕宏不要急，现在到处都在议论谢徐两家的亲事，不能火上浇油了。他先劝劝承远，让他跟珠喜断了，好不容易说服奕宏，他来找承远，不料出了这种事，黑生也感到诧异。

“徐少爷不会做这种事的，”黑生安慰他，“你也不要想多了，事情出了，由着人去说吧，过段时间总会水落石出的。”

“不是他，那是谁这样害我？”承远气道。

火车开过来了，登记处的跟班在叫谢管事，谢承远也不应，只是青着脸站着，连轰隆隆的巨响也震醒不了他。黑生也顾不得，撇下他去忙自己的事。谢承远还站在那，一时烦乱不堪，又掏出万花筒看着，等到司乘下车来找到他，才闷闷地走了。

火车站的人流如潮汐一样，涌进涌出，没有停歇。一列火车进站了，又有即将出站的。匆匆离去的旅客，依依惜别的亲友，围在车窗前互道珍重。

宋珠喜穿着一件素色旗袍，薄纱巾罩住了她的半张脸，只拎着一只小皮箱，行色匆匆地走进了火车站。没有人相送，总是一个人，独来独往，似一只孤雁。

师傅尚小芳病重，她得信后焦急不已，便去大舞台辞演，准备去北京。尚师傅本有虚症，自凤芝去京，情感纠葛闹出人命，后又被其相好威逼，每况愈下。珠喜在时，还勉强撑撑门面，珠喜一走，他便撑不下去，戏演不了，没有进账，贫病交加，难以为继。珠喜在汉口等着谢承远，可迟迟没有回音，又传出与徐曼丽订婚，她也就死了心。承远后来找她，只会加重她的伤痛，已承受不起，尚师傅病重，她岂不亦是病重之人？珠喜急着离开，还怕的是徐奕宏找她。她算到对方会趁着谢承远订婚，又动起念头，想要占有她。而她心如死灰，又怎么可能将就？却不料，她这般图清静，回绝一个个企图，还是有人往她身上泼脏水，败坏她的名声。

她踽踽独行，选择孤单，不是她个性孤傲，而是无法面对。窘迫煎熬之时，也想随俗屈就，可又没人能唤起她的爱恋。一个谢承远把她折腾得够苦，她已没有能力再爱上另一个，她命虽卑贱，却清高洁癖，只能接纳一个谢承远，她这朵孤独的花只对他一人开放。没有谢承远，她也就枯萎了。这是身体的接纳，由不得她的思想。

月台川流不息，嘈杂忙乱，她混迹在人群中，匆匆走向车厢。她不想让人看见，火车站熟人不少，来来去去，难免会认出来，何况风姿绰约的她，走在人堆里，显得鹤立鸡群，再蒙得严实也容易让人注意。果然，就听到有人在叫："噫，那不是宋珠喜吗？"

她赶紧上了车，走进车厢里，找到位子坐下，才轻吁了口气。随后，便听到当当的铃响，铁路司事在喊："开车了，还有五分钟！"

好了，就要开车了，她一次次地来，一次次地离开，总带着伤感，没有心满意足过。她是不想走的，迫不得已，也就此告别吧，或许不会再来了。她望了一眼站台流动的人群，尚未完工的人行天桥，忙乱的货场，站外热闹繁华的街道，那些人，那些事，都是浮云，都将远去。

车窗边，有个男人在跟年轻的妻子告别，女人强作笑脸，后来忍不住，便呜咽起来："待不了几天就要走，可要早点回来呀……"男人忍着悲伤，要她回去，女人却抓住他的手不肯放："于嗟阔兮，不我活兮……"

珠喜一旁听到，顿觉鼻酸。

忽然听到有人在叫珠喜。

是承远，他到底赶来了。珠喜一时激动，几乎要回应，挨了一下，还是忍住了，无法改变的结局，再见面，只会增加伤痛，就各自珍重吧。

火车开动了，她探出头来，朝月台上张望的承远挥了下手，却说不出话来。

“珠喜……”承远难过地叫着，眼睁睁地望着她离去，止不住掉泪，他往口袋里掏手帕，手指一下触到那个万花筒，倏地一颤，便不由自主往车窗奔去，赶紧将万花筒递给她。珠喜接过一看，顿时泪如雨下。

车窗在前移，一节又一节，遽然晃过伊藤的脸，承远不觉一惊，不及看清，火车便驶远了。

那少妇已哭成一团。

谢承远呆在原地，心陡地一下子空了。他无数次望着火车远去，却没有这般悲哀，他感觉珠喜再不会回来了，还有那个万花筒，是她送给他的，多年过去，已与他不可分离，就如同珠喜的影子。现在他还给了她，又是在车站，重复着当年的情景。他感到与珠喜之间的那根线骤然断开了，对方就像风筝一样飘向了天际。而此时看到伊藤，更让他雪上加霜。他也在这时候离开汉口，竟跟珠喜同行……那捉摸不透的笑，让承远的脊背一阵发凉。

第二十八章 悲欢

繁华的都市生活总有无尽的诱惑，大智门一带是新兴的闹市区，火车站就像一座输进输出的水闸，向四周灌溉着源源不断的活水，那街面就如同滋润过的农田，一座座房子庄稼似的拔地而起，聚集了更多的人气，呈现着欣欣向荣的景象。

大智门车站也是日新月异，灰坑、水鹤修复如初，南、北闸房已投入使用，新建的混凝土天桥犹如一道彩虹横跨在铁轨之间，旅客可以轻松地从桥上经过，到达第二站台，以此杜绝翻越铁轨的安全隐患。在火车站南端，由圣保罗公司承建的铁瓦顶仓库已投入使用，露天货场也建了风雨棚，不及运走的货物从此避免了日晒雨淋。

货运量还在持续增长，股道的列车时有增加，为便于货物进出，火车站又计划修建一座钢筋水泥地道。此次又有数家公司参与竞争，谁都想分得一杯羹。

圣保罗公司刚刚修建了货场仓库，还有循礼门车站的月台和票房，工程质量也得到铁路局的肯定，对获得工程项目占有明显优势。徐记营造厂因人行天桥建造良好，赢得口碑，获得此项工程也胜券在握。还有恒昌营造厂等几家有实力的公司，也不乏一定的人脉，可谓八仙过海，各显神通。

徐记营造厂当然是一鼓作气，趁热打铁，势必拿下这个项目，但事情比预想要难得多，圣保罗吸取了上次轻敌的教训，知道谢站长是阻力，他就不派谢承远，而让另一位副理往街对面的铁路局攻关，不时将那些官员请到饭店就餐娱乐。还有公司不择手段，只管在小报上披露谢站长论人唯亲，把工程交给自家亲戚，又有徐家少爷不顾工人死活，在工地酿成伤亡事件等，造成很不利的影响。

徐金穗虽是老江湖了，看到这些负面消息，也有把握不了的时候。可是谁能帮他呢？告诉儿子奕宏，他性子火暴，不定要闹出什么事情。再者，奕宏也不是谈生意的能手，心思也不在这上面，整天不务正业，就跟些不三不四的人鬼混。徐金穗忧心忡忡，有时带着曼丽一起出去，也不会涉及太多。曼丽虽说伶俐，到底是女孩，有她肤浅的一面，他也不想让她蹚那么深的水，过早地看清社会的阴暗和丑恶。他只能独自前往，尽最大努力拿下这项工程，打赢这一仗。他记着一条：有钱能使鬼推磨。没有摆不平的事，就看你舍不舍得使力。

当然又投入了不少，花钱如流水，把刚赚来的一些利润又扔了出去，舍财免灾，舍财便是收获。在自己还没有年老体衰的时候，就先给儿女打打底子，铺铺路吧。

那个下午，终于等到铁路局的答复，地下通道工程交由徐记营造厂承建。徐金穗从铁路大楼出来时，已是黄昏时分，深秋的残阳挂在树枝梢头，一会儿便掉下去了，青白的天色，几朵灰色的云霞在飘，渐渐地黯淡下去。徐金穗怀揣着那份承建委任书，兴冲冲地前往大智门车站，他要把这个喜讯告诉谢绍祖。刚才从铁路局朋友那得知，此项工程另外几家也投入不少精力，各有优势，一时裁夺不下。谢绍祖闻讯后，上呈书面报告，力荐徐记营造厂在修造天桥时排除干扰，精益求精，以及地下通道设计优良，且造价成本低等诸多优点，最终才促成此事。徐金穗没想到谢绍祖会不顾一切地帮他，激动之时，就想请谢绍祖去喝一杯。老哥俩认识这么多年，还没在一起喝过酒呢，也没好好地叙叙旧，都太忙了，但此时此刻，他觉得唯一可以分享喜悦的人便是谢绍祖。他一定要把谢绍祖拉到酒馆里坐坐。

黄包车跑得很快，一会儿就看到那四堡形塔楼的轮廓，半圆形拱窗像人脸一样对他笑着，如他此时的心情，温暖而惬意。

他不知道，有影子跟在身后，一直尾随而行。

火车站到了，黄包车停在路边，他下了车，从大门口进去，谢绍祖应该在办公室，他总要在那忙一阵再回家，早出晚归。

候车大厅里的人少些，稀稀拉拉的，一列火车刚走，进站的火车还不到时候。徐金穗径直往二楼，走到站长办公室前，门关着，他敲了两下，没人应，房门没锁，或许在月台上吧。他便往楼下走，想去找找看。

“徐老板，往哪去？”有人迎面而来，过道有点黑，一时看不清面孔。

“你是……”他还没来得及说后半句，对方猛地一下勒住了他的脖子，后面跟上的人便掏出匕首，只见寒光一闪，他的胸口被重重地一戳，顿时炸开了一般，痛得一战，他的口叫不出声，眼睛直瞪着歪了下去，对方还不放心，又朝他后背猛戳了一刀，不等他倒地，对方已扔掉匕首，快速闪进人流里，逃遁得无影无踪。

徐府塌了天。

徐奕宏一直关在父亲的书房里，闷闷地抽烟。院子里进来一波波吊丧的人，冗杂中时而响起几声哀号，汪妈肿着眼泡，还在强撑着招呼客人。奕宏丢下不管，婉珍也不抵事，她平时操持惯了，总得维持局面。

徐奕宏得知父亲被人捅死在火车站里，当时就气炸了，马上带着几个人直往火车站里奔，要报仇雪恨。

车站警务所抓了几个嫌疑人，又找了站内几个司事和旅客询问。当时值事人员多下班了，过道没有人，抓到的人也说不清，只有一个稍稍挨上边，看到两个人在角落里站着，个子都不高，后来徐老板下楼来，就在过道里堵上了，以为是熟人谈事，就没在意。再发现时人已倒在地上，凶手逃之夭夭。

徐奕宏一直铁青着脸，没掉一滴泪，依他以往的个性，肯定要在火车站掘地三尺，闹个天翻地覆，不弄几个替死鬼是不回家的。好歹这次听了谢站长的话，要他先回来，车站的事交给王巡官，他是个有经验的警察，会办好的。等回到家，他就瘫了，独自关在父亲房里痛哭，然后就闷闷地坐着，想谁可能是凶手。

王巡官告诉他一个奇怪的细节，凶手把父亲的手提包劫走了，里面除了钱，还有父亲的印信、承建委任书等重要文件。

“这不是突发事件，看来凶手是有备而来，或者说在一直跟踪徐老板。”王巡官说。

徐奕宏平时不谈生意，都是父亲经手，也不知道跟哪些人打交道，但他做了一段时间的车站警务，也有了些经验，凶手拿走印信和委任书，倒是一个突破口，说明一定是商业对手干的。

“选择去人口稠密的火车站行凶，实在是冒险，四处是眼睛，还有警察把守，不是明显要留下把柄吗？”

“徐老板是临时去火车站，不幸就被刺杀，看来对方早有预谋，想除掉他。可能是徐老板拿到那份委任书，对手恼羞成怒，顿起杀心。”

“在火车站内行刺，是个意外，只能说凶手是老手，或许想火车站内人多，相对松懈，不会引起注意，又容易逃脱，灯下黑啊。”

……

王巡官到底经验丰富，火车站的案子被他破获了不少，此次经过调查询问，也符合逻辑。徐奕宏在悲痛之中，恨不得立即抓到凶手，就地正法。

“王兄，小弟拜托了，三天内把案子破了，老子实在等不及要杀人了！”他作揖道。

王巡官要奕宏节哀顺变，他会尽最大努力破获此案。只是还要家属提供一些情况，近段时间徐老板每天的行踪，办些什么事，接触哪些人等。这些奕宏也不太清楚，得问汪妈，还有管账的先生。

王巡官不好让警察来徐府问情况，倒是奕宏自己提出来，要老王自行方便。但他闷坐半天，就想不出谁敢如此冒险，置他父亲于死地。

门咚咚响了两下，汪妈推门进来，坐在一边的藤椅上，奕宏也不吭声，像是感觉不到人进来。

“警察局的人又来了，问了些情况就走了。要我跟你说一声。”

奕宏没反应，身子倒是正了正，汪妈虽是父亲的填房，也没正式名分，他对汪妈却不似凤芝那般低看，这女人做事得体周到，赢得父亲的心，也让其他人敬重。奕宏平时跟汪妈少有面对的时候，此时这般，像是有话要说。

“你父亲把太华山寨的杨老板得罪了。”汪妈低声说一句。

奕宏愣了一下。徐家跟洪帮天目山寨的周老板走得较近，奕宏的几个弟兄都是周老板手下的，跟另一大寨主杨老板却少有往来。洪门都是讲山头的，只能认一家，不可能左右逢源，面面俱到，要不谁都不会帮你，还会打击你。

“恒昌营造厂肖老板是杨老板的人，上次修天桥，没有让他们修建，肖老板就不高兴。这次又与你爸爸竞争地下通道的事，也就想出口气。”

“我总在劝他，别那么逞能，跟火车站做事，又赚不了多少钱，人家要做就让他做去，他却说，这是争脸面的事，帮老谢，也是给奕宏和曼丽铺路……”汪妈说到一半，止不住哽咽起来。

奕宏一腔悲愤堵在胸口，当听到铺路两字，胸口像被戳了一下，泪水便破了闸似的倾泻而出。

“这是积怨啊，”汪妈悲伤道，“那余经理，就是杨老板的人，你当初杀了他，杨老板早盯上了你，是你爹砸锅卖铁摆平这件事，又因你坐了牢，才稍有缓和。如今你傍上了周老板，对方也不敢轻举妄动，但狼子野心，你能算到他哪天咬你一口？”

“他有初一，老子有十五。”奕宏愤恨道。

汪妈听得一紧，便小声劝道：“别莽撞了，做那种赔本的买卖，你已经历过一次了，要知道利害，杨家的势力不亚于周老板。你要惹上什么事，你父亲不会瞑目的。”

“老子不报了杀父之仇，誓不为人！”奕宏咬牙切齿道。

“你父亲走了，这家就靠你撑着，做人做事可不能像以前那样任性。君子报仇，十年不晚！”

用人敲门进来，说汉口铁路局陈科长和谢站长来了。

汪妈站起身道：“你还是出去照应一下，别尽待在房里，日子总得要过下去。”

他嗯了一声。汪妈见他答应，便整了整衣襟出去了。

徐家的丧事办完已有月余，火车站地下通道工程才陆续开工。

黑生又继续在火车站工地里蹲守，经历了几项工程，他已从无知到熟悉，从勤杂做成了监事。徐奕宏很看重他，把他当成了心腹，出入一些场合便带着他，有几次去铺堂里的妓院，也叫他陪同。

徐少爷如今的喜好是打牌，喝花酒只是偶尔为之。与婉珍的感情一直是温吞水，这只是理由之一，珠喜离开，心灰意冷时，就来堂子里泡泡，了却一下失意之苦。

殊不知，各有业障。黑生去了两次，便迷上那个叫如意的妓女，赚得一点钱，便大把投到她身上，时间一长，越发情意难舍，刘王氏给他说了好几个姑娘，皆看不中，非要赎了如意不可。

刘王氏急得吐血，黑生鬼迷心窍，拿回家的钱越来越少，生活捉襟见肘，母子俩连吃喝都勉强。刘王氏便骂刘家祖坟没埋好，出了这个孽子。但妓院是个无底洞，如意的赎金也高得离谱，以黑生那点薪水，怕是痴心妄想。他又不好意思去借钱，为这种事找朋友开口，只会让人看不起。赎不来如意，只得每日去厮混，那鸨儿见他一次次地来，总显得紧巴，便瞧不上眼，渐有怠慢。如意也好不了多少，她并非想嫁他，又见他囊中羞涩，知道能力有限，也就不做指望，时而也接其他的客。

可怜黑生一日不见如意，如隔三秋。他白天忙在工地上，晚上便去妓院守着，但精力有限，顾了这头顾不了那头。要命的是，近来下体总是灼烧一般地疼痛，还渐渐出现了溃烂。他不敢到医院去看，找了个治花柳病的江湖郎中，寻了点偏方医治，却不见好，心里焦灼不安，精神恍恍惚惚，做事也丢三落四，惹人埋怨。徐奕宏念及一点交情，没怎么说他。可有天他去看病，一批急需的钢材忘了提货，耽搁了两天工，犯了众怒，徐奕宏也有些烦了，斥了他一顿，给了些钱让他回去治病，要他医好了再来。

黑生从火车站工地出来，心里灰暗，腿发软，像踩在棉花上。从此，他又成了无业游民，没了生活来源。以前他不怕没有事做，那时他身体好，现在他没了身体，还得了这脏病，被人耻笑，也坏了名声。

他混迹在人流中，嘈杂的人声在四周喧沸，他似乎没有感觉，像坠入了无底的黑洞里。这世界把他遗弃了，从此与他没了关联。想到如意，他那般真心对她，自己省吃俭用，为她倾其所有，买昂贵的衣服眼睛都不眨一下。如今他得了病，她便躲避不见，可见婊子无情，是句真话。然而，即便是母亲，他没有了钱，也是回不了家的。透彻的寒意过了，便是全身麻木，一切都无所谓了，好与不好，都与他无关了，他还治什么病？就这么死了罢。那一刻，他就想走下铁轨，往那里一躺，一了百了。

万念俱灰时，不想有人拍了下他的肩膀。

“怎么叫你也听不见，成聋子了？”是王运福。

王运福是来运货的。他依然是京汉线上的常客，亦是享受大智门车站这泓活水的一分子。他在汉口赚了不少钱，又因贪念栽了跟头，但他也有能耐，鼓捣那些土特产卖给洋人，又把洋人从海外运来的新奇玩意儿运到河南等地，生意渐有起色。他跟黑生有一份交情，上回出事，两人都倒了霉，同是天涯沦落人，不免惺惺相惜，尤其是黑生因这事丢了铁路的差事，王运福也感到愧疚。

王运福见黑生一副要死不活的样子，不觉惊道："哎哟，兄弟，脸色不好，是不是病了？"

"运福哥……"黑生此时遇见王运福，简直像遇到救星，激动得说不出话来。

"这副模样我可没见过，碰上什么事了？"

"哎，别提了！"黑生只是唉声叹气。

王运福一看不对，就说："你等等，我把这批茶叶送到货场就来，咱俩找个地方坐坐。"

黑生昏昏沉沉地站在太阳底下，半天不见王运福过来，火车站的一些熟人来来去去的，免不了招呼，他又不想说话，待着也尴尬，走过的长夫说，王老板在跟货运司事一起过磅，还不知要等到几时才完呢。黑生就有些不想待了，知道王运福有这毛病，拍胸脯的事常常兑现不了，听他的话，只能信一半，或是一半都不到。

由此心情越发地沮丧，像打碎了一个泡影。他低着头往侧门走，不想进候车大厅，碰见更多的人。走到厕所门口准备撒个尿出去，正碰到谢承远从里面出来，一见他，免不了问候一声。

"还好吧？"

"不好，我没事做了。"

"怎么回事？"

"病了，徐少爷要我回家……"黑生有气无力道。

"怎弄成这样？"谢承远吃惊道。

"说来话长……"黑生哭丧着脸，"别的都无所谓，就怕我妈整天唠叨。"

谢承远多少听到一些，他跟堂子里女人的事，见他不愿说，也就不好多问。

"走吧，到我那坐坐。"承远说。

"不用，你也忙，"黑生摇了下头，"如果你还念及一点交情，就帮兄弟一把，给我找份事做，不管薪水多少，都愿意。"

“你先安心治病，差事我尽力而为，你放心好了。”承远道。

“多谢了！”黑生不自觉地躬了下身子。

“跟我讲什么客气！”

黑生心头一暖，看承远要去忙，也没多说，两人就分开了。

多年以后，彼此回想起来，也像命运的安排，黑生没等到王运福，或许就是为了碰见谢承远。

日子不紧不慢地往前走着。火车站的地下通道工在一天天往前推进。父亲死后，徐奕宏像变了一个人，不再整天贪玩，家里的担子现落在他的肩上，他不扛也得扛。一些家业都得去打理，他手忙脚乱时，也就没闲工夫去消遣。

少了黑生这个臂膀，一时找不到合适的人，徐奕宏不敢掉以轻心，毕竟地下通道比天桥更有难度，工程质量要求也更高。他不懂技术，就请了工程师把关，需要什么，及时配备，人财物是他的事，以前让黑生代劳，现在他自己做，不想这一做也学到了不少东西。年岁渐长，他也不似以前那么莽撞，遇事也沉稳了些，火车站把工程交给他家做，别人自然会眼红，他以前不在意，现在倒是留了心，注意打点一些关系，没事便去趟铁路大楼里坐坐，再把余站长那些人请去喝酒，私下给不少好处，做了不少铺垫，倒是省去了不少麻烦。

有哥哥把家撑着，曼丽虽说为父亲惨死悲伤了几日，过后，她又开始了走亲访友，热衷于交际，与当年的凤芝如出一辙。

她的日子看似热闹，实则为婚事悬心。自上次报上登了谢承远一夜风流的消息，她与承远之间的关系就到了冰点，承远认为是她跟记者乱说，因当时只有她在场，两人又闹得不欢而散。承远一直不来找她，甚至有了退婚的想法。她父亲丧事那天，承远只露了下面就离开了，也没跟她说几句话，只是礼节性地表示一下关心而已。

曼丽受不了承远这般冷淡，她想硬口气，非要等承远回心转意来求她，想你谢承远有什么，谈家产，谈能耐，都拈不上筷子，且年龄比她大好几岁，可谓下嫁呢，他还花心，找别的女人，哪有这等受气的事？现在就对她这样，以后嫁给他，可就真成小媳妇了。僵持了一段时间，她还是抵不过思念，见到的男人不少，却没一个能取代承远在她心中的位置。她的初恋即是承远，即便他不那么出色，她也认了，只怪她爱上了这个男人，没有别的办法。

她憋不住时，不敢告诉哥哥，哥哥本就跟承远鼻子不对脸，弄不好会打架。跟嫂子也不会说，她整天除了绣花，什么都不懂，就像个木头人。唯一能说的，就是汪妈。汪妈对于她，不是母亲胜似母亲，汪妈继续留在徐家，不是因为奕宏，而是为了曼丽，这点奕宏也明白。

“你得跟他说明，上报的事，与你无关，至于是谁透露给记者的，你一概不知情。他若没做那事，更好，若做了，就太不应该，反而是我们女方要考虑退婚了。”汪妈直截了当道。

“他可能怪我跟伊藤先生跳舞了，”曼丽心里担忧，嘴上却不示弱，“那是怪他不跟我跳呢。”

“要说，那天晚上你也做过头了点，跳一支舞就算了，还接连跳了三支，叫谁都看不下去，何况是他。”汪妈埋怨道。

曼丽想起什么，忽而惊道：“会不会是伊藤透露给小报记者的，因承远离开还是他告诉我的。”

“有可能，”汪妈一时警觉道，“那伊藤一双贼眼，一看就是那种货色，你可得小心，少跟他来往。”

曼丽气道：“如果真是他说的，此人我是不会再理睬了。”

“东洋人多狡诈，少理会为好。”汪妈点头道。

“那我去把这事告诉承远吧，免得他怪我。”

“不用你说，时间长了自会水落石出。”汪妈到底想得远一些。

曼丽嘟着嘴，似乎想说什么，到底咽下去了。

“我看啦，你也不用急，就稳些时日，谢家比我们还急呢，承远老大不小了，一直拖着，还有那些花边新闻，弄得家喻户晓，好点的人家都会在意的。谁像你，中了邪似的，生怕他跑了……”

这一说，曼丽蹙起的眉头便松开了，嘴角不觉荡开一丝笑意。

汪妈虽这般说，心里还是七上八下。那晚的事，瞒不过谢氏夫妇，曼丽开放的作派恐怕难得让他们满意，后来承远不辞而别，又给订婚仪式蒙上一层阴影。

而后，又闹出与珠喜相会的风流韵事，不仅臭了承远，更让谢氏夫妇蒙羞。

谢绍祖难免懊恼。细究起来，还是错在曼丽，举止轻浮，有失大家闺秀的沉稳。跳舞也罢，还跟一日本男人跳舞，太不尊重。再往下说，又会怪罪于汪妈。有句骂人的话，有娘养，没娘教。曼丽的娘死了，她算是曼丽最亲近的人，教导之事便是她的责任，这种失大体的事发生，她可是难辞其咎。

汪妈不敢回想当时的情景，她确实太忙，照应这个，顾不了那个，也没算着曼丽会胡来。但事已至此，唯有尽量挽回。曼丽的婚事是徐金穗未了的大事，她得帮他完成了。

一晃就到了年底。谢家一直没有动静，曼丽心神不定，日夜想念承远，又不好放低身价去找他，心里憋着一口气，出去玩也意兴阑珊。汪妈看出她是心病所致，觉得这么悬着也不是事，总得弄清谢家的打算。

元旦那天晴好，汪妈就想去谢家拜访一下，便特地去邦可糕饼店买了一盒蛋糕，坐上黄包车前往海寿里。走到弄堂里，正碰上谢家的老妈子出来买菜，见汪妈来了，便欢天喜地地叫道：“哟，稀客啊，刚才太太还在叨念呢，好长时间没看到汪妈了，还说要承远去徐府拜访呢。”

汪妈一听这话，心里不觉有了底，她吁了口气，知道事情没有想象的那么糟糕。到时她就不提什么，看谢太太怎么说。

走进石库门，堂屋敞亮的窗户正对着天井，一眼瞄见在窗下低头忙活的谢太太。

“太太新年吉祥！”汪妈没进门就叫开了。

“哟，汪妈来了，快请坐！”谢太太在给一盆水仙换水，抬眼见客人到，便放好花盆，过来招呼。

小儿子承志在隔壁房里，听到他妈在叫，便出来倒茶。

“承志都长这么高了！”汪妈叹道。

“刚从铁路学堂毕了业。”谢太太说。

“以后又要接谢站长的班了。”

“本要留在大智门车站的，他爸觉得不太好，就分到刘家庙机务段了。”

“好远呢，每天要跑多少路呀？可委屈了承志。”汪妈觉得可惜。

“他爸也怕人说呀，承远虽不在铁路上做事，总在火车站里晃着，再来个儿子，不出错倒好，出了错，无数双眼睛都盯着你，老谢就想着避讳些好。”

“唉，谢站长也认真了点，总有说的，管人家呢。”汪妈叹息。

“我也觉得呢，刮风下雨，那路也不好走，把伢苦着了，可他爸就是不听。”谢太太几分怨怼道。

这时，有个男人站在门口，叫了声：“太太吉祥！”

“哟，陈先生吉祥！”谢太太连忙起身。

“楼上的东西都搬空了，现把钥匙交给您。”对方递过来一把铜钥匙。

太太接过说：“那好，谢谢你了。”

“您忙，那我走了。”男人转身出门。

“有空常来坐坐啊。”谢太太对着背影喊。

复又坐下，见汪妈脸上透着困惑，谢太太便指了指外面说：“楼上这家不愿搬呢，是我们出了大价钱才肯卖的，比现价几乎高了三成。”

“哟，那可吃亏了。”汪妈叹道。

“还不是为了承远，”谢太太努了下嘴，“准备他的新房啊。”

汪妈没吭声，表情却舒缓开来，心里的一块石头落了地。

“这楼上楼下，自成一体，免得与外人打搅。本是想另买一幢住着，可周围的房子不是不合适，就是价钱高得离谱……再说这里也住习惯了，街坊邻居都熟，老谢上班又近，也将就了。”

“海寿里蛮好的，不用搬了。”汪妈附和道。

“可就委屈了曼丽，她是住惯了洋楼的。”谢太太说。

“这里份的房子蛮敞亮的，又是独门独户，家里人也不多，她会喜欢的。”汪妈忙说。

“那就好。”谢太太浮起一丝笑容。

第二十九章　丧失

承远与曼丽的婚事终于提到了日程上，两家商定四月初八举行大婚。谢太太请来工匠将楼上的房间进行修整，还要订制家具，购买物品，忙得团团转。徐家也在筹备着曼丽的嫁妆，汪妈叫来裁缝师傅给曼丽量尺寸，定做旗袍，又到新新洋装看婚纱。谢家准备着中式婚礼，曼丽却想来点西式的浪漫。如此这般，两家就商议办一个中西合璧的婚礼。

这期间，谢承远照例忙他的公事，没在意家里的热闹，仿佛是个局外人。谢太太知道他有怨气，也不叫他，反正家里大小事他从来不管闲，跟他父亲一样，由着谢太太操持。忙完了这件大事，谢太太也就了却一桩心事。

不料，进展磕磕碰碰的，出了一些波折。

先是徐家的财务纠纷。徐记营造厂承建火车站地下通道，跟修建人行天桥时一样，铁路部门先只提供预算材料款，人员工资则由营造厂支付，雇工多少都由自己决定。等工程竣工验收合格，交付使用后，铁路局才一次划给营造厂工程应付款。

徐奕宏不懂其中的奥秘，只是按设计师的预算实填那些建材数量，又按当时的价格报价，铁路局按此价格拨来货款，由他自行采购。在此之前，徐金穗就会向铁路局虚报材料份额，或是抬高价格，到时给铁路局相关人员一点好处，人家也就睁一只眼闭一只眼，提前拨来材料款，除了购买材料和支付薪水，就是营造厂额外的利润。徐奕宏没经历过，都按实际数量填写，等铁路局的材料款拨来，正赶上物价上涨，他再去购置，不仅赚不到钱，还亏了本。而施工人员不时会有增加，工钱也是一大笔开支，筹措不到时，那些人就撂活不干，又延迟了工期，弄得他焦头烂额。他敢跟那些流氓地痞斗狠，却不敢对着工人发威，怠慢一个人，其他人都会来帮腔起哄，一不满意就罢工，他只能耐着性子。

现在他赚不到钱，还要每月付人工钱。除此之外，因大舞台等新式戏园的兴起，吸引了一大批票友，驻园的戏班只得另寻地盘投靠，茶园的生意每况愈下，汪妈虽说精明能干，到底眼界低点，看不清时局变化，等到维持不下去时，她也无能为力。徐家本是靠徐金穗撑着，等他一去，就显露出颓势。徐奕宏一时撑不起这个家，跟汪妈究竟隔了一层，各怀心思，不可能那么齐心协力。

徐奕宏一时捉襟见肘，不平之气便止不住地往外冒，无端的猜忌也伴随而来，就觉得汪妈媚惑了他父亲，鲸吞了家里的钱财。因汪妈一直做着家里的内管家，财务上的事免不了要经她的手，弄得这样一个局面，她一定心知肚明。奕宏脾气一来就不管不顾，要查茶园的账。他不把汪妈放在眼里，也因父亲没给汪妈名分，汪妈聪明一世，糊涂一时，就没想到徐金穗会突遭横祸，离她而去。

汪妈感到心寒，要说她来徐府也有十多个年头，从曼丽几岁开始，侍候凤芝，又护佑着曼丽。渐渐地，这个家已离不得她，家里的东西放在哪，不会问凤芝，只会问汪妈，连徐金穗也习惯了，后来让她管家也是自然而然。她跟这家里的人有了感情，也把徐家当作最后的归宿，尤其是跟了徐金穗之后。她说不上特别爱这个男人，但日久生情，年岁大了，总得有个依靠。其实她也有过斗争，毕竟跟凤芝有关系，也在乎流言，但凤芝走后，徐金穗大病了一场，她觉得徐老爷有些可怜，动了恻隐之心，也不忍看徐家这般衰败下去。

她把全部的心血投入了徐家，也成了徐家的一分子，如果说得到什么财产，也是她应得的份额，她拿些体己，便是为自己留条后路。

但徐奕宏连后路都不给她，像匹白眼狼似的咬起人来了。她要跟那小子争辩，不见得会输，但他是徐家的少爷，名正言顺，闹腾起来，她一个没名分的弱女子，总是势单力薄，人的观念是顽固的。汪妈想曼丽不久就要出嫁，与奕宏、婉珍也不亲近，在一个屋檐下处着，冷清寂寞，便觉得没意思。如此这般，她不得不另想出路。

汪妈购置好曼丽的嫁妆，自己也在做着准备，数年积攒的钱财，早放在花旗银行里存着，只将一点体己和细软随身携带。一切悄无声息。

那个清晨，天刚蒙蒙亮，四处静籁无声，徐府的后门被轻轻地打开，清薄的雾气中，汪妈拎着一个布包悄然走了出来。

马路对面有辆马车等着，她上了车，不觉回望了一下那幢小楼。守门的老头醒得早，到底惊动了，匆忙跑出来看，见那车上坐着个五十来岁的男人，似乎面熟，又不太确定，再定了定神，马车已在晨雾中远去了。

徐奕宏得知汪妈不辞而别，顿时就傻了，再往下，才发现那女人心机太深，早预备着一着棋。她不仅把茶园赚得的钱中饱私囊，还让父亲把地契交给她，她又私下卖给了别人。除此之外，她还获取了一套房产。这些都做得神不知鬼不觉。

徐奕宏正等着钱周转，不想家产已被汪妈掏得所剩无几，除了营造厂和一处出租的房屋，只剩下居住的那幢小楼。才知道父亲和他都被那女人算计了，且吃的是一个闷亏，再去找寻已不见踪影。有人似乎看见她和一个男人去了粤汉码头，坐下江的轮船走了。

曼丽得知汪妈不辞而别，只是哭哭啼啼，连饭也不吃。奕宏气得摔了饭碗，才止住。

“这婆娘把我们家的钱都偷走了，你还为她号丧！”奕宏吼叫起来。

“她怎么拿走的呀？”曼丽不明白，平时和颜悦色的汪妈会是这种人。

“她像个蛀虫一样，一点点地偷，直到挖空了我们家为止。”

“我们没钱了吗？”曼丽不敢相信。

“家有内贼还能不穷？”奕宏气得直骂。

曼丽不吭声了，她一时想不明白，那么长久的亲情怎会脆弱如瓷器一般，一碰就碎。她心头残存的一团温暖猛地被吸走了，已哭不出来，恨也不是，就那么空乏得难受。

孤单残酷地抛向了她，她只想躲开，哥哥嫂子顾不得她，她便想到了承远。可是，她又伤了承远，怎么能够挽回呢？她唯有企求老天，让谢家早点迎娶她进门。

老天爷好像在捉弄人，曼丽越想着早点出嫁，婚事却迟迟没有动静。徐家这边奕宏力不从心，顾及不上。谢家那边也不消停，新房修整时，谢太太去帮忙，不慎从椅子上跌倒，造成左脚骨折，躺在床上动弹不得，还要人侍候。家里没人料理，婚期只得往后延迟。

一晃又过去了几个月，已到夏季，谢太太才勉强能够下床活动。谢绍祖自太太卧病在床后，比以前下班要早一点。但这天，他因有事耽搁，又到傍晚才回家。

街上流动着各式各样的人，法租界扩展后，海寿里已纳入了租界。法国人在界线处竖起两根木柱，安上方木加螺栓固定的栅子，栅子门约有两人高，钉有铁丝网。谢绍祖每天经过，望见栅子门上法国三色旗的标志时，便是受一次折磨。

他刚进了租界，就看见承远匆匆走来。

“爸——”承远一看到他，便有些不自在。

“这又到哪去？”谢绍祖皱着眉问。

“火车站呐。”承远答。

“晚上的车都过了呢，现在去干吗？”

“人家在那等着。”承远与他擦身而过，往玛领事街方向去了。

谢绍祖感觉不对劲，他曾听到一些风言风语，承远跟旺角客栈的老板娘有些瓜葛，现在看他神情慌张，是不是又去找那女人？这么一触及，不觉烦恼起来。

谢太太见他阴着脸进门，忙叫老妈子端来饭菜。他埋头吃着饭，一时没作声，谢太太也不好问。等他两碗饭下了肚，端起老妈子递过的茶杯，漱了下口，走到床沿坐下，才说：“承远的婚事得办了。”

谢太太停下手里的针线，抬了抬眼皮问：“前些时日，你不是嫌曼丽不懂规矩吗？”

谢绍祖对曼丽订婚当晚的举动耿耿于怀，便把这事搁下了，过了段时间，想法也有所改变，尤其是刚才的情景触动了他，便说：“她是有些娇惯了，但这姑娘本质不坏，况且爹妈都不在了，怪可怜的。”

“是啊，”谢太太也有同感，“奕宏总是忙，婉珍又木了点，顾不上她。”

“她要再没人看护着，真怕那孩子丢了。”谢绍祖忧心的岂止曼丽。

“现在奕宏又不让她管理家事，她每天闲着，只有到处玩。”谢太太也着急。

“那两个都要拴一拴了，我们也算是尽了心。”

“是，尽早把婚事办了。”谢太太应道。

“可你还没好全呢，”谢绍祖瞅了一眼床上的妻子。

“不碍事，再过几天，就可走动了。”

夫妻俩商量着，择日跟奕宏确定一下日子。

这般筹划，却还是到了秋天，才将曼丽娶进了家门。婚礼比订婚要简单些，一是徐金穗去世未满三年，曼丽有孝在身；二是汪妈离开，徐家突遭地震，财产被劫；三是谢家忙乱，自顾不暇。如此这般，用轿子将曼丽接到家里，在餐馆宴请了几桌宾客，就算完成大事。徐奕宏焦头烂额，只想让曼丽嫁了，少个负担。曼丽因汪妈离开，心情忧伤，只愿早日跟承远在一起，哪怕住鸽子笼她也愿意。谢家这么简单从事，她也不觉得委屈，倒是心甘情愿。

如她所想，新婚燕尔，承远与她耳鬓厮磨，已经把过去那些不快消散殆尽，两人不说如胶似漆，起码也形影不离。承远带她去逛中山公园，去新市场大舞台看戏，还去西商跑马场玩了两回赛马。夫妻二人，如兄如弟，忘乎所以，曼丽真像在蜜里浸着。可过了一个礼拜，承远就去火车站上班了，不能总陪着她。至晚，那父子三人回家，一家五口围在桌子上吃饭，才有了热腾腾的气氛。饭后，承远便陪曼丽出去散散步，逛逛街，但后来就少了，一是忙，二是累，时而还要出去应酬，让曼丽陪了两次，但多半不带她去，觉得不方便。

白天，家里就婆媳二人厮守。总是日上三竿的时候，曼丽才懒洋洋地起床，那时承远早走了，只是屋里还留着他的气息。曼丽对着泛着油漆光亮的新家具发了一会儿呆，才去打水洗漱。她还不太习惯打水，在自己家里，总是用人在旁侍候着，洗完了就有人送上可口的早点。以前父亲在时，吃得更讲究，每天有牛奶，还有新鲜的水果。父亲走后，家道中落，但排场还没有丢，她和哥哥都惯于饭来张口，衣来伸手，也因家里用度太大，亏空填补不上，才支撑不住的。

曼丽从洗漱间里出来，便下楼去吃早餐。老妈子已把排骨汤面送到堂屋里，另炸了一枚荷包蛋。她不爱吃面，勉强吃了小半碗，便推开了，荷包蛋也只吃了蛋黄，没吃蛋白。谢太太在一旁坐着纳鞋底，看她剩了那么多不吃，脸上便有些挂不住，但她还是忍着没作声，只是动作的幅度明显大了点，引线拉扯得嗖嗖直响。

谢太太算是涵养好的，换了别人，早不耐烦了。从进来那一刻，曼丽只是勉强叫了一声妈，就不搭理人了。吃东西挑三拣四，还总留剩饭。早餐本就简单，家人都是一碗面，特地给她炸了荷包蛋，又剩那么多不吃，都浪费了。谢太太勤俭惯了的人，哪受得了这般糟蹋东西？

曼丽似乎没在乎谢太太绷着脸，她到底年轻，不太会看脸色，也不喜欢聊些家常，心里想到什么，就只管往外倒。

"妈，明天买点牛奶回来吧，我在家每天都要喝奶的。还有，早点我不爱吃面，也不喜欢那些油条、烧饼，只吃点心。"她把碗筷一搁，屁股一扭，也不跟谢太太招呼一声，就自顾上楼去了。

等她一走，老妈子进来收拾碗筷，看桌子剩了半碗面没吃，不由得叹息："这大户人家的小姐就不一样呀，不知多少金的银的堆出来的，每天就吃那么一丁点，这叫怎么侍候才好啊。"

谢太太没好气道："那是没饿着，饿她三天就知道吃了。"

老妈子见谢太太不高兴，趁机数落道："太太，这少奶奶一嫁进来，可是增加了不少事呀，您家看看，我每天洗衣服就数她的最多，月事来了，那血裤子呀，要得半天搓……"

谢太太没作声，心里已有了厌恶。当初她急着把婚事办了，一则盼望着早抱孙子，二则也因承远背上了花花公子的名声，再不娶亲，怕是以后更难了。想着曼丽还小，虽有些贪玩，调教一下可能会好些，谁知她除了好吃懒做，还这么不懂规矩。

谢太太有了怨气，就不想搭理曼丽。曼丽跟谢太太也没多少话讲，一个人待在楼上无所事事，也实在无聊。嘈杂市井里的烟火气，她还习惯不了，只想着跟承远逛街玩乐，却不知日常生活是如此单调乏味。谢太太对人还算宽厚，没要她做这做那，但无言的冷淡也令人难受。曼丽感觉到婆婆的不满，她不敢针锋相对，就干脆避开。她打开衣柜，换上新做的旗袍，描眉点丹，稍作一番修饰，再往镜子里一照，真是姣若春桃，风姿楚楚。这番模样整天待在家里岂不可惜？她骨子里的那股风骚又在抬头，就想出去逛一逛，实在不想辜负了时光。

她独自去逛街了，渐渐不止于此，找那些爱玩的朋友打牌、看戏、跳舞、赛马……时光在青春的挥霍中不知不觉地消磨了，不仅避开了与谢太太的龃龉，也淡漠了对承远的依恋，她在玩乐中，竟也忘了承远，觉得承远不陪着她，倒是轻松一些，反正每个晚上，他们睡在一起，依然亲密无间，这就行了。

曼丽每天出去玩乐，谢承远不是不知道，谢太太时常在他面前叨嚼，要他管管曼丽，不能太由着她，整天野岔了，成什么样子，别人不说闲话，自家也丢不起脸呢。可当婆婆的说狠了，只能伤了彼此的和气，婆媳之间，就隔着张纸，一捅就破，要想修复总会有伤痕。谢太太要承远管管，也是讲究分寸。承远倒是说了，曼丽好歹在家里待了两天，脚又痒了，被人一叫，便忍不住往外跑。

谢太太再好的脾气，也有忍受不了的时候，这在一个月后，终于爆发了。

那天，承远正在火车站货场办理交接，忽然王运福急匆匆地跑来找他。

“承远，快去医院，曼丽摔着了。”

“怎么搞的？”承远一时愣着。

“我去协和医院看望一老乡，恰巧碰上了，看她裤子上全是血，脸色白得像纸，想是坏了事……” 王运福气喘吁吁地说。

谢承远顿时变了脸，拔腿就往外跑。

到了协和医院，果然见病房里躺着虚弱的曼丽，医生告之一个很坏的结果，孩子没了。承远头上像炸了一阵雷，顿时蒙了。他还不知道曼丽怀了孕，连她自己也不清楚，还傻傻地往外疯。她是被人邀去跑马场看赛马，一时来了兴趣，就想过过骑马的瘾。那驯马师把她领到一匹马跟前，手把手地教，她兴致勃勃地骑了一圈，还嫌不过瘾，又骑第二圈，走得好好的，不留神勒了下缰绳，那马腾地往前一跃，她一时惊慌失措，就跌了下来……

曼丽被接回家里，谢太太得知孙子没了，便控制不住号啕大哭。她每天盼着抱孙子，忍受曼丽诸多的不端，维持表面的和睦，不过是为了老大不小的承远能早日传宗接代。

承远第一次见到母亲如此撕心裂肺地痛哭，那悲切之声像冬天里凄绝的鸟鸣，令人肝肠寸断，将他麻木的心震醒。他站在天井里的阴暗处，不敢面对母亲，也不能面对曼丽，就那么木头似的呆着。

恍惚之中，他看到一个婴孩在母亲怀里呀呀地叫着，那是他儿时的模样，一晃眼，又变成了另一个婴孩——他的儿子，再一晃，又不见了。他心里一揪，泪水毫无知觉地滚落下来，雨线似的，披挂了一脸。

蒙尘的心被泪水冲刷着，渐渐清晰起来，面前仿佛站着另一个自己，在朝他不怀好意地笑着。

已近而立之年，他还是混沌的，没有志向，贪图虚荣，喜欢做那些表面风光的事，沉湎于声色犬马之中，至今一事无成。他对家庭也是淡漠的，成家不过是顺应了父母之意。他抵抗不了世俗，苦了珠喜，也害了曼丽，当然还有一个至今恨他的阿秋。其实是他的自私，不愿花气力，只想着及时行乐，过一天，算一天，但他依旧不快乐，惩罚也是一个接一个。他对曼丽不关心，由着她任性，酿成今天的苦果，其实是他对曼丽还没有妻子的概念，家只是父母的，不是他的，他还是那颗浪子的心，游离在外。

他未想过做父亲，也就没他父母那般企盼孩子，但一个小生命消失了，竟跟他有关，那个活蹦乱跳的孩子本应顺利地来到世间的，却被糊涂的爹妈轻易地断送了，曼丽流出的可是他的骨血啊。他心里好痛，对曼丽无形中有了怨恨，叫她不出去玩，想给她找份事做，却不愿吃那份苦，依然故我，居然还跟人一起玩赛马。他又想到订婚仪式上的一幕，可见她就是这副风骚的德行。她败坏了他的名誉，逼走了珠喜，他无路可走，只得选择这样一个女人。如果说他当初对曼丽还有几分喜欢，现都被孩子的失去消散殆尽了，他不会对曼丽再有丝毫的留恋。

难受之时，又想起千里之外的珠喜，知道珠喜恨他，他写的信都石沉大海，他但愿珠喜有好的归宿，又担心她有不好的结局。苦命的珠喜，此生恐怕无法偿还对她的歉疚了。

老妈子喊他上楼，曼丽在哭呢。他才惊醒过来。有再多的怨恨，也得屈服于眼前的现状，不能不管曼丽，这是他作为男人的责任，而不是出于情感。

第三十章 改变

战争引发的恐慌，会那么快地突然降临。

大智门车站最先出现了异常，人如潮涌，不光来往的旅客，还有一路涌来的难民，火车厢外壁虎一样巴附着密密麻麻的人，成了活的掩体。也有的沿京汉线一路蹒跚而来，从火车站流泻而出，又涌向汉口的大街小巷。

国民政府的政要们已从南京迁到武汉，并调集了百万军队部署在第九战区，准备与日军打一场大战，将武汉作为最后的堡垒。

大智门车站候车大厅里整天闹哄哄的，座椅上拥挤不堪，有的就地歪着，铺盖行李横七竖八地堆了一地，蔓延到站外的 T 字街口，也是左一堆右一堆，百米长的玛领事街，似乎要膨胀了，路人摩肩接踵，车马通行不畅，拥堵的不仅是难民，还有开发到前线的军队，都在火车站集结，然后北上。也时常有重要人物抵达或离汉，接送人员莅临车站，一时站台关闭，全站司职人员都小心翼翼，如履薄冰。

由于旅客列车增加了班次，到站时间相隔较近，火车站检票口显得尤为繁忙，也时有浑水摸鱼者逃票，或故意冲撞检票口，制造混乱，甚至出现踩踏受伤的严重局面。谢绍祖命人在检票口加上了铁栏杆，警务所王巡官等人也到现场维持秩序，才暂且控制了局面。时值北方战线吃紧，车皮有限，为配合货运物资为军方之急需，大智门车站实行了零担货物分类，将普通货物和特种货物编号，每天按号码循环托运。但货物进出频繁，时常造成站台间的拥堵，火车站货场作业线的地道建设便成了头等大事。

由于汉阳铁厂面临西迁，钢材产量减少，又以军工为首要，火车站地下通道的材料也因供应不上，一度停摆。徐记营造厂当初承建此项目，付出了巨大的代价，徐金穗为此丢了性命，树倒猢狲散，徐奕宏支撑乏力，财产被几方蚕食，以致家道中落。屋漏偏逢连阴雨，地道修建工程也进展不顺，前段时期发生的渗水现象尚未解决，最近又传出徐记营造厂有偷工减料的事。

谢绍祖承担着很大压力，余站长又添油加醋地向铁路局汇报，说谢绍祖利用职务之便营私舞弊，论人唯亲，现由他亲戚承接的地道施工因屡屡出现漏洞，致使工程一再拖延。上面遂派人下来查实，谢绍祖只得分出精力配合调查。

几天里，铁路局的调查人员在火车站明察暗访，到工地逐个询问，对照徐记营造厂的相关报表一一核查，谢绍祖也汇报地道工程材料因战事阻隔，造成工程逾期的事实。调查人员一时没有表态，后责成大智门车站将施工进展具体项目做详细呈报。谢绍祖送走调查人员，心里不得松懈，就想找奕宏问问清楚，便往前边的地道工地走去。

工地不远，虽说四周用木桩围起做了隔断，但那些泥浆、石块等建筑秽物还是浸了出来，搅拌机的声音时起时落，与月台内外的喧嚣互相逞强，不是你盖过了我，就是我压过了你，连空气都比别处火爆一些。

徐奕宏正在跟工程监理说着什么，一见谢绍祖神情严肃地走过来，不觉一惊。

"谢叔……"他惴惴地叫了声。

"还得多长时间？"谢绍祖心里急，工程影响着火车站的运输和环境，近来又频频出事，他不能不催。

"快了。"奕宏听他问起工程，倒是松了口气。

"地道浸水到底是怎么回事？"

奕宏说："已做了防水，但因地下水较多，遇到下雨天气，洞身外回填区内容易积水，加上混凝土存在质量问题，造成防水层破损。"

谢绍祖蹙了下眉头道："铁路局调查人员察看了现场，指明构造缝的施工也存在质量问题，未进行有效封堵。"

徐奕宏想辩解，谢绍祖摆了下手，似乎没时间听他理论："我只想知道解决了没。"

奕宏不太清楚专业上的事，工程监理便回答道：“洞身外回填料范围内的积水已建有排出的通道，现又加强洞身本体的防水性能，采用防水材料截断外界水流向洞身的通道，这样做，可确保万无一失。”

谢绍祖点了下头说：“那好。材料的事，我几次向铁路局催请，他们正在交涉，答复近日会将一批钢材分拨过来。”

“都供军需了，”奕宏一脸怨气，“这工程真是害苦了人，前日我还找军队老友帮忙呢。”

“那行，”谢绍祖拍了拍他的肩膀，“可要加快进度呢。”

奕宏知道谢绍祖为他顶着压力，周围眼睛都盯着，做不好，实在对不起人。因这项工程，也让他牵制了不少精力，便拍着胸脯道：“再不完工我也要趴下了。六月底应该没问题。我把其他事都抛在一边，专门忙这一件事了。”

谢绍祖点了点头，似乎松了口气，转眼投向远处的铁轨，总有蹒跚而来的难民，三三两两的，间断不了，他们面黄肌瘦，衣衫褴褛，如惊弓之鸟一般，横穿轨道，翻越围墙，被碾死的人也时有发生。

“昨晚又起了雾呢……”他若有所思道。

“嗯，这时候就容易出事。”奕宏附和一句。

谢绍祖瞧了一下奕宏，不由得问：“看你一脸疲惫，昨晚又熬夜了吧？”

“哦，去打了会儿牌……”奕宏似怕被问起，躲闪他的目光。

默然片刻，谢绍祖随意问一句：“曼丽近来看哥嫂了吧？”

“上月回来过，也没待一会儿，”奕宏答应一句，忽而感到有些不对，想谢绍祖不会无话找话，连忙问道，“她是不是不懂事，又惹得您生气了？”

“我早出晚归的，也不常见着，只是承远他妈有时怄气，说曼丽老在外头……”

奕宏的脸顿时涨红了，说不清是恼还是恨。他跟曼丽感情不太亲密，也因不是一母所生，之间又隔有上十岁。他以前去军校，然后去军队，又坐过牢，回来后也整天在外交朋结友，跟父亲尚且疏离，对曼丽就更不屑说。

如果他真要关心曼丽，就不应该由她任性，草率嫁了谢承远。现在，婚姻的种种弊端在一一显现，最痛心的，要数曼丽一年前的那次小产。这对谢家是个重大打击，对徐家又何尝不是？

他至今没有孩子，婉珍那次小产后，就没再怀过。那时他玩心正浓，对孩子还没有概念，有也可，没有也罢。他经历过一些女人，也没少到堂子里去。但心愿未了，得不到的总是好的。没有娶妾，不是他对婉珍怀有仁慈，而是心不在焉，存有妄念，想将珠喜据为己有，想让珠喜为他生孩子。这种念头至今还藏匿在心里。

却没想到流产会在曼丽身上重演。或许是年龄大了，经历了一些事，就觉得曼丽发生的事，像是照见他们兄妹的不幸，是对他们行为无度的惩罚。

“等曼丽回来，我要说说她。”奕宏表明了态度。谢绍祖从来不跟他提起家事，现在说出来，一定是到了忍耐不了的地步。

站台那边响起当当的铜铃声，远处已闻到火车的嘶鸣。

谢绍祖叹口气道：“做长辈的都愿意他们好，年轻人呐，就怕身在福中不知福。”

“是……”奕宏感到针刺一样。

火车隆隆地开了过来。人流游鱼似的涌动着，白烟像罩子一样，瞬间湮没了所有。

“谢站长，您在这里呀，叫我好找。”王巡官仿佛从天外而来。

“出了什么事？”谢绍祖忙问。

“前面铁轨旁发现了两具男尸。”

“什么时候的事？”

“黑生巡道时发现的，已经压扁了，不好辨认。”

谢绍祖不及细问，便投入了稀薄的烟气中。

徐奕宏望着前方迷蒙的铁道线，嘴角不觉浮起一丝笑意，转头对着清淡的天，喃喃地说：“爸，儿子发过誓，要为您报仇雪恨，今日总算了结了。”

铁轨在懒懒的阳光下闪着银色的光亮，长蛇一样往远处伸展。旁边散落着一些简陋的棚子屋，有的顶上铺着透着草味的芦席，便知是刚刚搭盖的，里面住的也是新户。有几个孩子在铁轨上玩耍，走独木，埋钉子，趴在铁轨上听远方火车的临近。陈仙姑的儿子宝儿才满三岁，穿着打了补丁的衣服，光着脚丫，也跟着大孩子在跳上跳下。

远远的铁轨上走来了一脸风霜的黑生，他穿着半旧的蓝布工装，肩上挎着麻布包，手上提一盏号志灯，时而掏出钉锤，在铁轨上咚咚敲打两下，听听有无螺丝松动。

他做巡道工有段时日了，还是承远帮的忙，回去跟他父亲说起黑生生活无着，悲观厌世，老谢心里也不好受。本不想再管黑生，有不好的前科，又被开除，再要进铁路上做事，几乎是不可能的。但想到他还要赡养老娘，又要治病，也确实可怜，毕竟黑生是看着长大的，总得给人谋条生路。想其他事他做不了，只有巡道工是别人不愿意干的活，风吹雨打，日晒夜露，每天跟单调漫长的铁路为伴，十分寂寞，也没人在意。

不知不觉过去了两年，他做巡道工也像模像样了。

此时，黑生看到那些伢们在铁轨上玩耍，老远就喊："快离开，等下火车就要来了。"

几个伢听到，便陆续下了铁轨，只有宝儿似乎没感觉，还在那上面站着。

黑生快步奔了过来，一下抱起了他。

"宝儿，你妈呢？"

宝儿懵懂地眨了下眼，小脸被风吹得起了皴，清鼻涕挂到了嘴边，一呼一吸，像两条虫在蠕动。

一个月前，黑生发现了饿卧在地的娘儿俩，当时陈仙姑已经走了半月之久。她是从河北邯郸逃难过来的，丈夫不幸中了日本兵的枪口，她抱着儿子随亲友逃离出来，却又冲散了，就跟着人群沿着京汉线一路往南，颠沛流离，接近汉口时，终于支撑不住，倒在了铁路边。

幸亏黑生往此路过，听到孩子微弱的啼哭，见那女人面色苍白，嘴唇干裂，不由把携带的水壶递给她喝，等女人睁开眼睛，又拿出馒头给她果腹。后来就带着陈仙姑去他家住过的河南棚子，将闲置的棚子屋做了下修整，让娘儿俩得以栖身。

此后几天，黑生巡道经过棚户区，都会给陈仙姑送些食物，有时是几个馒头，或是几块发糕，有次还拎来了半袋米，要她煮点稀饭吃。他不敢从家里拿，怕刘王氏问起，就在吃食摊点买了给她带去。陈仙姑的身体渐渐恢复如常，脸上有了些血色，孩子也不那么黄瘦了，黑生才放了心。

那天，黑生来到棚子屋，看到陈仙姑穿着一件蓝底碎花的褂子，低头在外面的炉灶边刷锅，鬓前一捋头发湿漉漉地贴着，显得脸越发的小了。仙姑回转身来，见黑生目不转睛地瞅着她，不由一窘，脸颊顿时绯红了。

“刘师傅，你又拿这些东西来，这怎么好。”她迟疑地接过黑生递来的白菜和几个红薯。

“前面那家菜地里的，他叫我拿些，我就摘了几个。”黑生笑着说。

“就在这吃饭吧，我烙了玉米饼子，还有稀粥。”

“好的。”黑生已经闻到了香味，他确实不想走。

陈仙姑将一碟咸菜放在木板架起的桌子上，把玉米饼子和粥盛了来，递给他吃。

“你也吃呀。”黑生说。

“我看着你吃。”她抱着宝儿坐在一旁。

黑生也没再客气，呼呼地吃起来，实在是香。

门口探进一两个头，痴痴地笑着，两人瞧见，又黄鼠狼似的缩了回去。彼此一对视，又不好意思地避开了。

等他再拿东西来时，陈仙姑便有些难为情，涨红脸道：“刘师傅，你还要养活老娘，薪水也不多，我年轻，好脚好手的，哪能总要你接济？如果你真想帮咱，就托你给找份事做，我们娘儿俩感谢刘师傅的大恩大德……”

黑生后来想，可能是他来多了，怕邻里说闲话，便想自己出来做事。

碰巧赶上了机会。此时大智门车站人流量猛增，潮汐来去，遗留下大量的垃圾，清扫工作尤其繁重。黑生打听到车站要增加清洁工，便来求谢站长，也不费什么口舌，便要陈仙姑过来上班。

大智门车站运送的军队还在增加，台儿庄大捷，国军为扩大战果，调集二十万人去徐州，长龙似的队伍被一趟趟火车载往前线，准备再次围歼日军。

此时，武汉已成了战时首都，大智门车站总有国民政府首脑及重要人物抵达，还有逃难而来的各方人士。武汉成了抵抗日本法西斯最后的堡垒。火车站门前醒目地挂着“誓死抗战到底”的横幅，时常走来游行的队伍，有人在此慷慨激昂地发表演讲，如果守不住徐州，日寇的下一个目标就是武汉，激起围观者一次次地呼起口号。

战争改变着每一个人，谢承远每天经过玛领事街，就犹如融入一片沸腾的海洋中，眼见两边的店铺都贴满了各色标语，像火势一样蔓延，总有学生捧着捐赠箱走过，上至店老板，下至乞丐，都踊跃投掷，场面感人，也激发着他的抗战热情。

五月的那个早晨，大智门车站比往日显得安静，股道已停止了运行，一些警察布防在站内站外各个要道。只有黑生提着号志灯，沿着铁轨走走停停，时不时地拿着钉锤敲打一下。

早在五月初，铁路局就接到通知，国军41军122师师长王铭章率部血战藤县，以身殉国，其灵柩将于八日上午运抵大智门车站，届时政府要员、社会各界人士和救亡团体代表都将前来迎接，预计有几千人参加。

黑生一路走来，在地道工地那边碰到徐奕宏，招呼道："徐少爷在忙啊。"

"还不是地道的事。"徐奕宏答了一句，递给黑生一根香烟。两人接上火，一边吞云吐雾。

"听说王师长的灵柩要到？"徐奕宏问。

"是，我这就过去，你过去看看吧？"

"算了，我怕那种场面，受不了……"奕宏摇了下头。

"你要是在军队，可能也在战场上呢，"黑生知道他的心结，对离开军队耿耿于怀。

徐奕宏苦笑了一下，吐出一口烟雾说："多年没摸枪了。"

黑生瞅着他那发福的双下巴，一时不好接口。

奕宏似乎也不想再提，转过头问："做这事还习惯吧？"

"没法子呀，总得要养家糊口。"黑生的话里带着几分怨气。

徐奕宏想他当初辞退人家，黑生还有些耿耿于怀。不由问："你的病好些了吧？"

"托少爷的福，找个郎中用偏方治了，还管用。"

"那好。"奕宏一时想起什么，又问，"听说你捡了个女人？"

黑生不好意思道："什么也瞒不过少爷呀。"

“那女的是你介绍来车站做事的，都知道啊。”

黑生不吭声了。

“长得还灵醒，几时把婚事办了？”奕宏劝道。

“我老娘嫌她是个拖油瓶的，不太愿意呢。”黑生面露难色。

“白给你个儿子，还有什么不愿意的？”奕宏没那些旧观念，他也是不守规矩束缚的人，“以后你跟她有了伢，看你老娘还愿不愿意？”

黑生没吱声，心里倒是受用。

吸了口烟，黑生一时想起什么：“哎，我正要告诉你呢。”

奕宏忙问：“什么事？”

黑生本要吐出珠喜两字，看他急迫的样子，不由得改了腔调。

“听到一点传闻……”

“什么？”

“上次铁轨上碾死两个人，有点蹊跷……”

“怎么了？”奕宏一副不明就里的样子。

“有人怀疑是你让人干的。”

奕宏冷笑一声。“让他们怀疑好了，老子还来不及怀疑他们呢。”

“他们要是动你怎么办？”黑皮不免替他担心。

“他敢动老子，就不怕老子卸他个龟孙王八蛋？”奕宏鼓起眼珠子发狠道。

“他也是做贼心虚……”黑生在大智门混了多年，自然明白那个他是谁。

“老子算是客气的。”奕宏对黑生也不避讳。

这时，就听到当当的铃响。

黑生扭头见站台已聚集一些人，便道一句：“少爷，那我过去了。”徐奕宏点了下头，两人便分开了。

走到进站口，黑生见谢承远在后门那站着，便朝他走过去。

一队队的人鱼贯走了进来，两边的月台很快都站满了，黑压压的一片。每个人胸前都佩戴着小白花，星星点点，似飘落的雪片。

等待火车的间隙，黑生跟承远小声聊了几句。

“我妈从河南老家回来了。”

承远嗯了一声：“还好吧？”

“还好，”黑生答应着，又凑近他说，“她在郑州看到珠喜呢。”

“你说什么？”承远以为听错了。

“珠喜呀，她在郑州。”黑生重复了一遍。

“她怎去了郑州？”

“说来话长……”黑生叹了一声。

国共两党政要已陆续进来，肃立在站台上，两人不由得站直了。偌大的月台一时鸦雀无声，偶尔听到一两声咳嗽，或是风吹过草木的低鸣。

少顷，便听见远处的长啸，接着“当——当——当——”铜铃敲响了，在悲恸的军乐声中，一列火车缓缓驶入了站台。

谢承远站在那里，还在想着什么，忽听人群中一阵唏嘘，再一看，几个士兵正抬着王铭章的灵柩缓缓走下了车厢。

军政部长何应钦默默上前，代表蒋委员长向烈士敬献花圈。

全体肃立默哀。

主持沉痛地宣读祭文，人群中响起声声低泣。

挽歌声中，一队士兵护送着王铭章烈士的遗像，政要及各方代表随后，缓缓走出大智门车站，一路经湖北街、中山路，前往汉口总商会礼堂，准备为烈士举行公祭。

谢承远目送着长长的队伍远去，一声声为王师长报仇的呼喊，一张张痛哭流涕的脸，感染着四周，也叩击着他的心。此时，他才感到男人除了赚钱养家还有别的义务，为国做事才是最光荣的，即便是死，也是壮烈殉国，死得其所，会有无数的人为他哀悼送行。由此又感到自己的卑小，一直碌碌无为，毫无建树，缺少那种舍生忘死的大丈夫气概。现被英雄的壮举所感动，他那颗不甘平庸的心，就像种子得到催化，伺机便要破土而出。

徐州战场失利，日军加速了向武汉的推进。国民政府为阻止对方的进攻，制造了花园口决堤，形成的黄泛区让无数的农田房屋被淹，也使无数的人流离失所。

汉口涌来了更多的难民，大智门车站成了暂时的避难所，到处人满为患，无家可归的人萎缩在墙角，或在马路边乞讨。法租界为防止难民涌入，已关闭了木栅子，外国人，华人的中产阶级，都躲进里面避难，没能进去的，还在想方设法往里挤。

德明饭店早已客满。因铁路中断，一些货运业务受到了影响。驻大智门车站的登记处就成了空摆设，人马便撤回到饭店里，谢承远做着客务副理，主要负责粤汉码头的旅客接待及歌舞厅的事务。

德明饭店曾是谢承远梦寐以求的地方，这里堂皇华丽，美不胜收，出入其间的多是外国人，或是有身份地位的华人，耳濡目染，潜移默化，也自觉高人一等。他踌躇满志，想得到老板的提拔，做上经理，是奋斗的目标，也是身份的体现。现在老板的眼皮底下，他就想显露一下才干，做事也比以往更加卖力。但他只是副理，还得听命于客务经理的差遣。对方看谢承远咄咄逼人，也怕抢了他的位子，就给娄子让他捅。知道他喜欢女人，就有意让他在歌舞厅里待着。说是副理，其实跟那些西崽差不多，忙起来，端茶递水都得做。谢承远知道客务经理有意压制他，心有不平，难免有所流露。

那日，他正在接待码头过来的几个法国商人，跟人家谈着货运业务，有意承接代理。客务经理却喊他去舞厅照应。谢承远感觉经理是怕他揽得这笔业务，得到老板的赏识。心情不爽，去舞厅就不太情愿。

不承想，风度翩翩的谢承远往舞厅门口一站，犹如鹤立鸡群，那些蓝眼睛、黄眼睛、黑眼睛顿时放亮了，像一束束火星投向了他。

他清楚自己的魅力，也习惯了异性对他的好感。但凡所到之处，总会引得太太小姐们的青睐。如果是往常，他会顾忌一下，但此时，他心里憋着一股火，就有些按捺不住。正好一个洋小姐朝他抛媚眼，一时兴起，不由走过去，揽起她的细腰荡进了舞池。

他搂着洋妞旋转起来，倒没忘乎所以，知道周围的眼睛都盯着他，其实一进舞池他就后悔了，洋小姐一身狐臭，熏得他败了胃口，再浪漫的舞曲都提不起兴致，心不在焉的，差点还踩了对方的脚，勉强跳到中途，便草草收了场。

却还是有人报告了客务经理，经理又向老板报告，连带当初他在火车站那些风流韵事，譬如与售票小姐调情、跟客栈老板娘鬼混、与戏子暧昧之事，都添油加醋地说了一通。

圣保罗本不在意这些个人隐私和小节，但听得多了，就有了印象，对谢承远是恨铁不成钢，志大才疏，风流成性，确实不堪大用。

老板不喜欢，部门主管又压制，旁边的人也多是势利眼，连西崽对谢承远也轻慢起来。谢承远郁郁寡欢，做事也不那么主动了，有些敷衍塞责，这无形中又增加了周围的反感。

谢承远待在饭店里，犹如萧瑟的风吹去落叶一般，寒意阵阵。晚上，他身心疲惫地回到家中，曼丽也不问问他吃饭了没，就要陪她出去逛国货公司，说新进了一款西式裙装，要承远给她买。

“我穿上去跳舞，一定摩登。”曼丽兴致十足道。

“明天行不行？”承远累得不想动，只往床上倒。

“哎呀，你怎么总是有气无力的？”曼丽要拉他起床。

承远甩手道：“别动，我好烦。”

“烦什么呀，薪水没拿多少，还整天喊累。” 曼丽噘起嘴，等着承远哄她。

却不知这一下触动了承远，他翻身一下坐了起来，烦道：“钱那么好赚的吗？你每天就只会要钱买这买那，我的薪水都供你开销了。”

曼丽见他训斥人，顿时气红了脸，回敬道：“我下嫁你家，生活已经节省多了，还被婆婆嚼这嚼那，现在想买一件衣服都不行，还怨我用了你的薪水。”

承远说：“现在是战争时期，街上那么多讨饭的，你就只顾得跳舞、打牌。”

曼丽冷笑道：“我得感谢你呀，赏我一碗饭吃，以后得出去做工了，要不就活不成。”

承远一时气闷，不禁忧伤道：“没你这样的女人，一点不体谅丈夫。”

这种伤心的话一出口，曼丽也不示弱，便嗤道：“我这样的女子哪遂得了你的心呢？拖这么长时间才结婚，还不是因了那海誓山盟！”

承远一下被戳到伤疤，顿时涨红了脸，噎得出不了声，只是苦笑着摇头。

“没说错吧？”曼丽笑道。

承远本在饭店里受了一肚子气，烦闷不堪，现又让曼丽这般刺激，如同腹背受敌，被逼到了绝路。他还想控制自己，闷闷的不吭声，哪知曼丽不给他喘息，以为他的沉默是做贼心虚，越发得寸进尺，又要拉他出门，非去买衣服不可。这下把承远给惹火了。

“我不会去的，要买你自己去买。”他冷冷地说，看也不看曼丽。

曼丽没料到承远会生硬地拒绝，倒是怔住了，结婚近两年了，承远对她还算不错，他是要面子的人，想曼丽是富养的，大手大脚惯了，肯嫁给他这个小职员，总不能委屈了人家。因此曼丽想买什么，便尽量满足她，惹得谢太太都有怨言。但这样不依从她，还是头一回，曼丽便受不了。

“你是真不去？”

“是的。”

“那好，我自己去买。”她把五屉柜的抽屉打开，翻找着钱。

“你放着！”承远真的火了，朝她吼了一声，把曼丽吓了一跳。

“我拿自己的钱，是我爸爸留给我的，不用你的钱。”曼丽赌气道。

承远听不得这样的话，这无形中是扇他的耳光子，不把他当回事。他两眼喷火道：“你有钱吧，那好，把你的钱都带走，带到你可以随便花的地方去。”

曼丽一听承远要赶她走，顿时气得两眼发直，鼻子一酸，便呜咽起来。

吵闹声惊动了楼下的谢氏夫妇。谢太太慌忙上楼来，见曼丽在哭，承远站在一边喷着粗气，便说承远：“在楼上发什么疯，不怕隔壁左右的笑话？”

曼丽见婆婆上来了，倒是止住了哭声。谢太太也懒得理她，只对承远说：“你回来半天了，也不吃饭，当神仙了？”

承远连忙说：“我这就下去吃。”

“饭不吃，还有精神吵嘴呢。”谢太太一边叨嚼，一边下楼。承远乖乖地跟在后面。

曼丽一人留在房里，待着不是，出去也不是，谢太太那冷淡的样子，似乎要随她的便，想怎样就怎样吧。曼丽心里委屈得受不了，一下倒在床上，瘫软无力。承远的气息还留在上面，丝丝缕缕地萦绕在鼻尖，钻进她的胸腔，搅得她心神不定。她闻到这气息，就被承远锁住了，离不了他，再多的男人穿梭而过，就是代替不了承远。可一想刚才那些气人的话，又不禁伤悲，俯在床上抽抽噎噎地哀哭，却没心思下楼，怕承远真不要她了。

第三十一章 离散

秋天的清晨，稀薄的雾在玛领事街弥漫，大智门车站的四堡形塔顶岛屿般地时隐时现，半圆形拱窗像刚刚苏醒的脸，面对着往来不断的人流。

铁轨上卧着一列即将开行的火车，站台上人头攒动，送别的亲友簇拥在车窗前，依依难舍。身着长衫的谢承远出现在人流中，他把礼帽压得很低，希望不被人认出。无数次地迎来送往，此次他终于改换了角色，手上拎着一个藤箱，准备远行。

这个选择事出偶然，却已埋伏在心里很久，如今处在生死攸关的时刻，他才知道心中最在意的事。

汉口的时局日趋严峻，虽在城市外围布下重兵，以阻击日军来势凶猛的进攻，但在武汉的上空，时常有敌机前来轰炸，造成大量的人员伤亡和损失。汉口无法久待，国民政府已下达疏散难民的公告，一批批物资器材堆放在江边码头，准备往西迁移。

谢家也有西迁的打算。但谢绍祖公务缠身，一时走不了，就要承远带上母亲、曼丽和弟弟先去重庆，他已叫人安排好地方。承远在德明饭店做得不顺心，而曼丽并不体谅他的苦衷，难受之时，不免又勾起了想念。北平早已沦陷，得知珠喜现在郑州，他倒是松了口气。此次，他就决定去郑州接回珠喜，带上她一起离开。这是承远此生最艰难的一次抉择。已近而立之年，一直优柔寡断，误人又误己。尝到痛苦之后，才知道对别人造成多大的伤害。那次目睹王铭章灵柩回汉给他的震荡，在几个月后还在持续。同样是男人，人家可是惊天地，泣鬼神，他却连自己心爱的女人都保护不了，还有什么脸面立足于世?

谢承远悄悄踏上了北去的火车，没有告诉家人，以为只是几天的事。

火车一路奔驰，经过了江岸铁桥，便见一派秋天的田野风光，荒凉与丰美杂糅的画中，有农民在田里埋头干活，水牛在河塘边慢悠悠地饮水，放牛的孩子傻望着火车，似乎没见过这个长长的怪物。如果不是小路上那些肩挑背扛的逃难者，谢承远一时产生了错觉，以为还处在和平时期。

他从那些逃难者，又想到颠沛流离的珠喜。黑生告诉他，北京沦陷之前，珠喜就随尚小芳辗转到了河南。尚小芳的喉疾一直不见好，就让妻子带着孩子先回了老家，后来他带着戏班子往南逃离，一路颠簸，走的走，散的散，最后只有珠喜和另一个徒弟侍候左右。

承远不想深究珠喜可能做了尚小芳的女人，她也够苦的。他对不起她。他内疚的时候，就觉得事实与否已无足轻重了。

正思虑之时，忽而听到有人在叫他的名字，扭过头，斜对面一长衫男子已站起身来，朝他扬手示意。

承远一看，竟是汉口永顺货行的总办萧铁先生。

"承远，真是凑巧。"萧铁过来跟他握手。

"萧铁兄，幸会啊。"谢承远惊喜道。当初驻马店的孙老板带着萧铁来找谢承远，要他代办汉口分部的货运业务，从此跟萧铁打起交道。后来铁路停运，便没再联系，却没想到在此碰上了。

对坐的旅客见他们相熟，便主动换位，彼此谢过，萧铁便坐了下来。

"萧铁兄是去郑州?"

"是啊，你也去?"

"当然。"承远笑了一下。

寒暄了几句，萧铁一时记起什么，问道:"我们这是第二次在火车上相遇吧?"

"是啊，"承远一时触动，想起第一次上火车遇上车童小铁的情景，恍然如昨，转眼他们已到了而立之年，不禁感叹时光飞逝。

"就像这奔跑的火车，一路闪过的风景，只能留下记忆。"萧铁感叹道。

两人又叙说起各自近况。萧铁告诉他，驻马店遭到日寇入侵后，就与孙老板失去了联系，永顺货行没了货源，只好关门歇业。萧铁此次先去郑州办点差事，再去新郑。一时又问承远，为何事出行。

谢承远迟疑了一下说：“去郑州接妹子。”

“妹子……”萧铁朝他看了一眼，目光似锋利的剑，仿佛洞穿了他拙劣的谎言，承远掩饰不过，顿时红了脸。

“看你眉宇间笼着一丝忧愁，是不是遇到不开心的事了？”萧铁问道。

谢承远迟疑了一下道：“我把饭店的差事辞了，一时又找不到别的事做，内人花费又大……”

“令尊不是站长吗，怎没想到去火车站做事？”

见谢承远摇头，萧铁便笑道：“恐怕有些事是你不想做吧？”

承远犹豫片刻，还是倒出了苦水：“老板派我去大智门车站驻守多年，事做了不少，却得不到赏识，还遭人压制，心灰意冷，就不想干了。”

萧铁沉吟片刻，便开导他：“没什么大不了的，此地不留爷，自有留爷处。不要因小小的失意就丧失了斗志，天地广阔，目光要放长远一点。”

承远听了不觉一振，忙说：“老兄见多识广，不妨指点一二。”

萧铁打量了他一下，笑问：“抗战时期，需要出力的地方很多，你就没想过做点什么？”

“什么？”

“譬如为国家做点事？”

谢承远愣了一下，没吱声。

萧铁以为他在犹豫，又说：“不是非要你上战场杀敌，国家也有别的需要。”

“你在为国家做事？”承远不禁问。

对方含笑不答。

承远接触萧铁不多，彼此都忙，见面只是谈生意，看不出有什么异样之举，没想到他还有另外的身份。曾经那寡言少语的车童，又一次让他刮目相看了。

承远没马上表态，此时他心里被珠喜占据着，只想着带她回到汉口。但被对方点拨了一下，又不得不考虑将要面对的问题，他今后做什么？如果带珠喜回汉口，又何以面对曼丽，能丢下她吗？来时跟她赌气，现冷静下来一想，确是个难题。但他说不出口，怕萧铁笑话他。在萧铁面前，他无形中有了自卑感，感到对方有一股力量震慑着他，也影响着他。男人之间是有比较的，不只是外形的优劣，而是内在蕴含的能量。陡然又想到王铭章哀悼仪式上的一幕，或许他们是一类人，都有一股大丈夫气概，为国家流血流汗，直至献身，在所不辞。

谢承远不知道，从踏上火车的那一刻起，他就被命运牵着鼻子走。后来回想，他从第一次在火车上遇见萧铁，多年后，又与萧铁在火车上相逢，被他指引，就像是天意。

碰巧的事总在发生。一列火车开走了，另一列火车又驶入了大智门车站，旅客呼啦啦地流泻出来，月台顿时喧沸起来。熙攘的人流中，出现了一个风姿绰约的女人，有人认出了，便惊得直叫，怎就那么巧呢，谢公子刚走，她就回来了。

确是久违的宋珠喜。因连日颠沛流离，缺医少药，尚师傅的病灶已扩展到肺部，她本想带师傅回汉口治疗，但尚小芳感觉自己时日不多，不愿离开故土。珠喜虽悉心照料，却终归不治。

在珠喜心里，尚师傅就像一棵树，她倚靠着这棵树，便不觉得孤单。等这棵树倒了，她才发现四周的空旷，没有依附。那压抑的忧伤，又没头没脑地冒了出来。

她得知汉口局势不好，人都往西迁移，想承远或许已经走了，时过境迁，人家又有娇妻陪伴，可能早把她忘得一干二净了。她却无时无刻不在想他，想起来，便是痛，当初离开也是迫不得已。这两年，她颠沛流离，困苦飘零，师傅也过意不去，觉得珠喜是因他受苦。后来珠喜向他表明心迹，她一直等着承远，等成了老姑娘，嫁不出去了，承远却跟别人结了婚。

尚小芳其实也明白，当年谢承远与珠喜在北京相会，就知道她心里有了人。他虽然感到失落，却不曾丧失良知，做伤害她的事。他后来病了，不能唱戏，那些徒弟便陆续离开，另谋生路，唯有珠喜不弃不离。他对珠喜怀有一份感激，便不会违背她的意愿，彼此一直保持着师徒关系，其实更像是兄妹，只有这样，珠喜才不会离开。也确实如此，是珠喜给他送了终。

珠喜不可抑制地思念承远，她不在意自己的苦痛，而是承远的安危，不知他过得怎样，听说汉口时而遭遇轰炸，她忧心如焚，好不容易弄到一张车票，终于赶上了那趟火车。

珠喜回到长安里刚住下，就有人告诉了徐少爷。此时，徐奕宏刚刚忙完火车站的地道工程，正等铁路局验收合格，交付使用。他没有离开汉口，一是手头事情牵着，二是珠喜还没有回来。北平沦陷时，他托那边的朋友去找珠喜，至今没有回音。担忧之时，不想她平安回来了，才一块石头落了地。

徐奕宏赶来看珠喜，却吃了闭门羹。楼下房东说宋小姐因师父仙逝，悲伤过度，又连日劳顿，须静养调理，恕不见客。

徐奕宏急道："我是谁？还不让我进来？"

"徐少爷，十分抱歉，宋小姐说谁都不见！"房东女人含笑道，便要关门。

"你去报告她，我有急事要跟她商量。"他挡住门说。

"小姐说有急事要我代为转达。"房东女人作揖道。

徐奕宏只得怏怏而返。他现搬到巴黎街的协隆里住着，当初为营造厂资金周转，就把小楼卖掉了，却因战争影响，营造厂也面临停工。家境败落，那些酒肉朋友也联系得少了。徐奕宏不得不承认，经商方面他不是这块料，他是个败家子。

刚走到法租界栅子口，突然响起了警报，街上的人一时像惊弓之鸟，一窝蜂地往里涌，进不去的就把小孩往里塞，却被安南巡捕粗暴地阻拦在外。徐奕宏一时犹豫不决，想回头往长安里那边去，但一想那房东女人的态度，心一横，便往家里跑。一会儿就听到隆隆的飞机声，接着远处就响起了爆炸。

他走到家门口，见婉珍正摇摇晃晃地往外颠，此时她已有四个月的身孕，奕宏如今回家早些，也是这个原因。

"跑什么，炸弹不会投进租界里的。"奕宏急得直叫。

"我是担心你没回呀。"婉珍抖着嘴说。

"进去吧。"他摆了下手，婉珍乖乖地跟随。

约莫一壶水的工夫，空中的声响才渐趋零落。奕宏心里放心不下，就想再去看看珠喜，不料曼丽哭哭啼啼跑回来，告之承远撇下她去郑州了。

"去就去了吧，总归要回的。"奕宏不耐烦道。

"承志说他去找珠喜呀。"曼丽气道。

奕宏皱了下眉头说："珠喜已回来了。"

曼丽惊讶道：“她回来了，承远怎不回来？十来天了呢。”

“可能有别的事吧，你管他呢，总不是要回的。”奕宏安慰道。

话虽这么说，两人心里都有了疙瘩，只要与珠喜联系上，就让人不舒服。曼丽恨的是，承远跟她一个招呼都不打，就去找珠喜，看来他心里一直没有她，而是另一个女人。回想起来，她跟承远之间，虽然少有争吵，承远对她一直像妹妹似的，但也说不上亲密。原是心里一直有别人呢。现在跟她闹了点摩擦，就去找那女人，哪把她这个妻子放在眼里？难道他真要丢下她不管了？曼丽想到此，便有些绝望。

奕宏现也后悔让曼丽匆忙嫁了这花花公子。那家伙当初挨了他一顿打，还是痴心不改，现在竟丢下曼丽一走了之。就凭这一点，他当哥哥的也要教训一下那畜生。何况他心里有恨，跟曼丽同病相怜，适才又去珠喜那吃了闭门羹，觉得珠喜怠慢他，也是心里装着谢承远。这一想，酸水就直往外冒，对谢承远越发恨得无以复加。

“等他回来，老子要好好收拾一下这畜生。”他喷着火气说。

曼丽一听他要打人，又怕了，忙说：“你要打残了他，我怎么办？”

“你还心疼呢，他心疼你了吗？”奕宏气道。

曼丽不吭声，只是抹眼泪，奕宏看得难受，不由说：“连日轰炸，汉口恐怕守不住了，我等手上的事情忙完，就带着你嫂子离开汉口去重庆，你跟不跟我们一起走？”

曼丽迟疑了一下说：“我还是等承远回来。”

奕宏横了她一眼，那脸上的粉脂已被泪水洇花了，红红白白的几道渍印，实在难看，便道：“去洗洗脸吧，这又哪玩了来的？”

“婆婆要我学纳鞋底，真把我当小媳妇了。”曼丽噘嘴道。

“学学也好。”奕宏说。

“你让嫂子学过吗？”曼丽回道。

“你别拿她比，我是当初惯坏了她。”

“哥，你现在也说这样的话，要作践我呀。”曼丽撇嘴道。

“出了嫁，总得守人家的规矩，别惹得公公婆婆不高兴。”上次谢绍祖对他提起，想是人家很烦心。徐奕宏以前不会听进去，如今经事多了，对人情世故也明白了些，就不能由着性子做事，他已吃过不少亏。现看曼丽如此，就像一面镜子，照见他的过去，不免有所醒悟。

曼丽不搭理，自顾洗脸去了，奕宏知道曼丽跟他年轻时一样任性，一时半刻是说不通的，也只能另想辙。眼见日军的脚步越来越近，他得找时间跟谢叔说说，能否两家一起走，也有个照应。到时把珠喜也带上，就看她愿不愿跟他走。一想又生出烦恼，可又舍弃不了，真是左右为难。

秋天的风拂过漫长的铁道，应和它的是那些恣意疯长的荒草，还有零星的野菊花，黄的、紫的、白的，间杂在草丛中，从那些枕木的缝隙中钻出来，扬起细长的脖子，展示着它最后的绚烂。

黑生以前没在意这些小花，他不懂什么诗情画意，脚下那些野花跟杂草一样，生生死死，死死生生，贱得不由人管，也自会蓬蓬勃勃地开放。但某一天，他瞧见铁轨边的一丛黄菊花，忽然有了怜惜，他将它采了下来，捧着去看陈仙姑，仙姑瞧着欢喜，找了个瓦盆把它栽上，放在棚屋外面。以后，他只要来看仙姑，就要带一把花来，仙姑就沿着棚屋一溜地栽着，色彩斑斓，就像在花里卧着。

那天正好陈仙姑休息，她要黑生下了班过来吃饭，刚发了一个月的薪水，她去买了半斤肉，又到菜地里摘了些韭菜，准备包顿饺子。这段时间太忙，也太累，宝儿没人管，就丢在邻居家看着，她早出晚归，宝儿也是饥一顿饱一顿的，她要给儿子做点好吃的，当然也慰劳一下黑生，风里来，雨里去，太辛苦了。

黑生当然高兴。近来军车不断，又时有敌机轰炸，铁轨遭到损毁，就得赶紧抢修，他巡道的时间也更长了。黑生近来听到风声，说是日军攻得很近，汉口恐怕守不住了。也难怪不时有北方撤下的军队开过来。就想晚上跟仙姑商量一下，早点把婚事办了。刘王氏知道他心意已决，也无可奈何，只得由着他。何况娶这女人进来，花费不了多少。这也是她想通的一个原因。还有就是刘王氏被隔三岔五的轰炸吓着了，她看到隔壁左右都走了，心里也发慌，就催着黑生带她去逃难。反正日本人进来，黑生的差事也做不了，只有走。黑生也答应了，等婚事办了，就带着全家离开汉口，往西逃离。

黑生走上了铁轨，宝儿又奔过来扯他，要叔叔留下不走。他蹲下来拍了拍宝儿的头，说叔叔下了工就来，要他在家乖一点，听娘的话，别乱跑。宝儿愣愣地望着他，等他走了好远，还看到那娘儿俩朝这边眺望着。

黑生那天走得很远，过了江岸铁桥，直往溾口方向前行。因军车较多，铁路便是敌机轰炸的目标，前日在溾口段已有过一次袭击，他不敢掉以轻心，时不时地拿出钉锤敲打一下，看有无铁轨螺丝松动，或是异常的迹象。

正午的太阳顺着头顶倾泻下来，烘烤着他的全身，汗水沥沥地浸出来，衣衫湿喷喷得难受。已经过了九月，太阳还是这般强劲，走不了一会儿就口干舌燥，汗流浃背。

他打算停下来歇一会儿，肚子已有点饿了，就从挎包里掏出两个冷馍来，坐在铁路边的一棵杨树下，大口地嚼着，馍放干了，邦硬，碎末子塞满了牙缝，吞咽得快一点，就噎得直翻白眼。嚼完大半个，拿出水壶咕噜喝了几口，又把小半个塞进嘴里。想着晚上去仙姑那吃韭菜饺子，心里便充满了甜蜜。自从仙姑来了之后，他的整个人就变了样，一扫过去的委顿，干活也有劲了，漫长的铁路线一路走下来，也不觉得辛苦枯燥，而且，他的病好得也快。那晚，在仙姑的棚屋里，他本有些战战兢兢的，不料一接触到仙姑滑溜的身体，他就情不自禁，忘了一切，后来热汗涔涔地下来，望着仙姑满足的笑容，偎依着他，感觉比蜜都甜。他本就黑瘦，相貌平平，做了巡道工，风里来，雨里去，就更显老相了。有一个女人这么爱他，仿佛给他孤苦寂寞的心里投入了一道阳光，给他的伤口抹上了一味良药。自从有了仙姑，他就把如意忘了，慢慢觉得，仙姑比那如意好上百倍，就像那坡地上的野菊花，朴实，自然，透着清香。他才觉得自己真是有福，遇上这么好的女人，又有了宝儿，以后，他还要跟仙姑生更多的孩子。他们一家子，会多么热闹幸福啊。

一列火车开了过来，那些坐在闷罐车里的伤兵们，默默望着坐在树下的他，又一晃而过。

“黑生——”一个粗嗓门在叫。

他看到王运福在车窗向他招手，不等回应，已遽然远去。

这时候他还记得做生意呀。他嘀咕了一句，又拿起第二个馍，边吃边想，眼角满溢着幸福。

吃完了，刚喝了两口水，便听到远处隆隆的声响。他愣了一下，支棱起耳朵，视线朝声音的地方望过去，只见密集如蝗虫一样的飞机正从东边疯狂地扑来。他惊得一跳，忙往低洼处躲避。眨眼间，那一枚枚炸弹，便拉屎似的从飞机上落下来，“轰，轰——”炸弹沿着铁路线轮番地爆炸，黑生伸头一看，前方火光四起，浓烟蔽日，想是那些飞机追着军车在投弹，沿铁路线都要遭殃了。这一想便待不住，那母子俩不知怎样，也顾不得危险，直往爆炸的地方奔去。

铁路漫长，他气喘吁吁地跑着，才知自己每天走了这么远的路。平时不觉得，今天就恨自己走得太长了。明知仙姑和宝儿在等着她，就不能偷一下懒？他确实太把事当事了，已经失去过，再有一份差事不容易，再苦再累都得干好，他还要养家糊口呢。

他连走带跑，一时不小心，脚又被碎石崴了一下，痛得一颤，挨了一下，又忍着疼痛，一瘸一拐地往前走。

火光渐渐地近了，大半个天在燃烧，浓烟滚滚。那一大片棚户区已成了火海，黑生发疯似的往熟悉的棚屋跑去，他每天老远就能看到那野菊花环绕的家，那里面有他的女人和孩子，可现在，却被一道火墙挡住。黑生的脸被火光映得通红，他的眼睛也在冒火，泪水已被烧干了，干得生痛，他手脚不停地颤抖，脑子一片空白，他不以为是真的，他不能相信那些野菊花顷刻间会化为灰烬。

轰炸的那一刻，谢绍祖正在月台上组织抢运。火车刚到，就有敌机追来投弹，他们只有抢时间，将车上的伤员和物资运走。平汉线中断后，唯汉口至郑州一段尚在通行，除了客运，更多是各地运来汉口的大量物资器材，然后，由大小车辆一趟趟地发至粤汉码头或其他地方，等待转运到宜昌。

不远的爆炸声此起彼伏，黑色的烟雾飘散过来，空气中弥漫着烧焦的气味，惊叫声、哭喊声伴随着杂乱的脚步，从月台一直扩散到站外，谁都没能阻止恐惧，但也没有忘记，还有更为重要的事情需要完成。

谢绍祖的嗓子在冒烟，四周的声响太大，非常时期，客货车已分不了那么清楚，尤其是军用火车，伤兵和货物一道运抵，长夫和救护人员都一窝蜂地往上抢，忙中出错，时有发生。虽事先安排车站司职人员维持秩序，但空袭尚未停止，恐慌的情绪在蔓延，无形中就乱成了一团糟，任他喊破嗓子也无济于事。

乱了，真乱了，他被人挤到了一边。灾难降临，既定的秩序已被打乱，由不得人控制，求生是唯一的选择。

“谢站长——”

混迹在人群中的王运福向他挤了过来，身后跟着一帮人，提着大大小小的行李。

“运福，你坐这趟车来的？”谢绍祖惊问。

“是呀，把家人都带来了，”他拉了一下那位眉眼几分像婉珍的妇人，指是他客堂，要过来给谢站长请安。

王运福准备举家迁徙，往重庆逃难。“铁路不通了，买卖做不成，河南又是水患又是蝗灾，只有走。”他叹气道。

“走了好。”谢绍祖点头道。

“哦，站长，我们在郑州歇脚时，不巧在旅馆遇上了承远。”王运福忙说。

“他在哪？”谢绍祖急着问。

王运福也顾不得说，从怀里掏出一封信来。

谢绍祖接过信，要王运福带着家人先走。又忙乱了一阵，才走到一边看起信来。

父亲大人台鉴：

恕儿不孝，不辞而别，因闻珠喜现在郑州，书信不应，只得前往寻找。儿对珠喜亏欠太多，她现孤身一人，举目无亲，面临战乱，只有让她早日回汉，再作商议。若不去，珠喜遭遇不测，恐儿将置于不仁不义之境，情何以堪？想父亲大人也不忍于此，会赞同儿子之举。

另在火车上，幸遇老友萧铁先生，他是商人，实为国军供应药品。他讲了不少人生的道理，让儿醍醐灌顶。儿在徘徊之际，幸得萧兄指点，有意为抗战尽一份微薄之力。不日寻到珠喜，便带她返汉。勿念。

叩拜父亲，顺祝安康！

男承远敬上

民国二十七年九月十日

谢绍祖看毕，不觉叹了口气。他把信装进口袋里，准备等会儿就给承远写封回信，要他早点回来，一家人都在等待着他。

火车上的人流渐渐散去，他皱着眉头望着前方的铁路，天际间升起一团黑色的烟雾，像是那片棚户区着火了。谢绍祖一下想到清扫工陈仙姑在那一块住着，会不会出危险，便叫人去找，一时不见来人，才知今天不在班，黑生也没回。他二话没说，就派人赶紧去趟棚户区。

彼时，黑生就像块石头蹲在一片黑色的废墟里，连眼珠都停止了转动，火光，烟雾，渐渐地消散了，四处弥漫着烧焦的臭味。旁人走到跟前也没有反应，只是呆呆地对着一地的碎片。一枚炸弹正落在棚屋旁，瞬间灰飞烟灭，连菊花都烧焦了。

不知过了多久，他失神的眼睛似乎触到什么，木然的脸不由自主地往前倾了倾，目光定定地投向一片瓦砾，那里有一个烧煳的饺子，被夹在缝隙间，他呆了呆，便弯下身去，将它拾了起来，握在手心上，忽地一悲，止不住撕心裂肺地哭道："仙姑，我早该带你走的啊……"

第三十二章 陷落

双十节过后，日机的轰炸更为密集。汉口已是千疮百孔，人都慌着往西逃离。

谢家人在等着承远，迟迟不见他回来，不免担心，曼丽则心生不满，把珠喜更视为仇敌，害她娘家鸡犬不宁，现又害婆家。曼丽的怨恨与日俱增，现知道珠喜回来了，她倒是要会会那狐狸精不可，也想弄清真相。

她知道珠喜住在长安里，离谢家住的海寿里并不远。那日，她精心打扮了一番，便款款出了门。

走到长安里，却不知珠喜家的门牌号码，就想向周围的邻居打听一下，正好迎面过来一女人，她以为是这里住家的，便问人家，对方一听宋珠喜，便说晓得，我也正要去找她呢。曼丽听得一惊，问她是谁。女人也不在意，大大咧咧地说她是旺角客栈的老板娘。再问曼丽，才傻了眼。

阿秋听说谢承远离家出走是为了宋珠喜，便妒火直冒，早就想找那女人算账，不料珠喜倒回来了，正要来出出气。这下可好，不期遇上正宫娘娘，阿秋做贼心虚，不免几分难堪。曼丽呢，也耳闻过承远与客栈老板娘的风流勾当，还半信半疑，不愿相信是真的，哪知对方倒自己现形了，她不信也得信。本对珠喜的一腔怒火没处发泄，现半路又杀出个程咬金，这下气不打一处来，忍不住问："你来找宋珠喜有什么事？"

阿秋本是没顾忌的人，见对方不放过她，知道躲也没用，就直截了当道："承远被那狐狸精害了，我来找她算账！"

这无疑是不打自招，证实与承远有瓜葛。曼丽一听火就来了，便鄙薄道：“你是承远什么人，也配！”

阿秋一听她骂起人来，顿时点着了火，一时斜睨着曼丽，冷笑道：“承远还是童子伢时，我俩就好上了，那时你这少奶奶还在后湖里吹喇叭——哪里呢，你也配教训我？”

这一来二去的，两人便像油锅里洒了水，噼里啪啦地对骂起来，惹得周围住户也围上来看，正闹得不可开交，前面一扇门突然打开了，走出的竟是王运福和他太太。

王运福刚弄到船票，就要带着家人启程离汉，临行前找到珠喜，告诉承远去了郑州，一直在找她。珠喜正等着承远，迟迟不见来人，心情不免忧伤。自父亲去世，除了一个谢承远，生死对她已无足轻重，谢承远是她唯一的眷念，没有承远，她活着还有什么意思？人不开心时，她也没有唱戏的心情，在大舞台勉强去了两天，就以身体不适推辞了。现得到王运福带来的消息，珠喜一时悲喜交集，喜的是，这么多年，承远还念着旧情，不曾忘记她。所幸她也没白白等他。悲的是，所有人都瞒着她，阻止两人的联系，承远此举又冒着多大的风险？可她和承远，总是这般阴差阳错，不能相逢。这般悲哀地想着，她便要去郑州找承远。亏得王运福一番劝阻，说承远正在回来的路上，你这一去，不是又要错过？好不容易说服了珠喜，才走出来，便看到眼前的一幕。

王运福是江湖中人，什么没见过？一见曼丽和阿秋气势汹汹在弄堂里掐起架来，顿时明白了，便示意送行的珠喜不要出门，自己赶过来劝阻。

“真不巧呀，在这碰上曼丽妹妹了。”他笑呵呵地跟曼丽打招呼。

曼丽正在气头上，一碰到王运福夫妇，仿佛遇到救星，指着阿秋骂道：“运福哥，真是气死我了，我先不相信，这婊子倒不打自招了，还有这么不要脸的……”

“好了，好了。”王运福不等阿秋还嘴，便把曼丽一拉，又拍了拍阿秋说，“消消气，消消气，这里不是说话的地方，现我带你们找个地方坐坐，今天也是凑巧，我一家就要去宜昌，碰到你们，也是难得。”

曼丽见周围的人指着她俩议论纷纷，也觉得没意思，再去找珠喜理论，无形中是给人家当笑柄。阿秋被曼丽一骂，一腔之火犹如兜头浇了盆凉水，顿时失了气焰，找珠喜似乎也没了理由，便屁股一扭，气鼓鼓地走了。曼丽跟着王运福出了弄堂，见他太太急着要走，也不好多说什么。王运福等曼丽撒完气，便说了来龙去脉，劝说她不要去找珠喜，人家也很可怜，直到曼丽点头答应，才与太太一道走了。

曼丽虽不去找珠喜，心里的怨怼却没消去，有时在家里待得心烦，就去舞厅里消磨时光。谢太太看不下去，免不了叨嚼。曼丽倒不敢出门了，那张脸却整天阴着，也不跟谢太太说几句话，屋里的空气都快凝固了。谢绍祖看在眼里，也难免焦虑，便找来徐奕宏商量，两家人一起去重庆。谢家有谢太太、曼丽和承志三人，徐家就奕宏和婉珍夫妻俩，谢绍祖要奕宏先带着他们离开。火车不停，他还得守在火车站，等承远回来一起走，到时在重庆会合。

徐奕宏来到长安里，也不提承远去郑州的事，只是要珠喜随他离开汉口，说再不走就买不到票了。珠喜打消了犹疑，已经铁了心要跟承远。再面对徐少爷，便回绝道："谢谢少爷的关心，我一直四处奔波，刚刚安定下来，还不想走。"徐奕宏劝也没用，心里烦闷，磨蹭了几日，再去买船票，却一票难求，好不容易才拿到四张。谢太太想守着谢绍祖，便不愿走。承志看他妈不走，也在推辞。曼丽想等着承远，徐奕宏记挂着珠喜，婉珍看奕宏不走，她也要留下来。这般推来揉去，最后谢绍祖拍板，由承志带着谢太太、曼丽、婉珍先行一步，他们几个男人要走也方便些。好说歹说，才终于让几位上了轮船。

以后的情形，一天比一天紧张，坏消息如雪片一样飞来，敌人已在石灰窑、黄石港、兰溪、鄂城等地登陆，大冶金牛镇也发现敌人的踪影，已距咸宁不远了。

街道上一派匆匆逃亡的景象，难民们像受惊的羊群一样四处逃散，大智门火车站，江边码头的人流还在增加。没及时走的，就守在家中，或萎缩在街头巷尾，凄惨地等待着宿命。

那天，徐奕宏突然被谢站长叫来火车站，心里忐忑着，也不知发生了什么事。

一列火车刚刚到站，白色的烟气里，潮水一般的旅客涌出，珠喜犹如水流中的一株孤木，巴巴地守望着，找寻着她的心上人……徐奕宏目睹这一切，终于明白珠喜不走的原因，才确认自己一直是单相思。他心情灰暗，慢慢走到谢绍祖办公室门前，敲了两下，门一打开，却是小赵。

“奕宏兄，出事了！”

小赵沉重地告诉他，民生轮船公司打来电话，两家人乘坐的那艘船在航行途中遭遇日机轰炸，轮船被击中，船上大部分人都已遇难，只有承志和曼丽涉水逃过一劫……

徐奕宏顿时眼前一黑。

一边的藤椅上，歪着几近崩溃的谢绍祖。他一直支撑着，以为自己有多坚强，这时才知道，是太太支撑着自己，一旦失去，就如同断臂一样，整个人就垮掉了。

天色渐渐地晦暗，窗外的街面行人寥落，火车的吼声已听不到，四周安静了下来，房里光线黯淡，两个男人被巨大的悲痛袭击着，已无力言语，任由黑暗重重地压迫过来，与悲痛一起，将他们湮没。

都不愿相信是真的，人突然就没了。谢太太一直惦记承远，要等他回来，也要守着丈夫。谢绍祖劝她：“你不走，曼丽也不会走，承志也要留下来，这样都走不成。”却没想到，这一去，竟是永别。

婉珍已有五个月的身孕，是两个人啊，奕宏让她先走，也是怕再拿不到船票，走不成了。想着谢太太有经验，承志、曼丽又年轻，一路有照应，总该没问题。他跟婉珍感情平淡，但厮守多年，一日夫妻百日恩，何况还怀着他的骨血呢。多年没有孩子，总算又怀上一个，奕宏也比以前要尽心，却不料遭此横祸。

悲痛让两个男人陷入了深深的自责，年复一年，日复一日，都以忙忘记了妻子，来不及弥补，却永远地分开了。这种痛苦在失去之后，才感受如此强烈，撕肝裂肺。

奕宏终于控制不住，号啕大哭。

好久，才听到谢绍祖有气无力地说：“你赶紧走吧，别再等了，曼丽和承志还在宜昌，也叫人担心啊……”

徐奕宏说：“您一人在此，身体又不好，承远又没回来呢。”他终于提到承远。

“不要紧的，我有老妈子照料。”谢绍祖说。

“可珠喜不肯走，”奕宏忍不住吐出真言，“她留在这里，也叫人放心不下啊。”

谢绍祖听得一抖，珠喜是两家人的心结，提起便是痛，想甩也甩不掉。他知道这些年承远与奕宏不和，皆因珠喜而起。珠喜不走，奕宏便不走，承远为她连家也不顾了……所有的恩恩怨怨，都出在这个女人身上。他才感到自己犯了一个天大的错误。如果让承远与珠喜早日成婚，也不会发生承远离开，珠喜独守，甚至于那四人也不会迟迟拖到这时候才出行。前因后果都因他的固执偏见所致，害了承远，害了珠喜，也害了曼丽和奕宏。

“都怪我，是我对不起你们……”他痛心疾首道。

“叔，您别这样说……是我不好，不该拖到现在才去买票，一切都是我的错！”奕宏痛哭流涕。

“也不能怪你啊。”谢绍祖摇着头。

但又能怪谁呢？悲剧本是不该发生的。如果没有战争，就不会有这场逃离，彼此分别，遭惨横祸，从此阴阳两隔。

好久，谢绍祖才坐正了身子，低声说：“我已给承远去信，要他赶紧回来，再不回来，铁路就要停止运行了。”

“日本兵真要打来了吗，就没办法阻止？”奕宏还不想确认这个惨重的现实。

“只能毁坏铁路，我已做了些安排。”谢绍祖说。

“您还是走吧。”此时在奕宏心里，谢叔就如同父亲一样，他不能再失去一个亲人。

“我是大智门车站站长，哪能随便离开？”

“日本人来了怎么办？”

“还没来呢，就拱手相让了？这可是中国人的车站！”

谢绍祖低沉的声音里透着一股力量，这种力量无形中也影响着徐奕宏，何况刚刚遭受如此惨痛的悲剧，两个男人岂会忘记，更不会屈服。

大智门车站突然冷清下来，偌大的候车室空寂无人。这是暴风雨到来前暂时的平静。月台上有两个车站司事在闲聊，冰冷的铁轨像裸露的长腿横躺着，杂草从枕木间钻出来，任由风吹得东倒西歪。

月台上出现了一个女人，风吹拂着她的秀发，在额前来回地飘舞，围巾裹住了半张脸，露出坚挺秀气的鼻梁，笼烟眉似蹙非蹙，一双秋水眼巴巴地眺望着远方的铁轨，希望有列火车突然出现。

谢绍祖在站楼上的窗口瞄见了风中伫立的珠喜，心不由一揪。

这时候，谢绍祖比其他人更清楚，危险正在步步逼近。日机轰炸造成铁路多处损毁，汉口至郑州的火车已被迫停运，沿路铁路工人正在将铁路进行拆卸，整条线路即将瘫痪，承远回来的希望已变得渺茫，唯一的可能是坐车，但此时的车辆除非军用，可能性几乎为零。

他不忍把实情告诉月台上苦苦等待的珠喜，对这个女人来说，命悬一线，这条线便是希望。她不愿跟随徐奕宏离开，连谢绍祖的劝说也无济于事，一意孤行地等着承远。谢绍祖知道不可强求，也无可奈何。生死于她，已无关紧要。

火车站的一些司事都离开了，只有少数几位留守着，看站长镇守，也就守着。有的是无处可逃，只有原地待着。谢绍祖每天按时上班，像往常一样做着工作记录。哪些人到岗，都一一记下。他是火车站的灵魂，他在那站着，别人便感到踏实。

余站长一直跟谢绍祖较着劲，多年来，他不甘屈居人下，到非常时期，也跟谢绍祖拼着，谢绍祖上班，他也跟着上班。直到平汉局南迁，武汉卫戍司令部发出告示，将大小车辆都收了，才知道大势已去，再不走，就坐着等死。好在他将家眷提前送到了重庆，现就等着机会，随时准备离开。

前日，徐奕宏最后一次来找珠喜。奕宏没买到船票，他找军队的朋友帮忙，所幸有辆汽车要去鄂西，好歹说服人家开到火车站来，劝说珠喜跟他走，没把她劝上车，却让余站长挤了上去。

余站长不管三七二十一，只往车上扒，坐了奕宏留给珠喜的位子。珠喜本就不愿走，再见他占着不肯动，就干脆回绝。奕宏又气又恼，磨蹭一会儿，看司机已等不及，只得上车离去。

都走了。站在二楼窗口的谢绍祖长吁了一口气，他的目光又瞥到珠喜匆匆的背影。她每天都来火车站，等着火车开来，然后离开。谢绍祖在此，不光是忠于职守，也给她一份希望。人还在，火车就会来。谢绍祖不敢告诉珠喜真实的情况，他守候在车站，也是在保护珠喜，弥补对承远的亏欠。珠喜不只是承远的恋人，也是他的亲人，如同女儿一样。

他的目光游移到更远的地方，连绵的铁道线上，空旷寂寥，渐渐看清一个忙碌的身影，是多日不见的黑生，他正在拆卸枕木上的一个个螺丝。

黑生并非单打独斗，棚户区那场大火，烧毁了铁路工人的家园，也点燃了无数仇恨的火种，那些工人听说日军沿铁路线过来，便将铁轨搬开，闸口转辙器卸走，能破坏的，绝不留下。他们一直不是散兵游勇，早年参加大罢工时，他们就有组织基础，现面对日寇入侵，他们也团结得更为紧密，同心协力去报仇雪恨。

那天夜里，谢绍祖就感到了异样，外面静得听不到狗叫，连往常打更的声音也消失了，偶尔闻到几声枪响，凄厉地划破夜的幕布。

清晨，谢绍祖依旧跟平时一样出了门，往大智门车站方向走去，四处凄凉，往日热闹繁华的玛领事街，此时阒然无声，几乎看不到行人，两旁的店铺都关闭着，大多人去楼空，马路上遍地垃圾，平时成排的黄包车已无影无踪。

那座四堡形塔楼依旧屹立着，像一位孤独的老人，面对着冷清萧条的街道。半圆拱窗的玻璃反射着惨淡的天光，昔日川流不息的大门前，站立着一队挑着太阳旗的日本兵，肃杀之气笼罩着四周。

有只乌鸦栖在电线杆上，嘎嘎叫了两声，在空寂中尤为凄厉，谢绍祖感到脊背飕飕的发冷，手指也在微微颤抖，但望着前方车站的半圆拱窗，恍惚是妻子受难的脸，在默默召唤着他，心口揪得一痛，不由又继续前行。

一个日本兵见他过来了，端着刺刀凶到面前，吼道："什么的干活？"

他指了指深蓝色帽檐上的铁路标志，两个鬼子盯了他一会儿，又叽里咕噜了一番，便比着刺刀要他往里走。

候车大厅遍地狼藉。沿路是端着刺刀的日本兵，月台上的风雨棚已被揭去了搭盖，残存的支架突兀地立着，一群中国人被押在那里站着，谢绍祖走到他们当中，一眼瞄见徐奕宏和余站长也在，便吃了一惊。

百米远的货场作业区也有一堆人，是几十个被俘虏的中国士兵，一个个用绳索绑着，一队日本兵端着刺刀，把他们围在当中。

肃杀的空气笼罩在四周。

有个腰间斜挎着刺刀的军官在叽里咕噜地讲着什么，一个华人在比比画画地做翻译："日军进驻大智门车站，你们哪些是火车站的司事，都站出来……"

人堆里叽叽嗡嗡了一阵，没有动。

那位士兵跟军官说了几句什么，军官的鹰眼一下盯住了站在一边的谢绍祖，便叫人把他拉了出来。

“你是火车站的？” 军官说一句，翻译跟一句。

“是的。”谢绍祖答道。

“什么职务？”

“站长。”

“站长？怎么损坏这么多铁轨？那些机械设备都不见了。”

“是你们飞机炸的。”谢绍祖答道。

“我们的飞机不会炸火车站，只有你们蓄意毁坏……”军官的手按着刀柄，凶狠地朝他吼叫着，“把人群里的铁路司事都找出来！”

“他们不在这里。”谢绍祖面不改色道。

“你们的电报机、电话机搬到哪去了？”

“运走了。”

“马上交出来！把车站的人和设备统统交出来！不然，全死啦死啦的。”军官“唰”地一下抽出长刀，指着谢绍祖和众人，“快说！”

空气顿时凝固了，每个人的汗毛都竖了起来，一时鸦雀无声。

军官见众人没有反应，便叫士兵拉出一个人来，二话不说，将刺刀往前一捅，只见鲜血一喷，那人倒毙一边，人群发出一阵惊叫。

“快说！”

人群里又一阵叽叽嗡嗡的声响，依然没有人动。

军官又把刺刀对着谢绍祖，叫道：“你再不说，全死啦。”

谢绍祖今天走向大智门车站，已抱有必死之心，准备去与妻子相会。此时眼见那刽子手如此凶残，激愤难忍，便大声喊道：“我们的设备不会留给日本鬼子，是我叫他们搬走的。都是我做的，与他们无关！”

等翻译一说，军官便气得大叫一声，挥起长刀，朝谢绍祖砍了过去。

“啊……”惊叫声中，只见血光一闪，谢绍祖便一面墙似的倒在地上。

“还有谁不怕死的？”军官举着染血的刺刀咆哮道。

士兵拉过面如土色的余站长。

“我说，我说。”他战战兢兢地举着手，“我知道电报机、电话枢纽在哪……”他指了指前面。

两个日本士兵押着余站长往车站地道方向去了。

徐奕宏闭着眼睛，浓重的血腥气在刺激着他的鼻腔和神经，几乎要窒息。他是半路被抓获的，因为珠喜，他跟余站长打了起来，互不相让，便撕扯着拖下了车。后来就遇上了日本兵，身上被洗劫一空，又被押解到这里。

谢站长倒地的那一刻，他差点要冲上去，但总算忍住了。他手无寸铁，只会去送死。他强忍悲痛，浑身颤抖，默默告诫自己，现在还不能死，他得找到珠喜，不知她现在怎样，他担心她再来车站，这里已成了魔窟，他害怕那傻女人一意孤行。

日本兵把他们押解到货场仓库里。

冷风萧瑟的夜里，他们萎缩在一团，一声声惨叫随风飘来，刺激着耳膜，让人毛骨悚然。直到清晨，日本士兵端着刺刀逼他们出来。五十米远的地方，是个湖塘，一边是菜地，几个日本士兵正在那填坑，血腥气随风飘送过来。只有他们知道，昨晚那里发生了一场屠杀，几十个被俘的中国军人惨遭毒手，无一幸免。

日本士兵吼叫着要他们快走。

几十个人被押解到刘家庙附近荒废的铁道上，加入了劳工的队伍，徐奕宏在那里遇到了黑生，两人从此干起了苦力。

没人想到，消失几年的伊藤正野出现在大智门车站，他成了日军野战铁道队的顾问，视察铁路工地时，看到人堆里埋头苦干的徐奕宏和刘黑生，似乎动了恻隐之心，便把两人抽到大智门货场扛包。

不久，汉口至信阳段恢复通车，伊藤当上了大智门车站站长，他看黑生一直老老实实，闷声不吭地做事，就让他继续做了巡道工。

每隔几天，火车站都有运载日军、装载军火物资的车皮驶进驶出，进站出站，戒备森严。巡道工黑生提着号志出现在漫长的铁道上，跟往常一样走走停停，时而蹲下身在铁轨上敲打几下。那些站岗的日本宪兵已习惯了他的存在，包括在站楼上俯视一切的伊藤站长。

火车的轰鸣声惊扰了大智门一带的人们，一度冷清的车站门前开始有三三两两的人进出，依然是日本兵把守在进出口的通道。

这天，宋珠喜拎着一只皮箱，从萧索寥落的玛领事街匆匆走来，幽居多日，她明显消瘦了许多，藏青色的旗袍外罩着一条鼠灰色开司米披肩，衬得脸庞愈显苍白，楚楚可怜。

她决定去河南寻找谢承远。她已知火车站被日本鬼子占领，谢站长惨遭杀害，昔日热闹的大智门已是风声鹤唳，成了虎狼之地。一个女人独自出门，会面临多大的危险，可想而知，但承远被阻隔在郑州，音信全无，生死未卜，她忧心如焚，急不可待，哪怕上刀山，下火海，再苦再难，她也要去寻他。

她远远走来的身影，一下进入了伊藤的视线。虽然身着素色衣裳，未施粉脂，反而更显出玉人的本色。袅袅婷婷的样子，是消瘦体弱所致，却因几分恍惚，几分梦幻，飘飘摇摇似仙子下凡。

他对宋珠喜可谓印象深刻。汉口名伶，是无数男人的梦中情人，也是他心里隐藏的眷念，一直垂涎欲滴。那次在火车上，他找珠喜搭讪，对方却不理睬，弄得他悻悻的，欲罢不能，越想要得到这尤物。现两年不见，她依然那么美，让人止不住燃起欲望。他两眼紧盯着珠喜，不由得发出几声狞笑，仿佛看到猎物进入了领地，自投罗网。

珠喜走到火车站门口，持枪的日本兵瞄见了，眼睛便盯着她不放，珠喜倏地紧张起来，不由拢了拢围巾，垂下眼帘，想避开那狼眼的盯梢。

“你的，什么的干活？”鬼子像一堵墙横在她面前，拦住了去路。

珠喜不想理睬，左右躲闪着，却被对方猛地一下拉到旁边。珠喜想甩掉，反被鬼子死死地钳住。她气红了脸，叫对方放开，鬼子不理睬，饿狼一样盯着她看。珠喜把脸侧到一边，对方贪婪地笑着，忽地一伸手，往她的脸蛋上使劲地一捏，珠喜娇嫩的脸上顿时现出几个红指印。她羞恨难当，伸出另一只手朝鬼子扇过去，却被身后的鬼子一把捉住了，反把她的双手拎着，按在墙上。珠喜不住地挣扎，叫骂着，鬼子恼羞成怒，用枪托一下劈过去，她的后脑挨了一下，顿时眼前一黑，歪倒在地。

她感觉自己已经死掉了，动弹不得。她的身上爬满了虱子、蜈蚣、老鼠，在一点点蚕食她的肌肤，奇痒，恶心，疼痛，无休止地折磨着她，摆脱不掉。她昏迷的梦里没有未来，只有死亡。

那些虱子、蜈蚣、老鼠从此缠上了她，一直在身体上附着，她在一点点腐烂，发臭。周围人见了她，都躲得远远的，等她过了身，便在背后指指点点，有的干脆骂她是婊子。

她隔两天就要去火车站，在月台上等待着火车。站楼上有双眼睛在盯着她。她感觉到了，那些虱子、蜈蚣、老鼠又在身上附着，吱吱地作响，一阵恶心袭来，像回放那个噩梦——

女人仰面八叉地被绑在一张桌子上，嘴里塞上了毛巾，全身裸露，两个禽兽轮番上阵，伊藤在一边站着，像观摩表演一样淫荡地笑着。后来，他把两个士兵都支了出去，迫不及待地松开裤子，扑上来，一边抽动一边号叫着："宋珠喜，你这小鹿，今天终于撞到我的枪里了，我要吃了你，弄死你……"

她闭着眼睛，长长地呼出一口气，又凄迷地笑了一下。

冰冷的钢轨往前无限地伸展，会通到梦里的地方吧。她的眼前又变得迷蒙，不知几时，前方出现了一个人影，渐渐走近了，看清是黑生，她便像受惊的小鹿，转身离去。

第三十三章 归去

火车喷着白烟奔向汉口，越来越近。

谢承远靠着窗口坐着，他长长的思绪被进站的鸣笛声拉回到现实，曾经熟悉的月台进入视线里，他一时百感交集，五年了，终于回来了。

火车像是疲惫之极，长长呼出一口气，遂停了下来。谢承远拎起皮箱，随旅客们下了车，踏上曾走过无数次的月台，恍然如梦。白烟在风雨棚残存的支架间弥漫，袅袅升向灰白的天空，消散开了，四周便显得空寥。水鹤、灰坑已废弃一边，号志灯也不见踪影，行包房、邮运室关着门，再看不到老汪、小胡他们忙碌的身影。昔日的警务所门口，有个腰插刺刀的日本宪兵把守着。

出站口排起了长队，两个日本司事在仔细地检票。

伊藤阴沉着脸走了过来。谢承远目光一触，血流腾地上涌，手指不由攥成一拳。对方已瞧见了，不由一怔，打量着蓄了胡子的他："你是谢……"

"是我，谢承远。"他答应道，尽量显得平静。

"几年没见，哪去了？"

"北方几个城市。"

"哪几个城市？"

"北平、天津、西安、郑州……"

"做什么？"

"生意。"

“怎不回汉口？”

“交通不便。”

说话间，谢承远已经通过了检票。

伊藤拧着八字眉斜睨着他，谢承远侧了下头，似乎感觉到背后的眼睛一直跟着，依然不紧不慢地往外走。

火车站前不似往日热闹，玛领事街的一些门面还关闭着，开了张的，也少有人光顾。有个杂耍艺人牵着猴子在T字街头做表演，引来一些人围观。谢承远穿过人流，径直往对街走去。

旺角客栈的二楼窗口倚着个女人，一边跷着兰花指吸香烟，一边咯咯地笑着，瞅着耍猴的直乐。谢承远不用看，就知道是阿秋。他也不吱声，走到门口时，便被她瞧见了，先是一愣，转而惊叫着：“我的老天，是你回来了呀！”

没等谢承远上楼，她已奔到了楼梯口。

“哎呀，总算回来了，以为你把我们都忘光了呢……”她说得哽咽起来，掏出手帕抹起眼泪。

谢承远拍了下她的肩膀，便往里走。还是以前的老样子，略显清瘦了些，盘着头发，脸上施着薄粉，两眉勾得过细，吊梢眼一笑似两条鱼，只是鱼尾划出几道浅浅的秋痕。

客栈格局也没有变，只是客人少了些，房间有一半空着。她说火车站的人流少了，客栈也冷清了许多。

进了客房，阿秋叫伙计打来热水，让承远洗了脸，又端来了龙井茶和点心。

“我那死鬼也走了，打牌晚了遇上宵禁，路上碰到日本兵，挨了枪子……”她似乎想说，以前打你的那个人，已经不在了。但承远还是感觉到一丝辛酸，顺着压迫的缝隙往外冒。

“你来的时候，看见那女人了吗？”阿秋问一句，她似乎并不关心他的过往，而是他的现在。

承远愣了一下，问是谁。

“还有谁，等你的人呀，”阿秋撇了下嘴，“谁都知道呢，她为了去火车站，脱裤子也心甘……”

“你说谁？”承远的脸色“唰”地变了。

“当了几年婊子，你不知道吗？”阿秋歪着头问，一脸的鄙夷，“她几乎每天都要去火车站，与伊藤那货干一次，再到月台站一会儿。她谁都不理，尤其碰到黑生，就像老鼠见了猫似的，转身就走……”阿秋想要承远不再留念那个女人，给他浇些凉水。

“为何见不得黑生？”承远忍不住问。

阿秋冷笑道：“谁知道呢？可能是她被伊藤鬼子玩弄时，让黑生瞧见了……”

承远已经感知是谁，便摆了下手，不想听到对方的名字，却还是受了刺激，心仿佛被钝刀戳着，疼痛难当。他回到河南信阳时，收到黑生的来信。他一直惦记珠喜，却因道路阻隔，一时无暇顾及。

阿秋两眼灼灼地投向他，他感觉到什么，但他现在没这份心思。

“你去找一下黑生，就说我回来了，要他晚上来见我。”他现要支开阿秋，压抑一下那种激情，不想一刻坏了事。

阿秋出去了。他便起身，走到窗口，将手中的一把折扇徐徐展开，悠悠地摇着，饶有兴致地望着街景。

耍猴的在敲鼓，随着激越的鼓声，几个猴儿在钻火球，引得围观者惊叫。谢承远瞄见人群里有位穿长衫的朝他回望，彼此对视了一下，对方便往客栈走来，谢承远回过身，把窗帘拉上了。

来人进了客栈，说找老板娘的表弟。伙计会意，便把他引了进来。

承远连忙迎上前，将手里的折扇递给对方，来人一看上面印着桃园结义的图样，顿时露出笑容，开门见山地问：“您是萧铁的朋友吧？”

承远点了下头，小声问：“您是他的表弟？”

“是的。”

“幸会！”

“幸会！”

彼此握手，对方便问起萧铁托他带来的东西。

“在这里。”承远把皮箱递给他。

“好的，”他接过兴奋道，“这发报机的零部件一到，汉口分部就能派上用场了。”

承远说：“我这次来，还想弄点药品带回去，不知有没办法？”

“药品一般由日本军方控制，没有内部关系，很难弄到。”对方答道。

承远说：“再想办法吧。”

对方点了下头便要走，说要猴的是他们的同志，为掩护而来。周围有便衣特务，待长了不行。

承远答应着，彼此互道珍重，对方便拎着皮箱匆匆走了。

倏尔，听到几声警笛，谢承远隔着布帘往外望，便见一辆军车开了过来，停靠在火车站前。拎皮箱的长衫人已快步拐进了小巷。伊藤出现在进站口，警察在驱赶众人，杂耍艺人牵着猴儿往玛领事街岔道走去，后面跟着几个看热闹的小孩。

他轻吁了一口气，不由朝街对面的烟馆望了望。

徐奕宏重操旧业已有段时间了。

此时，他正斜躺在烟榻上，拿着长烟杆在慢悠悠地吞云吐雾。他一般下午才到吸售所来，上午则去忙一些事。

茶房推门进来，轻轻地说：“徐少爷，您妹夫来了。”

他愣了一下，点了点头。茶房退了出去，随后便听到脚步声过来。

徐奕宏依旧咕噜咕噜地吸烟，仿佛没看见进房的人。

“奕宏哥……”谢承远取下礼帽，叫了一声。

徐奕宏动了一下身子，一时不习惯被对方这么称呼。多年了，他们面对的时候很少，几乎没有交谈过，但久别重逢，彼此都经历了那么多伤痛，相见时被一份情感激荡着，那些隔膜怨怼也因岁月冲刷，早已荡涤得无影无踪。

“哥，我回来了……”承远又叫了一声。

奕宏身子一抖，翻身一下坐起。“承远，是你呀，快坐，快坐下……”他哽咽着，指了指烟榻，让承远坐在他对面。

承远坐下，扫了一眼他手里的烟枪，不由问：“怎么也抽上烟了？”

“我是不想抽，但不抽会发疯的。”他似在哀鸣。

一时没有言语，压抑的伤痛积聚一起，遇到一个触点，便要爆发。

片刻，奕宏把烟枪往茶几上一放，头低了低，艰难地说：“知不知道他们都不在了？”

承远心里一揪，说不出话来。

“怎么才回来呀……”

承远一把按住他的肩膀，感觉彼此都在颤抖。

这时小丫头推门进来，将茶水递上，两人喝了几口，才稍稍平复。

徐奕宏复又躺下，要小丫头在身旁侍候。谢承远扫了一下那丫头，不觉一呆，那模样恍若另一个宋珠喜，一阵酸楚袭来，半晌无语。

徐奕宏感觉承远揣着疑惑，便说：“这家烟馆不是我的，我不过是帮人照管一下。逃难时携带的钱财都被日本兵掳走了，要不性命不保。”奕宏叹息着，转而又问起承远这几年都在干啥。

承远大致提及，当年他去郑州没找到珠喜，就跟萧铁去了新郑，随后又到了陕西。再返回时，汉口已失陷。因铁路阻隔，就留在北方，加入了抗日组织，四处奔波，前年才打听到父母均已被害……

一时默然。彼此已无力排解伤痛，奕宏也不忍描述那个惨状，末了才说：“我知道你会回来的，我能帮你什么？”

“肯定少不了你，”承远答应着，凑近身子说，“那边急需吗啡、阿司匹林这类药品，你有没办法弄到一些？”

“药品卡得很紧，医院的处方都被严格控制。”奕宏说。

“你的关系多，试试看吧。”

“有点难，”奕宏皱了下眉头，又说，“或许有个人可以办到。”

承远问是谁，奕宏没说，末了问他，见到珠喜没有？

承远说：“我来烟馆时先去了一趟长安里，看到大门紧锁，可能她搬走了吧？”

“早搬走了。现神出鬼没的，谁也不知道她究竟住哪。有人看见她在圣母无原罪堂待过，又好像不是。”奕宏伤感道。

“你没去找她？”

奕宏摇头不语。

不好再往下说了，那是很深的伤痛，彼此都不想触碰，但怨恨积聚久了，就像岩浆一样，总要寻求释放，遏制不了。

谢承远走出售吸所时，已是夜幕降临，街道亮起零星的灯火，鬼影似的黯淡，寒气逼人。他望了下黑暗的天空，层云密布，看不到一点星光，可能要下雪了。

忽而，对面人影一闪，他感觉到异常，想是附近有便衣。本打算去找黑生，一时改变了主意，便往旺角客栈走去。正巧阿秋在二楼窗户张望，就向她招手，阿秋会意，忙唤一个伙计出来接应。

上了楼，阿秋便告诉承远："刚才警察来过了，问起你，我只说是亲戚。对方早打点过的，应该没多大问题。"

"明天去法租界待着，免得给你惹麻烦。"承远说。

阿秋嘴一噘道："想是里面有好玩的，嫌这里寒酸了。"

"女人呀，就这点心眼。"他转过身去。

阿秋望着他的背影，也不好再提。

从客栈的窗口，可见大智门车站又增加了岗哨，一辆插着太阳旗的军车停在门口。站楼上的一扇窗户亮着灯光，他猜测可能是伊藤的办公室。

一会儿，果然看见伊藤陪着一日本军官出了车站，引对方进了街对面的售吸所。他正思忖着，突然看到一黑衣女人飘然而过。

谢承远大惊失色，赶紧下楼要去追赶黑衣女人，却被一只手拉住。

"你现在还去找她？"阿秋郁怨地望着他。谢承远再一回头，黑衣女人已闪进巷子不见了。

一连几天，月台上没有女人的身影。每到火车到站的时刻，谢承远就守候在客栈二楼的窗口，等待她的出现。

"每天都要来的，怎么不来了呢，可是巧事呢。"连阿秋都觉得反常，即便出于嫉妒，她还是忍不住担心。

下雪了，密密麻麻的飞絮从天空撒下来，织网似的，在四周飘舞，屋瓦、电线、树枝像盖上了一层银粉，地面上虚浮着一层，脚踏上去，便"吱"的一下，滑出一道黑印，杂乱的黑印把地弄得湿漉漉的，显得很脏。

没人的地方，雪就恣意地覆盖着，把一切丑陋包裹住了，让严寒凝聚着一时的纯白，茫茫无际，空气冷冽，带着一股肃杀，四处流窜。

黑生没走多远，就看到一个人影从雪地里过来，他便站住了，望着对方越来越近。

“黑生。”谢承远向他招呼道。

“谢公子……”他还是习惯这样叫他。

“非要我来找你呀。”承远握了握他的手。

“我妈病了，不得空。”他说。

“你妈现怎样？”

“整天痴呆着，哭哭啼啼，说她耽误了我和仙姑……”

空气中透着浓浓的伤悲，被冰凝的雪过滤得更为清晰了，仿佛在与萧瑟的严寒做着对抗。

沉默片刻，黑生便问他：“你收到我的信了？”

“是的，”承远蹲下身去，将铁轨下一株被雪掩盖的小草拂了拂，“你还真会找，我从西安那边辗转回到郑州，来信阳不过几个月，你就联系上了。”

“铁路上的熟人多呀，随便一打听，何况信阳那地方又不大。”黑生笑道。

承远看了他一眼说：“知道你是京汉铁路破坏队的小队长，所以上头指示让我与你联系。”

黑生点头道：“想你回来是办事的，就等这一天。”

承远说：“据可靠情报，近日汉口的鬼子要运一趟军火到河南等地，打击抗日根据地。”

黑生说：“具体要我做什么，只管说。”

“我来就是与你商议此事……”他正要往下说，远处闪出一束探照灯，黑生赶紧把他拉到一边趴下，一辆铁道巡逻车“呼”地驶过了。

等车远去，承远才直起身子：“要弄清发车时间、具体数量……”

“现在火车站的司事全是日本人，华人插不进去。”黑生说。

“再想办法吧。”

停顿了一会儿，承远忍不住问：“株葍不是每天去火车站等我吗？我回来了，为何又不肯见我？”

黑生摇头说："连我都怕见呢，何况是你。"

承远若有所思道："她是看见我回来了，所以不来了？"

"可能是的。"

承远默然了一会儿，问道："她现住在哪里？"

黑生面有难色，低头不语。

"你的意思是……她跟伊藤那畜生在一起？"

黑生不敢直视他发红的眼睛，只是说："她叫伊藤杀了余站长，后来又让伊藤放了徐少爷和我……"

承远紧锁着眉头，一直盯着铁轨下的那株落满雪的小草，默不作声。

"她一直要去找你，伊藤却不准她离开，她只能等你回来……"黑生想安慰他，却说不下去。

半晌，承远抬起头来，艰难地吐出几个字："我去找她。"

圣母无原罪堂即是法租界天主堂，晦暗的天色里，三角菱形的小尖塔孤独地耸立着，铁瓦顶的屋面，墙垣扶壁的边缘，皆还残留着一些积雪，冷峻森严中，也显有几分落寞。承远记得奕宏结婚时来过这里，一晃多年过去了。

铁门"哐当"一下被打开，露出老嬷嬷皱纹密布的脸。

"我要找宋小姐……"谢承远尽量显得自然一些。

老嬷嬷打量了一下他，指了下教堂门说："她在里面。"

谢承远走进教堂里，老嬷嬷示意正在祷告，要他等一会儿。他站在那里，眼望着那个俏丽的背影，静静地等待着，像等待一个世纪那么漫长。

那列火车又出现了，他们在车上相遇，他接过她手里的万花筒，看里面缤纷的世界，就像一个个美好的梦境，他与她一遍遍地演绎着，甜蜜或忧伤，他都爱不释手……

对方终于结束了祷告，感觉背后有人，回转身子，一见等候在此的承远，顿时呆住了。

"珠喜……"承远朝她走了过去。

她倏地一抖，转身往门外跑去。承远见此，几步冲到她的面前。

“为何要走？”

珠喜抬头看了他一眼，把头一低，背过身去。

承远望着她纤细的背影，宛若一株被雪覆盖的小草，楚楚可怜。不禁说：“躲着我干吗，他们跟我说了，知道你受了不少苦……”

珠喜一听，“呼”地一下捧手遮住脸，身子就势靠向墙边，却见那耳轮上的坠珠在微微颤动着。

半晌，才听她呜咽道：“以为……再见不到你了……”

承远胸口胀痛，他望着圣母无原罪堂孤独的尖塔，正对着阴晦的天空，似在诉说人间的苦难。他突然明白珠喜为何要来这里，或许是她唯一的精神支撑。呆了一下，不由道：“知道你一直在等我，我现回来，就准备带你离开这里。”

珠喜听得一愣，转而摇了下头。

“怎么了？”

珠喜忧伤地说：“已经晚了。”

一时无言。彼此都沉浸在无边的伤痛之中，那些温暖的记忆究竟化不开寒冷的积雪，两人都明白，有一道看不见的墙阻隔着他们，岁月磨损了太多的东西，包括容颜，也包括爱恋。

沉默片刻，承远还是向她交底：“我这次回来要办一些事。”

珠喜转过身来，抬起梨花带雨的脸，问他：“我能帮你什么吗？”

“不用，这是男人的事。”

“你一定得答应我。”珠喜含泪的目光灼灼逼人。

承远默默凝视着她的脸，还是那般柔美，只是有了些沧桑的痕迹，这是他无数次梦见的脸，似又不似，他不知为何有了一份陌生感，这让他很不好受。

从圣母无原罪教堂出来，谢承远在冷清的街道上慢慢地走着，一时心情忧伤，有汽车喇叭声在后面叫着，他也没听见，那吉普车便滑到身边停下了。

徐奕宏在车里招手。

他上了车，奕宏便说：“正要去找你，不想在这里碰上了。”承远见司机穿着黑色警服，不由说：“你有本事，警察局的车也弄来了。”奕宏道：“借王巡官的车用用。日本人占领火车站，警务所便撤了，老王现做了市警察局的副局长，还是干老本行。”

谢承远想着王巡官的为人，倒不好说什么。

“见到她了？”奕宏问。

谢承远点了下头。

“她答应了？”

承远摇了下头。

一会儿就到了烟馆门口，两人下了车，一同往里走。

承远不由问：“这烟馆不是伊藤从你父亲手上买下的吗？”

奕宏点了下头道：“有这回事。后来伊藤突然回北京，烟馆又转给了他人……我现答应照管，不过是为了珠喜。”

“什么？”谢承远瞪直了眼。

奕宏不吭声，等进了房间，他才低声说：“烟馆现是珠喜的财产。”

一时小丫头进来，奉上茶，点上烟，出门去了，奕宏深吸一大口，才说：“珠喜通过伊藤的关系买下这烟馆，为摆脱对方的纠缠，又将他诱入其中，使他上瘾，每天离不得。后来又让伊藤放我出来，帮她照管……”他的表情木然，似在尽量克制着情绪。

“你说她不理你……”承远觉得受了骗，一时怨愤难平。

“是她不让我说的，”奕宏像是触动了伤心处，一下激动起来，“老子也是吃错了药，长这么大，父亲的话有时可以不听，却不敢不听她的话……”

“你们好着呢！”承远嘴唇直抖。

“她每天去火车站等你呢！”奕宏一脸怪异。

“去火车站接客吧，跟我当初一样，”承远闭起眼睛，冷笑着，“不过是想吸引更多的鬼子。”

“是，一些日本军官真被她引来了，”奕宏一下扔了烟杆，两眼喷着火，“我当时只恨不得杀了她……”他已说不下去。

那个傍晚又下起了雪，纷纷扬扬地飘洒下来，地上泛着白色的幽光，近在咫尺的大智门车站亮起迷离的灯影，门前岗哨林立，戒备森严，有卡车把雪地碾出粗重的辙印。戴着号记的长夫们在日本宪兵的监视下，将一箱箱弹药吃力地往火车上搬运。

伊藤在车站里巡视了一会儿，眼见那些药箱全扛进了火车皮，他才返回办公室。

电话铃响了。他走过去接，一听是女人细细绵绵的声音，便绽开了笑脸。

“知道是你，小东西，你替神父买的阿司匹林，让老徐去取了，下次可不行……没有多的，有规定……今晚不来了，太累……你非要见我，啊，哈，可真厉害呀……那好吧，等会儿一起去你闺阁……”

他放下电话，在房里踱了几步，望了一下外面的雪景，便拎起公文包出了门。

走到大街上，雪已经把马路全覆盖了，灯光在雪上映着惨淡的黄影，有个女人在烟馆门前迎风立着，伊藤望见那美丽的倩影，顿时两眼放光，这小东西，几年了，就像只小狐狸神出鬼没，一直勾着他的心，他则像只猴子由着她摆布，对她服服帖帖，也心甘情愿。此时，他被那倩影撩动着，恨不得一下飞到她面前，无奈地面湿滑，只能缓缓而行。

女人看到他过来，嫣然一笑，便闪进了烟馆。

约莫半个时辰，一辆吉普车在烟馆门口停下了，两个戴帽子的男人架着酒醉般的伊藤上了汽车，便开走了。

雪还在下着，覆盖了一切，连同苦难和丑恶，静寂得好像一切没有发生，包括血的痕迹。

清晨在慢慢地靠近，天际呈现出惨淡的灰白，与无边的雪连成一体。

巡道工黑生提着号志灯在落雪的铁轨上走着，架着机枪的巡逻车从远处开过来，鬼子兵检查了黑生的派司，又看了下他蓝制服上的工号，便开走了。

天渐渐地亮了，火车站外响起汽车的鸣叫声，一批日本士兵运抵火车站，月台上的雪地掺杂了一堆堆刺眼的黄泥巴色。

一直没看到站长伊藤正野的身影，火车司机等着他的指令发车。铁路队长在催问，车站调度在四处寻找。与此同时，另一列火车也将开往信阳，旅客被堵在候车室里吵吵嚷嚷，眼看要开车了，还不见站长伊藤，车站调度正急得如热锅上的蚂蚁，一下瞄见宋珠喜在向他招手，知道她与伊藤的关系，便让司票先放她进来。

珠喜一走进月台，顿时吸引了所有人的目光。她对调度说：“伊藤站长昨夜偶感风寒，头疼发烧，现还躺在床上呢。”调度一听，便急着去向铁路队长报告，已顾不上珠喜。

这时，月台上那些日本兵，见到风姿绰约的珠喜，个个淫猥地笑着，把她团团围住，那些站岗的宪兵也看直了眼。没人在意，巡道工黑生已沿着铁轨走了好远，去与铁路破坏队的同伴会合，昨晚已做了准备，把转辙器的螺丝松动了，再稍用点力，就可发生错位。

一节节车皮仿佛被泥巴黄弄得鼓胀起来。司机终于拿到车站调度的指令，火车一声嘶吼，往北开去。

候车室的旅客被放了进来，谢承远匆匆走在月台上，昨晚处理了伊藤，说好早上与珠喜在火车站碰面，他要带她离开汉口。

没有珠喜的身影，谢承远焦急万分。此时，那列行驶的火车，刚刚过了刘家庙车站，火车司机突然发现前面有几个人在铁轨上，他大叫一声不好，赶紧鸣笛，无奈距离太短，紧急刹车已来不及，火车碾过去时，连接铁轨之间的紧固件突然一下松开，道夹板很快发生了脱离，火车顺着惯性呼啸着冲出了轨道。

轰，轰，剧烈的爆炸声传到大智门车站。火车站顿时惊慌失措，乱成一团。铁路队长命令鸣笛关闭，闭塞股道，严查可疑之人，一队人马奔往浓烟滚滚的地方。

谢承远匆匆出了车站，正碰到驱车赶来的徐奕宏。

“知道你不会坐火车，所以用了第二方案。”奕宏道一句，又问珠喜在哪。

承远摇了下头。

“我去找她！”奕宏便要下车。

承远一把将他扯住，对司机说：“去刘家庙，黑生在那等着我们，快！”

汽车直往江岸方向驶去。

“到底怎么了？”奕宏急切地问。

“晚了一步，有人见她被几个日本兵拉上了火车……”谢承远尽力地克制着，声音已变了调，“说好坐汽车走的，她却要坐火车，想是冒着必死之心去的，为了掩护黑生，其实是不想面对我……”

奕宏听了大恸，哀声道：“她每天来月台，其实是想走的啊……”

远处的爆炸声还在持续，但一个女人的死，让两个男人没一丝喜悦。车内一时死寂，悲痛已经击碎了他们的心。

良久，奕宏将一个布包递给承远，说是珠喜给他的。承远打开一看，里面除了他要带走的药，还有件东西陡然入眼。手指不由得颤抖起来，是那个万花筒，她一直留着，现在又交给了他，成了唯一的留念。他抖抖索索地拿起万花筒，那上面似乎还留有珠喜的手温，他摩挲着，端详着圆筒上微笑的姑娘，少时，又像当初那样，拿着它对着光线看着，那里面奇幻无穷的世界，就像不曾实现的梦境，或是一段破碎的爱情……他的心一阵揪痛，眼前顿时模糊了，迷蒙中，似乎看到一个白雪般纯美的女子，正飘飘悠悠地飞向了天际……他想，那一定是心爱的珠喜。